Dee Henderson

DER BESCHÜTZER

Dee Henderson

Der Beschützer

francke

Über die Autorin:
Dee Henderson hat sich mit nur 2 Romanserien in die absolute Spitze der christlichen Schriftsteller in den USA empor geschrieben. Dem Erfolg entsprechend hat die Tochter eines Pfarrers ihren Beruf als Finanzbeamtin an den Nagel gehängt und lebt als Schriftstellerin bei Chicago.

Bibliografische Information Der Deutschen Bibliothek
Die Deutsche Bibliothek verzeichnet diese Publikation in der Deutschen Nationalbibliografie; detaillierte bibliografische Daten sind im Internet über http://dnb.ddb.de abrufbar.

ISBN 978-3-86122-402-8

Originally published in English under the title:
Guardian, The by Dee Henderson

Published by Multnomah Publishers, Inc.,
601 N. Larch Street, P.O. Box 1720 – Sisters, Oregon 97759, USA
All non-English rights are contracted through: Gospel Literature International, P. O. Box 4060, Ontario, CA 91761-1003, USA

Deutsch von Brigitte Hahn
Umschlagbild: © iStockphoto.com / Vicki Reid
Umschlaggestaltung: Verlag der Francke-Buchhandlung GmbH / Sven Gerhardt
Satz: Verlag der Francke-Buchhandlung GmbH
Druck und Bindung: CPI Moravia Books, Korneuburg

www.francke-buch.de

Prolog

„Kann ich meiner Mutter die Blumen bringen?"

Blumen waren auf der Intensivstation verboten, aber die Krankenschwester, die ins Wartezimmer gekommen war, nickte. Schwester Janelle wusste etwas, was der Junge erst später erfahren würde, und am liebsten hätte sie laut geweint. Seine Mutter lag im Sterben. Da konnte man schon einmal eine Ausnahme machen.

Marcus war ein so höflicher Junge. Er saß allein im Wartezimmer der Intensivstation und wartete geduldig auf die kurzen Besuche, die er seiner Mutter stündlich abstatten konnte. Er war in den letzten neun Tagen immer da gewesen. Ein Nachbar, der im Krankenhaus arbeitete, nahm ihn jeden Morgen mit und brachte ihn jeden Abend nach Hause.

Heute hatte er Rosen mitgebracht. Es waren drei Blüten, deren Stiele er an den Enden sorgfältig mit einem feuchten Papierhandtuch und mit Alufolie umwickelt hatte. An seinen Jeans waren Grasflecke zu sehen. Er hatte ihr gestern gesagt, dass er sich um die Rosenbüsche kümmerte, während seine Mutter im Krankenhaus war.

„Kann ich dir etwas zu essen holen? Ein Käsesandwich vielleicht?"

„Nein, danke."

Der Junge hatte bestimmt Hunger, aber es hatte eine hässliche Szene gegeben, als sein Vater zum ersten und einzigen Mal ins Krankenhaus gekommen war und gesehen hatte, wie er mit einem Krankenpfleger ein Sandwich teilte. Seitdem hatte Marcus höflich jede angebotene Mahlzeit abgelehnt.

„Der Pfarrer ist bei ihr", teilte ihm Schwester Janelle mit, und sie konnte sehen, wie erleichtert der Junge war.

„Er betet gut."

„Du betest auch sehr schön." Sie hatte ihn mit der Bibel seiner

Mutter gesehen und wie er sich bemühte, die Worte deutlich vorzulesen.

„Ich gebe mir Mühe."

Er schob den Plastikstuhl weg. Im Sitzen reichten seine Beine noch nicht bis auf den Boden. „Danke, dass Sie mich abgeholt haben."

„Keine Ursache, Marcus."

Ihre Augen folgten ihm, als er zur Glastür der Intensivstation ging. Er lehnte sich mit seinem ganzen Gewicht dagegen, um sie aufzudrücken.

Er hatte sie nicht gefragt, ob es seiner Mutter besser ging. Zum ersten Mal hatte er diese Frage nicht gestellt.

* * *

Das Atmen fiel ihr schwer, weil ihre Lungen sich ständig mit Flüssigkeit füllten. Sie hatte sich heute ein wenig erholt und sie wusste, dass sie ihren Sohn unbedingt sehen musste. Renee hörte Marcus, bevor sie ihn sah, und so bemühte sie sich um einen entspannten Gesichtsausdruck. Mit einem Lächeln blickte sie zur Tür. Er kam herein – begleitet von der Oberschwester. In der Hand hielt er ein paar Blumen.

Das Herz wurde ihr schwer, als sie ihn ansah. Er hatte sein Lieblings-T-Shirt an. Es war zwar frisch gewaschen, aber zerknittert. Seine Jeans hätten einen Fleckentferner nötig gehabt. Gestern hatte er sie gefragt, wie man die Wäsche richtig wäscht. Sie umarmte ihn, ignorierte dabei die Infusionsnadeln und nahm ihre ganze Kraft zusammen, um ihn fest an sich zu drücken. Ihr Lächeln war echt. „Du hast mir Blumen gebracht."

„Ich habe deine Rosen gepflückt. Ist das in Ordnung?"

„Ja, sehr sogar. Sie sind wunderschön." Sie legte sie auf die Bettdecke, damit sie die Blüten bewundern konnte.

Der Stuhl verursachte ein kratzendes Geräusch auf den Fliesen, als Marcus ihn neben ihr Bett zog. Er erzählte ihr begeistert von den kleinen Katzen des Nachbarn und wie die schwarze mit der weißen Pfote so gerne einen Staubwedel verfolgte. Sie hörte ihm zu, lächelte an den richtigen Stellen, sah ihn an und hielt seine Hand ganz fest. Ihr Sohn war die einzige Freude, die sie in ihrem Leben hatte. Der Arzt hatte ihm gesagt, dass Lachen die beste Medizin sei. Daran klammerte er sich und er nahm das sehr ernst. Deshalb kam er jeden Tag mit einer Geschichte, die sie zum Lachen bringen sollte.

Sie wollte ihn fragen, wie dieser Morgen verlaufen war, aber in den letzten Tagen war er ihr immer ausgewichen. Zu Hause lief es nicht gut, aber er wollte ihr Beschützer sein, und so erwähnte er es nicht. Sie fuhr ihm mit den Fingern durchs Haar; es war schon ziemlich lang geworden, und sie hoffte, dass er es sich nicht selbst schneiden musste. Sein Vater würde keinen Gedanken daran verschwenden.

„Mami?"

Sie war mit ihren Gedanken woanders. Die Geschichte war zu Ende. Sie lächelte entschuldigend. „Ich lache innerlich, mein Schatz."

„Es war nicht sehr lustig."

Darüber musste sie schmunzeln.

Sie wurde wieder schwächer, und sie konnte hören, wie ihr das Atmen wieder schwerer fiel.

Die Hand von Marcus drückte die ihre fest. „Soll ich die Schwester rufen?", fragte er. Seine Stimme klang ruhig, aber seine Augen blickten besorgt.

Zwei Minuten mit ihm. Das war nicht genug. Aber sie konnte die Realität nicht leugnen. „Ja." Er wollte ihr seine Hand entziehen, aber sie hielt ihn fest. „Bevor ... du gehst, möchte ich meinen Kuss."

Auf seinem Gesicht zeigte sich ein breites Lächeln. Jetzt war er wieder der kleine Junge und nicht mehr ihr ernster Sohn, der fast schon wie ein junger Mann aussah. Er lehnte sich über das Gitter des Bettes, um seine Nase an der ihren zu reiben, und dann küsste er sie auf beide Wangen. „Ich hab' dich lieb, Mami."

„Ich dich auch." Sie hielt ihn ganz fest. „Und Jesus liebt dich auch."

„Ich weiß."

Er ging weg, um die Schwester zu rufen.

Der einfache Glaube eines Kindes. Sie war dankbar dafür. Er hatte etwas gefunden, das stark genug war, um ihn durch das hindurchzutragen, was kommen musste.

Sie rang nach Luft. Sie mussten ihr wieder die Flüssigkeit aus der Lunge absaugen, und bald würden sie keine andere Wahl haben als sie künstlich zu beatmen. Sie befürchtete, dass sie von der Herz-Lungen-Maschine nicht mehr wegkommen würde. Die beruhigenden Worte des Arztes konnten ihr diese innere Gewissheit über das Unvermeidliche nicht nehmen. Sie umklammerte die Rosen und stach sich dabei in den Finger. Trotz des Fiebers zitterte sie wieder vor Kälte.

Sie würde Marcus allein mit seinem Vater zurücklassen müssen. Das war eine schwere Last für den Glauben eines Achtjährigen. Eine einzelne Träne löste sich aus ihrem Auge und lief ihr die Wange herunter. Sie hatte bereits um ihren Mann und ihren Sohn geweint, um alles, was sie verloren hatte und was hätte sein können. Tränen würden sie jetzt buchstäblich ersticken. *Jesus, bitte beschütze meinen Sohn. Er braucht dich.*

Renee schloss die Augen und konzentrierte ihre ganze Kraft darauf, noch einen weiteren Tag zu leben.

* * *

Marcus kickte lustlos mit seinen Turnschuhen gegen den gefliesten Boden und starrte aus dem Zimmer des Warteraums. Mit hilfloser Wut wischte er sich die Tränen ab. Er musste endlich aufhören zu weinen. Sie würden es sehen und ihn nicht mehr zu seiner Mutter lassen. Dieser Gedanke verursachte eine panische Angst in ihm. Er unterdrückte ein Schluchzen und biss die Zähne zusammen.

Es ging ihr noch nicht besser.

Er musste noch mehr beten.

1

US-Marshal Marcus O'Malley drückte das Handy mit dem Ohr fester gegen die Schulter, während er die neuesten Fotos vom Polizeibezirk Washington Nord betrachtete. Bei den achtzehn Faxseiten war die Bildqualität bestenfalls grobkörnig, die Informationen über die Personen eher skizzenhaft. Alle hatten Drohungen gegen die Richter ausgesprochen, die an der Juli-Konferenz im Jefferson-Renaissance-Hotel in Chicago teilnahmen. Die Seiten knisterten, wie es billiges Faxpapier an sich hatte, als er sie durchblätterte, um sich jedes Gesicht einzuprägen.

„Kate, was verschweigst du mir?" Er versuchte, während der Arbeit ein Telefongespräch mit seiner Schwester zu führen, und es war ... interessant. Er sollte es vielleicht eher als schwierig bezeichnen, aber er liebte Kate zu sehr, um vorschnell über sie verärgert zu sein.

Seine Schwester Kate O'Malley konnte sich bewusst klar oder unklar ausdrücken. Als Vermittlerin bei Geiselnahmen wusste sie, wie sie ihre Worte gezielt einsetzen musste, und momentan suchte sie mit Absicht nach Worten. Es war 19.05 Uhr an einem Freitagabend; Philip Roosevelt, ein Richter am Obersten Gerichtshof, sollte um 20.00 Uhr vor 1.200 Zuhörern eine wichtige Rede halten. Deshalb hatte Marcus gerade keine Zeit, zwischen den Zeilen zu lesen.

Kate wollte ihm etwas mitteilen, ohne gegen das Gebot der Vertraulichkeit zu verstoßen, und so wusste er, dass es etwas mit der Familie zu tun hatte. Es war wichtig, weil sie bereit war, bis an die zulässige Grenze zu gehen, um ihn darüber zu informieren. Er schloss daraus, dass es eine ernste Sache war.

„Sie hätte es dir gestern Abend sagen sollen ..."

Marcus zog noch einmal die neunte Faxseite hervor. Dabei runzelte er die Stirn. Dieses Bild erinnerte ihn an etwas: Tom Libour, Anfang vierzig, glatt rasiert. Es war eine alte Erinnerung und er merkte, wie sie irgendwo im Hintergrund lauerte. Fälle, an denen er einmal gearbeitet hatte, vergaß er nicht. Vielleicht war es ein Fall seines Partners? Er kritzelte eine kurze Notiz neben das Foto und bat um einen Bericht. Dann gab er den Stapel mit den Faxnachrichten seinem Stellvertreter zurück.

„Wer?" Jennifer, Lisa oder Rachel? Bei sieben Geschwistern hatte Kate die Liste der Möglichkeiten gerade halbiert.

Die sieben waren miteinander verwandt, aber nicht durch Familienbande, sondern durch die Entscheidung, eine Familie zu sein. Im Waisenhaus hatte ihr Beschluss, eine eigene Familie zu bilden, einen tiefen Sinn und zwei Jahrzehnte später traf das noch immer zu. Mit achtunddreißig Jahren war er der Älteste, und so hatte er die Beschützerrolle in der Gruppe übernommen. Als Zweitälteste hatte Kate den Finger am Puls der Familie. Die Verantwortung machte ihm nichts aus, aber er musste sie oft zum falschen Zeitpunkt übernehmen. Was war jetzt wieder los?

„Ich habe schon zu viel gesagt; bitte vergiss meinen Anruf."

„Kate ..."

„Marcus." Ihre Frustration drückte sich im scharfen Tonfall ihrer Stimme aus. „Ich habe es mir nicht ausgesucht, dass sie es mir erzählt hat. Ich stecke in der Klemme. Aber ich werde sie drängen, es dir zu sagen. Das ist alles, was ich tun kann."

Die Familie hielt zusammen, aber mit Kate sprach er auch mitten in der Nacht. Sie hatten die dunklen Tage miteinander erlebt. Sie waren die Ältesten, die Geschwister mit der engsten Verbindung zueinander, und niemandem vertraute er mehr als ihr. „Wie schlimm ist diese Sache?"

Von der Lehne eines Klappstuhls holte er sich seine Smokingjacke. Er musste während der Rede hinter dem Richter stehen – mit einem interessierten Ausdruck auf seinem Gesicht, während er seine wirkliche Arbeit machte, nämlich zu entscheiden, wer in der Menschenmenge den alten Mann erschießen wollte.

„Nachts laufe ich herum."

Marcus war gerade dabei, den Kragen seines Jacketts glatt zu streichen, aber er hielt mitten in der Bewegung inne. Kate hatte so gute Nerven, dass sie in Situationen gelassen reagierte, in denen ein Typ eine Bombe in der Hand hielt. Es war untypisch für sie, wenn sie überreagierte. Irgendetwas beunruhigte sie. Seine Augen verengten sich. „Wer ist es, Kate?" Er konnte ihr diese Last nicht abnehmen, wenn er es nicht wusste. Wenn Kate ihr Wort gegeben hatte, konnte sie natürlich nichts sagen, aber er konnte es einfach nicht dabei belassen. Er musste es unbedingt wissen.

„Hast du heute Abend noch Zeit?"

Die Zeit war knapp. Die Veranstaltung war die größte Richterkonferenz des Jahres, aber er wollte nicht Nein sagen. Quinn musste ihm wieder einmal einen Gefallen tun ... „Das Bankett und dessen Nachspiel sollte bis 22.30 Uhr beendet sein. Wir können uns danach treffen."

„Wir kommen her, auch wenn ich sie hierher zerren muss", erwiderte Kate grimmig.

„Abgemacht. Auch wenn du allein bist, komm einfach her."

„Ich werde da sein, weil das vielleicht die einzige Möglichkeit ist, Dave zu sehen."

Marcus bemerkte den FBI-Agenten Dave Richman am anderen Ende des Raums. Er war in ein Gespräch mit dem Sicherheitschef des Hotels vertieft.

Diese Konferenz hatte zu einem wahren Medienrummel geführt. Der Oberste Gerichtshof stand kurz vor einem Richtungswechsel zum konservativen Lager. Mit der Verkündung eines Nachfolgers für den bisherigen Richter Luke Blackwood durch den Präsidenten würde sich die juristische Landschaft des Landes für immer verändern. Die meisten Richter auf der Kandidatenliste des Präsidenten nahmen an der Konferenz teil. Dave hatte die wenig beneidenswerte Aufgabe, die Aufmerksamkeit der Medien in den Griff zu bekommen.

„Er ist hier. Möchtest du mit ihm sprechen?" Dave und Kate waren befreundet. Dave war sogar so weit gegangen, alle Männer der Familie dafür offiziell um Erlaubnis zu bitten. Auch für Kate war es ernst, denn sie ließ jemanden, der nicht zur Familie gehörte, normalerweise nicht so nahe an sich heran.

„Nein. Ich weiß, dass ihr wahnsinnig viel zu tun habt. Er fehlt mir einfach."

Sie war verliebt in Dave. Jeder in der Familie wusste das. Sie strahlte, wenn sie Dave sah. Ihre eiserne Selbstbeherrschung, die sie im Beruf so dringend brauchte, verschwand und sogar ihr Südstaatenakzent verstärkte sich. Marcus bedachte ihre Verliebtheit mit sanftem Spott und sie zog ihn auf wegen seiner Beschützerrolle. Aber das war in Ordnung; sie brauchte einen großen Bruder, der auf sie aufpasste. „Dann musst du heute Abend unbedingt kommen. Ich werde Dave sagen, dass er mit dir rechnen kann."

„Ich möchte ihn lieber überraschen. Wie ich meine Arbeit kenne, wird mich mein Piepser womöglich wegrufen, wenn ich auf dem Weg hierher bin."

Sie klang verärgert, und das gefiel ihm. „Liebe kann so hart sein."

„Warte nur, bis du selbst dran bist."

Momentan gab es keine Frau in seinem Leben und er hatte auch gar keine Zeit dafür. Er war mit seiner Arbeit und der O'Malley-Familie voll ausgelastet. Aber er kannte Kate. Sie würde ihn bei der nächsten Gelegenheit mit jemandem verkuppeln wollen, weil sie Anteil an seinem Leben nahm. Aber das beruhte auf Gegenseitigkeit. Er wusste, dass sie nur aus Prinzip über sein nicht vorhandenes Liebesleben nörgelte, aber er hätte auch nichts dagegen, das zu ändern. In seinem Terminkalender würde er nie genug Zeit für ein Rendezvous finden; er müsste sie sich einfach nehmen. „Mach's gut, Kate. Bis später."

Er klappte das Handy zu. Das Lächeln auf seinem Gesicht verschwand. Was war wirklich los? Jennifer O'Malley hatte sich gerade verlobt. Also konnte sie es nicht sein. Es blieben nur noch Lisa oder Rachel. Lisa geriet wegen ihrer Neugier immer in Schwierigkeiten, aber wenn er eine Wette abschließen müsste, würde er auf Rachel tippen. Sie war vor ein paar Tagen bei der Familienfeier zum vierten Juli außergewöhnlich still gewesen.

Marcus hatte keine andere Wahl, als das Problem erst einmal

auf sich beruhen zu lassen. Er ging zu seinem Partner Quinn. „Sind wir bereit?“

„Ich glaube schon.“ Quinn sah so aus, als hätte er in den letzten Tagen überhaupt nicht geschlafen, aber sein Gesicht wirkte immer etwas schläfrig, und so ließ sich das nur schwer beurteilen. Quinn war für die allgemeine Sicherheit im Hotel verantwortlich. Er musste 37 Stockwerke, 1.012 Zimmer und 50 Konferenzräume überwachen. Es war eine Arbeit, als ob man einen auslaufenden Staudamm mit Wattebällchen zustopfen wollte. In einem Bundesgerichtsgebäude konnten sie alle, die dort ein- und ausgingen, und das, was die Leute bei sich trugen, überprüfen. Dieses Hotel war jedoch für jeden Besucher zugänglich.

„Ich habe dem Hotel die Zustimmung abgerungen, die Lieferanteneingänge zu den Küchen für heute Abend zu schließen. Dadurch habe ich drei weitere Männer für die Sicherheit im Ballsaal“, bemerkte Quinn. „Und ich habe den stellvertretenden Marshal Ellis mit der Überwachung von Richter Blake beauftragt. Ellis war früher für die Sicherheit beim Berufungsgericht im vierten Bezirk verantwortlich. Vielleicht kann er den Richter dazu bringen, sich an die einfachsten Sicherheitsrichtlinien zu halten.“

„Danke. Nelson war sichtlich überfordert.“

„Das ist ja auch kein Wunder. Blake ist von allen der problematischste Richter auf der Auswahlliste des Präsidenten.“ Quinn schlug den Ordner mit den Arbeitsanweisungen zu und ließ ihn auf dem unordentlichen Schreibtisch einfach fallen. Angesichts der Vielzahl von Problemen spielte Ordnung keine Rolle mehr. „Meinst du, einer von ihnen wird ernannt?“

Die US-Marshals kannten die Richter aus ganz Amerika besser als der Präsident, der sie ernannte, und der Kongress, der diese Ernennungen bestätigte. Deshalb war für sie die Ernennung eines Obersten Richters wie ein Rennen, das sie mit der Sachkenntnis von juristischen Veteranen verfolgten.

Marcus ging die Namensliste in Gedanken durch, dann schüttelte er den Kopf. „Nein.“ Auf der Liste standen gute Richter, aber es handelte sich nicht um die wirklich bedeutenden. Sie standen nur dort aus politischen Gründen, bis die Presse dem Präsidenten einen Vorwand lieferte, sie nicht zu ernennen. Dann würden die ernst zu nehmenden Kandidaten auf der nächsten Liste auftauchen.

Marcus zog sich das Jackett um sein Schulterhalfter, überprüfte das Mikrofon an der Manschette seines Hemds und dann die Kommunikation im Sicherheitsnetz. Er versuchte, sich auf den langen Abend einzustellen, an dem er den Richter schützen sollte. „Ich schwöre, Nicholas Drake hat heute Mittag absichtlich verdorbene Sushi gegessen. Verrate mir doch noch mal, warum ich für diese Ehre ausgewählt wurde und nicht du?“, fragte er, während er mit den Blicken den Raum absuchte und feststellte, wie weit sie mit der Überprüfung der Statustafeln waren. Wie gewöhnlich führten sie ein Gespräch und widmeten ihre Aufmerksamkeit dabei etwas anderem.

„Du siehst besser aus.“

Marcus brummte zustimmend. „Klar. Deshalb fragt man mich ja auch immer wieder nach *deiner* Telefonnummer.“ Sein Partner Quinn Diamond zog die Blicke auf sich, ohne dass er sich darum bemühte. Der Mann sah aus, als ob er gerade von seiner Ranch in Montana gekommen sei. Irgendwie hatte er etwas Ungezähmtes an sich und die Frauen schienen das zu merken. Sein Gesicht war von Sonne und Wind gegerbt, er konnte bis zum Horizont sehen und sein offener Blick machte Verdächtige nervös. Er war höflich zu Frauen und trug fast immer Cowboystiefel. Marcus arbeitete gern mit ihm zusammen, denn mit ihm war es nie langweilig. Sie hatten gemeinsam flüchtige Häftlinge verfolgt, Zeugen beschützt und sich gegenseitig am Leben erhalten. Auch unter Druck verlor Quinn seine Gelassenheit nicht.

„Na ja, Marcus, ich befürchte, ich habe es gestern Abend verpfuscht“, gab Quinn zu.

Überrascht von seinem verlegenen Tonfall sah Marcus zu ihm herüber. „Was hast du verpfuscht?“

„Den Abend mit Lisa.“ Quinn griff in seine Jackett-Tasche und entnahm ihr ein zusammengefaltetes Tuch. Er schlug den Samt zurück und zeigte Marcus eine versiegelte Petrischale. „Sie hat mir einen versteinerten Tintenfisch geschickt."

Das war so typisch für seine Schwester, dass Marcus lachen musste. „Klingt für mich nach einem Nein", bemerkte er trocken. War das etwa das, was Kate ihm nicht erzählen wollte? Ein Streit zwischen Quinn und Lisa? Das passte zwar nicht zu Kates Reaktion, war aber dennoch eine interessante Entwicklung.

„Woher hat sie denn dieses Ding?"

„Als Gerichtsmedizinerin war das vielleicht eine der zahmeren Antworten, an die sie gedacht hat."

„Ich habe sie nur gefragt, ob sie mit mir ausgehen will."

„Quinn, da zeigt es sich wieder mal, dass du keine Schwestern hast." Marcus überlegte kurz, wie er es seinem Partner erklären sollte. „Vor zwei Jahren hast du Jennifer gefragt, ob sie mit dir ausgehen will. Jetzt ist sie verlobt. Letztes Jahr hast du es bei Kate versucht. Jetzt ist sie mit einem FBI-Agenten zusammen. Dieses Jahr versuchst du es bei Lisa. Damit hast du ihr zu verstehen gegeben, dass sie für dich die dritte Wahl ist. Rachel würde dir so etwas vielleicht verzeihen, aber Lisa wird dich das nie vergessen lassen."

„Kann ich denn etwas dafür, dass du so eine interessante Familie hast?"

Auch einem guten Freund wie Quinn war es nicht gestattet, seine Schwester zu verletzen. „Blumen reichen nicht aus. Du solltest dir für deine Entschuldigung lieber etwas Originelles einfallen lassen."

„Ich bringe sie schon noch dazu, dass sie Ja sagt."

„Ich wünsche dir viel Glück dabei – du wirst es brauchen." Quinn würde Lisa guttun. Er gehörte für Marcus zu den wenigen Männern, die seine Schwester verstehen würden und mit den Schwierigkeiten umgehen könnten, in die sie ihre eigene Neugier immer wieder brachte. Marcus fühlte sich langsam wie ein Heiratsvermittler, denn er hatte vor weniger als einem Monat bereits unauffällig dafür gesorgt, dass Kate und Dave zusammenkamen. „Weißt du was? Ich brauche heute Abend ein bisschen Zeit, um mich mit Kate zu treffen. Wir können tauschen und ich werde mit Lisa sprechen."

„Und was willst du ihr sagen?"

„Ich werde nur Gutes über dich erzählen."

„Warum kann ich dir das nicht abnehmen?"

Marcus grinste breit. „Weil ich ihr das Schlechte bereits gesagt habe."

Das Sicherheitsnetz signalisierte ihnen fünf Minuten bis zum Beginn des Abendprogramms. Richter Carl Whitmore war der erste Redner. Nach ihm sollte Gerichtspräsident Roosevelt sprechen. Marcus sehnte jetzt schon das Ende dieses Abends herbei. „Quinn, wir müssen mit Dave reden, wann nach seiner programmatischen Rede die Presse mit Gerichtspräsident Roosevelt sprechen kann."

„Gib mir die Sicherheitskontrolle für die Zuschauer – bitte. Mir ist alles andere lieber als Roosevelt. Ich mag den Mann wirklich, aber er tut nichts lieber, als die Medien zu seinem eigenen Amüsement zu ärgern."

„Er ist Gerichtspräsident auf Lebenszeit. Ohne Auseinandersetzungen ist sein Leben langweilig."

„Du meinst, wegen seines hohen Alters kümmert es ihn nicht mehr, ob sich jemand entschließt, ihn umzubringen."

„Genau."

„Dafür schuldest du mir einen Gefallen. Das letzte Mal, als Roosevelt eine dieser Frage- und Antwortspiele mit den Medien gemacht hat, musste ich einen Zwischenrufer rausschmeißen. Ich bin deswegen in den Abendnachrichten gelandet."

* * *

Das Jefferson-Hotel servierte beim Bankett als Hauptgang Huhn Kiew, Reis-Pilaw und gedünsteten Spargel. Richter Carl Whitmore konnte vor lauter Nervosität kaum etwas essen. Er probierte aus Höflichkeit ein paar Bissen; dann spielte er mit dem Essen auf seinem Teller, bevor er ihn schließlich beiseiteschob.

Gleich nach dem festlichen Essen wurden die Gedecke abgeräumt, der Mann neben ihm stand auf, ging zum Podium und hieß die Gäste herzlich willkommen. Er sprach ein paar einleitende Sätze über Carl, für die er, wie Carl wusste, höchstens zwei Minuten brauchen würde. Carl griff nach der Mappe, die er während des Essens schweren Herzens ungeöffnet liegen gelassen hatte.

Sein Vorredner beendete die Begrüßung.

Carl holte tief Luft und stand auf. Er schüttelte dem Mann, der ihn vorgestellt hatte, die Hand. Höflicher Applaus erfüllte den Raum.

Er zog seine Armbanduhr vom Handgelenk und legte sie an den Rand des Rednerpultes. Dann nahm er die Seiten seines Redemanuskriptes aus der Mappe und sortierte sie sorgfältig links von der Mitte des Rednerpultes. Er ließ sich noch einen Moment Zeit, um seine Lesebrille aufzusetzen.

Shari hatte auf dem oberen Rand der ersten Seite mit einem hellrosa Filzstift eine Notiz gemacht: *Bitte lächeln!* Anstelle des I-Punkts hatte sie den letzten Buchstaben ihres Namens mit einem kleinen Herzchen versehen. Ihre Notiz und diese Schreibweise zauberten ein Lächeln auf die Lippen von Carl, als er den Kopf hob, in die hellen Scheinwerfer blickte und vor den zwölfhundert Teilnehmern die ersten Sätze seiner vorbereiteten Rede mit Leichtigkeit aussprach.

Was hätte er wohl ohne sie getan?

Carl hatte treue Freunde. Er hatte mit ihrem Vater Jura studiert. Shari, ihr Bruder Joshua und Beth und William, ihre Eltern, waren von Virginia hierher geflogen, um seine Rede zu hören. Die Stunde seiner größten Enttäuschung war auch die Stunde der Erkenntnis darüber, wie reich sein Leben wirklich war.

Die Auswahlliste des Präsidenten für die Ernennung der Richter war erst am Dienstag bekannt geworden und sein Name stand nicht darauf. Vorherigen Gerüchten zufolge war er vorgeschlagen worden. Diese Gerüchte schienen sich zu bestätigen, als das FBI ihn unauffällig überprüfte. Carl begann, sich Hoffnungen zu machen. Er war Junggeselle, weil er mit seinem Beruf verheiratet war. Eine Ernennung zum Richter beim Obersten Gerichtshof war sein Lebenstraum. Deshalb war seine Enttäuschung groß. Aber unter den Zuhörern saßen vier Menschen, die ihn verstanden, die mit ihm fühlten und die fest entschlossen waren, ihm Mut zu machen. Seine Freunde waren ein wahrer Segen für ihn. Er hatte das, was im Leben wirklich zählte.

So begann er mit der Rede, auf die er sich ein Leben lang vorbereitet hatte. Er sprach über die Perspektive des konservativen Denkens in der Justiz.

Die Lichter waren teilweise abgedunkelt worden, als die Rede begann. Shari Hanford war dankbar dafür, denn dann konnte man nicht sehen, dass sie aus Nervosität mit ihrer Gabel herumspielte.

Obwohl sie diese Rede nicht geschrieben hatte, hatte sie den Text überarbeitet, und sie kannte ihn Wort für Wort. Fünfzehn Jahre in der Politik, die letzten zehn Jahre als Redenschreiberin, und sie hielt noch immer den Atem an, wenn sie einer Rede zuhörte. Sie wusste, wie wichtig dieser Abend für Carl war. Wenn einer ihrer Vorschläge jetzt nicht funktionierte ...

Sie gab es auf, etwas zu verbergen, was offensichtlich war, und so griff sie nach einem Brötchen, das im Brotkorb auf dem Tisch übrig geblieben war. Sie brach es in zwei Hälften. Vielleicht würde ein Bissen ihren Magen beruhigen. Sie hätte das Huhn Kiew nicht essen, sondern wie Carl warten und später den Zimmerservice bestellen sollen. Ihr wäre es lieber gewesen, wenn sie diese Rede selbst halten könnte. Wenn sie am Rednerpult stand, wich die Nervosität dem Prozess der Kontaktaufnahme mit den Zuhörern und der Anpassung ihrer Darstellung, wenn es um die Stimmlage ging, den richtigen Zeitpunkt, die Betonung, die erforderlich war, um die Menschen von ihrer Sichtweise zu überzeugen.

Ihr Bruder Joshua wechselte einen Blick mit ihr und schenkte ihr ein verständnisvolles Lächeln. Normalerweise machte er sich lustig über ihre Nervosität, aber heute Abend war das nicht der Fall.

Carl begann mit der zweiten Seite seines vorbereiteten Redetextes. Bisher waren seine Ausführungen fehlerlos. Shari stützte ihren Ellbogen auf den Tisch, das Kinn gegen ihre rechte Hand gepresst, und aß das Brötchen, während sie ihn beobachtete. Seine Leidenschaft für sein Fachgebiet spiegelte sich in seinen Worten wider. Sie begriff nicht, warum er nicht auf der Ernennungsliste für den Obersten Gerichtshof stand. Da war jemandem im Justizministerium ein großer Fehler unterlaufen, als man ihn nicht empfohlen hatte.

Herr, ich verstehe immer noch nicht, warum er übergangen wurde. Das stille Gebet war ein Gespräch, das jetzt schon einige Tage dauerte. *Das ist eine unglaubliche Enttäuschung. Was haben denn die vielen Stunden des Gebets bewirkt? Ich erwarte ja gar nicht, dass jedes Gebet erhört wird, aber wenigstens die wichtigen ...*

Das war der Lebenstraum von Carl. Warum musstest du ihm Hoffnungen machen, als das FBI ihn überprüfte, und ihn dann so sehr enttäuschen? Hättest du ihm das Nein nicht etwas sanfter übermitteln können? Ich habe mein Leben lang gesehen, wie dieser Mann dich liebt und dir dient. Er hätte in dieser Nation etwas verändern können wie sonst niemand auf der Liste. Er wäre ein großer Richter geworden.

Ihr Piepser vibrierte. Shari zuckte zusammen und ihr Wasserglas geriet ins Schwanken. Es war ihr Notfall-Piepser; sie hatte ihren normalen Piepser auf dem Zimmer gelassen. Ihr Herz begann heftig zu klopfen, als sie das Gerät aus ihrer Tasche zog. Aus beruflichen Gründen brauchte sie zwei Piepser; es gehörte zu ihrem Leben, Prioritäten zu setzen bei Leuten, die um ihre Aufmerksamkeit buhlten. Nur die wirklich wichtigen Personen in ihrem Leben hatten diese Nummer, und die meisten von ihnen saßen mit ihr um diesen Tisch. Sie las die Rückrufnummer. Es war John Palmer, der Gouverneur des Bundesstaates Virginia, ihr Chef und langjähriger Freund. Er würde sie nur in echten Notfällen anpiepsen, denn er wusste von Carls Rede heute Abend ...

Mit dem Daumen strich sie über die Ziffern auf dem Display. Sie war hin- und hergerissen, aber dann musste sie sich eingestehen, dass sie ihn nicht noch zwanzig Minuten lang hinhalten konnte. Sie griff nach ihrer Handtasche und holte ihr Handy heraus. „Ich bin gleich wieder da“, flüsterte sie ihrer Mutter zu. Dann stand sie leise auf, aber die Leute an den Nachbartischen sahen trotzdem zu ihr hin. Das war ihr peinlich, und sie hoffte, dass Carl es nicht bemerkt hatte. Auf gar keinen Fall wollte sie seine Rede stören.

Sie öffnete eine Nebentür und verließ leise den Saal. Zu ihrer Überraschung fand sie sich in einem Nebenflur wieder. Gegenüber sah sie eine offene Tür zu einem Mehrzweckraum. Der Flur war leer, ziemlich eng und schlecht beleuchtet. Sie hatte wohl den falschen Ausgang erwischt. Shari zögerte, dann tat sie diesen Fehler mit einem Schulterzucken ab, weil sie im Grunde genommen froh war über die Abwesenheit der Presse. Sie wählte Johns Nummer.

Seit gut zehn Jahren arbeitete sie jetzt für ihn. Sie fügte seinen öffentlichen Äußerungen die nötige Eleganz hinzu. Sie machte Überstunden als stellvertretende Leiterin seiner PR-Abteilung, um sich für seine Wiederwahl zu engagieren. Was war schiefgelaufen?

Shari ging mit großen Schritten auf die Fenster zu, während sie wartete, bis er abnahm. Dann hielt sie inne und schloss die Augen vor Müdigkeit. Bei der Kampagne zum vierten Juli war sie vier Tage ohne Unterbrechung quer durch Virginia gereist. Sie war für einen Tag nach Hause gekommen, um erneut ihren Koffer zu packen. Dann hatte sie sich mit ihren Eltern und ihrem Bruder getroffen, um zu dieser dreitägigen Konferenz hierher nach Chicago zu fliegen. Im Grunde genommen wollte sie sich hier ein wenig ausruhen, aber das wollte ihr einfach nicht gelingen. Ihre innere Uhr war durcheinandergeraten. Um zwei Uhr nachts war sie hellwach und gegen Mittag kämpfte sie gegen den Schlaf an. Sie versuchte, ihre Müdigkeit zu überspielen, damit diese sich nicht in ihrer Stimme zeigte. Ihr Piepser ging schon wieder los. Sie runzelte die Stirn. Offenbar gab es in Virginia eine Krise und sie war weit weg in Chicago. Sie wusste, dass es keine gute Idee war, sich während einer Wahl davonzustehlen.

Normalerweise lebte sie auf, wenn sie sich mit Problemen befassen konnte und sie im Zentrum des Sturms war. Joshua bezeichnete das als ihren Hurrikan-Modus, wenn sie sich mit unvollständigen Informationen herumschlagen musste, mit Termindruck, plötzlichen Katastrophen – mitten in der Hektik war sie immer der ruhende Pol. Sie hatte immer alles im Griff. Heute Abend war das nicht der Fall, denn sie war viel zu weit weg. Sie hob den Piepser an, um auf die Nummer zu sehen und festzustellen, wer schon wieder etwas von ihr wollte.

Als sie die Nummer sah, traf es sie wie ein körperlicher Schlag.

Es war Sam. Er hatte sie fast fünf Monate lang nicht mehr angerufen, nicht mehr, seitdem sie das letzte Mal einfach aufgelegt hatte. Sie versagte nur selten, aber heute Abend war das der Fall.

Sam Black, der Mann, dem sie erlaubt hatte, tief in ihre Seele einzudringen und sich wie eine Schlange um ihr Herz zu winden, war wie ein dunkler Fleck, den sie nicht mehr wegbekam. Shari hatte ihn leidenschaftlich geliebt, aber heute löste allein der Anblick seiner Telefonnummer so viele Gefühle in ihr aus, dass sie sich wie gelähmt fühlte. Ihre Trennung war nicht freundschaftlich gewesen, denn dabei waren Träume zerstört und Erwartungen enttäuscht worden. Das Ende hatte extrem wehgetan und ein Jahr später verfolgte es sie immer noch.

Sam gehörte auch zu den Gebeten, die Gott nicht erhört hatte.

Am liebsten hätte sie einen Fluch ausgestoßen, aber sie stieß nur mit der Hand gegen die Wand und ging schnell von den Fenstern weg. Sie versuchte, ihr immer größer werdendes Dilemma mit dem Gebet zu lösen, während sie an einem Telefon hing und in den Fluren eines Hotels in Chicago auf und ab ging.

Es gefiel ihr gar nicht, wenn ihre Gebete nicht erhört wurden.

Du bist ein verwöhnter Fratz, sagte sie sich mit einem sarkastischen Lächeln. *Aber Gott liebt dich trotzdem.*

Ihr Blick fiel wieder auf den Piepser. Sam konnte sehr nett, sogar freundlich sein, wenn sie miteinander sprachen, und sie konnte darauf nur mit kalter Höflichkeit reagieren. Ihr war es peinlich, wenn sie daran dachte, was hätte sein können, und wenn der Klang seiner Stimme alle ihre Hoffnungen wiederbelebte. Sie entschloss sich, seinen Anruf zu ignorieren, obwohl sie sich fragte, warum er sie plötzlich sprechen wollte.

Der andere Teilnehmer nahm endlich ab. „Entschuldige, dass es so lange gedauert hat, Shari. Danke für deinen Rückruf."

Sie fragte sich, wie John es wohl vor der Erfindung der Anruferkennung gemeistert hätte. „Kein Problem. Was gibt es Neues?"

„Was würdest du denken, wenn es schon ein halbes Jahr vorher Weihnachten wäre?"

Sie konnte das Lächeln in seiner Stimme hören. „Was meinst du damit?"

„Carl wird auf der Liste des Präsidenten stehen. Dein Profil hat dazu beigetragen, Shari."

Ihr Herz setzte kurz aus. „Du machst Scherze." Sie hatte hart gearbeitet an dieser Darstellung über die Qualifikation, die Carl für den Gerichtshof hatte. Sie kannte Carls alten Fälle besser als seine eigenen Mitarbeiter, weil sie ihn persönlich kannte. Es war das beste Grundsatzreferat ihres Lebens. John hatte es nach Washington weitergeleitet – das war eine Stimme von unendlich vielen.

Sie schloss die Augen, weil sie wusste, dass sie sich bei Gott entschuldigen musste. „John, du hättest mir keine bessere Nachricht bringen können."

„Wirst du heute Abend dafür sorgen, dass er in der Nähe des Telefons bleibt?"

„Na klar! Ich werde zusehen, dass wir feiern können, wenn der Anruf kommt." Sie rieb sich die Stirn und lachte leise. „Da kann man sich ja ein Magengeschwür holen. Wenn Carl auf der Liste steht, müssen wir trotzdem noch warten. Der Präsident trifft seine Entscheidung erst in zehn Tagen."

„Wenigstens rennst du dann aus gutem Grund auf und ab."

Das war zwischen ihnen ein immer wiederkehrender Scherz – ihre Gewohnheit, auf und ab zu gehen, wenn sie nachdachte, redete, wartete. „Gibt es sonst noch etwas Wichtiges?"

„Alles andere kann noch einen Tag warten."

„Dann reden wir morgen wieder." Sie klappte das Handy zu, nachdem sie sich noch einmal bedankt hatte.

Carl sollte auf der Auswahlliste stehen. Die hohen Absätze ihrer Schuhe versanken im dicken Teppichboden, als sie plötzlich herumwirbelte. Sie fürchtete, dass sie platzen würde, wenn sie ein solches Geheimnis auch nur für ein paar Stunden für sich behalten sollte. *Herr, ich danke dir! Bitte verzeih mir, dass ich gemeint habe, es wäre dir gleichgültig.* Sie musste es wenigstens ihrem Bruder Josh erzählen. Sie könnten beim Zimmerservice ein besonderes Abendessen für Carl bestellen – vielleicht Hummer. Wenn der Anruf dann käme, könnten sie ein paar seiner Freunde einladen.

Herr, die Spannung ist so stark, dass ich sie schmecken kann.

Carl könnte schon bei der nächsten Sitzungsperiode des Obersten Gerichtshofes dabei sein. Dieser Gedanke war fast unglaublich.

Sie öffnete die Tür zum Ballsaal, um leise an ihren Platz zurückzukehren.

„Oh, Entschuldigung!" Shari wich zurück beim Anblick von bewaffneten, elegant gekleideten Männern. Sie drehten sich um. Die drei, die ihr am nächsten waren, versperrten den Blick in den Raum. Das war ganz sicher nicht der Ballsaal.

Keine der Türen im hinteren Korridor hatte ein Schild. Sie hatte sich offenbar umgedreht, als sie während des Telefonats auf und ab ging. Sie war an Männer mit Revolvern geraten. Ihr Herzschlag wurde schneller – in etwa demselben Augenblick, als die drei Männer in ihrer Nähe sich entspannten. Sie hatten sie gleich richtig eingeschätzt.

Der Mann rechts von ihr zog seine Hand wieder aus der Innenseite seines Jacketts. Ein nervöses Lachen erstarb auf ihren Lippen, als ihr klar wurde, dass er instinktiv nach seinem Revolver gegriffen hatte. Heute war einfach nicht ihr Abend. Sie war schon ausländischen Würdenträgern vorgestellt worden und hatte Senatoren bei sich zu Gast gehabt, aber sie hatte sich noch nie so dumm angestellt wie an diesem einen Abend.

„Kein Problem", sagte der ihr am nächsten stehende Mann. Als er lächelte, nahm er ihr die Panik mit einem Charme, der sie erstaunt aufblicken ließ. Dieses Lächeln veränderte ihn. Er war über einen Meter achtzig groß. Unter seinem Smoking konnte man einen muskulösen Körper erahnen. Seine Augen hatten einen durchdringenden Blick. Ohne dieses Lächeln hätte er bedrohlich gewirkt, aber jetzt war alles anders. Es war, als ob ihr jemand einen sanften Kinnhaken verpasst hätte, als er seinen Blick auf sie richtete.

Sie war durch die Seitentür in ein Kontrollzentrum der Sicherheitskräfte gekommen. Jetzt stand sie hinter zwei langen Tischen, von denen Kabel und Stromanschlüsse von Computern und Faxgeräten auf den Boden hingen. Es herrschte ein geschäftiges Treiben in dem Raum, denn es waren mindestens zwanzig Leute anwesend. Die meisten hatten ihre Arbeit unterbrochen, als sie hereinkam, und es war still geworden.

„Diese Tür müsste abgeschlossen sein; es war nicht nur Ihr Fehler", bemerkte der Mann, ging um die Tische herum und stieg über die Kabel, als er sich ihr näherte. Sein schwarzes Jackett war offen und sein Schulterhalfter war zu sehen. Instinktiv wusste sie, dass er einer von denen war, die hier etwas zu sagen hatten. Sein Aussehen und seine Worte waren offen und selbstbewusst. Seine Hand legte sich unter ihren Ellbogen. Mit einem sanften, unauffälligen Druck lenkte er ihre Schritte aus dem Raum. Sie merkte, wie er seine Kraft zurücknahm. „Sie sind aus Versehen zwei Türen weiter gegangen."

Das war ihr schrecklich peinlich, aber mit seiner Höflichkeit nahm er ihr die Verlegenheit. „Ich habe einen sehr schlechten Orientierungssinn. Ich wollte nicht herumschnüffeln."

„Es ist ja nichts passiert."

Sie konnte diesen fehlenden Orientierungssinn einfach nicht abschütteln, und sie war selbst daran schuld, weil sie einfach nicht gut genug aufpasste, bis es zu spät war, den Fehler auszubügeln. Bei jedem Neujahrsfest fasste sie den guten Vorsatz, härter an sich zu arbeiten, und jedes Jahr vergaß sie dieses Versprechen und geriet mit schöner Regelmäßigkeit in solche peinlichen Situationen.

Diesmal passierte ihr das auch noch mit drei gut aussehenden Männern. Manchmal wünschte sie sich die Fähigkeit, in einem Mauseloch verschwinden zu können. Sie atmete tief durch und entspannte sich. Es war passiert und jetzt musste sie das Beste daraus machen. Diese Erkenntnis ließ sie schmunzeln. „Ach übrigens, mein Name ist Shari."

„Shari Hanford. Ja, ich weiß." Er schloss die Tür fest hinter sich, dann ließ er ihren Ellbogen los und reichte ihr die Hand. „Marcus O'Malley."

Sie sah erstaunt drein, weil er ihren Namen kannte, aber ein Mann in seiner Position wusste wohl fast alles. Dieser Gedanke war zwar ein bisschen übertrieben, aber sie war sich da wirklich nicht sicher. Sie war schon bei zu vielen ähnlichen Veranstaltungen dabei gewesen, bei denen Männer wie er sich unauffällig im Hintergrund hielten, um nicht einen gesunden Respekt vor seiner Arbeit zu haben, obwohl Marcus wohl nicht im Hintergrund bleiben, sondern eher die Aufmerksamkeit auf sich ziehen würde.

Aus der Nähe war seine Wirkung überwältigend und raubte ihr fast die Sinne. Er war bestimmt sehr sportlich, denn sein Körperbau verriet das. Sie konnte gar nicht anders, als ihn anzustarren. Ihr Blick begegnete schließlich dem seinen und sie errötete ein wenig über die selbstbewusste Offenheit und das Amüsement in seinen Augen.

„Marcus – schön, Sie kennenzulernen." Seine Hand war kräftig, und als sie sich um die ihre schloss, spürte sie seinen warmen Händedruck bis auf die Knochen. Sie wollte gerne glauben, dass er ihre Hand einen Herzschlag länger hielt als notwendig, aber dann lächelte er, weil er noch immer nicht losgelassen hatte, und sie merkte, dass dieser lange Händedruck nicht in ihrer Fantasie stattfand. Sie war kurz davor, wieder rot zu werden, aber stattdessen blickte sie ihm nur in die Augen.

Es war schon lange her, dass jemand, der beruflich nichts mit ihr zu tun hatte, sie mit diesem bewundernden Blick ansah. Das tat ihr ungemein gut. Sie musste sich keine Gedanken darüber machen, ob er sie im nächsten Augenblick mit einer Bitte um ein Zitat von ihrem Chef belästigen würde. Shari wusste, dass sie heute Abend besonders gut aussah. Sie hatte sich das Haar hochgesteckt und sie trug ihren Goldschmuck. Sie hatte die Wimpern um ihre blauen Augen herum betont. In ihrem neuen weißen Leinenkostüm wirkte sie nicht nur professionell, sondern auch elegant. Es fühlte sich gut an, dass das alles bemerkt wurde.

„Es freut mich, Sie kennenzulernen, Shari." Er ließ ihre Hand los. „Ich habe eine Minute Zeit, und so kann ich Sie sicher zum Tisch Nummer sechs zurückbegleiten."

„Oh, daher kennen Sie meinen Namen", bemerkte sie. Am liebsten hätte sie sich selbst einen Tritt gegeben. Das war wirklich ein eleganter Kommentar. Was würde ihr wohl als Nächstes einfallen? Das Wetter? Sie wollte ihn beeindrucken und nicht als Wirrkopf dastehen.

Sein Lächeln wurde breiter. „Ja." Er deutete mit einem Kopfnicken auf das Handy und den Piepser in ihrer Hand. „Man hat Sie angepiepst?"

„Ja. Wenn ich telefoniere, gehe ich gerne auf und ab, und deshalb habe ich mich verirrt, als ich das Gespräch beendet habe."

„War es wenigstens eine gute Nachricht?"

„Eine sehr gute."

„Bei diesem strahlenden Lächeln kann es ja gar nicht anders sein."

„Sind Sie immer so direkt?", fragte sie, sowohl amüsiert als auch entzückt.

„Immer dann, wenn ich mir mit einer hübschen jungen Dame die Zeit vertreibe."

Sie hätte es lieber gehabt, wenn er sie schön genannt hätte, aber sie konnte auch ganz gut mit dem Wort „hübsch" leben.

Seine Worte drangen in ihr Bewusstsein ein. Also wurde nun eine Sicherheitsprüfung durchgeführt. Sie hatte sich schon gewundert, denn sie waren etwa drei Meter von der Tür zum Ballsaal entfernt, und trotzdem blieb Marcus stehen. *Josh, ich habe es geschafft, beim US-Marshal auf der Liste der Sicherheitsverstöße zu stehen.* Es würde schwer sein, sich von diesem Fehler wieder reinzuwaschen.

Marcus musste heute Abend mehr als genug Arbeit haben, und diese Begegnung nahm ihm die Zeit weg für wichtigere Aufgaben, aber trotzdem ließ er sie das nicht spüren – im Gegenteil. Sie wusste seine Höflichkeit wirklich zu schätzen. Sie fragte ihn mit einem breiten Lächeln: „Soll ich Ihnen gleich alle meine Geheimnisse erzählen, oder warten wir, bis jemand mein Dossier findet und sie Ihnen berichtet?"

Der Blick seiner braunen Augen wurde wärmer. „Sicherheitsvorkehrungen gehören zu einer Konferenz wie dieser; es wird nur eine Minute dauern. Aber wenn Sie ein paar interessante Sachen auf Lager haben ...?"

„Nichts, was ich einseitig preisgeben will."

Zuerst war da ein kurzes Schweigen, und dann hörte sie sein Lachen – es klang angenehm, herzlich und tief. „Das ist gut."

Sie wünschte, sie würde öfter solche Männer kennenlernen. Politiker hatten nur selten einen solchen Sinn für Humor. Sie lehnte sich an die Wand und entlastete so ihr rechtes Fußgelenk, das sie sich heute leicht verstaucht hatte, als sie mit Joshua Tennis gespielt hatte. Marcus sah so aus, als ob er sich in seinem Smoking wohlfühlte – und mit der Autorität, die ihm passte wie eine zweite Haut.

„Hat Ihnen die Konferenz bis jetzt gefallen?"

Sie ging das Risiko ein, aber sie zeigte ihr Interesse. „Ja, aber sie ist gerade viel schöner geworden."

Sein sich langsam entfaltendes Lächeln ... Sie wünschte, sie könnte die Wärme, die es ausstrahlte, in eine Flasche füllen, um sie später noch einmal zu genießen. „Ich sehe, ich bin nicht der Einzige, der direkt sein kann."

„Ich glaube, ich werde langsam wirklich verdächtig. Ihre Kollegen werden mich bestimmt bald freigeben", erwiderte sie leichthin, während ihr Herz so laut schlug, wie sie es seit einem Jahr nicht mehr gehört hatte. Dieser Typ trug keinen Ring, er sah unverschämt gut aus, sie schmolz unter seinem Lächeln förmlich dahin und er hatte nicht das Geringste mit Politik zu tun. Sie wurde fast übermütig. Heute Abend waren ihre Gefühle schon Achterbahn gefahren, und so kam es auf einen Höhenflug mehr oder weniger auch nicht mehr an.

„Warum machen Sie Herzchen statt I-Punkte?"

Sie sah ihn erstaunt an. „Woher wissen Sie das?"

„Sie haben Sie vor kurzem freigegeben. Unter anderem haben Sie die Reservierung für Tisch sechs unterschrieben."

„Marcus."

Er wirkte überhaupt nicht verlegen. „Ich wollte mich nicht sofort verabschieden. Wie ist es, möchten Sie morgen früh mit mir zusammen einen Kaffee trinken? Heute bin ich schon mit meiner Schwester zu einem späten Abendessen verabredet."

Sie wusste nicht so recht, was sie sagen sollte. Ja, natürlich wollte sie, aber wusste nicht, wie sie es anstellen sollte. Sie holte Luft und machte einfach einen Schritt ins Unbekannte. „Ja, sehr gerne."

Die Frage, ob das ein guter Schachzug gewesen war oder nicht, stellte sich nicht mehr, als sie seinen Gesichtsausdruck sah. Dieses Wissen, dass sie für diese Zufriedenheit verantwortlich war, fühlte sich einfach gut an. Sehr gut sogar.

„Ich rufe Sie an." Er deutete zum Saal. „Ich bringe Sie zurück."

Shari ging mit ihm, wie verzaubert von der Wendung, die dieser Abend bereits genommen hatte.

Sie hatten die richtige Tür fast schon erreicht, als diese sich öffnete und ihr Bruder herauskam. Shari hielt überrascht inne und Marcus zog sie sogar noch einen Schritt hinter sich. Sie merkte, dass er automatisch von einer Bedrohung ausging, und so legte sie beruhigend die Hand auf seinen Unterarm. Sie merkte, wie sich seine Muskeln zusammenzogen. Dann ging sie an ihm vorbei auf ihren Bruder zu. „Hallo, Josh. Hast du Angst, ich hätte mich verirrt?"

„Das ist früher schon öfter passiert", stimmte er ihr leichthin zu und legte den Arm um ihre Schultern. „Ich wollte nur wissen, ob der Piepser dir schlechte Nachrichten signalisiert hat."

„Manches davon war sehr gut." Sie streckte die Hand aus und umfasste das Handgelenk ihres Bruders. Er sah sich ihren Begleiter sehr genau an und versuchte nicht, diesen prüfenden Blick zu verbergen. „Joshua, das ist Marcus. Marcus, das ist mein Bruder."

Weil sein rechter Arm um ihre Schultern lag, verzichtete Josh auf einen Händedruck und nickte nur höflich. „Freut mich." Die beiden Männer sahen sich kurz an, dann wechselte Josh einen Blick mit ihr. „Wir sollten zurückgehen. Carl beendet gerade seine Rede."

„Carl!" Sie hatte ihn einen Augenblick lang vollkommen vergessen. „Wie läuft es?"

Joshua lachte. „Hervorragend!"

Marcus hörte offenbar etwas in seinem Kopfhörer. Sein Gesichtsausdruck wurde distanziert, als er die Hand hob und in das kleine Mikrofon an seiner Manschette sprach. Es war zu leise, um für sie verständlich zu sein. Als sein Blick wieder auf sie fiel, war immer noch Wärme darin, aber es war offensichtlich, dass er abgelenkt war. „Es war schön, Sie kennengelernt zu haben, Shari. Leider muss ich jetzt gehen."

Sie nickte und beobachtete ihn, wie er zielstrebig wegging – dorthin, woher sie gekommen waren.

„Ein Sicherheitsmann?", fragte Josh.

Sie nickte wieder, erwähnte aber nicht, wie sie sich kennengelernt hatten, und auch nicht die Einladung zum Kaffee. „Hören wir uns das Ende von Carls Rede an. Ich habe großartige Neuigkeiten für dich!"

* * *

„Eine hübsche Lady", bemerkte Dave. Mit seinem britischen Akzent legte er besonderes Gewicht auf das Wort *Lady*.

Marcus wechselte einen Blick mit seinem Freund, als sie zu dem an diesem Abend für die Sicherheitskräfte reservierten Aufzug gingen. „Du hast lange genug gebraucht, um zu bestätigen, dass es ein echter Fehler war."

„Du hast dich aber nicht beklagt."

Dave war neugierig und Marcus wusste das; er lächelte nur und ging auf diese Bemerkung nicht ein. Die Familie würde zu gerne das Gerücht hören, dass er eine Frau kennengelernt hatte, die er mochte. Diesem Klatsch wollte er noch nicht einmal unbeabsichtigt Vorschub leisten.

Sie wollten ihn glücklich sehen, und so wurde sein gesellschaftliches Leben alle paar Jahre hinter seinem Rücken zu einem heißen Thema in der familiären Gerüchteküche. Dieses Interesse würde wieder nachlassen, sobald es sich auf jemand anderen aus der Familie konzentrierte.

Die Familie. Er musste sie einfach gern haben. Dave passte gut zu ihnen.

Shari entsprach genau dem, wonach er momentan suchte. Mit ihr konnte er mitten in einem hektischen Wochenende für ein paar Minuten abschalten. Er hatte gelernt, diese unerwarteten Momente im Leben zu nutzen.

Über den Sicherheitsfunk erfuhr er, dass Richter Roosevelt jetzt herunterkommen würde. Die Trennung zwischen dem Gespräch, das er gerade führte, und der Kommunikation mit dem Sicherheitsfunk war ihm nach all den Jahren zur festen Gewohnheit geworden. Marcus beendete einen Satz, den er zu Dave sagte, und gab ohne Pause eine Anfrage an den Sicherheitsfunk durch. Von den drei Agenten, die die Zugänge zum Ballsaal sicherten, bekam er die Bestätigung, dass sie bereit waren. Zufrieden mit seiner eigenen Überprüfung der Zugänge gab er ihnen grünes Licht. „Der Richter kann jetzt runterkommen."

Dave sah zu, wie die Stockwerkziffern am Aufzug vom neunzehnten Stock abwärts zeigten. „Wirst du eine Ausrede finden, um sie wiederzusehen?"

Manche Dinge konnte man in der verschworenen Gemeinschaft der Sicherheitsleute nicht geheim halten, und in diesem Fall versuchte Marcus es auch gar nicht erst. „Wir treffen uns morgen früh zu einem Kaffee."

„Darf ich das Kate sagen?"

Wenn Dave das heute Abend erwähnte, würde Kate bestimmt einen Vorwand finden, um am Morgen „rein zufällig" im Hotel vorbeizukommen. „Spar dir das lieber auf, bis du wegen irgendeiner Sache in Ungnade gefallen bist", antwortete Marcus. Sein Freund lachte.

* * *

Connor Gray saß am Tisch Nummer vierundzwanzig. Er spielte mit seiner Gabel, während er der Rede von Richter Whitmore zuhörte. Er hörte zu und sein Hass wurde größer. Sein Ziel war jetzt gut zu sehen.

Sein älterer Bruder war tot wegen dieses Richters. Zwölf Jahre lang waren Begnadigungsgesuche eingereicht worden, aber niemand hatte das Urteil, das dieser Mann gesprochen hatte, infrage gestellt. Es war vollstreckt worden.

Jetzt würde er es ihm mit gleicher Münze heimzahlen.

Er hatte darüber nachgedacht, wie er seinem Bruder versprochen hatte, dass er das tun würde. Er hatte neun Monate zum Nachdenken gebraucht. Beinahe hatte er sich schon entschlossen, es sein zu lassen, wie Daniel ihn gebeten hatte, bis die Gerüchte über die Ernennung zum Obersten Richter die Runde machten.

Connor hatte sich ein Exemplar des Kurzprofils besorgt, das in Umlauf war. Es klang gut, sehr gut sogar. Es war der Grundstock für eine Bestätigung von Richter Whitmore durch den Senat. Der Präsident hatte bekanntermaßen diese Tatsache abwägen müssen, als er seine Entscheidung traf, denn es war nicht einfach, die Ernennung eines konservativen Richters vom Senat bestätigen zu lassen. Das Kurzprofil war ausschlaggebend für eine Entscheidung zugunsten von Richter Whitmore. Auf gar keinen Fall konnte Connor es zulassen, dass dieser Richter im Obersten Gerichtshof sitzen würde.

Er konnte sich diesen Mord erlauben. Er wusste, was erforderlich war, um ihn zu überführen, und die Polizei würde diese Fakten nicht haben. Er hatte seinen Plan mit einer Logik ausgearbeitet, auf die sein Bruder stolz sein würde. Die Fehler, die andere machten, wurden von vornherein ausgeschaltet. Zeugen, Beweise. Er wusste, wie berechtigte Zweifel an seiner Unschuld aufkommen könnten. Deshalb hatte er sich nicht nur gute Alibis zurechtgelegt.

Er wusste auch, was ein guter Ruf vor Gericht wert war. Er war gezwungen, den braven Sohn zu spielen, um den Preis für die Sünden seines Bruders zu bezahlen. Deshalb führte er ein so einwandfreies Leben, dass er noch nicht einmal Strafzettel wegen falschen Parkens vorweisen konnte. Er konnte sich auf eine hervorragende Ausbildung berufen, auf ein dickes Adressbuch mit den richtigen Freunden, auf eine bemerkenswerte Karriere.

Er musste früher handeln als geplant. Richter Whitmore stand zwar noch nicht auf der Auswahlliste des Präsidenten, aber gut unterrichtete Kreise im Justizministerium sagten, sein Name werde bald dort zu finden sein. Wenn er erst einmal auf dieser Liste stand, würde es unmöglich sein, an den Sicherheitskontrollen vorbei- und an ihn heranzukommen. Aber jetzt wirkte sich sogar diese Änderung in seinem Zeitplan zu seinen Gunsten aus. Er war hier, in Sichtweite seines Ziels, und niemand ahnte etwas von seinen Plänen.

Connor erhob sich mit einer Entschuldigung von seinem Platz, als Richter Whitmore seine Rede beendete.

2

Shari war sicher zum Tisch Nummer sechs zurückgekehrt. Marcus sah sie dort sitzen, als seine Blicke über den Raum schweiften. Er stand hinter Richter Roosevelt – als aufmerksamer Zuhörer, eingestellt auf jede Bewegung unter den Teilnehmern, mit einer entspannten Haltung, aber dennoch bereit zum Handeln. Ein älteres Ehepaar, auf den zweiten Blick erkennbar als Sharis Eltern, saß zu ihrer Linken, Joshua zu ihrer Rechten. Ein netter Junge, ihr Bruder; er war noch jung, aber er spielte schon die Rolle des Beschützers. Nur wenige Männer hätten ihn auf diese Art stillschweigend herausgefordert.

Weil er selbst ein älterer Bruder war, hatte er diese Herausforderung eher amüsiert als irritiert angenommen. Shari war einfach zu offen gegenüber Fremden; sie brauchte einen Joshua in ihrem Leben, der sie beschützte.

Er würde es genießen, mit ihr zusammen einen Kaffee zu trinken. Ihm gefiel ihr Humor und ihre Selbstironie, mit der sie zugab, dass sie einen schlechten Orientierungssinn hatte, und er mochte das Selbstvertrauen in ihrem Blick, als sie ihn angesehen hatte. Sie trat so auf, als ob sie sich in ihrer Haut wohlfühlte. Er lächelte bei dem Gedanken an ihre Erwiderung über das einseitige Preisgeben von Geheimnissen. Jemand, der über sich selbst lachen konnte, war selten und wirkte deshalb sehr anziehend.

Sie war hübsch – keine klassische Schönheit, aber hübsch. Als sie versehentlich in den Belmont-Raum marschiert war, hatte er sich routinemäßig ihre Erscheinung eingeprägt. Sie war brünett, hatte blaue Augen, war etwa einen Meter sechzig groß und schlank, ungefähr Mitte dreißig. An der linken Seite ihrer Oberlippe hatte sie eine kleine, weiße Narbe. Ihre Zähne waren so gerade, dass sie als Kind wohl eine Zahnspange getragen hatte. Sie erinnerte ihn an seine Schwester Jennifer. Genau wie sie sprühte sie förmlich vor Energie und Lebensfreude.

Es war ein winziges Signal, als Shari das Handgelenk ihres Bruders umfasst hatte, aber es sprach Bände. In ihrer Welt stand ihr die eigene Familie nahe, war etwas Besonderes, und sie vertraute ihr. Ihr war dieses Geschenk durch die Geburt gegeben worden und er hatte es bei den O'Malleys gefunden. Sie hatten zumindest eines gemeinsam, nämlich ihre Liebe zu ihrer Familie.

Er wünschte, er wäre ihr unter anderen Umständen begegnet. Es war einfach ein ungünstiger Zeitpunkt. Sie wohnten beide nicht in Chicago und er würde sie nach diesem Wochenende wohl nicht mehr wiedersehen, wenn er sie nach dieser ersten Verabredung zum Kaffee beim nächsten Mal zum Essen einladen wollte. Es sei denn ... auf der Rückseite von Sharis Foto stand ihr Name und eine Adresse in Virginia.

Beruflich war er ständig unterwegs. Sein Stützpunkt lag außerhalb von Washington, aber seine Wohnung war in Arlington im Bundesstaat Virginia, am anderen Ufer des Potomac-Flusses, im Norden des Heldenfriedhofs in Arlington. Wenn er in der Stadt war, nutzte er häufig die Wanderwege auf der Roosevelt-Insel für seine morgendlichen Laufrunden. Wenn Shari an ihm interessiert war und in der Nähe seines Wohnsitzes in Virginia wohnte, müsste er sie nicht nur einmal treffen und sich dann von ihr verabschieden ...

„Bewegung rechts, gelbe Zone, Objekt unbekannt."

Marcus konzentrierte sich auf die Bedrohung, ohne sich für andere erkennbar zu bewegen. Wenn ein Unbekannter die rote Zone, die zehn Tische vom Rednerpult entfernt war, durchbrach, würde er gewaltsam aufgehalten werden. Nicht alle Kellner waren wirklich das, was sie zu sein schienen.

* * *

Nichts war passiert; der Abend war sehr gut verlaufen. Marcus streckte sich, um seine verkrampfte rechte Schulter zu entlasten. Er rieb sich am Unterarm. Seit dem Baseballspiel der Familie O'Malley am vierten Juli spürte er seine Muskeln, weil er einen

Wurf mit einer Rückhand angenommen hatte, um Dave am ersten Punkt herauszuwerfen. Er musste noch immer lächeln beim Gedanken an Kates ohnmächtige Wut, als Dave das Spielfeld verlassen musste. Allein dafür hatte sich die leichte Muskelverzerrung im Arm gelohnt.

Mit einem lauten Poltern fielen ein paar Stühle um. Marcus drehte sich um und sah, wie zwei Arbeiter sie wieder aufstellten. Die Mitarbeiter des Hotels begannen mit dem Abbau der Dekoration im Ballsaal. Sie stellten die Tische um. In sieben Stunden musste der Raum für ein Frühstück mit sechshundert Gästen bereitstehen.

„Marcus, wir haben ein Problem." Sein Partner Quinn durchquerte mit schnellen Schritten den Raum und machte neben ihm Halt.

„Der Abend ist so gut gelaufen. Ist es Richter Roosevelt?"

„Zum Glück nicht. Er ist wieder in seiner Suite in dem gesicherten Stockwerk. Washington hat gerade angerufen. Der Präsident hat Richter Whitmore auf seine Auswahlliste gesetzt." Marcus hob eine Augenbraue. „Der Präsident hat sich das mitten in der Nacht überlegt?" Er schüttelte den Kopf, um diese Frage selbst zu beantworten. Diese Entscheidung war wohl schon vor einiger Zeit gefallen, aber sie wurden jetzt erst benachrichtigt. Seine Frustration zeigte sich in seinem finsteren Blick. „Wann begreifen die endlich, dass sie uns zuerst informieren müssen, und zwar bevor sie dem Präsidenten Namen vorlegen?"

„Genau. Aber sei froh, dass sich das nicht schon während seiner Rede herumgesprochen hat." „Ist im gesicherten Stockwerk noch ein Zimmer frei?"

„Die Ost-Suite."

Marcus warf einen Blick auf seine Uhr. Kate sollte bald hier sein. „Wir suchen jetzt erst einmal den Richter und bringen ihn in den neunzehnten Stock. Hast du schon seine Akte?"

„Sie wird uns gerade gefaxt. Offenbar ist sie ziemlich überschaubar."

„Das wird sich ändern, sobald sein Name bekannt wird."

Sie verließen den Ballsaal, durchquerten die Hotelhalle und gingen an Gästen vorbei zum Privatflur.

„Gibt es einen stellvertretenden Marshal, der den Personenschutz für den Richter übernehmen kann?"

„Vielleicht ist Chuck Nance der richtige Mann", erwiderte Quinn. „Er überwacht die Fernsehinterviews im Raum Ontario, aber das dauert noch eine knappe Stunde. Dann steht er zur Verfügung."

„Er ist gut. Alles klar, teil ihn ein. Wie läuft es sonst?"

„Außer einem kleinen Auffahrunfall, einem Paparazzi, der ein Foto machen wollte, als Richter Frenston die Frau von Richter Burkhaven geküsst hat, und der Tatsache, dass dem Hotel der Kaviar ausgeht, ist alles wunderbar. Diesen Job solltest du haben."

„Burkhavens Frau?"

„Keine Angst. Ich war sehr taktvoll, als ich ihnen vorschlug, dass sie vielleicht ein bisschen diskreter sein sollten."

„Da hätte ich gerne Mäuschen gespielt."

„Wenn das so weitergeht, bitte ich um meine Versetzung. Ich habe beim Sicherheitsdienst angefangen, um böse Jungs zu jagen, und nicht, um als Diplomat zu arbeiten."

„Aber du kannst das wirklich gut", protestierte Marcus. Den bösen Blick, den ihm Quinn zuwarf, quittierte er mit einem Schmunzeln.

Marcus sah, wie Dave gerade in einen Aufzug verschwand. „Dave, warte auf uns."

Dave hielt die Tür fest, damit sie mitfahren konnten. „Was gibt es?"

„Wir müssen einen Richter in das abgesicherte Stockwerk bringen. Kannst du uns dabei helfen?"

„Klar. Wer ist es?"

„Whitmore auf Zimmer 961", antwortete Quinn. Dave drückte die Taste für den neunten Stock.

* * *

„Shari, du gehst schon wieder auf und ab." Joshua hatte sich auf dem Sofa ausgestreckt. Er winkte sie aus dem Weg, weil er mit der Fernbedienung die Fernsehprogramme nach den Spätnachrichten durchsuchte.

„Warum klingelt das Telefon denn nicht?"

„Mach dir darüber keine Gedanken. Der Anruf kommt ganz bestimmt. Carl ist sowieso noch nicht zurück. Er war im Gespräch mit dem Organisator der Konferenz, als wir nach oben gegangen sind."

Shari wusste, dass er recht hatte, aber trotzdem ... Sie ging zu dem Schreibtisch, an dem sie für diese drei Tage vorübergehend ihr Büro eingerichtet hatte, weil sie Abwechslung brauchte. Geduld war ein Wesenszug, an dem sie irgendwann einmal arbeiten musste.

„Wann wird das Essen kommen?"

Sie hatten sich für italienische Gerichte entschieden, weil Carl das am liebsten mochte.

„In fünfzehn oder zwanzig Minuten."

Sie suchte auf ihrem Schreibtisch nach einem Kugelschreiber und einem Schreibblock, um sich die Zeit mit Arbeit zu vertreiben. Sie arbeitete gerade an einer Rede über eine bedeutende Reform des Schulsystems. Genau an dem Tag, an dem die Rede gehalten werden sollte, würde ein detailliertes Positionspapier über dieses Thema veröffentlicht werden. Die beiden Entwürfe auf verständliche Weise zusammenzufügen war eine echte Herausforderung.

Die Suite, die Shari mit ihren Eltern teilte, glich vielen anderen Hotelzimmern, in denen sie in den letzten Jahren übernachtet hatte. Wie üblich hatte sie ihre Sachen überall verteilt. Sie setzte sich nicht an den Schreibtisch, weil sie dort nicht genügend Platz hatte, sondern ließ sich in einem der gut gepolsterten Ohrensessel nieder. Ihr mit Eistee gefülltes Glas stellte sie auf den Seitentisch. Sie konnte sich überall auf ihre Arbeit konzentrieren, aber heute Abend fiel es ihr schwer. Als sie merkte, dass sie den Namen „Marcus" an den Rand ihrer Notizen gekritzelt hatte, zwang sie sich, die Seite umzuschlagen. Marcus konnte bis morgen früh warten. Wenn es etwas gab, worauf sie stolz war, dann war es ihre Konzentrationsfähigkeit. Allerdings hatte sie heute Abend von der Rede des Obersten Richters Roosevelt nicht ein einziges Wort mitbekommen, weil Marcus hinter ihm auf der Bühne gestanden hatte. Sie war sich fast sicher gewesen, dass Marcus im Laufe des Abends häufiger als nötig in ihre Richtung geschaut hatte. Nur zu gerne hätte sie sich eingebildet, er hätte ihr zugezwinkert, aber sie wollte nicht das Risiko eingehen, ihn am nächsten Morgen danach zu fragen. Je länger sie ihn ansah, desto besser sah er aus, und über eine Stunde lang hatte sie wie verzaubert dagesessen.

Ein Polizist. Sie war an einem Polizisten interessiert. Dieser Gedanke entlockte ihr ein Schmunzeln. Bei ihrem Beruf war das vielleicht nicht die schlechteste Wahl. Sie hätte ihn gerne an ihrer Seite gehabt, wenn bei einem der zahlreichen gesellschaftlichen Ereignisse, an denen sie aus beruflichen Gründen teilnehmen musste, schlecht über sie geredet wurde. Sie konnte sich vorstellen, dass Politiker in seiner Gegenwart ihre Worte mäßigen würden. Anne würde sich über diese Entwicklung wirklich freuen. Johns stellvertretende Chefin des Beraterstabes und zugleich Sharis langjährige Freundin hatte sie seit Monaten darin bestärkt, endlich über Sam hinwegzukommen. Natürlich würde es nicht einfach sein, die richtigen Worte zu finden: *Anne, ich habe da zufällig diesen Typen mit dem Revolver getroffen.* Dieser Gedanke brachte sie zum Grinsen. Ja natürlich. So würde es klappen.

Sie blickte auf, als sie Schritte hörte. Ihr Vater hatte sich bereits umgezogen. „Arbeitest du an Johns Rede?"

Er kannte sie wirklich sehr gut.

„Ich versuche es zumindest."

Er hatte gestern ihren ersten Entwurf gelesen.

„Wenn du die Feinheiten der Refinanzierung von Staatsanleihen verdeutlichen willst, wird das eine echte Herausforderung."

„Oh ja. Ich erinnere die Zuhörer ständig daran, dass es um Geld geht. Sie können es jetzt gleich loswerden oder sie müssen später noch mehr zahlen. So etwas erregt immer ihre Aufmerksamkeit."

Ein Klopfen unterbrach sie. Joshua stand auf, um nachzusehen, wer an der Tür war. Der Zimmerservice brachte das Abendessen. Shari legte ihre Arbeit weg und half Josh, den Tisch aufzuräumen und zu decken.

„Ist Carl schon zurück?", fragte ihr Vater.

Shari hatte aus dem Nebenzimmer Geräusche gehört. „Da ist er ja, genau zum richtigen Zeitpunkt."

Sie durchquerte die Suite und ging zur Verbindungstür. In der Hand hielt sie eine der heißen, mit Käse gefüllten Brotstangen, die Josh als Vorspeise bestellt hatte. Die positive Nachricht war immer noch nicht gekommen, aber dieses Festessen konnte nicht warten. Sie klopfte an die Tür. „Carl, das Abendessen ist da." Die Verbindungstür war nur angelehnt, und so schwang sie unter dem Druck ihrer Hand nach innen. „Josh meint, deine Rede ..."

Plötzlich war in Carls Zimmer ein leises „Plop" zu hören. Shari war wie gelähmt vor Entsetzen, als sie sah, wie Carl nach hinten fiel. Sein Blick war auf sie gerichtet und es war zuerst eine unaussprechliche Furcht darin zu lesen, dann so etwas wie Überraschung und auf einmal eine seltsame Leere. Die Brotstange fiel ihr aus der Hand. Der Schütze stand zu ihrer Linken, nur etwa zwei Meter von ihr entfernt. Sie hatte ihn überrascht. Das wurde ihr blitzartig bewusst, als sie wie erstarrt dastand.

Er trug einen dunklen, maßgeschneiderten Anzug mit einer dunkelroten Krawatte, einem weißen Hemd mit Fischgratmuster und schwarzen, blitzblank polierten Schuhen. In seinem Gesicht zeigte sich eine wütende Entschlossenheit, und als er sich zu ihr umwandte, waren seine grauen Augen hasserfüllt.

Sie wollte schreien, aber sie war wie gelähmt.

Er feuerte bereits, als er sich mit einer blitzschnellen Bewegung zu ihr umdrehte. Die erste Kugel riss nur wenige Zentimeter neben ihr ein paar Holzsplitter aus dem Türrahmen. Ihre Hand flog hoch, um die messerscharfen Splitter abzuwehren.

Joshua traf sie mit einem harten Schlag; es war ein Frontalangriff, der ihre unteren Rippen traf und sie aus der Türöffnung warf. Sie fiel mit einem lauten Krachen auf den Beistelltisch. Die Tischlampe fiel klirrend zu Boden, als sie über das Sofa stolperte. Ihr Unterarm traf auf hartes Holz, ihr rechtes Knie verdrehte sich und sie landete mit dem Kinn auf dem Boden. Sie hörte, wie ihr Unterkiefer knackte. Ein stechender Schmerz fuhr ihr durch das Gesicht.

Das schreckliche Geräusch der Schüsse entlud sich weiter in den Raum. Dann herrschte auf einmal Totenstille. Shari hörte plötzlich nur noch ihr eigenes Herzklopfen. Sie hob langsam den Kopf von der rauen Oberfläche des Teppichbodens, dann hörte sie, wie weiter hinten eine Tür zuschlug. Zitternd drehte sie den Kopf in die andere Richtung.

„Josh!" Er lag mit ausgestreckten Armen über ihrem Schienbein und bewegte sich nicht. Sie versuchte, sich von der Last seines unbeweglichen Körpers zu befreien, ohne ihn mit den hohen Absätzen ihrer Schuhe im Gesicht zu verletzen.

Sobald sie sich wieder bewegen konnte, wandte sie sich um und bewegte sich unbeholfen auf Händen und Knien auf ihn zu. Sie sah, wie um seine rechte Schulter und seinen Oberkörper ein Blutfleck den weißen Stoff seines Hemdes langsam dunkelrot färbte. Dieser Anblick jagte ihr Angst ein. In ihrem ganzen Leben war ihr Bruder der Abenteurer, der Athlet gewesen, und jetzt lag er unbeweglich und mit geschlossenen Augen da, wie eine Marionette, deren Fäden zerschnitten waren. Sie drehte ihn vorsichtig um, damit er nicht auf seiner Wunde liegen musste.

Sie hörte ein Stöhnen, und als sie aufblickte, erstarrte sie. Ihre Mutter versuchte, den schlaffen Körper ihres Vaters in die Arme zu nehmen. Eine Blutspur an der Wand zeigte ihr, wo ihr Vater von den Kugeln des Schützen getroffen worden war. Er war an dieser Stelle zu Boden gesunken. Er konnte nicht tot sein. Nein, bestimmt lebte er noch!

Langsam wurde es ihr klar, aber sie konnte es nicht begreifen. Sie traute ihren Augen nicht. Jemand hatte Carl ermordet; er hatte versucht, sie umzubringen, und er hatte ihren Vater und ihren Bruder angeschossen. Diese Erkenntnis traf sie so hart, dass ihr die Luft wegblieb. Sie konnte nicht denken oder beten. Worte formten sich in ihrem Kopf, aber sie ergaben keinen Sinn.

Joshua öffnete die Augen. Seine Pupillen waren unnatürlich geweitet. Beinahe sofort wurde sein Blick glasig. Er sagte nichts, aber seine Augen ...

Plötzlich schien sich der Nebel in Sharis Gedanken zu verflüchtigen. Es war, als ob sie zu Eis erstarrte. „Mama, lege Dad auf den Boden. Versuch die Blutung zu stillen“, sagte sie. Hoffentlich war es nicht schon zu spät für ihn.

Mit ihren Händen drückte sie fest auf Joshs Schulter. Sie spürte, wie sie von seinem Blut glitschig wurden. „Halt durch, Josh, halt einfach durch.“ Sie sah, wie ihre Hände zitterten, aber sie spürte nichts. „Alles wird gut.“

Sie rang nach Luft. Es war ein furchterregendes Geräusch.

Der Tisch war umgekippt und sie riss das heruntergefallene Telefon an der Schnur zu sich. Sie musste den Hörer auflegen, um ein Freizeichen zu hören. Sie drückte die Null. Auf der Taste hinterließ sie einen blutigen Fingerabdruck.

„In Suite 963 hat es eine Schießerei gegeben. Wir brauchen sofort einen Arzt.“ Sie war erstaunt, wie klar ihre Stimme klang. Ihre Muskeln waren so stark angespannt, dass sie sich bestimmt ein paar Knochen brechen würde, aber ihre Stimme klang ruhig. Joshua und ihr Vater konnten es sich nicht leisten, wenn sie jetzt in Panik ausbrach.

„Wie bitte?“

„Ich heiße Shari Hanford. Jemand hat gerade Richter Whitmore erschossen. Mein Vater und mein Bruder sind verletzt. Ich brauche dringend Hilfe – bitte! Wir sind in Suite 963“, wiederholte sie.

„Sofort.“ Sie hatte den jungen Mann an der Rezeption wachgerüttelt. „Bleiben Sie bitte am Apparat.“

Shari ließ den Hörer auf den Boden fallen. Sie legte nicht auf, aber sie brauchte beide Hände, um Joshua zu helfen.

„Mama, wie geht es Dad?“ Sie drehte sich auf dem Absatz herum und sah das Gesicht ihrer Mutter. Wenn sie noch keinen zweiten Herzinfarkt hatte, dann war sie nahe daran, einen zu bekommen. Ihre Mutter gehörte zu den stärksten Frauen, die Shari kannte, aber um ihre Gesundheit war es nicht so gut bestellt. Vor zehn Jahren hatte sie eine Herzmuskelentzündung nach einer Operation stark geschwächt und nach einem kleineren Herzanfall vor zwei Jahren hatte sich ihr Zustand weiter verschlechtert. Ein Schock wie dieser könnte sie umbringen.

„Mama, wo sind deine Pillen?“, fragte Shari eindringlich.

„Mir geht es so weit gut. Bleib bei Josh.“

Sharis Blick fiel auf Josh, und dann sah sie wieder auf ihre Mutter. Die Hilfe konnte nicht mehr rechtzeitig kommen. *Jesus, ich brauche dich jetzt mehr als jemals zuvor. Bitte schicke uns schnell jemanden, der uns hilft!*

* * *

„Eine Schießerei in Suite 963. Ich wiederhole, eine Schießerei in Suite 963!“

Marcus, Quinn und Dave lehnten sich an die Seitenwände des Aufzugs. Mit einem zunächst erschrockenen, dann finsteren Blickwechsel bestätigten sie die Tatsache, dass sich die Türen des Lifts in genau diesem Moment im neunten Stockwerk öffneten. Marcus drückte auf den Notfall-Halteknopf. Er war erleichtert, dass sie bei den Sicherheitsvorkehrungen bereits den Alarm ausgeschaltet hatten. Mit ihren Dienstwaffen in der Hand bewegten sie sich vorsichtig aus dem Aufzug, indem sie sich gegenseitig Deckung gaben.

Der Lift öffnete sich zu einem kleinen Gang hin. Ein goldfarbenes Schild auf der gegenüberliegenden Wand des Flurs wies auf die Zimmer 930 bis 949 und das Treppenhaus auf der linken Seite hin. Rechts waren die Zimmer 950 bis 969 und ein Verkaufsstand.

Ein Blick nach oben zeigte, dass keiner der Gästeaufzüge sich bewegte. Der Schütze hatte einen anderen Fluchtweg genommen.

„Halten Sie die südwestlichen Aufzüge an“, wies Marcus mit ruhiger Stimme das Kontrollzentrum an. „Drei Sicherheitsleute sind jetzt im neunten Stock.“

Dave holte einen kleinen, etwa zehn Zentimeter großen Spiegel aus seiner Jackentasche und verwendete ihn, um den Flur in beiden Richtungen zu überblicken. „Keiner da."

Das einzige Geräusch kam von der Eismaschine am anderen Ende des Flurs. Das hatte nicht viel zu sagen. Marcus wusste, dass diese Hotelzimmer fast schalldicht waren. Mehr als einmal war er in seine Suite gekommen und Quinn hatte den Fernseher so laut eingestellt, dass er beim Rasieren die Nachrichten hören konnte.

Marcus tippte Quinns Schulter an und deutete nach links Richtung Treppenhaus.

Quinn nickte und bewegte sich in diese Richtung.

Marcus gab Dave zu verstehen, dass er ihm bei der Überprüfung von Suite 963 helfen sollte.

Der Verkaufsstand am Ende des Flurs bereitete ihm Kopfzerbrechen, und so konzentrierte er sich auf diesen Gefahrenpunkt, als sie sich vorsichtig vortasteten. Eine Zimmertür öffnete sich und sie drehten sich beide schnell um ihre eigene Achse, mit den Revolvern im Anschlag, aber sie hielten sofort inne. Dave winkte den erschrockenen Gast zurück in sein Zimmer.

Marcus erreichte die verschlossene Tür der Suite 963. Er blieb stehen und Dave glitt an ihm vorbei auf die andere Seite. Dave zog seinen Generalschlüssel in Kartenform aus der Tasche und tippte damit sein Knie an. Mit diesem Zeichen gab er Marcus zu verstehen, dass er gebückt hineingehen wollte. Marcus nickte.

Dave steckte die Karte in den dafür vorgesehenen Schlitz; dann zog er sie wieder heraus. Das rote Licht leuchtete jetzt grün auf.

Marcus wechselte einen Blick mit Dave, und in diesem kurzen Moment wusste er, dass Dave den gleichen Gedanken hatte. Kate würde sie beide umbringen, wenn einer von ihnen verletzt würde.

Dave drückte die Tür auf.

Sie ließ sich nicht ganz öffnen, weil innen die Kette eingehängt war.

Marcus hatte sich bereits nach vorn bewegt. Er konnte gerade noch abbremsen, um nicht gegen die Tür zu prallen. Sie hatten die richtige Nummer der Suite. War es ein falscher Alarm? Nein.

Der beißende Geruch von Schwarzpulver hing in der Luft und auch der Geruch von menschlichem Blut war deutlich wahrnehmbar. Jemand hatte die Kette eingehängt. War das aus Angst geschehen? *Oder hat sich der Schütze drinnen verbarrikadiert?* „Aufmachen! Polizei!"

Dave bereitete sich darauf vor, die Tür einzutreten. Über den Sicherheitsfunk konnte Marcus die koordinierten Funksprüche von US-Marshals, FBI-Agenten und uniformierten Polizisten hören. Sie leiteten rasch die Abriegelung des Geländes vor. Verstärkung sollte kommen, aber sie konnten nicht mehr darauf warten.

Die Kette rasselte, als jemand versuchte, die Tür zu öffnen.

Die Tür schwang nach innen. Sofort hoben Marcus und Dave ihre Waffen Richtung Decke. Es war eine Frau um die Fünfzig. Zunächst konnten sie es nicht so recht glauben, aber es war tatsächlich Beth Hanford, Sharis Mutter. Marcus streckte die Hand aus und griff nach ihrem Ellbogen, um sie zu stützen. Ihr Gesicht wirkte trotz der Blässe grau und auf ihrem Kleid waren Blutflecken.

„Ich habe sie." Dave schlang seine Arme um ihre Taille und ließ sie sanft zu Boden gleiten. Marcus hörte den unterdrückten Zorn in seiner Stimme, und daran merkte er, welche Wirkung dieses Geschehen auf sie beide hatte. Sie hatten erst vor ein paar Augenblicken über diese Familie gesprochen.

Ein kurzer Blick in den Raum zeigte ihnen die Szene eines Blutbades. Sharis Vater war angeschossen worden und auch Joshua war verletzt. Shari kniete neben Josh. Als sie sich zu ihnen umdrehte, war in ihren Augen Verzweiflung zu sehen, gepaart mit großer Erleichterung.

Marcus hatte keine andere Wahl, als sie zu ignorieren. Er musste sich zuerst vergewissern, dass die Zimmer sicher waren. Dave ging nach links und überprüfte die Schlafzimmer der Suite. Marcus ging nach rechts zu der offen stehenden Verbindungstür. Sein Atem ging schneller. Richter Carl Whitmore lag auf dem Rücken. Der leere Ausdruck seiner Augen bestätigte die schlimmsten Befürchtungen. Marcus hatte bei einem Einsatz noch nie einen Zeugen oder einen Richter verloren und hilflose Wut packte ihn.

Er zwang sich, tief ein- und auszuatmen, bevor er am Richter vorbei zum Badezimmer ging, um mögliche Verstecke zu überprüfen. Als er sicher war, dass er allein war, kniete er sich hin, um festzustellen, ob der Richter tatsächlich tot war. Er achtete darauf, wohin er trat, damit er nicht zu viele Spuren verwischte. „Richter Whitmore ist umgebracht worden." Über den Sicherheitsfunk klangen seine Worte ruhig und distanziert.

Richter Whitmore war gestorben, als er in sein Zimmer hineinkam. Jemand hatte hier auf ihn gewartet. Marcus wusste nicht, ob der Richter und die Hanfords befreundet waren, aber die offene Verbindungstür erweckte diesen Anschein. Das Schloss musste auf beiden Seiten geöffnet werden. Waren die Hanfords nur zur falschen Zeit am falschen Ort oder sollten sie ebenfalls umgebracht werden und der Mörder hatte danebengeschossen? Ein furchtbarer Gedanke.

Die Toten konnten warten. Jetzt musste man sich erst um die Überlebenden kümmern.

Dave leistete bereits bei William, dem Vater von Shari, Erste Hilfe. Marcus umging vorsichtig die umgefallenen Möbelstücke, um Shari und Josh zu erreichen. Er legte seine Hand sanft auf Sharis Schulter und sah rasch an ihr herunter, um festzustellen, ob sie auch getroffen war. Er hatte schon gesehen, wie Opfer unter Schock herumliefen und gar nicht merkten, dass sie verletzt waren.

Sie hatte eine tiefe Wunde am rechten Wangenknochen direkt unter dem Auge und mehrere Schürfwunden im Gesicht, aber die Blutflecken auf ihrem Kostüm und an ihren Händen, manche von ihnen dunkelrot und trocken, andere wieder nass und hellrot, schienen nicht von ihr zu stammen.

„Ich kann die Blutung nicht stillen."

Ihre Stimme klang ruhig, aber unter seiner Hand spürte er ein Zittern. Er wünschte, er hätte Zeit, seinen Arm um sie zu legen und sie an sich zu drücken, um sie zu beruhigen. Dass ihr und ihrer Familie so etwas passieren musste, ausgerechnet an dem Abend, an dem er sie kennengelernt hatte ... das machte ihm das Herz schwer.

„Schon gut, Shari“, sagte er leise. Er legte vorsichtig seine Hände unter die ihren und fuhr mit den Fingern unter ihre Handflächen, um den Druck auf Joshuas Schulter zu halten. „Ich habe ihn.“

Sie lehnte sich über ihren Bruder und Marcus war dicht neben ihr. Merkte sie, dass ihre Augen schreckgeweitet waren und sie schnell und keuchend atmete, dass ihr das Herz bis zum Hals schlug? Er zählte fünf Schläge in dem Augenblick, als er sah, dass das Zucken an ihrem Hals nur ihr Herzschlag sein konnte. Sei ganz ruhig, wollte er ihr eigentlich sagen, aber er konnte nur hilflos zusehen. Sie hatte gerade einen Alptraum durchlebt. Endlich zuckten ihre Augenlider. *Braves Mädchen. Na komm schon, noch ein Blinzeln.* Schließlich tat sie es auch. *Wo bleiben nur die Sanitäter? Ich muss dich hier rausbringen.*

Er konzentrierte sich jetzt auf ihren Bruder. Er riss Josh das Hemd auf, damit er einen Blick auf die Wunde werfen konnte. Die Kugel hatte seine rechte Schulter getroffen, war an seinem Schlüsselbein abgeprallt und in einem rechten Winkel knapp darunter ausgetreten. Es sah schlimm aus und er verlor viel Blut. Joshua war leichenblass; seine Augen waren geschlossen und seine Lippen begannen, sich blau zu verfärben. Der junge Mann, den er an diesem Abend noch bewundernd angesehen hatte, lag im Sterben, erkannte Marcus, aber mit grimmiger Entschlossenheit wollte er das verhindern. Ein Toter war schon mehr als genug.

„Ich muss Mamas Herztabletten holen.“

Marcus sah auf Beth und bemerkte das Gleiche wie Shari. „Gehen Sie“, drängte er sie.

Shari nickte und stand auf. Beinahe wäre sie hingefallen, aber sie hielt sich mit einer Hand an seiner Schulter fest. Der Griff ihrer Hand wurde fester, als sie tief durchatmete und den ersten Schritt machte. Seine Augen verengten sich, als er sie beobachtete, wie sie zum Schlafzimmer ging. Es sah so aus, als ob sie gleich zusammenbrechen würde, aber sie ging weiter.

Über den Funk waren plötzlich Schüsse zu hören und ein Geräusch, als ob jemand hinfallen und auf Beton aufschlagen würde.

„Der Schütze ist auf der Treppe. Er rennt nach oben!"

Marcus zuckte zusammen. Zum gesicherten Stockwerk. „Quinn? Melde dich!"

„Er hat mir eine verpasst, aber ich bin in Ordnung", antwortete Quinn. Sein Atem ging unregelmäßig. „Jungs, wenn ihr vom neunzehnten Stock runterkommt, passt auf, dass ihr nicht aus Versehen auf mich schießt und die Arbeit des Killers beendet."

Sein Partner war im Kreuzfeuer. Marcus sah zu Dave hinüber. Er wollte unbedingt gehen. Sie mussten an zwei Orten gleichzeitig sein. Dave schüttelte den Kopf. Sein Gesicht wirkte hart. Marcus musste widerwillig zugeben, dass Dave recht hatte. Sie konnten Joshua und William nicht hier liegen lassen, bevor Hilfe kam. „Wo bleiben denn bloß die Sanitäter?"

„Sie kommen mit einer Eskorte. Ich habe sie gebeten, sich zu beeilen und einen Ambulanzhubschrauber zu schicken."

„Mama, deine Pillen", drängte Shari. „Ich habe Dads Medikamente auch mitgebracht. Die Sanitäter müssen wissen, dass er etwas gegen hohen Blutdruck nimmt."

„Ich werde ihnen Bescheid sagen. Sie werden auch seine Notfallplaketten brauchen."

„Dad trägt sie", sagte Shari kurz darauf. „Mama, musst du dich hinlegen? Fühlst du dich gut?"

„Mir geht es gut. Geh, hilf bei Josh mit. Der Mann braucht noch ein Paar Hände."

Ja, das stimmte. Marcus sah hinüber und wollte Shari gerade sagen, dass sie trotzdem bei ihrer Mutter bleiben sollte, aber der feste Blick in Beths Augen sprach eine andere Sprache. Diese Dame verkraftete den plötzlichen Schock zwar körperlich nicht so gut, aber in diesen sanften grauen Augen, die ihn quer durch den Raum anblickten, blitzte stählerne Härte auf. Beth war eine Kämpfernatur und das war ein gutes Zeichen. Er studierte einen Augenblick lang ihr Gesicht, dann nickte er kurz und dann wechselte er mit Shari einen Blick. Er brauchte wirklich ihre Hilfe.

Shari ging wieder zu ihm. Sie hatte daran gedacht, einen Stapel Handtücher mitzunehmen, als sie im Bad war. „Wird das helfen?"

Dankbar nahm er ein Handtuch. „Auf jeden Fall. Danke." Er sah hinüber und stellte fest, dass sie Dave bereits einige gegeben hatte.

„Er hat einfach angefangen zu schießen."

Marcus blickte rasch auf. Er hatte insgeheim gehofft, dass sie im Schlafzimmer gewesen war oder irgendwo anders, um nicht miterleben zu müssen, wie auf ihren Bruder und ihren Vater geschossen wurde. Nach dem, was sie eben gesagt hatte, wunderte er sich, dass sie sich noch so gut im Griff hatte. „Ein Schütze?"

Sie nickte und ihre Stirn legte sich in Falten. „Er war weiß, Ende dreißig. Nicht sehr groß, ungefähr einen Meter siebzig ..." Es war zu sehen, wie sie um die richtigen Worte rang, als sie versuchte, sich zu erinnern. „Er war gut angezogen."

Über den Sicherheitsfunk konnte er jeden Schritt der Jagd nach dem Schützen hören, auch die schweren Schritte von Männern, als sie den gesamten Flügel des Hotels abriegelten.

„Was hatte er an?"

„Einen dunklen Anzug, dunkelblau, und eine rote Krawatte."

Er gab die Informationen so schnell weiter, wie sie sie aussprach. „Haben Sie sein Gesicht gesehen?" Einen Augenblick lang hasste er sich selbst, als er sah, wie sie zusammenzuckte.

„Graue Augen. Sie waren so hasserfüllt. Und seine Haare waren dunkel, fast schwarz und sehr dicht."

„Brille, Vollbart, Schnurrbart?"

„Ein dünner Schnurrbart, breiter als sein Mund, kein Vollbart oder Brille."

„Ist Ihnen noch irgendetwas anderes an ihm aufgefallen? Hat er etwas gesagt?"

Sie schüttelte den Kopf. „Ich erinnere mich noch, wie ich dachte: ‚Ich habe ihn überrascht', dann schlug Josh mich zu Boden."

Marcus sah wieder auf die offene Verbindungstür, die umgefallenen Möbelstücke, und diesmal war er es, der zusammenzuckte. Shari musste die Verbindungstür aufgemacht haben. Das zersplitterte Holz im Türrahmen befand sich auf gleicher Höhe wie die Schnittwunde in ihrem Gesicht. Der Mörder hatte versucht, sie umzubringen. Marcus spürte, wie bei diesem Gedanken seine Hände kalt wurden.

Über den Sicherheitsfunk hörte er Quinn fluchen. „Er ist im Treppenhaus. Wiederhole, der Bewaffnete konnte ins Treppenhaus fliehen. Er ist irgendwo zwischen dem elften und dem fünfzehnten Stock!"

„Der fünfzehnte Stock kommt nicht infrage, wir haben die Flure gesichert", rief ein stellvertretender Marshal.

Kurz darauf kam eine andere Stimme über die sichere Funkfrequenz. „Ich bin im vierzehnten Stock. Im Telekommunikationskonferenzzentrum findet eine Fusionssitzung statt. Der Sicherheitsmann sagt, es ist ruhig. Der Mörder muss irgendwo zwischen dem elften und dem dreizehnten Stock sein."

Drei Stockwerke waren immer noch eine riesige Fläche. Dort waren Lastenaufzüge, Gästeaufzüge, zwei Treppenhäuser und natürlich auch noch die Hotelzimmer. Marcus schaltete sich in den sicheren Funkverkehr ein. „Wir brauchen einen Vermittler für Geiselnahmen, und zwar sofort", ordnete er an. „Sehen Sie nach, ob Kate O'Malley im Hotel ist."

Dave drehte sich um und sah ihn frustriert an. „Warum muss es immer Kate sein, wenn es Probleme gibt?"

„Warum wohl?", entgegnete Marcus. Er spürte, dass die Lage schnell außer Kontrolle geriet, und er kannte das Risiko, dem er seine Schwester vermutlich gerade aussetzte. „Niemand geht mit verfahrenen Situationen so gut um wie Kate. Das wissen wir beide. Der Schütze sitzt fest. Er wird nicht kampflos aufgeben, wenn er sich seine Geiseln in den Hotelzimmern buchstäblich aussuchen kann."

„Dann soll ihn jemand vorher erschießen", entgegnete Dave lakonisch.

Marcus stimmte ihm wortlos zu, denn wenn sich aus dieser Lage eine Barrikadensituation entwickeln würde, riskierten sie ein weiteres unschuldiges Opfer. Kate hatte die schlimme Angewohnheit, sich zwischen einen Schützen und eine Geisel zu stellen. Sie erholte sich immer noch von einem haarfeinen Rippenbruch, den sie sich bei ihrem letzten Einsatz zugezogen hatte. Damals hatte ihre kugelsichere Weste eine Kugel abgefangen. Sie war verärgert, weil er und Dave deswegen so viel Aufhebens gemacht hatten. Marcus hatte den Verdacht, dass sie gar nicht wusste, wie viele graue Haare ihnen in diesen schlimmen zwanzig Minuten gewachsen waren.

Er hörte zu, wie die Männer jedes einzelne Hotelzimmer räumten.

„Wie geht es William?"

„Nicht gut", antwortete Dave. „Und Joshua?"

„Nicht viel besser", erwiderte Marcus düster. „Shari, halten Sie den Druck genau hier." Er nahm ihre Hände, um ihr zu zeigen, was er wollte, und er spürte die Kälte in ihren schlanken Fingern, als er sie über das Handtuch legte. „Ich muss seine Füße hochlegen." Er musste unbedingt verhindern, dass Joshua verblutete. Über den Sicherheitsfunk kam die Meldung, dass die Sanitäter gerade den siebten Stock passierten. Endlich.

Das Blut begann langsamer zu fließen. „Können Sie hier ganz fest drücken?" Sie nickte.

Sie suchten einen schießwütigen Mörder. Als Richter Whitmore starb, ging er gerade in sein Zimmer. Jemand hatte dort auf ihn gewartet. Wie Shari es ihm bereits gesagt hatte, handelte es sich dabei nicht um Damenbesuch. Marcus schaltete sich wieder in den Sicherheitsfunkverkehr ein. „Der Bewaffnete hat vielleicht einen Hauptschlüssel für die Zimmer, vielleicht sogar einen Generalschlüssel."

„Noch mehr gute Nachrichten?", fragte Quinn.

„Er hat die Angewohnheit, zu warten und sein Opfer zu überraschen."

„Wunderbar. Wir werden versuchen, ihm nicht in die Falle zu gehen", seufzte Quinn. „Es wird lange dauern, bis wir diese Zimmer geräumt haben. Eine Skizze von diesem Typen wäre ganz nett. Von der Beschreibung her könnte es einer von vielen Gästen sein. Schnurrbärte sind dieses Jahr im Trend."

„Eine genaue Beschreibung des Täters hat Priorität", versprach Marcus. Er sah zu Shari hinüber. Sie biss sich auf die Unterlippe und ihr Gesicht war kreidebleich. Er hoffte, dass sie wie ihre Mutter eine Kämpfernatur war. Sobald sich die Lage hier normalisiert hatte, musste er die letzten zwanzig Minuten mit ihr noch einmal in allen Einzelheiten durchgehen. Manchmal hasste er seine Arbeit. Auf diese Weise wollte er sie nicht näher kennenlernen.

„Shari." Endlich sah sie auf. „Der Anruf beim Empfang, die Art, wie Sie Josh geholfen haben, der Mörder ... Sie waren großartig."

Ihre Augen füllten sich mit Tränen. „Danke", flüsterte sie.

3

Endlich kamen die Sanitäter und mit ihnen weitere Sicherheitskräfte, die den neunten Stock abriegelten. Marcus war erleichtert. Der Sanitäter, der zu ihm kam, nahm den Druckverband von Joshs Schulter, um sich die Wunde anzusehen. Er schüttelte den Kopf. „Jim, bring die Trage her und gib mir die voraussichtliche Ankunftszeit des Ambulanzhubschraubers."

Ein Sanitäter kümmerte sich um Sharis Mutter. Zwei andere widmeten sich William. Sie wechselten knappe Worte und handelten schnell, als sie versuchten, seine Blutung zu stillen und seine Atmung zu stabilisieren. Shari war zu ihnen gegangen. Sie wirkte verloren, als sie sich neben ihrem Vater hinkniete und die Sanitäter bei der Arbeit beobachtete. Sobald Marcus sicher war, dass Joshua in guten Händen war, war er an ihrer Seite.

Endlich konnte er den Arm um sie legen und versuchen, das Zittern abzumildern. „Stillhalten." Er griff in den geöffneten Koffer, den die Sanitäter mitgebracht hatten, und riss ein Verbandspäckchen auf. Er wischte ihr damit das Blut von der Wange. Ihre blauen Augen waren feucht, die Pupillen stark geweitet. Er änderte seine Meinung. Sie war wunderschön. Ein Mann könnte in diesen Augen versinken. Die Schnittwunde war schmerzhaft. Sie zuckte zusammen, als er ein Pflaster daraufklebte.

„Entschuldigung."

„Macht nichts."

„Wir müssen Ihre Mutter hier herausschaffen", sagte er, denn er wusste, dass das die beste Taktik war, auch sie hier herauszubringen.

„Ich weiß. Aber ich will Josh und Dad nicht allein lassen."

„Sie werden mit dem Hubschrauber ins St.-Luke-Krankenhaus gebracht. Wir sehen sie dort wieder", versprach er. Sie protestierte nicht, als er sie hochzog.

Marcus winkte die Polizistin herüber. „Gibt es hier ein freies Hotelzimmer?", fragte er Tina Young leise.

Sie holte über den Sicherheitsfunk die benötigte Information ein, dann nickte sie. „Zimmer 966."

„Shari, bitte gehen Sie mit Tina, ziehen Sie sich um und machen Sie sich frisch. Dann packen Sie für sich und Ihre Mutter das Nötigste zusammen."

Es war zwar nicht viel, aber immerhin würde das Blut von ihren Händen und ihrer Kleidung verschwinden. Sie sah auf ihre Hände herunter, drehte die Handflächen nach oben und bog die Finger nach innen, als ob sie Schmerzen hätte und als ob sie zum ersten Mal das Blut bemerkte.

Tina drängte sie sanft zum hinteren Schlafzimmer, damit sie ihre Sachen holen konnte. Es war nötig, einen anderen Raum zu benutzen, weil diese Suite jetzt ein Tatort war. Marcus sah ihnen nach, bis sie im Schlafzimmer verschwanden. Dann atmete er tief ein und aus. Er hatte gerade mitangesehen, wie Sharis Leben sich in nichts auflöste. Ein paar Tage später könnte es passieren, dass sie den Anblick seines Gesichts nicht mehr ertragen konnte, weil er sie an das erinnern würde, was heute Abend geschehen war.

Der Sanitäter bei Sharis Mutter winkte ihn zu sich.

„Mrs Hanford?" Marcus kniete sich neben der Tragbahre nieder, um mit ihr auf einer Höhe zu sein. Sie war eine schöne Frau, aber in der letzten halben Stunde war sie merklich gealtert. Sie hatte gelogen, als sie Shari sagte, es gehe ihr gut. Die Wahrheit zeigte sich in ihren angespannten Gesichtszügen und ihrer unregelmäßigen Atmung. Aber als sein Blick dem ihren begegnete, wirkte sie plötzlich wieder stark. Ihre Augen blickten zornig.

„Sagen Sie mir, wie es Josh geht. Die wollen mir nichts sagen."

„Er ist nicht so schwer verletzt wie Ihr Mann." Das war zwar nicht viel, aber ein gewisser Trost für eine Mutter.

Sie sah ihn suchend an und dann nickte sie erleichtert. „Danke." Ihre Augen schlossen sich. Er wollte sich schon zurückziehen, aber sie atmete tief ein und öffnete die Augen. Das, was er in ihrem Blick sah, ließ ihn erstarren.

„Finden Sie den Mann, der das getan hat." Das war keine Bitte, sondern ein Befehl.

„Ja, das werden wir." Das war die einzige Gewissheit, die er hatte. Ein Richter war erschossen worden, und deshalb würden sie alles daran setzen, den Mörder zu finden. „Haben Sie ihn gesehen?"

Sie schüttelte bedauernd den Kopf. „Ich war im Schlafzimmer. Ich hörte, wie Shari schrie, und dann sah ich, wie Bill ... Ich wünschte, ich könnte Ihnen irgendwie helfen."

Der Sanitäter, der außerhalb ihres Blickfelds stand, schüttelte den Kopf und deutete an, dass sie sie hier herausbringen mussten. Marcus wollte schon zurücktreten, aber er hielt inne, als Beths Hand sich mit erstaunlicher Kraft um seinen Arm schloss. Sie kämpfte darum, die Tränen aus ihrer schwächer werdenden Stimme zurückzudrängen. „Shari wird mich heute Abend noch brauchen, aber ich werde nutzlos sein, wenn die Ärzte mich erst einmal in den Krallen haben. Versprechen Sie mir, dass sie nicht allein ist, wenn Josh und Bill operiert werden. Versprechen Sie mir das."

„Beth, Sie haben mein Wort", entgegnete Marcus leise, aber bestimmt. Shari war eine wichtige Zeugin, und so würde sie rund um die Uhr Personenschutz haben. Aber selbst wenn das nicht erforderlich gewesen wäre, hätte er trotzdem dafür gesorgt. Schon jetzt hatte er Schuldgefühle. Irgendwie hätte diese Tat verhindert werden müssen. Deshalb würde Shari die Nacht nicht allein in einem Warteraum verbringen.

Beth lockerte ihren Griff um seinen Arm. Auf ihrem Gesicht zeigte sich sogar der Anflug eines Lächelns. „Lassen Sie bloß keinen von unseren ‚politischen Familienfreunden' an sie heran. Sie wollen sie nur ablenken mit ihrem Gerede über den Wahlkampf des Gouverneurs. Das ist das Letzte, was meine Tochter jetzt brauchen kann. Ihr Chef wird die Wahl verlieren, und sie hasst es, zu verlieren. Sie würde nur im Bett neben mir landen."

Marcus musste ihr Lächeln erwidern. „Keine Politiker, keine Presse." Er machte sich sanft von ihr los, weil er sah, wie grau ihr Gesicht war – trotz des Sauerstoffs, den ihr die Sanitäter bereits gaben. „Sie bringen Sie ins St.-Luke-Krankenhaus. In ein paar Minuten bin ich mit Shari dort."

Beth nickte und Marcus stand auf, damit die Sanitäter sie hinaustragen konnten. Er mochte Sharis Mutter. *Eigensinnig, aber mutig,* würde seine Schwester Jennifer bewundernd sagen.

Shari würde noch eine Weile brauchen. Marcus ging durch die Suite zur Verbindungstür und warf noch einen Blick auf das Opfer. Innerhalb der nächsten Stunde würden die landesweiten Nachrichtensender die Details der Tat kennen und die Ermittlungen würden dann nur noch schwer zu koordinieren sein. Die einzige Möglichkeit, diesen Feuersturm zu überstehen, war eine schnelle Aufklärung des Falles. Wenn er den Todesschützen finden könnte ...

„Was denkst du?", fragte er Dave.

„Der Mörder hatte die Frechheit, an einen Ort zu gehen, an dem es von Polizisten nur so wimmelte. Die Tat war gut geplant. Er wurde überrascht und hat die Zeugen nicht sofort erledigt; also ist er kein eiskalter, bezahlter Killer. Das war eine persönliche Abrechnung", dachte Dave laut.

Marcus fügte das, was er sah, zu einem Bild zusammen. „Der Todesschütze wartet, bis der Richter das Zimmer betritt. Dann tötet er ihn mit drei Schüssen in die Brust. Er wird überrascht, als sich die Verbindungstür öffnet. Er trifft den Türrahmen und nicht Shari, dann schießt er wie wild in ihre Suite. Das sieht so aus, als ob er in Panik geraten wäre. Wenn er sich ein bisschen besser im Griff gehabt hätte, wären alle tot gewesen."

„Es ist nicht alles nach Plan gelaufen und für ihn war der Plan alles."

Marcus sprach wieder über den Sicherheitsfunk. „Quinn?"

„Schieß los."

„Der Todesschütze hatte einen Plan, und zwar bis ins Detail. Dieser Plan ist durch unerwartete Zeugen zunichte gemacht worden und seine Reaktion zeigt einen deutlichen Mangel an Selbstkontrolle. Er operiert jetzt ohne seinen Plan. Jetzt ist alles denkbar."

„Habe ich die Erlaubnis, die Großfahndung an dich zurückzugeben?", fragte Quinn ironisch.

„Du bekommst eine Skizze vom Mörder. Ich muss zusehen, wie ich die Zeugen hier herausbekomme", erwiderte Marcus. Jetzt war alles möglich. Der Schütze könnte auch zurückkommen, um seinen Fehler zu eliminieren. Shari war vielleicht die Einzige, die sein Gesicht gesehen hatte, und das machte Marcus sehr nervös. „Wie schwer bist du verletzt? Ich kann dir einen Sanitäter hochschicken."

„Nur ein Streifschuss im linken Arm. Das kann warten."

Marcus hatte keine andere Wahl, als das so zu akzeptieren. Er wollte Quinn auf keinen Fall aus der Großfahndung herausnehmen. Es gab nur sehr wenige Marshals mit seinem fachlichen Können. „Sieh zu, dass du unter dem neunzehnten Stock einen Feuerschutz arrangierst. Richter Roosevelt von hier wegzubringen ist gefährlich genug. Wie läuft die Räumung der Zimmer?"

„Ungefähr zu einem Drittel erledigt. Wir bringen die Gäste in den Konferenzraum Paris. Dort werden sie vernommen. Vielleicht hat jemand etwas gesehen oder gehört."

„Ist Kate schon angekommen?"

„Sie steht neben mir."

„Hallo, Marcus. Danke für den Auftrag."

Ihre Stimme über den Funk war ihre Arbeitsstimme. Sie klang klar, ruhig, aber noch nicht gelangweilt. Sie hatte nur dann einen gelangweilten Tonfall, wenn sie jemand mit einer Pistole bedrohte. „Kate, hör auf, Kaugummi zu kauen, wenn du den Sicherheitsfunk benutzt. Das ist widerlich."

„Entschuldige. Hast du da unten alles im Griff? Ich möchte mir den Tatort ansehen, weil ich wissen muss, wie dieser Typ denkt."

„Gefühlsbetont", fasste Marcus es in einem Wort zusammen. „Sobald die Sanitäter hier fertig sind, gehört der Tatort Dave. Er kann eine kleine Besichtigung arrangieren."

„Das weiß ich zu schätzen."

„Marcus, ich bin es wieder, Quinn. Wir räumen die drei Stockwerke. Diesen Flügel des Hotels haben wir gesichert, aber der Todesschütze hat sich zu schnell bewegt."

„Du meinst, er könnte uns entwischt sein."

„Es sind jetzt fast fünfzehn Minuten vergangen und man hat nicht wieder auf mich geschossen."

„Das ist eine gute Beobachtung. Wir können unsere Suche nicht mehr auf das Hotel begrenzen."

„Verstanden."

Mit dieser einfachen Entscheidung erstreckte sich die Fahndung vom Hotel auf sechs Straßenzüge um das Gebäude herum und alle Flughäfen, Bahnhöfe und andere Wege aus der Stadt hinaus.

Marcus beendete den Funkkontakt.

Beth und Joshua wurden herausgerollt. Die Sanitäter begannen damit, William auf eine Trage zu legen.

„William hat kaum noch eine Chance. Ihn haben zwei Kugeln mitten in die Brust getroffen", sagte Dave leise.

Sie hatten eine Augenzeugin, die vielleicht auch noch Familienangehörige verlieren würde. Das machte den Fall ungemein kompliziert. Wenn William starb, könnte das Shari entweder noch entschlossener machen, bei der Aufklärung des Falles mitzuhelfen, oder aber ihre Angst verstärken, sodass vielleicht ihr Erinnerungsvermögen vage würde. Marcus hatte schon lange genug im Zeugenschutz gearbeitet, um zu wissen, dass man nie vorhersehen konnte, wie jemand auf ein solches Ereignis reagiert. Momentan gehörten ihre Mutter, ihr Vater und ihr Bruder zu Sharis Welt. Sie alle an einen sicheren Ort zu bringen, war von entscheidender Bedeutung.

„Ich bleibe bei ihnen im Krankenhaus und werde Shari befragen", entschied Marcus. „Der Tatort gehört dir. Nimm ihn auseinander. Hoffentlich gibt es auf diesem Stockwerk noch einen weiteren Zeugen. Ich weiß noch nicht, wie viele Details wir von Shari bekommen werden."

Die Sanitäter verließen mit William das Zimmer. Marcus sah ihnen zu, wie sie hinausgingen, dann wandte er sich wieder Dave zu. „Sprich mit Mike in der Einsatzzentrale. Wir brauchen die vollständige Akte von Richter Whitmore. Beauftrage deine Männer mit einer Überprüfung seiner früheren Fälle und finde alles, einfach *alles*, heraus über diejenigen, die etwas darüber gewusst haben, dass er auf der Auswahlliste des Präsidenten erscheinen wird, und wann sie es erfahren haben. Dann lass ein Profil über William Hanford und seine Familie erstellen. Sie waren mit Carl befreundet. Der Mörder wurde überrascht. Ich will jede Wahrscheinlichkeit ausschließen, dass diese Familie auch ein Teil seines Plans war."

„Wird gemacht, Marcus."

Marcus schlug ihm auf die Schulter. Er konnte gar nicht sagen, wie dankbar er war, dass Dave hier war. Er gehörte beinahe zur Familie und das zählte. In sechs Monaten oder vielleicht in noch kürzerer Zeit rechnete er mit der Verlobung von Dave und Kate.

Er nahm sich eines der im Wohnzimmer liegen gebliebenen Handtücher, um sich das Blut von den Händen zu wischen. Seinen Siegelring zog er ab und steckte ihn in die Tasche seines Jacketts, damit er ihn später saubermachen konnte. Sein Uhrenarmband würde er wohl in Wasser legen müssen, um das Blut zu entfernen, aber das sah er ziemlich nüchtern.

Tina Young erschien im Eingang zur Suite und Marcus drehte sich um, weil er Shari erwartet hatte. Der Gesichtsausdruck der Polizistin ließ ihn innehalten. Er durchquerte den Raum. „Sie hat sich frischgemacht, sich umgezogen und dann ..." Die Polizistin trat zur Seite und deutete auf das Zimmer Nummer 966.

Marcus ging hinüber.

Shari stand im Bad am Waschbecken. Sie lehnte sich gegen den marmornen Waschtisch. Jetzt trug sie Jeans und einen rosa Pullover, aber sie war noch barfuss. Sie sah erschreckend jung aus. Die Tränen rollten ihr die Wangen herunter. Sie gab keinen Ton von sich, aber ihre Schultern zuckten krampfartig. Mit ihrem rechten Daumen rieb sie an den Resten von getrocknetem Blut in ihrem linken Handteller, um sie vollständig zu entfernen. Sie hatte sich zwar die Hände gewaschen, aber nicht alles Blut war dabei abgegangen.

Obwohl er wusste, dass es so kommen musste, dass die durch den Schock erzwungene Selbstbeherrschung einmal enden musste, reagierte er betroffen. Mit Worten konnte er hier nichts ausrichten. Marcus bückte sich und hob das feuchte Handtuch auf, das sie benutzt hatte und das auf den Boden gefallen war. Er legte seine Hand fest um ihr linkes Handgelenk und hob ihre blutbefleckte Hand. Unter seinen Fingern spürte er ihren schwachen, unregelmäßigen Puls. Das feuchte Handtuch war kalt geworden. Er drehte den Wasserhahn auf, stellte ihn auf lauwarm ein und nahm die Seife aus dem Halter.

Man musste kein Experte sein, um zu wissen, welche Wirkung das Blut ihres Bruders auf ihren Händen auf sie haben musste. Endlich hatte er ihre Handfläche gesäubert. Behutsam seifte er ihre Finger ein. Das Blut unter ihren Fingernägeln ließ sich kaum entfernen. Es waren sehr gepflegte, hellrot lackierte Nägel. Zwei von ihnen waren abgebrochen.

„Das Wasser ist immer noch hellrot."

„Shari, sehen Sie mich an." Er musste diesen Satz zwei Mal wiederholen, bevor sie den Kopf hob. Ihre Augen waren jetzt trocken, aber in ihrem Blick lag eine dunkle Verzweiflung. „Sie können Ihrer Familie nicht helfen, wenn Sie auseinanderfallen."

Er durfte sie jetzt nicht schonen. Sie brauchte etwas, worauf sie sich konzentrieren konnte, und am besten wäre es, wenn diese dumpfe Verzweiflung abgelöst würde von einer Wut auf den Todesschützen. Dieses Gefühl würde ihr besser über die nächsten Stunden hinweghelfen.

Sie zog tief die Luft ein, als ob er sie geohrfeigt hätte. „Es wird schon gehen."

Er drückte fest ihre Hände, voller Bedauern, dass er sie nicht verwöhnen konnte. Am liebsten hätte er sie jetzt in Watte gepackt, um sie von der Welt fernzuhalten und um ihr noch mehr Schmerz zu ersparen. Das war aber nicht möglich. „Ich brauche in den nächsten Stunden Ihre Hilfe."

„Im Moment kann ich mir noch nicht mal meinen eigenen Namen merken."

„Der Schock wird nachlassen", entgegnete er ruhig. Ihre Hände waren jetzt sauber und ihre Fingerspitzen bekamen von der Nässe kleine Falten. Er griff nach einem trockenen Handtuch und legte ihre Hände in die seinen, als er sie trocken rieb. „Können wir gehen?"

Der erste Anflug eines Lächelns erschien auf ihrem Gesicht. Es war wie eine schmerzliche Erinnerung daran, dass die junge Frau, die er an diesem Abend kennengelernt und als so lebhaft und fröhlich empfunden hatte, nicht mehr da war. Ihr Lächeln wirkte gebrochen. „Ja, natürlich."

„Gut." Er sah ihr noch ein paar Augenblicke lang in die Augen, weil er wissen wollte, was sie dachte. Sie sah ihn an, als ob sie etwas fragen wollte, aber sie blieb stumm. Sie drehte sich zum Schlafzimmer um und der Moment des stillen Blickkontakts war vorüber.

Tina hatte ein paar Tennisschuhe für sie gefunden. Shari setzte sich auf die Bettkante und zog sie an.

„Joshua ist vor etwa einer Minute mit dem Hubschrauber ins Krankenhaus gebracht worden. Ihr Vater wird in wenigen Minuten ausgeflogen. Ihre Mutter ist schon auf dem Weg dorthin und auf Sie wartet unten ein Wagen."

Sie nickte.

Tina gab Shari eine Einkaufstüte. „Die Sachen für Ihre Mutter."

„Danke."

„Gehen wir", sagte Marcus leise. Er legte ihr die Hand auf den Rücken, um ihr die Richtung zu weisen. Es gefiel ihm nicht, dass er wegmusste, solange die Großfahndung nach dem Todesschützen noch lief, aber er hatte keine andere Wahl. In der Dreierkette aus Zeuge, Mörder und Tatort war jedes Glied von entscheidender Bedeutung. Bei der Jagd auf den Täter konnte er auf Quinn zählen und auf Dave bei der Sicherung des Tatorts. Es war ihm lieber, nach wie vor die Verantwortung für Shari und ihre Familie zu haben.

Er begleitete Shari den Flur hinunter zu den Aufzügen. Seine Hand hielt noch immer ihren Ellbogen. Sie hinkte und es sah so aus, als ob sie ihr Knie belastete, nicht ihren Fußknöchel. Er würde dafür sorgen, dass ein Arzt sich den Fuß ansah, wenn sie im Krankenhaus waren.

Die Steuerung der Aufzüge war abgestellt worden und nur das Sicherheitszentrum konnte sie aktivieren. Er bat um einen Halt im ersten Stock. Sie würden das Hotel durch einen gesicherten Eingang im ersten Stock verlassen und nicht durch die Hotelhalle gehen, denn dort wartete die Presse. Shari lehnte sich an die Wand des Lifts, als er nach unten fuhr.

Sie schwiegen, und Marcus tat nichts, um diese Stille zu unterbrechen. Sie brauchte Zeit, um sich zu sammeln, und er brauchte Zeit zum Nachdenken. Sie hatten die Krisenpläne für das Krankenhaus bereits in Kraft gesetzt, aber die Sicherheitsmaßnahmen mussten verstärkt werden. Der Todesschütze hatte bei seiner Tat keine Hemmungen vor der Anwesenheit von Sicherheitskräften gezeigt.

Problematisch würde auch der Umgang mit den Medien. Sobald herauskam, in welchem Krankenhaus die Opfer lagen, würden sie es belagern, denn diese Story war keine Eintagsfliege. Er müsste die Sicherheitsmaßnahmen für den gesamten Zeitraum planen, in dem Joshua und William im Krankenhaus waren. Shari und ihre Mutter mussten woanders untergebracht werden. Er konnte es nicht riskieren, sie in dieses Hotel zurückzubringen. Sie müssten eine Übernachtungsmöglichkeit in der Nähe des Krankenhauses finden.

„Carl ist wirklich tot."

Er sah zu Shari herüber. Er verstand, dass sie eine Bestätigung dessen brauchte, was sie bereits wusste. „Ja."

„Warum musste das passieren? Warum er?"

Das war bei jedem Verbrechen die schwierigste Frage – die Frage nach dem Warum. Wenn sie den Todesschützen fangen und von ihm ein Geständnis bekommen würden, hätten sie eine eindeutige Antwort. Wenn nicht, wären langwierige Ermittlungen nötig, um Klarheit über das Tatmotiv zu erhalten. „Wir werden das herausfinden."

Sie rieb sich die Augen. „Er hat nie erfahren, dass sein Name auf der Auswahlliste stand."

Er sah sie erstaunt an. „Sie haben das gewusst?"

„Während des Essens ging mein Piepser los. Das war John. Er hat mich darüber informiert. Josh und ich hatten beim Zimmerservice ein Festessen für Carl bestellt. Beim Bankett konnte er nicht viel essen. Ich hätte es Carl sagen sollen, anstatt auf den offiziellen Anruf zu warten, aber wir wollten ihn überraschen. Er hatte eine gute Nachricht bitter nötig, und jetzt ist er gestorben, bevor er es wusste ...“

Ihre Stimme wurde immer leiser. Dann schwieg sie. Marcus wartete kurz, um sie nicht am Weitersprechen zu hindern. „Wer ist John?“

Shari atmete tief durch. „Mein Chef, der Gouverneur von Virginia. Ich muss ihn unbedingt anrufen.“

Der Gouverneur des Bundesstaates Virginia war ihr Chef. Diese bereits hochpolitische Situation bekam durch die freundschaftliche Beziehung der Familie Hanford zu Gouverneur Palmer eine andere Dimension. „Ich werde das arrangieren“, versprach er. „Shari, haben Sie jemandem von diesem Anruf auf Ihrem Piepser erzählt?“

„Joshua wusste es und meine Eltern auch, aber wir haben gewartet, bis Carl das von offizieller Seite erfährt; danach wollten wir seine Freunde zu einer kleinen Feier in der Suite einladen. Glauben Sie, Carl ist umgebracht worden, weil er auf der Auswahlliste stand?“

Es hatte keinen Sinn, sie über etwas so Offensichtliches im Dunkeln zu lassen. Sie stand schließlich im Mittelpunkt der Ermittlungen, bis der Fall aufgeklärt war. „Das ist durchaus möglich.“

In ihrem Gesicht spiegelte sich ein so tiefer Schmerz wider, als ob diese Antwort sie persönlich verletzt hätte. Warum das? „Meinen Sie, Sie können mir bei einer Skizze vom Mörder helfen?“

„Ich will es versuchen.“ Sie biss sich auf die Unterlippe. „Ich habe ihn nur ein paar Sekunden lang gesehen, Marcus. Und nach diesem ersten Moment, als mir klar wurde, was ich da gesehen habe ... ich kann mich einfach nicht mehr erinnern.“

„Meinen Sie, Ihr Bruder hat ihn auch gesehen?“

Sie schüttelte den Kopf. „Er stand rechts von mir, als die Verbindungstür aufging. Ich habe immer noch geschrien, als die Kugel den Türrahmen getroffen hat, und in diesem Moment hat Josh mich zu Boden geschlagen. Ich glaube nicht, dass der Mörder weitergekommen ist als bis zur Tür." Sie schloss die Augen und ein Schaudern durchlief ihren Körper. „Josh ist wegen mir getroffen worden."

„Shari ..." Er wartete, bis sie ihn ansah. „Vertrauen Sie mir. Josh ist froh, dass er Sie rechtzeitig heruntergerissen hat. So schwer es für Sie ist, ihn so hilflos zu sehen, denken Sie daran, dass es schlimmer für ihn wäre, wenn der Mörder Sie getroffen hätte."

Auf ihren Lippen zeigte sich ein schwaches Lächeln. „Das ist typisch Mann."

„Ja."

„Werden sie wieder gesund?"

„Können Sie die Wahrheit vertragen?"

„Nein, aber die Wahrheit ist mir lieber als eine Lüge."

Sein Beruf verlangte von ihm eine professionelle, unpersönliche Distanz. Manchmal erforderten die Umstände jedoch ein anderes Verhalten. Er griff nach ihrer Hand, weil er schon seit Langem wusste, dass schlechte Nachrichten besser aufgenommen wurden, wenn sich der Übermittler und der Empfänger der Nachricht berührten. „Ich denke, Sie sollten mit dem Schlimmsten rechnen", entgegnete er leise. „Josh ist schwer verletzt, aber er ist jung. Ich glaube, er wird es schaffen. Aber Ihr Vater ... es sieht schlecht für ihn aus. Vielleicht wird er die Operation nicht überleben."

Sie musste das wissen, musste vorbereitet sein, und es wäre verkehrt gewesen, sie nicht zu warnen. Er fühlte, wie sie zusammenzuckte, sah, wie ihre Kieferknochen hervortraten. Dann verschloss sich ihr Gesicht. „Er wird es schaffen. Er muss es schaffen", flüsterte sie beinahe zornig. „Ich werde Ihnen helfen, so gut ich kann – mit Informationen über den Mörder, über das, was geschehen ist. Aber können Sie mit dem Verhör meiner Mutter bis morgen warten? Sie hat für heute genug ertragen müssen."

„Ich glaube schon. Wir werden es Ihnen allen so leicht wie möglich machen – das verspreche ich Ihnen."

„Werden Sie im Krankenhaus bei uns bleiben?"

Auf sie war geschossen worden, und trotzdem klang sie schüchtern, als sie ihn fragte, ob er ihr beistehen könnte, wenn der Wirbel erst richtig losging. Er wusste, dass sein Leben chaotisch sein würde in den nächsten Tagen der Ermittlung, aber das war noch gar nichts im Vergleich zu dem, was sie erwartete. Sie war eine wichtige Zeugin; ihre Familie war vom Todesschützen getroffen worden; in den nächsten Tagen würde sie für die Reporter im ganzen Land zum Freiwild werden. Das Leben, das sie gekannt hatte, war vorbei – obwohl er merkte, dass sie sich dessen noch nicht voll bewusst war.

„Ich werde immer für Sie da sein", antwortete er. Er war fest entschlossen, sein Bestes zu tun, um sie vor dem Schlimmsten abzuschirmen. „Das ist ein Versprechen, Shari."

Er spürte die Wirkung dieser Worte. Es war ein O'Malley-Versprechen. Sie verstand zwar nicht, was das bedeutete, und das war auch gar nicht nötig. Es genügte, wenn er wusste, dass die Grenze überschritten war. Der Todesschütze hatte einen fatalen Fehler gemacht. Er hatte einen Richter erschossen und war straflos davongekommen. Er hatte eine Bekannte von Marcus verletzt. Er hatte diesen Fall zu einer persönlichen Fehde gemacht. Marcus würde die ganze Familie O'Malley in die Aufklärung dieses Falles einbinden, und es war unklug, sich mit dieser Familie anzulegen.

Sie drückte seine Hand. „Danke."

Marcus sah auf ihre zusammengelegten Hände. Ihre Hand passte nicht nur zu der seinen, sondern sie schien dazuzugehören. Er strich mit dem Daumen über ihren Handrücken. Sie war so stark wie ihre Mutter. Sie würde es schaffen – mit seiner Hilfe. Er erwiderte ihren Händedruck, bevor er losließ. Die Aufzugtüren öffneten sich.

„Bleiben Sie in meiner Nähe."

* * *

Kate O'Malley nahm an der Tür von Zimmer 1124 neben Quinn ihre Position ein. Es handelte sich um eines von elf Zimmern auf diesem Stockwerk, bei denen sich auf ihre Anrufe hin niemand gemeldet hatte. Sie hatten das Anmelderegister verwendet, um die Hotelgäste ausfindig zu machen, aber bei diesen Zimmern war es ihnen nicht gelungen. Sie mussten also davon ausgehen, dass dieses Zimmer ein Risiko darstellte. Mit Hilfe von fiberoptischen Kameras unter den Türen verschafften sie sich einen ersten Einblick, dann öffneten und durchsuchten sie die Zimmer. Kate lehnte sich mit dem Kopf gegen die Wand. Sie stand direkt neben Quinn, um eventuell eingreifen zu können, falls sie eine Tür öffneten und dahinter ein Bewaffneter mit einer Geisel auf sie wartete. In diesem Fall wären die ersten Sekunden entscheidend und Kate müsste dann rasch handeln.

„Was meinst du, Kate?"

Sie mussten sich mit der Durchsuchung beeilen, damit sie die Zimmer nach und nach von der Risikoliste streichen konnten. In jeder Minute, in der sie den Todesschützen nicht fanden, vergrößerte sich der Risikobereich. Sie mussten aber auch vorsichtig vorgehen. Das war die schlimmste Art von Durchsuchungsaktion, weil der Adrenalinspiegel dabei immer gleich hoch blieb. Dass ihr Kaugummi nach nichts mehr schmeckte, war auch nicht gerade hilfreich. „Du versaust den Teppichboden mit deinem Blut."

Quinn sah mit einem Stirnrunzeln an sich herunter. „Die paar Tropfen; man könnte meinen, ich verblute, so wie du mich ständig nervst. Bei den Zimmerpreisen hier kann sich das Hotel es auch leisten, die Teppichböden reinigen zu lassen."

„Lisa ist nicht hier, also muss dich jemand anderes nerven." Kate mochte den Partner von Marcus gern, und die Tatsache, dass er ihre Schwester Lisa verärgert hatte, bestätigte nur diese Schlussfolgerung. Sie warf noch einen Blick auf die Bilder der fiberoptischen Kamera. Hier hatten sie eine Suite, eine der risikoreichsten Bereiche für ein Eindringen, weil sie die Räume nur teilweise einsehen konnten. Es waren schon fünfzig Sekunden vergangen und noch immer bewegte sich nichts. „Öffnet die Tür."

Quinn brach das Schloss auf und sie drangen in die Suite ein. Vier Männer vom Sondereingreifteam SWAT gingen zuerst, Quinn und Kate folgten ihnen.

„Leer."

„Leer."

„Leer!"

Die Polizisten arbeiteten schnell und gründlich. Alle Zimmer, Schränke und anderen möglichen Verstecke wurden systematisch überprüft.

„Die Spur wird langsam kalt", bemerkte Kate. Sie merkte, wie ihr Herzschlag sich verlangsamte.

„Stimmt genau", entgegnete Quinn. „Was schlägst du vor?"

„Holt einen Bauingenieur hierher. Ich möchte gerne wissen, welche anderen Fluchtwege es auf diesen drei Stockwerken gibt – Belüftungsschächte zum Beispiel. Wir haben immer weniger Zimmer zu durchsuchen."

Quinn nickte. „Es ist einen Versuch wert. Im Raum Belmont müsste es einen Ingenieur geben." Er rief die Sicherheitszentrale an und bat darum, den Mann suchen und heraufbringen zu lassen.

Die Zimmertür wurde mit dem gelben Klebeband der Polizei versiegelt, um zu zeigen, dass es überprüft worden war. Sie gingen zu dem nächsten Zimmer auf ihrer Liste und bauten wieder die fiberoptische Kamera auf.

„Ein toter Richter, zwei Verletzte. Was wetten wir, dass wir eine Tür aufmachen und herausfinden, dass unser Todesschütze Selbstmord begangen hat?"

„Das ist ziemlich unwahrscheinlich. Er hat seine Tat in einem Hotel begangen, in dem es von Polizisten nur so wimmelt. Er hatte einen Fluchtplan. Allein die Tatsache, dass er nach oben und nicht nach unten gegangen ist, ist verblüffend."

„Wenn dieser Typ entwischt, wird das Leben für uns sehr hart werden, bis wir ihn haben."

Kate nickte. Sie rechnete bereits mit dem Schlimmsten. Marcus war immer für sie da gewesen, wenn sie ihn brauchte. Es sah ganz so aus, als ob sie diesmal damit an der Reihe wäre. Ein US-Marshal, bei dessen Einsatz ein Richter ermordet wurde – jemand musste Marcus daran erinnern, dass er gelegentlich etwas Schlaf brauchte.

Sie hob eine Hand, ballte sie zur Faust, und der Polizist mit der fiberoptischen Kamera hielt das Gerät an. Quinn warf einen Blick auf den kleinen Monitor und stimmte ihr zu. Nur zwei Füße in blauen Socken waren zu sehen, aber da lag jemand auf dem Bett. Er signalisierte dem Polizisten, noch einmal das Zimmertelefon anzuwählen. Kate sah keine Bewegung. Er ging nicht an den Apparat.

„Wer ist für dieses Zimmer registriert?“, fragte Quinn.

„Kevin McCurry, ein Richter aus dem siebten Gerichtsbezirk“, antwortete ein anderer Polizist.

Quinn sah sie an. „Das ist dein Job.“

„Na, vielen Dank.“ Kate fasste kurz die Lage zusammen. „Wir haben hier entweder ein weiteres Opfer, einen Gast mit einem sehr guten Schlaf, eine Geisel oder einen toten Mörder. Im Zimmer brennt kein Licht. Wir machen das Flurlicht aus, schließen die Tür auf, öffnen sie einen Spalt weit und bringen die fiberoptische Kamera in einem hohen Winkel rein, damit wir das Zimmer überblicken können. Im schlimmsten Fall eröffnet er das Feuer auf uns.“

Quinn nickte. „Das wird funktionieren.“

Zehn Minuten später mussten sie einen wütenden Gast beruhigen. Er hatte sein Hörgerät abgestellt.

* * *

Sie war gerade ins Bett gegangen, als ihr Piepser losging. Lisa O’Malley drehte sich herum und brachte ihn mit Nachdruck zum Schweigen. Mit halb geschlossenen Augen suchte sie nach ihren Schuhen. Sie hatte sie einfach irgendwohin gekickt, als sie müde in ihr Bett fiel. Ihr Chef hatte ihr zwar ein freies Wochenende versprochen, aber es machte ihr nicht allzu viel aus, obwohl sie bereits eine Sechzig-Stunden-Woche hinter sich hatte. Wenn sie schlief, würden die Träume kommen, und wegen Kevin würde sie diese Nächte am liebsten vergessen.

Mit dem Unfallarzt hatte sie eine feste Beziehung – gehabt, bis vor sechs Monaten, als er ihren Beruf ins Lächerliche zog und sie verblüfft feststellen musste, dass es ihm damit ernst war. Sie war damals nach Hause gekommen, hatte sich auf dem Sofa zusammengerollt und geweint. Das hatte seit ihrem sechzehnten Lebensjahr kein Mann so einfach fertiggebracht. Sie hatte sich fest vorgenommen, künftig jede Einladung von Kevin abzulehnen, aber letzte Woche hatte er sie in einem schwachen Moment erwischt und sie war mit ihm essen gegangen. Der Abend war katastrophal gewesen. Würde sie es denn nie lernen? Kevin war noch immer eine Ratte.

Ein Quietschen beendete die Stille und sie sah hinüber zu dem Metallkäfig mit dem Laufrad. Ihre weißen Mäuse waren aktiv. „Entschuldigt bitte, Jungs. Ich wollte euch nicht beleidigen."

Ein Anruf auf dem Piepser um diese nachtschlafende Zeit konnte nur eins bedeuten: Das Labor hatte zu viele Mordopfer und zu wenige Mitarbeiter, sodass andere Schichten um Hilfe gebeten wurden. Da sie zu den wenigen Gerichtsmedizinern gehörte, die am liebsten am Tatort arbeiteten, musste sie wahrscheinlich die Nachtstunden in irgendeiner Seitenstraße verbringen. Sie hatte lieber mit Toten als mit Lebenden zu tun. Als sie im Bad das Licht anmachte, fuhr sie erschreckt vor ihrem eigenen Spiegelbild zurück. Sie sah selbst wie eine Tote aus.

Sie sah aus wie Quinn. Diese Erkenntnis verbesserte nicht gerade ihre Laune. Sie war froh, dass sie Quinns Einladung zum Essen abgelehnt hatte. Zu viele Frauen mochten ihn zu gern und sie wollte sich nicht in die Schar seiner Verehrerinnen einreihen. Obwohl sie wusste, dass sie nicht die spritzigste oder geistreichste Frau in ihrer Familie war, war es erniedrigend, für Quinn die dritte Wahl zu sein. Sie war diejenige von den O'Malleys, die immer wieder in Schwierigkeiten geriet und ihr gesellschaftliches Leben nicht im Griff zu haben schien. Quinn hatte sie nur aus Mitleid eingeladen.

Genug. Sie hatte die Nase voll von Männern. Es gab einfach nicht so anständige Kerle wie ihre Brüder und sie wollte sich weiteren Liebeskummer ersparen. Gestern Abend hatte sie sich an Jennifers Schulter ausgeweint. Dabei kam sie sich vor wie eine Versagerin. Dieses Gefühl mochte sie gar nicht. Lisa griff nach dem Piepser und ging zur Arbeit. Sie fragte sich, wer wohl gestorben sein könnte.

4

„Hier, Shari." Marcus hielt ihr den Plastikbecher hin. Es war heißer, stark gesüßter Tee. Sie nahm ihn mit einem gemurmelten Dank entgegen. Für sein Empfinden war sie immer noch zu zittrig. Wenn sie durch das warme Getränk nicht etwas Farbe bekam, würde er darauf bestehen, dass sie sich ein Beruhigungsmittel geben ließ. „Wollen Sie wirklich nicht, dass sich ein Arzt Ihr Knie ansieht? Es scheint Ihnen zu schaffen zu machen." In diesem Warteraum des Krankenhauses waren sie die einzigen Besucher. Die Sicherheitskräfte hatten diesen Teil der Station geschlossen.

Sie warf ihm einen kurzen Blick zu. „Das ist schon in Ordnung. Es ist nur eine alte Verletzung, die schlimmer geworden ist. Josh hat mich einmal zum Fallschirmspringen überredet und ich bin dabei hart gelandet."

Es sagte ziemlich viel über ihr Wesen, wenn sie sich von ihrem Bruder zu einem Risikosport wie Fallschirmspringen überreden ließ. Entweder kannte sie keine Angst, oder aber sie war tapfer genug, sich einer lähmenden Furcht zu stellen. Man musste schon gute Nerven haben, wenn man einfach so aus einem Flugzeug ausstieg. „Das ist wirklich abenteuerlustig."

„Eine Schwäche, wenn es um die Familie geht." Sie lehnte ihren Kopf wieder an die Wand.

„Ist Ihre Mutter versorgt?"

„Sie liegt in Zimmer 841 weiter unten auf dem Flur. Sie haben ihr ein Schlafmittel gegeben. Wegen ihrer Herzprobleme wollten die Fachärzte kein Risiko eingehen. Sie war ... verärgert, weil sie darauf bestanden haben, aber sie hat es dann doch genommen."

„Sie scheint sehr willensstark zu sein."

„Sie nimmt es nie ohne Protest hin, dass ihre Gesundheit nicht die beste ist."

„Der Chirurg hat gesagt, dass es noch eine Stunde dauert, bis wir etwas Neues über Joshua und William wissen", bemerkte er.

Er war froh, den Arzt bereits vorher gesprochen zu haben, und so schwieg er über die düstere Prognose, die dieser über ihren Vater abgegeben hatte. Sie hatte momentan genug mit sich selbst zu tun. Die Worte des Arztes hätten ohnehin nichts am Ergebnis geändert.

„Bis sie aus dem Operationssaal heraus sind, und das kann Stunden dauern, bedeuten keine Nachrichten gute Nachrichten." Sie seufzte. „Ich müsste endlich ans Telefon gehen und ein paar Leute anrufen."

Ihre Stimme klang ruhig, ihre Wangen hatten wieder etwas Farbe, aber er konnte ihren Widerwillen heraushören. „Nur keine Hektik." Er trank seinen Kaffee und wartete.

„Hat Ihnen schon mal jemand gesagt, dass Sie viel Taktgefühl haben?"

„Ich bin Polizist, Shari, aber ich war auch schon an Ihrer Stelle und habe auf Nachrichten aus der Familie gewartet. Ich kann Ihnen einen Moment Zeit geben, nicht viel mehr, aber das ist wenigstens etwas."

„Das weiß ich zu schätzen." Sie trank ihren Tee aus. „Schlagen Sie Ihr Notizbuch auf. Ich werde Ihre Fragen beantworten, so gut ich kann."

Marcus warf einen Blick auf seine Armbanduhr und schrieb die Uhrzeit auf seinen Notizblock.

„Erzählen Sie mir, was heute Abend passiert ist."

„Wo soll ich anfangen?"

„An einem sicheren Punkt", schlug Marcus mit ruhiger Stimme vor. „Wie wäre es mit dem Beginn des Abends, als Sie zum Bankett gingen?"

„Wir gingen zusammen hinunter, Carl und meine Familie. Es war ungefähr siebzehn Uhr fünfundvierzig."

Marcus füllte die Seiten, als sie sprach. Sie nahm an, dass ihre Familie etwa um 21.45 Uhr wieder in der Suite war. Der Zimmerservice hatte das Essen gebracht. Carl war nur wenige Minuten später erschossen worden. Marcus machte sich eine Randnotiz. Der Hotelmitarbeiter, der das bestellte Essen geliefert hatte, musste vernommen werden. Der Sicherheitsfunk hatte den Alarm wegen der abgefeuerten Schüsse um 22.20 Uhr durchgegeben, und so schienen die Zeitangaben von Shari präzise zu sein.

„Als Sie an die Verbindungstür geklopft haben, ist sie von selbst aufgegangen?"

„Sie war nur angelehnt."

„Wo war Carl, als Sie ihn gesehen haben?"

„Vor mir, etwa einen Meter fünfzig im Zimmer." Sie schluckte heftig. „Er fiel nach hinten und ich wusste, dass sein Kopf an die Wand prallen würde. Ich habe das Echo der Schüsse gehört."

„Wo war der Schütze?"

„Er stand ..." Sie wirkte verwirrt.

Kein Orientierungssinn. „Sie sehen ins Zimmer. Wo steht er?"

Sie streckte die Hand aus, dankbar für diesen Hinweis. „Hier. Am Fußende des Bettes."

„Wie groß war die Entfernung zwischen den beiden?"

„Einen Meter zwanzig, einen Meter fünfzig – nicht viel mehr."

Der Schütze musste aus dem Bad gekommen und zum Fußende des Bettes gegangen sein und dann das Feuer eröffnet haben. „Haben Sie gehört, wie Carl etwas sagte? Schrie er vor Schreck auf?"

„Er wirkte überrascht, vielleicht verblüfft."

Überrascht, weil jemand im Zimmer war, oder überrascht, weil er den Mörder kannte?

„Was geschah danach?"

Sie geriet ins Stocken, als sie versuchte, die Szenen in der Suite zu schildern in den Minuten, bevor er und Dave dazugekommen waren. Marcus unterbrach sie. „Entspannen Sie sich. Ganz langsam, eins nach dem anderen." Er musste sie danach fragen. Er musste unbedingt wissen, ob ihr nach diesem ersten Schuss am Schützen noch etwas aufgefallen war.

„Bitte entschuldigen Sie, Marcus. Aber nachdem Josh mich niedergeschlagen hat ..." Sie schüttelte den Kopf.

„Das ist schon in Ordnung. Reden wir über etwas anderes." Er nahm den größeren Block, den er sich von einem seiner Kollegen geborgt hatte, dann zog er einen zweiten, teureren und feineren Bleistift aus der Jackentasche. „Versuchen wir es mal mit einer Skizze.“

„Sind Sie ein Künstler?“

„Für den Hausgebrauch reicht es.“ Wegen der großen Bedeutung von Gesichtern in seinem Beruf hatte er eine jahrelange Übung im Zeichnen. „Schließen Sie die Augen, denken Sie an sein Gesicht und sagen Sie mir nur, was Sie sehen.“

Ihre Wimpern sanken nach unten und sie atmete tief ein und aus. „Harte Gesichtszüge, irgendwie verbissen. Er hat ausgeprägte Wangenknochen und starke Augenbrauen. Seine ganze Erscheinung wirkt gepflegt, aber es sieht so aus, als sei er sich mit der Hand durchs Haar gefahren.“

Während er zeichnete, achtete Marcus auf die Art, wie sie sich an Einzelheiten erinnerte, und er hörte genau zu, wenn sie zögerte. Er hatte im Laufe der Jahre mit vielen Zeugen zusammengearbeitet. Shari hatte ein außergewöhnlich gutes Gedächtnis für kleine Details. Sie drückte sich nur selten vage aus.

„Was arbeiten Sie für den Gouverneur?“, fragte er beiläufig.

„Ich schreibe Reden und ich arbeite bei seinem Wahlkampf mit.“

„Sie verwenden Eselsbrücken, um sich den Namen und das Gesicht von jeder Person, die Sie kennenlernen, einzuprägen.“ Es war eher eine Aussage als eine Frage, denn die Antwort war offensichtlich. Er skizzierte den Kieferknochen des Tatverdächtigen.

„Ja. Heute mache ich das instinktiv.“

Wenn der Gejagte plötzlich durch seinen Bleistift Gestalt annahm, hatte das immer eine seltsame Wirkung auf Marcus. Die Verbindung eines Gesichts mit einem Verbrechen machte es zu einer persönlichen Sache. Das Gesicht würde ihn jahrelang begleiten; es würde lebendig bleiben, bis der Fall aufgeklärt wäre. Da er bei den meisten seiner Fälle flüchtige Verbrecher aufspüren musste, verbrachte er auf Reisen häufig seine Zeit damit, die Skizzen der Verdächtigen altersmäßig anzupassen oder ihr Aussehen zu verändern, bis er ihre Gesichter so gut kannte wie sein eigenes.

„Was würden Sie daran noch ändern?“ Er drehte seine Skizze zu ihr um.

„Das ist gar nicht so schlecht.“

Er musste über ihre Verblüffung lächeln.

Sie nahm ihm die Skizze ab und sah sie sich genau an. Er sah, wie sie die Augen schloss, sie einen kurzen Augenblick lang öffnete und sie dann wieder zumachte. Es war ein Trick für ihr Erinnerungsvermögen, eine Hilfe, um ihr einen Vergleich zu ermöglichen. Sie gab ihm den Block zurück und zeigte auf die Wangenknochen. „Setzen Sie die ein bisschen tiefer und verbreitern Sie die Augenbrauen.“

Marcus verfeinerte die Skizze.

„Schon besser.“

In den nächsten zwanzig Minuten machte er Korrekturen, bis Shari zufrieden war. „Das ist er.“

Marcus studierte das Gesicht und prägte es sich ein. Am unteren Ende der Seite hatte er alle besonderen Merkmale, die Shari erwähnt hatte, aufgeführt: das Alter, die Körpergröße, das Gewicht, die Kleidung des Schützen.

„Ich werde das an meine Leute weitergeben. Und ich werde jemanden finden, der sich Ihr Knie ansieht“, warnte er sie. „Sie brauchen eine Eiskompresse dafür und wahrscheinlich für ein Dutzend andere Prellungen.“

„Josh hat eine Schlagkraft wie ein Linienspieler und ich spüre die Nachwirkungen. Mir tun die Rippen weh.“

Shari war genau wie seine vier Schwestern. Auch sie spielten ihre Schmerzen herunter, bis er sie förmlich nötigte, etwas zu unternehmen. „Dann ist es wirklich an der Zeit, dass Sie einen Arzt aufsuchen.“

Er warf einen Blick auf seine Armbanduhr und sah, dass es bald Mitternacht war. „Ich werde nicht lange weg sein. Craig wird bei Ihnen bleiben, bis ich wieder zurück bin.“

„Mir geht es gut, Marcus.“

„Ja, das weiß ich, aber lassen Sie mir bitte meinen Willen.“ Er griff in seine Jackentasche. „Bis wir mit der Untersuchung des Tatorts fertig sind, habe ich für Sie noch ein Ersatzhandy besorgt."

Er zögerte, dann riss er eine leere Seite aus seinem Notizbuch und schrieb zwei Telefonnummern darauf. „Prägen Sie sich die ein", sagte er leise. „Wenn Sie mich brauchen, um ein Problem oder eine Frage zu besprechen oder um mit mir über das Wetter zu plaudern" – er lächelte – „oder um mir eins Ihrer Geheimnisse zu erzählen, piepsen Sie mich an und tippen Sie die zweite Nummer ein. Es ist ein spezieller Code. Ich rufe zurück, egal wo ich gerade bin."

Erstaunt sah sie sich die Nummern an.

„Sie müssen das nicht verstehen, sondern einfach benutzen, wenn Sie es brauchen."

„Das ist so etwas wie ein Geheimcode."

Er antwortete mit einem schwachen Lächeln. „So was Ähnliches. Ein Familien-Code." Er griff nach seinem Notizbuch. „Ich werde versuchen, Ihr Adressbuch mitzubringen. Soll ich auch Ihren Piepser besorgen oder soll ich ihn besser ‚verlieren'?"

„Das klingt sehr verführerisch. Aber bringen Sie ihn lieber mit."

„Alles klar."

„Marcus, was kann ich den Leuten sagen?"

Er zögerte, dann wurde er ernst. „Erzählen Sie niemandem, dass Sie ihn gesehen haben."

„Meinen Sie wirklich, eine solche Information kann unterdrückt werden?"

„Je länger sie unter Verschluss gehalten wird, desto besser."

Er umfasste mit seiner Hand leicht ihre Schulter, als er aufstand und gab ihr mit dieser Geste zu verstehen, dass er bald wieder zurück wäre. Sie sollte sich in diesem Wirbel nicht allein gelassen vorkommen. So etwas passierte leicht, wenn die Ermittler sich bei der Aufklärung eines Falles auf Kosten der Lebenden auf die Toten konzentrierten. „Hören Sie auf die Ärzte. Und wenn Sie diesen gesicherten Flügel verlassen wollen, nehmen Sie Craig mit."

„Ich habe also einen Babysitter."

„So etwas Ähnliches", entgegnete er. „Wie ich schon sagte: Lassen Sie mir meinen Willen."

„Na gut. Das ist typisch Mann."

Er musste schmunzeln. „Oder typisch für einen US-Marshal. Ich bin bald wieder zurück."

* * *

Shari sah zu, wie sich die Tür hinter ihm schloss. Sie hatte noch immer ein Lächeln auf den Lippen. Diesen Mann mochte sie wirklich gern; er war genau der Richtige, um ihr in einer Krise wie dieser beizustehen. Er hatte recht mit seiner Beobachtung über ihre Gewohnheit, sich ein Gesicht und einen Namen einzuprägen, und sie behielt auch erste Eindrücke von Personen im Gedächtnis. Bei Marcus fiel ihr eine interessante Kombination ein: hart, stark, liebenswürdig.

Sie sah sich die Nummern auf dem Blatt Papier an und lernte sie auswendig. Ihren eigenen Notfall-Piepser hatte sie lange genug bei sich getragen, um die Bedeutung dieser Nummern zu kennen. Sie war überrascht über das Angebot, das sich dahinter verbarg.

Der Druck seiner Hand auf ihrer Schulter war zwar keine persönliche Geste, aber er war dennoch warm und irgendwie tröstlich. Er traute ihr zu, dass sie diese Krise überstehen würde. Das kam in seinem ruhigen Blick und auch in dieser Berührung zum Ausdruck. Shari wünschte, sie könnte diese positive Erwartung teilen. Sie rieb sich den Nacken. Die Kopfschmerzen wurden schlimmer, ihre Rückenmuskeln waren so angespannt, als ob sie zerbrechen wollten, und ihre Knochen waren wie erstarrt. Sie stand auf und ging hin und her. Das Knie schmerzte furchtbar, aber sie wollte versuchen, ihre Muskeln zu lockern.

Was musste sie als Nächstes tun? Wo sollte sie anfangen?

Sie musste ihre Verwandten anrufen. Es gab eine Menge, die zu ihrer erweiterten Familie gehörten. Ziemlich schuldbewusst gestand sich Shari ein, dass sie im Grunde genommen froh war, ihre Angehörigen aus Virginia in den nächsten Stunden nicht sehen zu müssen. Sie konnte momentan den Gedanken an so viele Leute nicht ertragen und alle wollten bestimmt Einzelheiten hören. Tante Margaret, die Schwester ihrer Mutter, wäre ihr eine große Hilfe, aber sie wohnte in London. Sie würde für die Reise hierher einen vollen Tag brauchen.

Sollte sie den Freunden von Carl sagen, dass er ermordet wurde? Einen Herzanfall hätte sie erklären können, aber einen Mord nicht – vielleicht könnte John diese Anrufe für sie erledigen. Jemand musste die anderen informieren, bevor sie es aus den Medien erfuhren.

Sie wusste, dass ihr Vater der Testamentsvollstrecker für Carl war, aber er konnte diese Aufgabe jetzt nicht wahrnehmen, auch Josh nicht. Deshalb musste sie sich wohl um Carls Begräbnis kümmern. Sie musste sich damit beeilen, sonst würde ihre Mutter versuchen, ihr das abzunehmen, aber diese Anstrengung wäre für sie zu viel gewesen.

Shari hatte noch nie zuvor eine Beerdigung geplant.

„Ich brauche diesen Notizblock", murmelte sie. Sie begann nachzudenken und sie wünschte, sie könnte die Flut der zu erledigenden Aufgaben noch ein wenig zurückdrängen. Sie wollte diese Verantwortung nicht allein tragen, aber momentan konnte ihr niemand dabei helfen. Sie war vierunddreißig Jahre alt und bis zu diesem Punkt in ihrem Leben waren die größten Herausforderungen, denen sie sich bisher hatte stellen müssen, die Ablehnung eines Gesetzesentwurfs, in den sie die Arbeit vieler Monate investiert hatte, die Niederlage eines Kandidaten, in den sie ihr Vertrauen gesetzt hatte, und der Liebeskummer nach einer gescheiterten Beziehung gewesen.

Das Entsetzen, das sie mit Mühe unterdrückt hatte, solange Marcus hier war, war nicht mehr zurückzuhalten. Sie lehnte die Stirn an die Fensterscheibe. Von ihrem Atem beschlug das Glas.

Jesus, warum?

Sie spürte, wie ihr die Tränen die Wangen herunterliefen, als sie in ihrer Erinnerung die Szene noch einmal vor sich sah, wie Carl tot in seinem Blut lag und Josh und ihr Vater schwer verletzt waren.

Ich habe noch nie so viel Blut gesehen. Das ist meine Familie und sie steht am Abgrund. Noch einen Schritt weiter und sie ist in nur einer Nacht zerstört. Carl ist tot, Mama ist in Lebensgefahr, Josh und Dad werden operiert. Ich komme mir vor wie Hiob, der an einem einzigen Tag seine Familie verloren hat.

Ihr Vater und ihr Bruder mussten einfach wieder gesund werden. Sie wollte es nicht zulassen, dass Gott ihr Gebet auf eine andere Art erhörte. Wie sollte sie überhaupt beten? Sie wusste nicht, was sie sagen sollte. Die Worte fehlten ihr, es blieben ihr nur noch Gefühle. *Ich habe eine solche Angst, Herr. Ist mein Kurzprofil schuld daran? Ich habe so verbissen für die Ernennung Carls zum Obersten Richter gebetet und mein ganzes Können in dieses Kurzprofil gesteckt. Bin ich schuld an Carls Tod? Jesus, ich habe solche Angst, dass ich genau das getan habe. Und jetzt ist Josh verletzt und Dad ist in Lebensgefahr!*

Sie wollte das nicht, aber dieses Schuldgefühl erdrückte sie förmlich. Es dauerte eine Weile, bis die vor langer Zeit auswendig gelernten Worte in ihr Bewusstsein drangen. Als ihr die Verse aus Psalm 68 in den Sinn kamen, hüllten sie sie wie eine warme Decke ein.

Gepriesen sei der Herr! Tag für Tag trägt er unsere Last, der Gott unsres Heils! Gott ist für uns ein Gott rettender Taten, und der HERR, unser Gott, hat Auswege aus dem Tod.

Jesus hatte bereits seine Macht über den Tod bewiesen. *Trage meine Last, Herr. Halte mich fest. Und hilf uns allen durch diese Nacht. Bitte ...*

* * *

Sie hätten den Todesschützen schon ausfindig machen müssen; Marcus war das sehr wohl bewusst. Er ging mit großen Schritten an den Sicherheitskräften vorbei ins Hotel und ließ die wachsende Menge der Reporter hinter sich. Er biss die Zähne zusammen. Mit einer vernünftigen Skizze würden sie die Geschehnisse zu ihren Gunsten beeinflussen und den Todesschützen dazu zwingen können, sich zu verstecken und so im näheren Umkreis zu bleiben. Der Aufruhr der Gefühle von seinem Zusammensein mit Shari ebbte endlich ab. Es war unmöglich, das Leid anderer mitzuerleben, ohne dabei selbst etwas zu empfinden. Es färbte immer ab und es musste irgendwie verarbeitet werden. Manche Polizisten versuchten, diese Gefühle mit Hilfe von Galgenhumor loszuwerden, andere wieder fraßen sie in sich hinein und ihr Privatleben litt darunter. Marcus versuchte lieber, seine Gefühle durch Engagement für den jeweiligen Fall zu verarbeiten.

Er konnte das, was mit ihr und ihrer Familie geschehen war, nicht rückgängig machen, aber konnte mit dazu beitragen, dass ihr Gerechtigkeit zuteil wurde – eine schnelle, vollständige Gerechtigkeit. Er hatte noch niemals einen Richter verloren und diese Erfahrung machte ihm zu schaffen.

Die hektische Betriebsamkeit in der Sicherheitszentrale schien oberflächlich betrachtet chaotisch zu sein, bis deutlich wurde, dass viele einzelne Gruppen hier arbeiteten. Mike hatte momentan die Gesamtverantwortung, und er ging auf und ab, während er telefonierte.

Marcus hielt die Skizze hoch und winkte Mike zur Ostseite des Raums, an der Luke arbeitete. Mike antwortete mit einem Nicken. Marcus ging zu Luke, seinem Stellvertreter. „Shari konnte uns eine Beschreibung des Schützen liefern. Gib zuerst Kopien davon an Quinn und an die Sicherheitskräfte im Krankenhaus weiter. Dann lass sie mit höchster Priorität in unseren Datenbanken überprüfen. Ich will eine Identifizierung dieses Typen."

„Willst du die Zeichnung an die Medien weitergeben?"

„Ich will zuerst die Meinung von Dave, Quinn und Mike darüber hören, aber vielleicht danach. Aber zuerst hätte ich gern einen Namen zu diesem Gesicht. Haben die Medien sich schon auf den Fall gestürzt?"

Luke nickte. „Die Meldung ist vor etwa fünfundzwanzig Minuten rausgegangen. Wir sind schon in allen Nachrichtensendern erwähnt worden. Die Telefonleitungen sind blockiert, weil Fernsehteams und Zeitungsreporter uns mit ihren Anrufen bombardieren. Wir haben schon unsere Notleitungen mit isolierten Nummern eingerichtet. Bekannt ist bisher nur, dass Richter Whitmore ermordet wurde und dass es Verletzte gegeben hat. Es hat sich noch nicht herumgesprochen, dass es eine Zeugin gab, und bisher konnten wir den Namen Hanford verschweigen, aber ich fürchte, das können wir nicht mehr lange durchziehen."

„Ja, das befürchte ich auch. Grant koordiniert die Informationen an die Presse?"

„Ja."

„Schick ihm auch eine Kopie der Skizze. Und er soll alles Menschenmögliche tun, um die Information über die Zeugin totzuschweigen. Der Schütze weiß, dass Shari ihn gesehen hat, aber ich möchte ihn nicht ständig daran erinnern."

Luke reichte ihm zwei Schnellhefter. „Das ist Carl Whitmores Akte mit den Drohungen und das, was momentan über die Familie Hanford bekannt ist."

Marcus schlug die Akte über die Hanfords auf. Sie hatten innerhalb kurzer Zeit eine ganze Menge Material zusammengetragen – Bilder, Lebensläufe in Kurzform, Zeitungsausschnitte. Er konzentrierte sich auf die Freunde von Shari. Sie brauchte heute Abend jemanden, der bei ihr blieb. Wenn er das arrangieren konnte, umso besser. „Luke, mach bitte Gouverneur Palmer ausfindig. Er hat bestimmt schon davon gehört. Sag ihm, dass ich mit ihm über Shari sprechen möchte."

„Ich versuche, ihn zu erreichen, und leite das Gespräch dann an dich weiter."

Der Stapel der Zeitungsausschnitte über Shari war dick, und das war nur ein kleiner Teil dessen, was sich im Laufe der Zeit noch ansammeln würde. Eine Faustregel lautete: Jeder, der so oft in den Nachrichten auftauchte, hatte Feinde. „Wir brauchen jemanden, der sich ausschließlich darum kümmert, eine Akte über Shari zusammenzustellen. Sie ist unsere einzige Zeugin und mir gefällt diese Akte nicht. Sie steht zu sehr im Licht der Öffentlichkeit. Das hier sind Zeitungsartikel und keine Ausschnitte aus dem Gesellschaftsteil. Das verheißt nichts Gutes. Sag ihnen, dass sie mir alles aus den letzten drei Jahren heraussuchen und sofort an mich weiterleiten sollen."

„Fernsehberichte *und* Zeitungsartikel?"

„Ja."

Marcus öffnete die Akte über Richter Whitmore. Die Akte mit den Drohungen war tatsächlich sehr dünn. Es hatte zwölf Drohungen in fünf Jahren gegeben. Marcus überflog die Codes im Inhaltsverzeichnis. Drei Todesdrohungen, aber keine von ihnen in den letzten Jahren. Er runzelte die Stirn. Das war nicht viel, um damit arbeiten zu können. „Irgendetwas über Whitmores Privatleben? Über Angehörige, Herkunft, seine finanzielle Situation?"

„Die Recherchen laufen noch."

„Lass mich sofort benachrichtigen, wenn die Informationen eintreffen."

„Wird gemacht. Es kommen immer mehr Anrufe für Shari und ihre Familie. Das Krankenhaus darf keine Informationen weitergeben, und das Hotel hat die Anweisung, nur Nachrichten entgegenzunehmen. Soll das geändert werden?"

„Nein, diese Sperre bleibt bestehen. Ich frage Shari, ob es einen Freund der Familie gibt, der für sie zurückrufen kann. Sie brauchen einen Familiensprecher, der mit der Presse umgehen kann. Ist Quinn oben?"

„Ja. Die Durchsuchung der Stockwerke hat nichts ergeben."

„Der Killer ist entwischt." Die Zeit war ihr größter Feind.

„Wir werden die Stadt mit der Skizze pflastern. Du weißt, dass die hiesigen Polizisten alles daransetzen werden, um ihn zu finden."

„Ja, das stimmt", bestätigte Marcus. Ihm ging es nur darum, den Mann zu finden. „Ich werde mich noch mit Dave und Quinn absprechen, dann fahre ich wieder ins Krankenhaus. Pieps mich an, wenn es etwas Neues gibt."

Er verließ den Raum Belmont und stolperte buchstäblich über seine Schwester Jennifer. Automatisch streckte er die Hand aus, um sie am Hinfallen zu hindern. „Jen, was machst du denn hier?"

Er war überrascht – nicht nur, weil sie hier war, sondern weil sie sich innerhalb der Sicherheitszone befand.

„Ich habe Quinn zusammengeflickt, während er mich angeknurrt hat. Dein Partner mag keine Ärzte. Er ist genauso schlimm wie manche von meinen kleinen Patienten."

„Wie schwer ist seine Schussverletzung?"

„Sechzehn Stiche, aber er hat anderthalb Stunden lang geblutet, bevor er mich endlich an sich herangelassen hat. Er wollte keine örtliche Betäubung, aber ich habe ihm gesagt, dass er den Mund halten soll."

„Das klingt ganz nach Quinn."

„Er ist störrisch wie ein Esel", bestätigte Jennifer. Sie holte tief Luft. „Gut, dass ich dich zufällig treffe. Mein Flug ist für einundzwanzig Uhr gebucht und ich muss vorher noch mit dir reden."

Er erstarrte. „Du hast dich hier mit Kate zum Essen getroffen."

„Ja."

„Was ist los?" Kate wusste es und sie machte sich große Sorgen. Er strich Jennifer das Haar aus der Stirn, hob mit einem Finger ihr Kinn an und versuchte, in ihrem Gesicht zu lesen.

„Nichts, was nicht bis später warten kann."

„Jennifer ..."

Ihre Hand schloss sich fest um seinen Unterarm. „Es kann wirklich warten. Ich meine es ernst." Sie schenkte ihm dieses tolerante Lächeln, das er nur zu gut kannte, denn sie setzte es immer dann auf, wenn sie andere zu etwas überreden wollte, was sie nicht wollten. „Ich verspreche dir, dass wir noch vor meinem Abflug reden werden."

Unwichtige Dinge ließen Kate nicht aufgeregt auf und ab gehen. Marcus wollte diese Sache nicht einfach verschieben. Leider hatte Jennifer recht, denn im Moment gab es so vieles, was seine Zeit beanspruchte. „Bist du sicher?"

„Ja. Brauchst du Hilfe im Krankenhaus?"

Marcus hatte keine andere Wahl. „Ich werde dich anpiepsen." Er ging mit schnellen Schritten zum Aufzug.

* * *

Der Tatort hatte sich mittlerweile auf den gesamten neunten Stock ausgedehnt. Ein Polizist, der jedes Detail des Falles schriftlich festhalten musste, notierte die Dienstmarkennummer und den Namen von Marcus sowie die Uhrzeit seiner Ankunft auf dem Stockwerk. Nachdem die Gäste evakuiert und das Stockwerk endgültig versiegelt worden waren, blieben nur noch Polizeikräfte dort. Zwei Männer von der Spurensicherung gingen mit einer Speziallampe den Flur entlang. Sie suchten nach Beweisen, die beim ersten Durchgang vielleicht übersehen worden waren.

Dave ging auf Marcus zu. „Wie geht es Josh und William?"

„Sie sind immer noch im OP, aber ihr Zustand ist stabil. Wie läuft es hier?" Zwei Männer von der Gerichtsmedizin warteten mit einer Trage. Richter Whitmore war noch nicht weggebracht worden.

„Wir haben alles im Griff."

Marcus folgte ihm zur Suite der Hanfords. Der Spurensicherer, der den Tatort filmte, hielt inne, um die Videokassette auszuwechseln und die erste für die Beweisaufnahme zu kennzeichnen. Man musste sich vorsichtig bewegen, denn überall kennzeichneten gelbe Schildchen die Beweisstücke, die eingesammelt werden sollten, nachdem sie fotografiert worden waren.

Er blieb an der Verbindungstür stehen. Seine Schwester Lisa kniete neben der Leiche von Richter Whitmore und betrachtete seine linke Hand. Marcus war überrascht, sie hier zu sehen, aber dann leuchtete es ihm ein. Dieser Fall würde von großer öffentlicher Anteilnahme begleitet werden. Der Leiter der Gerichtsmedizin und der Beauftragte für das bundesstaatliche kriminologische Institut hatten sich bestimmt darauf geeinigt, jemanden aus der Zentrale mit der Koordinierung der Untersuchungen am Tatort zu beauftragen. „Hallo, Lisa."

Sie blickte auf. „Hallo, Marcus."

„Was siehst du hier?"

Sie ging wieder in die Hocke. „Minimale Schmauchspuren. Er hat versucht, den ersten Schuss abzuwehren."

Sie trug Latexhandschuhe und ihre Finger spielten mit einem goldenen Kugelschreiber. Marcus zog sie schon lange nicht mehr wegen ihrer luxuriösen Schreibgeräte auf. Von Gold ließ sich Blut leichter entfernen. Auf dem Schreibbrett, das sie sich unter den Arm geklemmt hatte, konnte er ihre vorläufige Skizze des Tatortes erkennen.

„Wir haben mit der Untersuchung des Tatortes gerade erst begonnen. Es wird noch eine Stunde dauern, bevor wir seine Leiche wegbringen können, vielleicht weitere fünf oder sechs Stunden für die Beweisaufnahme. Dave hat gesagt, dass du nur wenige Minuten nach den Schüssen dieses Zimmer betreten hast."

„Ja."

„Ich brauche deine Schuhe."

Seine Schuhe. Natürlich. „Mein Zimmer ist unten. Kann ich mir ein anderes Paar anziehen und die hier zurückbringen?"

Sie sah ihn mit einem Stirnrunzeln an. „Ich glaube schon – ich sehe, du bist mit ihnen auch zum Krankenhaus und wieder zurückgefahren."

„Ich habe ein Loch im Strumpf."

„Tatsächlich?", fragte sie amüsiert. Sie warf noch einen Blick auf den Teppichboden. „Danke, dass du den Tatort so frühzeitig versiegelt hast. Das ist eine wahre Fundgrube."

„Was hast du gefunden?"

„Dein Schütze hat einen Fehler gemacht." Sie gestikulierte mit ihrem Kugelschreiber und zeichnete ein Oval in die Luft zu ihrer Linken. „Hier haben wir eine Pulverspur, und er lief darüber hinweg, als er zur Verbindungstür ging, um die Hanfords zu erschießen. Und da drüben" – sie zeigte nach rechts – „hat er seinen rechten Fuß auf einen Blutspritzer gesetzt. Vor der Tür hat er den Rand eines blutigen Schuhabdrucks hinterlassen. Wir haben Blutspuren im Flur, die von der Sohle seines rechten Schuhs kommen."

„Kannst du mir etwas über ihn sagen?"

„Na klar. Er ist kein guter Schütze." Sie zeigte auf die Schüsse, die Richter Whitmore getötet hatten. „Sieh dir die Streuung dieser drei Treffer an."

Marcus hatte nie begriffen, warum Lisa mit Dingen, die sogar bei Polizisten Übelkeit verursachten, so gelassen umgehen konnte. Der Tod ließ sie kalt.

„Viel mehr habe ich nicht über ihn. Frag mich noch einmal, wenn die Autopsie abgeschlossen ist und ich die forensischen Daten sammle. Ich werde mir die Muster der Einschuss- und Austrittswunden und auch der Blutspuren ansehen. Gib mir genügend Zeit und ich werde dir vielleicht etwas über die Körpergröße des Schützen sagen können, sein Gewicht und seine letzte Mahlzeit."

Sie machte keine Witze. Im letzten Jahr hatte sie bei einem Fall herausgefunden, dass der Mörder gerne Muscheln aß. Diesen Hinweis gab ihr ein am Tatort gefundener Zahnstocher. In einer Kleinstadt mit nur einem Restaurant, das Meeresfrüchte servierte, war das eine nützliche Information gewesen. „Shari hat gesagt, seine Schuhe seien auf Hochglanz poliert gewesen", sagte Marcus.

„Wirklich? Das kann uns helfen. Vielleicht kann ich dir sogar die Marke der Schuhe nennen. Meinst du, sie kann sich an Einzelheiten erinnern?"

„Ich werde sie fragen."

„Das ist ein schöner, dichter und fest gewebter Teppichboden. Wir können vielleicht mit einem hochauflösenden Gerät ein paar gute Bilder machen." Während sie sprach, hatte Lisa Carl ein paar Blutproben entnommen und sie in kleinen Fläschchen versiegelt.

Sie stand auf und achtete darauf, auf das schwarze Klebeband zu treten. „Wenn du hier hereinkommst, bleibe auf dem Band", ermahnte sie ihn. „Wir haben dort schon die Faserproben entnommen. Alles andere muss noch untersucht werden."

Sie packte die Fläschchen mit dem Blut in einen Beutel mit der Aufschrift „Mögliche Ansteckungsgefahr", verschloss sie mit einem Barcode, schrieb ihre Initialen auf das Schildchen und gab den Beutel einem Kollegen von der Spurensicherung zur Dokumentation. „Wir müssten in der nächsten Stunde mit den Fotografien fertig sein, und dann wird die wirkliche Arbeit beginnen. Die Faserproben und die Fingerabdrücke werden uns bis in den Tag hinein beschäftigen."

Patronenhülsen wurden nummeriert, Löcher in den Wänden mit schwarzem Filzstift markiert, die für Schusswunden typischen, wie Nebel wirkenden Blutspritzer wurden fotografiert. Marcus sah die Beweisnummer 74 neben dem umgefallenen Telefon. „Die blutigen Fingerabdrücke auf dem Telefon stammen wahrscheinlich von Shari. Sie hat die Rezeption angerufen."

„Eine Frau, die die Nerven behält."

„Ja."

„Wenn du sie dezent darum bitten kannst – ich brauche ihre Fingerabdrücke und die ihrer Familie."

„Ich werde das arrangieren."

„Dave, ich brauche Fingerabdrücke von jedem, der das Zimmer betreten hat, auch von den Sanitätern."

„Ich kümmere mich darum."

„Was ist das?", fragte Marcus. Ein schwarzer Kreis war auf den Teppichboden gezeichnet worden.

„Eine Kugel ist in dem Zimmer unter diesem gelandet", erwiderte Dave.

„Wie ist das passiert?"

„Ein Baufehler. Wir haben Glück gehabt; das Zimmer war nicht belegt."

„Bin ich der Einzige, der meint, dass dieser Fall allen, die damit zu tun haben, Unglück bringen wird?"

„Quinn würde dir zustimmen. Er knurrt wie ein Panther."

„Ihm gefällt es überhaupt nicht, wenn man auf ihn schießt, und er mag es noch weniger, wenn er seine Zielperson nicht findet."

* * *

In der Hotelhalle neben dem Atrium im sechsten Stock hörte man Gerüchte, dass es eine Schießerei gegeben hatte. Connor saß an einem Tisch am Fenster. Er nippte an seinem Glas und ignorierte die Aufregung um ihn herum.

Der Richter war tot. *Vergeltung* war ein schönes Wort.

„Wir haben doch ein gutes Geschäft vorgeschlagen, oder etwa nicht? Sie haben nachgegeben, genau wie Sie es vorausgesagt haben, weil sie mehr an ihre hohen Abfindungen gedacht haben als an die Bedingungen der Übernahme." Sein Partner bei den Verhandlungen über die Fusion war in Feierlaune. Wenn morgen die Formalitäten über die 43 Millionen bei der Fusion der beiden Anwaltskanzleien abgeschlossen würden, hätte der Mann fast vier Millionen daran verdient. „Die Verhandlungen unter dem Deckmantel dieser Konferenz zu führen war eine geniale Idee, denn jetzt kann uns niemand diese Transaktion streitig machen."

Connor drehte das Glas, das er in der Hand hielt, nervös hin und her. Die Fusion konnte seinetwegen auf dem Müll landen. Die Gespräche hatten für ihn bereits ihren Zweck erfüllt, denn sie hatten ihm ein fast perfektes Alibi gegeben. Er sah zu, wie die Polizisten unten auf der Straße nach ihm Ausschau hielten – nach einem gut gekleideten Mann mit dichtem schwarzem Haar und einem schmalen Oberlippenbärtchen.

Sein vorzeitig ergrautes, an der Stirn bereits licht werdendes Haar, der fehlende Schnurrbart, die dunkle Brille und das zerknitterte Hemd als Auswirkung der letzten drei in Marathonsitzungen verbrachten Tage brachte ihm nur einen beiläufigen Blick von den Polizisten ein, die das Hotel durchkämmten. Sogar mit der Skizze, die sie wohl bald haben würden, sollten sie eine böse Überraschung erleben. Morgen würde er das Hotel in aller Ruhe verlassen, als einer von vielen anderen Gästen. Seine Waffe hatte er im Zimmersafe eingeschlossen. Es gab wohl keine bessere Art, einen Beweis zu verstecken, wenn das Hotel das für ihn erledigte.

War ihnen bewusst, dass er sich noch immer hier im Hotel aufhielt? Er hielt diesen Schachzug für den genialsten Teil seines Plans. Es hätte keine Zeugen seiner Tat geben dürfen. Diese Erinnerung ließ ihn finster dreinblicken. Die Anwesenheit dieser Leute hatte die Zeit für seine Flucht verringert, und beinahe wäre er deswegen gefasst worden. Jetzt war die Aufregung vorüber. Er war davon ausgegangen, dass ihn jemand beim Zimmer des Richters sehen würde, und er hatte dieses Wissen zu seinen Gunsten genutzt. Das war die beste Art von Täuschung. Sie suchten nach ihm, aber sie wussten nicht, dass sie nach jemandem fahndeten, der nur eine entfernte Ähnlichkeit mit ihm hatte und dafür jemand anderem glich.

Die Polizei musste nur einen Verdächtigen bringen, auf der Grundlage der irreführenden Personenbeschreibung eine Gegenüberstellung mit Augenzeugen durchführen, und dann könnte er jede Zeugenaussage, die sie später gegen ihn verwenden würden, entkräften. Diese taktischen Manöver wären möglich, weil in diesem Fall Aussage gegen Aussage stehen würde.

Nur eine Person hatte ihn tatsächlich gesehen und er hatte sie gesehen. Ihm blieb heute Abend noch genug Zeit, um sich zu überlegen, wie er dieses Problem lösen könnte. Er würde eine Lösung finden ... ganz bestimmt. Daniel hatte ihn gewarnt, dass ein Fehler ausreichte. Sein Vater wäre entsetzt, weil sein braver Sohn plötzlich und unwiderruflich auf die schiefe Bahn geraten war. Connor lächelte in sein Glas. Er wollte nie der brave Sohn sein. Bis Titus begriffen hätte, was er getan hatte, würden alle offenen Fragen bereits geklärt sein. Sogar Titus könnte ihm dann nicht seinen rechtmäßigen Platz in der Firma verweigern. Connor hatte schließlich diese Position verdient.

Er hob sein Glas mit einem stillen Trinkspruch an seinen toten Bruder Daniel. Jetzt konnte er in Frieden ruhen.

5

Shari lehnte sich an die Wand neben dem Fenster vom Krankenzimmer ihrer Mutter und beobachtete den Autoverkehr unten auf der Straße. Bei den stadtauswärts fahrenden Autos leuchteten die roten Schlusslichter in der Dunkelheit. Es war zwei Uhr morgens und noch immer kam die Stadt nicht zur Ruhe. Sie selbst war oft genug um diese Zeit durch die Straßen gefahren, um schnell nach Hause zu kommen und dann gleich wieder kehrtzumachen und wieder zu arbeiten, bevor die Sonne aufging. In den hektischen letzten Wochen von Wahlkämpfen war ihr Leben geprägt von einer Siebentagewoche mit Arbeitszeiten von vierundzwanzig Stunden pro Tag. Sie wünschte, ihr Leben wäre wieder so einfach und der Wettlauf mit der Zeit der größte Stress an einem Tag.

Jemand hatte Carl ermordet.

Wer war es? Und warum?

Es spielte für ihn keine große Rolle, dass er ihren Vater und Bruder angeschossen hatte. Er zerstörte ihre Familie und es war ihm gleichgültig. Sie wollte diesen Menschen zu fassen bekommen – mit allen Mitteln. Obwohl sie wusste, dass die Polizei hart an der Aufklärung dieses Falles arbeitete, weil Carl umgebracht worden war, reichte ihr das nicht.

Niemand kannte Carl besser als sie und ihr Vater. Sie hatte in den letzten Wochen alle Fälle und Schriftsätze von Carl studiert. Irgendwo in ihrer oder in ihres Vaters Erinnerung war jemand mit einem Motiv für den Mord an Carl.

Sie trank den heißen Kaffee, den die Krankenschwester ihr gebracht hatte, und kämpfte gegen die Müdigkeit. Es fiel ihr schwer, einfach so zu warten. Die Ärzte hatten ihr noch nichts über Joshua oder ihren Vater mitgeteilt. Wenigstens der Zustand ihrer Mutter war stabil. Shari betete wieder für ihren Vater und für Josh. Das Wissen, dass die beiden wegen ihr diese Verletzungen erlitten hatten, lag wie eine schwere Last auf ihr. Hätte sie doch nie dieses Kurzprofil geschrieben ... *Herr, gib mir Kraft.* Sie hatte ihre Gefühle wieder im Griff, aber jetzt spürte sie nur noch eine tiefe Müdigkeit. Sie betete, dass diese lange Nacht bald vorbei wäre.

Shari drehte sich um, als sie hörte, wie sich die Tür langsam und mit einem leichten Luftzug öffnete. Im abgedunkelten Licht des Zimmers erkannte sie Marcus. Sie beneidete den Mann nicht um seine Aufgabe. Er blieb kurz in der Tür stehen, sah zu ihrer Mutter herüber und dann zeigte er mit einem Kopfnicken zum Flur.

Mit einem letzten Blick vergewisserte sich Shari, dass ihre Mutter fest schlief. Dann ging sie durchs Zimmer, um ihn im Flur zu treffen. Marcus überstand einen solchen Druck besser als sie. Seine Augen blickten fest und ruhig. Sie wusste, dass in ihrem Gesicht jede Minute des Alptraums in den letzten Stunden zu sehen war, und ihm entging nichts, als er sie aufmerksam ansah. Mit solchen Blicken war sie schon lange nicht mehr gemustert worden. Er überlegte sich, wie gut sie sich gehalten hatte, und versuchte abzuschätzen, ob sie die Wahrheit hören könnte.

„Man hat sich um die Wunde an Ihrer Wange gekümmert?"

Seine Frage kam überraschend für sie. Sie berührte den Verband. „Ja, sie wird gut verheilen. Danke." Der Arzt hatte gemeint, es könne eine Narbe zurückbleiben, aber das war ihr gleichgültig. Es war nur die äußere Narbe einer viel tieferen inneren Wunde, die nie richtig heilen würde. „Gibt es etwas Neues?"

„Sie bringen Joshua vom OP in die Aufwachstation. Er wird dort etwa eine Stunde lang bleiben, bis er auf die Intensivstation verlegt wird, aber der Chirurg hat nichts dagegen, wenn Sie ihn jetzt kurz besuchen."

Shari zögerte.

Sein Blick wurde sanft. „Die Ungewissheit ist immer schlimmer als die Wahrheit."

„Auch dann, wenn die Wahrheit hart sein wird?"

„Auch dann. Kommen Sie, wir sprechen jetzt mit dem Chirurgen."

Der Chirurg wartete vor der Aufwachstation auf sie. Er trug noch immer seine OP-Kleidung. Shari hörte ihm zu, aber sie bekam nicht allzu viel mit von dem, was er sagte, weil sie sich auf die markierten Türen hinter ihm konzentrierte. „Danke, Doktor."

„Er hat die Operation gut überstanden, Miss Hanford. Bitte denken Sie daran, wenn Sie ihn sehen." Er hielt ihr die Türen der Aufwachstation auf. Shari folgte einer Krankenschwester. Sie merkte, dass Marcus direkt hinter ihr war, und sie war froh, an diesem sterilen, ganz in Weiß gehaltenen Ort nicht allein sein zu müssen. Das leise Summen von Maschinen gehörte hier genauso zur Geräuschkulisse wie die leisen Bewegungen der Krankenschwestern.

„Joshua." Sie schluckte heftig, als sie ihn sah, denn die rechte Seite seiner Brust und seine ganze rechte Schulter waren von Verbänden bedeckt. Er atmete ohne künstliche Beatmung und seine Gesichtsfarbe sah recht gut aus, aber die Verletzung war schlimmer als erwartet.

Eine warme, feste Hand schloss sich von hinten um ihre Schulter und drückte sie sanft.

„Es sieht schlimmer aus, als es ist", flüsterte Marcus. „Denken Sie an die Worte des Chirurgen."

Stahldrähte im Schlüsselbein, zerrissene Muskeln, eine Heilungschance von neunzig Prozent. Das war die gute Nachricht, aber das änderte nichts daran, dass Josh beinahe erschossen worden war. Sie hasste Krankenhäuser, sie hatte Angst vor diesem Anblick, weil er sie zu sehr an jene langen Wochen erinnerte, als sie beinahe ihre Mutter verloren hatte.

Denk nicht daran. Das liegt in der Vergangenheit. Deine Familie braucht dich jetzt. Du musst stark sein und dich zusammenreißen. Sie lehnte sich nach vorn und ergriff Joshs Hand. „Hallo, Josh. Hier ist eine hübsche Krankenschwester, die dir bestimmt noch nicht aufgefallen ist." Er regte sich nicht und dieser Zustand würde wohl noch Stunden dauern. „Du hast die großen Abenteuer immer gern verschlafen." Ihr war mehr nach Weinen zumute als nach diesen Späßen, aber sie unterdrückte die Tränen.

„Setzen Sie sich, Shari", schlug Marcus vor. Er hatte einen Stuhl gefunden. „Sie sind für ihn jetzt die beste Medizin."

Dankbar setzte sie sich und redete weiter mit Josh. Sie sprach über alles Mögliche, weil sie wollte, dass er ihre Stimme hörte. Josh würde für seine Genesung sechs lange Monate brauchen. Er würde eine monatelange Physiotherapie durchlaufen müssen, um wieder seinen Arm heben, seine Schultern kreisen lassen und einen Aktenkoffer tragen zu können. Sogar das Schreiben würde ihm in den nächsten Wochen schwerfallen. Er hatte diesen Preis für sie bezahlt. Wie sollte sie sich jemals dafür revanchieren?

Marcus zog für sich ebenfalls einen Stuhl heran, setzte sich, streckte die Beine aus und legte die Fingerspitzen aneinander. Shari wusste sein Schweigen zu schätzen. Er hatte eine innere Ruhe und musste nicht ständig in Bewegung sein. Sie wünschte, sie hätte auch diesen Charakterzug. Sie war so energiegeladen wie eine brennende Kerze, aber im Moment fühlte sie sich, als ob sie bis ans Ende des Dochtes brennen würde.

„Sie müssen ein anderes Hemd anziehen." An der weißen Manschette waren getrocknete Blutflecken.

„Entschuldigung. Ich habe nicht gemerkt ..."

Sie unterbrach ihn und legte die Hand auf seinen Arm. „So habe ich das nicht gemeint. Sie haben an diesem Abend auch einen Preis bezahlt und das tut mir leid."

„Ich hätte ihn lieber aufgehalten."

Weil seine Stimme so entrüstet klang, drehte sie sich zu ihm um. Er meinte, was er sagte. Er hätte lieber einen unvermeidlichen Schusswechsel mit dem Mann riskiert, als zu spät zu kommen und nichts mehr ändern zu können. Sein Beruf erforderte einen Mut, den sie nie begreifen würde.

Auch wenn er noch so viel Ruhe ausstrahlte, hatte sie den Verdacht, dass er prompt reagieren würde, wenn es erforderlich war. Er saß nicht zu seinem Vergnügen mit geöffneter Jacke und einer Dienstwaffe im Schulterhalfter neben ihr. Er war hier, weil er und seine Kollegen sich bewusst waren, dass sie diese Art von Schutz brauchte.

Er reagierte wie ein Polizist. Sie wünschte, sie wüsste, wie sie ihm danken sollte. „Der Schütze hat beinahe meine Familie zerstört und für ihn war das eine Nebensache."

„Glauben Sie mir, es ist keine Nebensache für uns, die wir an diesem Fall arbeiten."

„Ich wünschte, ich könnte Ihnen eine größere Hilfe sein."

„Im Gegenteil; Sie haben uns eine Menge Informationen gegeben. Konzentrieren Sie sich auf Ihre Familie. Wir werden den Mörder finden."

„Ich will Ihnen wirklich helfen."

„Shari ..."

„Ich weiß, dass ich zusammengeklappt bin, aber das wird nicht wieder passieren. Sie brauchen ein Tatmotiv und niemand kennt Carl besser als mein Vater und ich."

Eine Zeit lang schwieg er. „Abgemacht."

Er stellte keine Bedingungen, aber sie wusste, dass es sie gab. Um an der Ermittlung beteiligt zu werden, würde sie sich mit einer ganzen Menge Bedingungen abfinden müssen. Sie war nicht umsonst mit Anwälten aufgewachsen; sie wusste genau, wie ein Kriminalfall aufgebaut wurde. Zuerst musste der Schütze gefunden werden, und dann musste sie dafür sorgen, dass es einen Schuldspruch gab. Wenn sie nicht alles in ihrer Macht Stehende tun würde, wäre das gleichbedeutend mit einem Verrat an Carl und dem Preis, den er bezahlt hatte.

Jesus, du sagst, dass wir nicht hassen sollen, aber der Hass hilft mir durch diese Krise. Ich merke, wie er in mir hochkommt, wenn ich Josh ansehe und an Carl denke – und an Dad. Ich schreie zu dir wie David: Vernichte meinen Feind! Er soll für seine Tat bezahlen. Ich bitte dich von ganzem Herzen und von ganzer Seele, dass du die Polizei zum Täter führst. Bitte erhöre dieses Gebet. Bitte.

Marcus sah besorgt zu ihr herüber und ihr wurde klar, dass sich ihre Gefühle in ihrem Gesicht widerspiegeln mussten. Sie versuchte, sich zu entspannen. Josh bewegte sich und sie verstärkte den Druck ihrer Hand. *Werde schnell gesund, Josh. Ich brauche dich. Ich will in dieser Familie nicht die Starke sein.*

* * *

Nachdem sie die Aufwachstation verlassen hatten, begleitete Marcus Shari zurück in den Warteraum. Er sah mit Besorgnis, wie sie auf das Sofa sank. „Sie müssen ein bisschen schlafen." Es war kurz vor drei Uhr morgens und ihre Stimme wurde immer leiser, wenn sie sprach. „Ich mache die Augen zu und sehe alles wieder vor mir", bekannte sie leise. „Ich warte lieber noch, bis ich die Träume ertragen kann."

Marcus setzte sich in den Sessel neben dem Sofa und legte die Ellbogen auf die Knie, während er sie eindringlich ansah. Er konnte nachempfinden, was sie in den nächsten Wochen durchmachen würde. Das Trauma würde immer wieder eine andere Gestalt annehmen – schreckhaftes Zusammenzucken bei plötzlichen Geräuschen, ein Zögern vor dem Betreten eines Raumes, Angst vor Dunkelheit, Kopfschmerzen, wechselnde Stimmungen. Ihr Organismus würde die Fülle der in dieser kurzen Zeit durchlebten Gefühle verarbeiten.

Er war zwar kein Psychologe für Menschen nach traumatischen Erlebnissen wie seine Schwester Rachel, aber er wusste, wo der Heilungsprozess beginnen musste. „Wenn Sie die Augen schließen, wo beginnt es?"

„Ich strecke meine Hand aus, um an die Tür zu klopfen. Wenn ich nur nicht stehen geblieben wäre ..."

Er war nicht überrascht, dass ihr das am meisten zu schaffen machte. „Weil Sie in der Tür stehen geblieben sind, sind Sie schuld daran?"

„Es fühlt sich so an."

„Wie lange sind Sie stehen geblieben? Zwei Sekunden? Drei? Wie lange, bevor Sie begriffen haben, was passiert war, und Sie schreien konnten?"

„Ein paar Sekunden."

„Wenn Sie hätten schreien und den Schützen ablenken können, hätte er Carl nicht getroffen? Wäre er dann noch am Leben?"

Sie sah ihn erstaunt an. „Als die Tür aufging, fiel Carl schon zu Boden; ich hörte das Echo der Schüsse."

„Dann hätten Sie Carl nicht retten können", sagte Marcus ruhig. „Wenn Sie früher geschrien hätten, hätten Sie dann Ihren Vater retten können?"

„Ich weiß nicht."

„Shari, Ihre Schreie haben Ihre Familie gerettet. Sie haben den Schützen durcheinandergebracht." Er musste ihr die Bedeutung dieser Tatsache klarmachen. „Lassen Sie nicht zu, dass Ihre Gefühle an eine Lüge glauben. Sie werden niemals heilen, wenn Sie das tun. Sie haben das einzig Richtige getan."

„Ich werde niemals vergessen können."

„Nein, aber Sie werden sich an die Wirklichkeit erinnern und nicht an eine entstellte Version. Sie gehen damit erstaunlich gut um."

„Ich zittere wie Espenlaub."

„Aber Sie brechen nicht zusammen. Das ist eine große Leistung." Er wünschte, er könnte ihr verständlich machen, wie sehr ihn das beeindruckte. Darin zeigte sich ihre innere Stärke. „Sind Sie sicher, dass Sie nicht jemanden bei sich haben wollen? Einige Leute haben den Wunsch geäußert, zu Ihnen zu kommen. Es sind Freunde Ihrer Familie, Freunde von Carl."

Sie schüttelte den Kopf. „Nein. Ich weiß, ich bin feige. Aber momentan ist das einfacher für mich. Die Familie wird im Laufe des Tages eintreffen, und dann werden sehr viele Leute hier sein." Sie sah zu ihm hinüber und in ihrem Blick lag ein leises Bedauern. „In der Zwischenzeit lade ich meine Probleme bei Ihnen ab."

„Ich habe einen breiten Rücken", erwiderte er. Er wollte jede Art von Druck von ihr fernhalten, soweit das möglich war. Sie hatte eine Wand zwischen sich und der übrigen Welt errichtet, um mit dieser Krise umgehen zu können, und er wollte sie aus dieser selbst gewählten Sicherheit nicht herausholen. „Sie brauchen aber trotzdem Ruhe, wenigstens sollten Sie ganz kurz schlafen. Ich wecke Sie auf, sobald es etwas Neues gibt."

Sie musste gähnen, und so protestierte sie nicht mehr. Sie

streckte sich auf dem Sofa aus und verschränkte den Arm unter dem Kopf. „Würden Sie für meine Familie beten?"

Diese Bitte überraschte ihn und brachte ihn in eine schwierige Lage. Vor langer Zeit hatte er einmal an Gott geglaubt, aber jetzt ...

Sie bemerkte sein Zögern. „Sie glauben nicht an Gott?"

Das Ganze war komplizierter als das, aber ... „Nein, ich glaube nicht an Gott."

„Ich entschuldige mich nicht, weil ich Sie in Verlegenheit gebracht habe. Sie sollten an Gott glauben."

Keine Entschuldigung, kein Rückzieher. Eine Frau, die keine Angst hatte, zu ihrer Auffassung zu stehen, wenn sie meinte, dass sie recht hatte. Er fand diese Offenheit erfrischend, auch wenn er wusste, dass sie mit ihrem Glauben falsch lag. „Ich werde Leute, die ich kenne und die an Gott glauben, bitten, für Ihre Familie zu beten."

„Dafür bin ich Ihnen sehr dankbar."

Er hörte die Wärme in ihrer Entgegnung. Sie meinte es wirklich ernst. Er hatte ein weiteres Puzzleteilchen zu ihrer Person: Es störte sie nicht, wenn jemand eine andere Meinung hatte als sie. So etwas war selten.

Lisa war genauso. Sie war sich ihrer Auffassungen sicher und sie war bereit, zu ihrer Verteidigung gegen den Strom zu schwimmen. Kate steckte ihre Position ab und kümmerte sich einfach nicht darum, ob ihr jemand zustimmte, solange sie wusste, dass sie recht hatte. Jennifer wollte, dass ihr jeder Recht gab, aber auch sie würde ihren Standpunkt allein vertreten, wenn sie niemanden dazu überreden könnte, sich hinter sie zu stellen. Allerdings sorgte die Familie dafür, dass das nie geschah.

Er sah zu, wie Shari allmählich einschlief.

Das einzige Geräusch im Raum waren die gedämpften Schritte von Leuten, die draußen auf dem Flur vorbeikamen. Er musste unbedingt mit Quinn sprechen. Es war schon nach drei Uhr morgens, und bei der Großfahndung sollte es mithilfe der Skizze bereits erste Ergebnisse geben, aber es fiel ihm schwer, sich von hier loszureißen.

Als Shari über ihre schrecklichen Erlebnisse sprach, war ihm eines aufgefallen: Sie erwähnte nicht, dass der Schütze sie töten wollte. Sie sagte nur, sie habe nicht genug getan, um ihrer Familie zu helfen. Obwohl er das gut verstehen konnte, weil er für die O'Malleys alles tun würde, wusste er auch, dass ihr Schweigen Bände sprach. Sie hatte diese Tatsache noch nicht verarbeitet. Sie hatte die furchtbarste Nacht ihres Lebens durchgemacht und er konnte nur dafür sorgen, dass nicht noch einmal jemand versuchte, sie umzubringen. Diese Prognose war zu düster, um damit leben zu können.

Er hoffte, sie würde bis zum Morgen durchschlafen, aber er wusste, dass das nicht sehr wahrscheinlich war. Er griff nach seinem Handy und tippte die Nummer von Jennifers Piepser ein. Diese Hilfe konnte er Shari anbieten. Er hatte gesehen, wie sie reagiert hatte, als sie die Aufwachstation betrat. Sie sollte dieses Labyrinth aus medizinischen Fragen und Ärzten nicht bewältigen müssen, ohne dass jemand da war, der ihr alles erklären konnte. Außerdem konnte niemand so gut mit Kranken umgehen wie Jennifer. Nachdem er ein wenig Zeit mit Shari verbracht hatte und weil er Jennifer kannte, ahnte er schon jetzt, dass die beiden gute Freundinnen werden könnten.

* * *

„Zeig mir, wo er dir entwischt ist, Quinn."

Marcus folgte Lisa und Quinn ins Treppenhaus. Ihnen zuzuhören, während er sich fast nur noch mit Koffein wach hielt, war keine gute Idee. Lisa bombardierte Quinn mit Fragen, auf die es keine Antwort gab. Marcus hatte schon vorher mit Lisa bei Ermittlungen zusammengearbeitet. Er wusste, wie gut sie war. Sie ging an Fälle nicht nur anders heran, sondern sie dachte auch anders als die meisten Leute. Sie sah Verbindungen, die andere nicht erkannten. Ihre Neugier brachte sie nur dann in Schwierigkeiten, wenn jemand sie ohne einen Begleiter ins Feld schickte. Er glaubte nicht, dass Quinn das bei diesem Fall zulassen würde.

Lisa hielt inne und rieb mit dem Daumen über das Loch im Beton, aus dem die Kugel entfernt worden war. „Du bist die Treppe hinuntergefallen."

„Ich bekenne mich schuldig", erwiderte Quinn. „Ich habe die Treppe hinuntergesehen, weil ich dachte, dass er diesen Weg genommen hatte, als er von oben her auf mich geschossen hat. Ich wollte nicht meinen Stolz retten, sondern mich nur aus der Schusslinie bringen."

„Ich wollte nicht witzig klingen. Ich bin froh, dass du dir dabei nicht einen Fuß gebrochen hast."

„Zuletzt habe ich ihn ... dort oben gesehen." Quinn deutete auf die Stelle. „Nachdem ich die Treppe hinuntergeplumpst war und mich wieder hochgearbeitet hatte, war er verschwunden. Aber wohin ist er gegangen? Die Agenten, die von oben kamen, hatten ihn unterhalb des vierzehnten Stocks festgenagelt."

Lisa ging die Treppe hoch und verschwand aus ihrem Blickfeld. „Wenn er auf dich schießen wollte ...", ihr Gesicht erschien wieder, „... musste er hier sein. Dann dreht er sich um ..." Sie schlug mit der Hand gegen die Wand. „Sobald ich nach der Treppenhaustür greife, könnt ihr mich nicht mehr sehen. Er könnte geschossen und sofort das Treppenhaus verlassen haben."

„Mach das. Geh im zehnten Stock aus dem Treppenhaus, und wir wollen sehen, ob wir dich hören können", bat Marcus sie.

Er warf Quinn einen Blick zu, als sie hörten, wie sich die Metalltür schloss. „Ich weiß nicht so recht, Marcus. Bis ich meinen Fall abgebremst habe und wieder hören konnte, war die Tür vielleicht schon ins Schloss gefallen."

„Habt ihr es gehört?", rief Lisa von oben.

„Ja. Jetzt geh in den elften Stock und versuch es von dort noch einmal. Und renn die Treppen rauf."

Sie konnten hören, wie sie die Treppenstufen hinauflief. „Ich bin mir jetzt sicher, dass ich ihn auf der Treppe gehört habe, Marcus. Es klang wie ein Klappern. Lisa hat Tennisschuhe an und das Geräusch war deutlicher. Ich glaube nicht, dass er im zehnten Stock aus dem Treppenhaus raus ist", sagte Quinn.

Das Geräusch einer zuklappenden Treppenhaustür war hörbar, aber viel schwächer. „Es könnte der elfte Stock gewesen sein“, bemerkte Marcus.

„Ja.“

Sie gingen die Treppe hinauf, um sich auf dem Treppenabsatz des elften Stocks zu Lisa zu gesellen.

„Was meint ihr?“

„Elf, zwölf oder dreizehn“, bestätigte Quinn.

„Du sagst, du hast seine Schuhe gehört?“, fragte Lisa.

Marcus erkannte diesen leicht zerstreuten Ausdruck in ihrem Gesicht. „Was?“

Sie schüttelte den Kopf und warf einen Blick auf die nach oben führenden Treppenstufen. „Fangt noch einmal im zehnten Stock an und untersucht die Treppenstufen gründlich nach allem, was wie ein Abdruck oder der Abrieb einer Schuhsohle aussieht. Die Leute von der Spurensicherung sind hier einmal drübergegangen, aber sie haben nichts gefunden, und das war nicht überraschend.“ Sie ging wieder nach oben.

Marcus und Quinn wechselten einen Blick. Sie waren gerade zu niederen Arbeiten bei der Spurensicherung degradiert worden.

„Man kann beinahe sehen, wie sie die Idee ausbrütet“, bemerkte Quinn.

„Sie ist hartnäckig wie eine Bulldogge.“ Sie gingen langsam hinunter. „Wie weit sind wir mit der Skizze?“

„Wir haben bis jetzt eine akzeptable Reichweite – die Hotelgäste und die Mitarbeiter, die Polizisten im Umkreis, die Flughäfen, Busse und Bahnen. Sie geben sie auch an Taxifahrer aus und an die Mitarbeiter in den Mautstellen. Polizisten gehen in den umliegenden sechs Straßenzügen von Tür zu Tür und zeigen sie herum. Das werden wir am frühen Morgen wiederholen. Alle vor acht Uhr morgens abfliegenden Flugzeuge aus den Flughäfen O'Hare, Midway, Meigs oder Milwaukee werden überprüft. Wir spüren auch jedes Fahrzeug in diesem Gebiet auf, Parkhäuser und Parkplätze und die Führerscheine werden überprüft. Die Jungs, die an der Datenbank arbeiten, haben versprochen, ein paar

Wunder zu vollbringen. Bis zum Morgen wird jeder Gesetzeshüter in diesem Land unterschiedliche Varianten der Skizze auf seinem Schreibtisch haben. Ich glaube nicht, dass das sein erstes Verbrechen ist. Die Polizei hat sich mit diesem Typen bestimmt schon mal befasst."

Hier zeigte sich Quinns Berufserfahrung. Jetzt würde nur ein kleiner Hinweis genügen und seine Großfahndung würde anspringen. Quinn konnte ein gnadenloser Jäger sein. „Wann willst du die Skizze an die Medien geben?"

„In der nächsten Stunde. Bis dann sollten wir die falschen Hinweise überprüft haben."

„Hat es viele falsche Täter gegeben?"

„Bei der letzten Zählung waren es neun. Die beiden, die glaubwürdig klangen, sind bereits ausgeschieden. Jetzt müssen nur noch die anderen überprüft werden."

„Hast du genug Leute?"

„Ich bekomme, so viele ich brauche", versicherte ihm Quinn. „Washington hat das klargemacht. Jetzt brauche ich nur noch ein bisschen Glück."

„Das wirst du haben."

„Oder Lisa wird es bewirken."

Marcus sah seinen Partner an und lächelte. „Das wird sie bestimmt." Er seufzte und sah die Treppenstufen hinunter. „Weißt du, es ist viel einfacher, jemanden draußen aufzuspüren."

„Gib mir einen Fall, in dem frische Luft, Staub und Schlamm vorkommt", stimmte ihm Quinn zu. Getrennt machten sie sich auf die Suche.

„Sieht das für dich nach einer frischen Spur aus?", fragte Marcus einige Minuten später. An der Biegung zum elften Stock hatte er einen Kratzer im Verputz der Wand entdeckt. Die Vertiefung war abgewinkelt, etwa anderthalb Zentimeter lang und an einem Ende breiter. Lose Reste des Putzes hingen immer noch in den Ritzen.

„Ja, bestimmt. Er ist mit seiner Waffe gegen die Wand geschrammt", vermutete Quinn.

„Das ist anzunehmen."

„Wir haben wenigstens was gefunden. Das ist mehr, als Lisa vorweisen kann."

„Das habe ich gehört", rief sie hinunter. „Wenn ihr mit eurer Diskussion über einen Kratzer in der Wand fertig seid, könnt ihr Walter holen. Sagt ihm, er soll sein ganzes Werkzeug mitbringen."

Walter war der beste Fachmann für Spurensicherung am Tatort. Marcus warf Quinn einen Blick zu und die beiden gingen die Treppe hoch. „Was hast du gefunden?"

Sie saß auf dem Treppenabsatz zum dreizehnten Stock, allerdings in Strümpfen, weil sie einen ihrer Tennisschuhe als Türstopper benutzte. Sie hatte Latexhandschuhe angezogen und betrachtete eingehend den unteren Rand der Tür. „Sieht das vielleicht wie Schuhpolitur und Blutflecken aus? Für mich schon." Mit einem zufriedenen Lächeln sah sie auf. „Euer Schütze hat die Tür sehr hastig geöffnet. Er hat damit seinen auf Hochglanz polierten und blutbefleckten Schuh getroffen. Wenigstens sieht das für mich ganz danach aus. Das Labor wird den Beweis liefern können."

„Sehr gut."

Ihre Augen verengten sich, als sie Quinn ansah. „Wenn du mich ‚gnädige Frau' nennst, werfe ich dich die Treppe hinunter."

„Das würde ich niemals wagen, gnädige Frau."

Marcus legte seine Hand auf Lisas Schulter, um sie am Aufspringen zu hindern. Quinn hatte es noch immer nicht gelernt. Lisa sprach niemals eine leere Drohung aus. „Meinst du, du kannst feststellen, wohin er gegangen ist, nachdem er in dieses Stockwerk gelangt ist?", fragte er, um sie abzulenken.

„Wir werden auf dem Teppichboden im Flur einen Luminol-Test machen. Vielleicht finden wir weitere Spuren. Bitte das Hotel, das Licht im Flur kurz abzuschalten."

„Ich arrangiere das", bot Marcus an. „Na gut, jetzt haben wir die Hälfte seines Fluchtwegs gefunden. Quinn, jetzt zu den Verhören. Wir müssen in diesem Stockwerk mit jedem sprechen. Dann sollen die Konferenzteilnehmer oder die Leute, die in diesem Hotel arbeiten, genau überprüft werden. Der Täter hat sich hier gut ausgekannt. Lisa, was ist mit der Tür von Carls Zimmer? Carl hatte den Zimmerschlüssel noch in der Hand. Womit ist der Schütze hereingekommen? Hat er einen Generalschlüssel benutzt? Einen Zweitschlüssel? Können wir das herausfinden?"

„Ich werde mir die Schlüsselverzeichnisse und den Mechanismus ansehen."

„Das wäre sehr gut. Finde ihn für uns, Sherlock."

„Der Täter ist ein Mann – also kann das nicht allzu schwer sein."

Marcus lachte.

Quinn hielt ihr eine Hand hin, um ihr beim Aufstehen zu helfen. „Wenn du diesen Fall aufklärst, lade ich dich zum Essen ein."

„Wenn ich diesen Fall aufkläre, nehme ich die Einladung vielleicht sogar an."

* * *

Um vier Uhr morgens war es still in der Intensivstation. Shari lehnte sich an die Wand und beobachtete ihren Bruder. Sie hatte eine Stunde lang schlafen können, bevor die Träume kamen. Dafür sollte sie dankbar sein.

„Jennifer, als ich Marcus kennengelernt habe, hat er erwähnt, dass er ein spätes Abendessen mit seiner Schwester geplant hätte. Warst du das?"

Es war angenehm, die Schwester von Marcus hier zu haben. Jennifer empfand die Intensivstation mit ihren vielen medizinischen Geräten nicht als Bedrohung und Shari tat es gut, dass jemand ihr zuhörte.

„Kate und ich", antwortete Jennifer. „Du hast Marcus getroffen, bevor es passiert ist?"

„Kurz davor am selben Abend. Ich habe mich im Hotel verlaufen", entgegnete Shari. Ihr kam es vor, als ob das vor einem Jahr gewesen sei – vor einem Jahrzehnt.

„Das war eine interessante Bemerkung, die er da gemacht hat."

„Wir wollten heute Morgen zusammen Kaffee trinken", sagte sie leise.

„Wirklich? Es tut mir leid, dass das nicht zustande gekommen ist."

Shari sah zu ihr hinüber, weil sie das Interesse in ihrer Stimme gehört hatte. „Es war nur eine Verabredung zum Kaffee."

„Trotzdem ist so etwas ungewöhnlich für Marcus."

Trotz ihrer Müdigkeit machte sie das neugierig. „Hat Marcus keine Verabredungen?"

„Nein. Kate, Lisa, Rachel und ich versuchen immer wieder, das zu ändern."

Vier Schwestern? Shari musste lächeln und sie fragte sich, ob Marcus das als Segen oder als Fluch empfand. Wahrscheinlich als Segen. „Ihr habt eine große Familie."

„Wir sind zu siebt, aber es ist nicht eine Familie im traditionellen Sinn. Wir sind Waisen und haben uns gegenseitig adoptiert, um unsere eigene Familie zu gründen. Deshalb haben wir auch einen neuen Familiennamen angenommen."

Shari hatte von vielen zerbrochenen Familien gehört, aber noch nie von einer, die sich auf diese Weise zusammengefunden hatte. Das klang nach einem starken Bündnis. „Sieben?"

„Es ist eine tolle Gruppe. Wir sind ständig in Kontakt miteinander. Marcus ist der Älteste."

„Es muss schön sein, so einen großen Bruder zu haben. Er ist ein guter Beschützer."

„Der Wächter unserer Familie", stimmte Jennifer zu.

„Welche Rolle spielst du?"

„Ich bin das Nesthäkchen ..." Jennifer lächelte. „Jedermanns Liebling."

„Einer älteren Schwester bringt man nicht so viel Respekt entgegen", entgegnete sie leichthin. Sie dachte amüsiert an ihre eigene enge Beziehung zu Josh.

Shari durchquerte das Zimmer auf der Suche nach einem Stuhl. Ihr Körper schmerzte und so setzte sie sich vorsichtig hin. Noch stärker war aber ihr innerer Schmerz. Sie spürte, wie sich Niedergeschlagenheit in ihr breitmachte wie eine dunkle Flut. Mitten in der Nacht war es schwer, an etwas Positives zu denken. „Bei dem, was du gesagt hast, kommt mir ein Verdacht. Jennifer, bist du Christin?"

„Ja, Kate und ich sind beide vor Kurzem zum Glauben gekommen."

„Ich glaube, ich habe Marcus in Verlegenheit gebracht, als ich ihn gebeten habe, für meine Familie zu beten."

„Mach dir darüber keine Gedanken. Er braucht jemanden, der ihn daran erinnert, dass er seine Position überdenken muss. Wenn man seine Eltern verloren hat und dann Jesus sagen hört, dass er einen liebt, fällt es einem schwer, das auch wirklich zu glauben."

Shari konnte es sich gut vorstellen, wie schwer es gewesen war, aus der Sicherheit eines liebevollen Elternhauses herausgerissen zu werden. Sie merkte aber auch, dass Jennifer hoffte, ihn eines Tages umstimmen zu können. „Carl war Christ. Joshua und Dad sind auch gläubig. Dafür bin ich dankbar, auch wenn das den Schmerz nicht wegnimmt."

„Dieser Verlust muss furchtbar für dich sein. Auch die Tatsache, dass Carl jetzt im Himmel ist, ändert nichts an seinem gewaltsamen Tod."

„Ich habe noch nie so viel Dunkelheit in mir gehabt", gab Shari leise zu.

„Jesus kann dich in der Dunkelheit finden."

Diese Worte klangen echt, weil sie offensichtlich aus einer eigenen Erfahrung herauskamen.

Sie stand vor den Trümmern ihres Lebens und nichts ergab mehr einen Sinn. Shari sah zu Josh hinüber. Mit ihrer Hand berührte sie die Bandage an ihrer Wange. Noch ein paar Zentimeter weiter und sie läge jetzt in diesem Bett ... oder wäre vielleicht tot.

Marcus, bitte finde den Mörder. Ich habe Angst vor ihm.

6

„Joshua, können Sie sich erinnern, ob Carl sich mit jemandem getroffen oder jemanden angerufen hat?", fragte Marcus. Der Himmel draußen vor dem Fenster der Intensivstation begann sich zu erhellen. Seine Befürchtungen hatten sich bestätigt. Joshua hatte den Schützen nicht gesehen. Shari blieb die einzige Augenzeugin.

„Nicht dass ich wüsste. Donnerstag und Freitag war es sehr ruhig. Er hat mit Shari an seiner Rede gearbeitet und mit Dad Backgammon gespielt." Josh bewegte seine gesunde Hand, aber sein Gesicht war bei dieser einfachen Bewegung schmerzverzerrt. „Wie geht es Shari?"

„Sie schläft hoffentlich noch. Gegen drei Uhr morgens hat sie Sie in der Aufwachstation besucht. Sie waren noch bewusstlos."

„Nicht ganz. Sie hat recht. Die Schwestern sind wirklich hübsch." Auf seinem Gesicht zeigte sich ein schwaches Lächeln, dann verzog es sich. „Sie haben mir gesagt, dass Dad in der Aufwachstation ist. Gibt es noch etwas Neues?"

„Sie bringen ihn bald auf die Intensivstation." Marcus zögerte, aber dann entschied er, dass es besser war, wenn diese Nachricht von ihm und nicht von Shari kam. „Es sieht nicht gut aus."

Josh lag regungslos da. „Was sagen die Ärzte?"

„Sein Blutdruck normalisiert sich nicht."

Ein längeres Schweigen folgte. „Er ist eine Kämpfernatur, wie Mama." Er sah Marcus direkt in die Augen. „Wie läuft die Fahndung nach dem Schützen?"

„Shari konnte uns eine gute Beschreibung liefern."

„Ich wünschte fast, Sie hätten das nicht gesagt. Steht sie unter Polizeischutz?"

„Rund um die Uhr. Sie weiß noch nicht, dass sie einen ständigen Begleiter hat."

„Danke. Belassen Sie es dabei, und wenn sie Krach schlägt, lassen Sie es mich wissen."

Marcus erkannte in diesen Worten nicht nur die Besorgnis eines Bruders, sondern auch die eines stellvertretenden Bezirksstaatsanwalts. „Das werde ich machen."

„Sind meine Verwandten schon angekommen?"

„Sie sollten heute Vormittag kurz nach zehn eintreffen. Ich schlage vor, Sie ruhen sich vorher noch gut aus."

Josh musste lachen, dann stöhnte er. „Das ist die Untertreibung des Jahres. Ich liebe sie alle, aber es sind so viele."

Joshs Gesichtszüge verhärteten sich und Marcus erkannte den brennenden Zorn in ihm. „Ich kann Shari jetzt nicht beschützen; ich kann ihr nicht helfen, und sie meint immer, sie könnte eine schwierige Situation allein bewältigen, ohne sich an jemanden anzulehnen. Gehen Sie vorsichtig mit ihr um. Sie hat ein paar harte Monate hinter sich, und sie wird zerbrechen, wenn man sie zu hart anfasst." Er zog eine Grimasse. „Und lassen Sie sie bloß nicht zu nah an die Presse heran. Sie wird es für ihre berufliche Pflicht halten, alle Fragen der Journalisten zu beantworten."

„Nur die Ruhe, Josh", sagte Marcus. „Sie haben mir nichts Neues erzählt. Ich habe die Zeitungsausschnitte aus den letzten Jahren gelesen. Sie ist dickköpfig, aber das bin ich auch. Ich werde sie nicht in die Nähe dieses Presseschwarms lassen, denn die würden sie bei lebendigem Leib auffressen. Erstens mag ich sie viel zu gern und zweitens ist sie momentan unsere einzige Augenzeugin. Selbst wenn sie sich über mich ärgert, wird sich daran nichts ändern. Ich habe nicht vor, in dieser Sache nachzugeben."

„Gut. Sie kann ruhig gegen eine Mauer anrennen. Ich schulde Ihnen einen Gefallen."

„Ich werde Sie daran erinnern, wenn ich es brauche", warnte ihn Marcus.

„Abgemacht."

* * *

Shari drehte das Handy von ihrem Mund weg, damit sie einen Schluck von dem heißen Kaffee nehmen konnte. „Nein, Chris", unterbrach sie ihren Gesprächspartner und sprach wieder in das Telefon. „Beim Trauerempfang für Carl wird es keine Presse geben. Ich will eine private Feier nur mit geladenen Gästen."

Johns Pressesekretär war ein guter Freund, aber sie würde sich von ihm nicht umstimmen lassen. Sie verstand zwar seinen Standpunkt, aber für das Problem mit der Presse war er zuständig. „John wird bei der Beerdigung die Trauerrede halten, aber auch da wird die Presse nicht anwesend sein – vorausgesetzt, wir beerdigen Carl bei der Kirche neben seinen Eltern. Vielleicht findet das Begräbnis aber auf dem Heldenfriedhof in Arlington statt – mit allen militärischen Ehren, die ihm als hochdekoriertem Veteranen zustehen. Dieses Angebot steht noch."

Sie trank noch einen Schluck Kaffee. Nachdem sie noch einmal kurz geschlafen hatte, fühlte sie sich besser. Als sie aufgewacht war und einen Schreibblock gefunden hatte, ging sie an die Arbeit. Sie wollte noch nicht trauern und sie konnte ihre Gefühle nur durch Ablenkung unterdrücken. Zeit zum Weinen würde sie sich später nehmen, wenn sie sich zurückziehen konnte. Sie befürchtete jedoch, dass sie so schnell nicht mehr damit aufhören könnte, wenn sie erst einmal anfing zu weinen.

Carl war ein Freund ihrer Familie gewesen, und sie wollte sichergehen, dass die Geschehnisse in den nächsten Tagen und Wochen sein Andenken ehrten und aus dem Verbrechen kein Spektakel machten. Ihr Vater war in der Aufwachstation. Er musste erst einmal in die Intensivstation und dann auf den Weg der Genesung gebracht werden. Bis dahin musste sie mit einer Vielzahl von Einzelheiten fertig werden – von der Familie bis zur Presse, und wenn das alles der Vergangenheit angehörte, könnte sie endlich innehalten und ihren Gefühlen freien Lauf lassen.

„Wir werden eine endgültige Entscheidung treffen, wenn die Familie da ist. Rufen Sie mich gegen dreizehn Uhr zurück, und dann werde ich Ihnen die Einzelheiten durchgeben. Sie können sie dann an die Presse weitergeben", schlug sie vor, damit er wenigstens etwas hatte, womit er arbeiten konnte.

„Können Sie mir inzwischen alle Ausgaben der lokalen Zeitungen schicken? Ich möchte sehen, wie sie darüber berichten und Ungenauigkeiten richtigstellen, bevor sie weiterverbreitet werden. Bevor Sie Johns Reiseplan an die Presse geben, geben Sie mir bitte eine Warnung durch, damit ich weiß, dass die Reporter ihn haben."

„Das werde ich machen. Wie geht es Ihrem Vater?", fragte Chris.

„Er ist immer noch in der Aufwachstation. Wir geben noch keine Informationen über seinen Zustand weiter. Anne hat sich bereit erklärt, als Sprecherin der Familie zu fungieren. Ich werde ihr eine Stellungnahme für die Presse geben, sobald sie hier ist."

Shari sah, wie Marcus die Intensivstation verließ, und so beendete sie das Gespräch mit Chris. „Ich muss gehen. Rufen Sie mich sofort an, wenn sich etwas ergibt."

Sie klappte ihr Handy zu und steckte es in die Gesäßtasche ihrer Jeans. Dann ging sie den Flur entlang zu Marcus. In der Hand hatte sie eine zweite Tasse Kaffee, die sie sich geholt hatte, als die Krankenschwester ihr sagte, dass Marcus bei Joshua sei. Er lächelte, als sie näher kam. „Ist das Ihre Vorstellung von einem doppelten Koffeinstoß?"

„Das ist leider kein doppelter Milchkaffee", stimmte sie ihm zu. Sie sehnte sich nach einem kurzen Besuch im Starbucks-Café, denn dort begann sie normalerweise ihren Tag. „Aber ich kann mir vorstellen, dass Sie ihn brauchen können." Sie hielt die Tasse hoch. „Er ist schwarz und stark genug, einen Elefanten zu Fall zu bringen."

„Ich riskiere es trotzdem", sagte Marcus und nahm die Plastiktasse entgegen.

„Sie haben noch nicht geschlafen", stellte sie fest und berührte ihn leicht am Arm.

„Zu viel zu tun. Ich werde es später nachholen."

„In diesem Fall traue ich mich gar nicht zu fragen, aber haben Sie eine Minute Zeit?"

Er nippte am Kaffee und lächelte. „Natürlich. Was gibt es?"

„Ich habe darüber nachgedacht, wer ein Motiv für den Mord an Carl haben könnte."

Das humorvolle Zwinkern verschwand aus seinen Augen. „Sprechen Sie weiter."

„In meinem Aktenkoffer im Hotel ist ein Dokument, das Sie lesen sollten. Es ist ein Kurzprofil, mit dem Carl für den Obersten Gerichtshof empfohlen wird."

„Haben Sie es geschrieben?"

Sie nickte. „In einem Abschnitt geht es um seine umstrittenen Fälle. Manche von ihnen klingen wirklich seltsam, aber ich habe die Mitschriften gelesen. Ich möchte sie gemeinsam mit jemandem durchgehen."

„Shari ..."

„Sie haben gesagt, dass ich mithelfen darf."

„Wir sehen uns schon seine alten Fälle an."

„Bitte. Ich kenne sie besser als seine eigenen Mitarbeiter. Außerdem habe ich dann das Gefühl, ich könnte etwas tun. Er war ein guter Freund, Marcus."

Er rieb sich den Nacken, dann nickte er. „Im Laufe des Tages, wenn Ihre Familie hier ist und sich eingelebt hat."

„Danke."

Er deutete mit einem Kopfnicken auf den Polizisten, der den ganzen Morgen bei ihr gewesen war. „Wie macht sich Craig?"

„Er ist ein Schatz." Und er war in diesem gut gesicherten Flügel des Krankenhauses nie weiter weg von ihr als einen oder zwei Meter. Shari fand das sehr ... interessant. Sie wollte nicht hören, warum Marcus das für notwendig hielt.

Marcus zuckte zusammen. „Bitte sagen Sie ihm das nicht."

Sie lachte. „Das hatte ich auch nicht vor."

Die Stationsschwester kam zu ihr. „Shari, Ihr Vater wird jetzt von der Aufwachstation heruntergebracht."

Sie zog hörbar die Luft ein. Dieser kurze Augenblick des lockeren Gesprächs war gerade von der Wirklichkeit abgelöst worden. Sie wusste, dass der Anblick ihres Vaters für sie ein Schock sein würde. Der Chirurg war zwei Mal bei ihr gewesen, um mit ihr zu sprechen, seitdem ihr Vater in die Aufwachstation verlegt worden war. „Ich hole meine Mutter."

„Shari.“

Sie sah zu Marcus zurück.

„Er ist eine Kämpfernatur. Vergessen Sie das nicht.“

Es half ihr, diese Worte von Marcus zu hören. Ihr Vater würde durchkommen. Sie musste einfach daran glauben. Sie nickte ihm dankbar zu und ging weiter – zu ihrer Familie.

* * *

Die Krankenhauskapelle war ein kleiner Raum. Shari ging hinein, um Ruhe zu suchen von dem Druck, der auf ihr lastete. In der Kapelle standen gepolsterte Bänke. Auf dem Boden lag ein roter Teppich. Es war eine einfache Ausstattung, die für alle Konfessionen gedacht war. Das Licht im Raum war gedämpft. Shari ging nach vorn und setzte sich in die zweite Reihe. Ihre Hände legten sich um die Rückenlehne der Bank vor ihr. Sie legte das Kinn auf das Holz und sah auf das in gedämpften Farben gehaltene Aquarell an der Wand vor ihr, aber ihre Gedanken wanderten in die Vergangenheit, zu den Tagen vor dem Mord.

Sie presste die Stirn gegen die Bank aus Mahagoni. Würde ihr Vater überhaupt noch einmal aufwachen? *Jesus, es wird mir einfach zu viel.* Der Tag verging so lähmend langsam, ohne dass sich sein Zustand veränderte; das ging ihr an die Substanz. *Bitte lass ihn aufwachen und gib ihm Kraft. Ich kann ihn nicht verlieren – das kann ich einfach nicht.*

Tränen rannen ihre Wangen herab und sie wischte sie weg. Sie konnte sich nicht gehen lassen. Ihre Familie war hier, und alle waren sehr liebevoll mit ihr umgegangen, aber sie musste für sie stark sein. Trotzdem hatte sie keine Kraft mehr.

Sie wollte nur, dass Gott ihr Gebet erhörte. Sie wollte sich nicht von der Furcht überwinden lassen. Gott hatte alles im Griff. Aber als der Tag verstrich und sich kaum etwas änderte, wurde es immer schwieriger, zu beten und dabei zuversichtlich zu bleiben.

Ihre Mutter war sogar in dieser ungewissen Lage ganz ruhig. Shari wusste, dass dieser innere Frieden daher rührte, dass ihre

Mutter zwei Mal dem Tod nahe war, als sie einmal die Herzmuskelentzündung hatte und dann den kleinen Herzanfall. Beth hatte ihr Leben in die Hände Gottes gelegt. Deshalb konnte sie auch in dieser Krise wissen, dass ihr Mann in Gott geborgen war. Auch wenn sie sich noch so sehr darum bemühte, konnte Shari nicht dieses ruhige Vertrauen und diesen Frieden empfinden. Sie wollte mit Gott ringen, so wie es Jakob getan hatte, um die Antwort zu erhalten, die sie wollte – dass sich der Zustand ihres Vaters stabilisierte. Was war besser? Das passive, kindliche Vertrauen ihrer Mutter oder diese starke, drängende Beharrlichkeit, die sie empfand?

Sie wünschte, sie könnte wirklich begreifen, worum es beim Gebet ging. Seit zwei Jahrzehnten war sie Christin und trotzdem hatte sie damit noch Schwierigkeiten.

Sie hörte ihren Piepser. Es war ihr Piepser für Notfälle. Den anderen hatte sie abgestellt. Es war Sam. Sie wartete auf ihre Reaktion, dieses starke Gefühl, als sie wusste, dass er es war, und sie spürte ... gar nichts. Der Gefühlsaufruhr ihrer Beziehung war nicht mehr jener emotionale Sumpf, der sie herunterzuziehen drohte. Im Vergleich zu dem, was sie jetzt durchmachte, war das, was sie mit Sam erlebt hatte, eine Kleinigkeit.

Er hatte in der Nacht und auch am Vormittag mehrmals angerufen. Sie hatte die Zettel mit den Telefonnachrichten noch, aber sie hatte nicht zurückgerufen. Aber jetzt entschied sie sich, seine Nummer zu wählen, weil sie wusste, dass sie mit ihm reden musste. Aber nicht hier. Sie stand auf. Craig stand hinten an der Tür der Kapelle.

„Könnte ich auf diesem Stockwerk ein bisschen herumgehen?"

„Klar. Geben Sie mir nur eine Minute." Er schaltete sich in den Sicherheitsfunk ein. Eine Minute später nickte er. „Wir können hier im Kreis herumlaufen und dann zurück zum Warteraum gehen, in dem Ihre Familie sitzt."

„Danke." Sie wählte die Nummer, als sie losgingen. „Sam."

„Shari. Danke für deinen Rückruf."

Es war eine unangenehme Situation. „Hast du davon gehört?"

Sie wusste natürlich, dass er informiert war, aber sie brauchte eine Ausrede, um nicht über die Einzelheiten sprechen zu müssen.

„Ich bin jetzt bei John. Wie geht es deinem Vater?"

„Den Umständen entsprechend."

„Und Josh?"

Ein müdes Lächeln erschien auf ihren Lippen. „Er benimmt sich schon wie ein schlechter Patient."

Sam zögerte. „Und du?"

Jesus, was soll ich sagen? Der Schmerz der Vergangenheit wurde schwächer und verschwand schließlich ganz. Die Freundschaft war noch vorhanden unter den verletzten Gefühlen einer gescheiterten Beziehung. Gerade jetzt brauchte sie das, was sie einst gemeinsam hatten. „Es war ein schlimmes Wochenende, Sam." Sie wünschte, er wäre hier und würde sie kurz in den Arm nehmen. Diese tröstenden Umarmungen waren seine Spezialität.

Große Fenster gaben den Blick auf einen Innenhof frei. Shari hielt inne, stützte sich mit den Unterarmen auf das Geländer aus Eichenholz und sah zu, wie das Sonnenlicht über den Boden des Innenhofs wanderte.

„Wie kann ich dir helfen?"

Sie hatte gewusst, dass das seine nächsten Worte sein würden. Er hatte schon immer einen Sinn fürs Praktische gehabt, besonders dann, wenn jemand mit den Tränen kämpfte. „Ich werde am Montag jemanden in Dads Kanzlei brauchen, der mir mit seinen Gerichtsterminen helfen kann und mir sagen kann, was aufgeschoben und was anderen Anwälten übertragen werden kann."

„Ich kümmere mich darum. Was ist mit Josh im Büro des Bezirksstaatsanwalts?"

„Josh hat heute Morgen mit seinem Chef gesprochen."

Sam kannte sie, und deshalb stellte er keine Fragen über das, was geschehen war. Er fragte sie stattdessen nach ihrer Familie, nach Dingen, die erledigt werden mussten, und er legte den Schwerpunkt auf das unmittelbar Bevorstehende. Sie sprachen zwanzig Minuten miteinander, und dieses Gespräch half ihr mehr, als es Sam bewusst war.

„Es war gut, mit dir zu reden“, sagte sie schließlich, erleichtert, endlich mit der Vergangenheit abgeschlossen zu haben.

„Das finde ich auch. Ich würde wirklich gerne kommen, wenn du mich lässt.“

„Nein, das ist schon in Ordnung. Meine Familie ist da. Und es nimmt mir eine große Last vom Herzen, wenn ich weiß, dass du von zu Hause aus alles regelst.“

„Wenn du deine Meinung änderst, sag es mir einfach. Ich rufe wieder an, wenn ich alle Einzelheiten habe. Bitte sag deiner Familie, dass ich für sie alle bete.“

„Das mache ich.“

Nachdem sie sich verabschiedet und sie aufgelegt hatte, blieb Shari erst einmal unbeweglich sitzen. Diese Traurigkeit war kaum zu ertragen. Die Beziehung mit Sam war kläglich gescheitert. Sie hatten so gut zusammengepasst, aber am Ende hatten sie sich im Bösen getrennt. Er war einer der besten Rechtsexperten im Bundesstaat Virginia, und sie mochte ihn sofort, als John sie miteinander bekannt machte. Als Sam sie bat, mit ihm auszugehen, fühlte sie sich wie im siebten Himmel. Das Jahr, in dem sie miteinander befreundet waren, verging wie im Rausch. Sam hatte Verständnis für ihre Arbeit und hörte ihr zu, wenn sie über ihre Träume sprach. Sie wollte unbedingt selbst in die Politik gehen und nicht nur hinter den Kulissen für jemand anderen arbeiten.

Aber dann kam der Tag, den sie noch immer nicht vergessen konnte. Sam hatte ihr einen Heiratsantrag gemacht – unter der Voraussetzung, dass sie hinter den Kulissen seiner eigenen politischen Karriere bleiben sollte. Vielleicht wäre es nicht so schwer gewesen, das zu akzeptieren, wenn er nicht auch noch gesagt hätte, dass sie noch warten sollten, bevor sie Kinder bekamen.

Sie hatte sich mit dem Gedanken befasst, die Frau eines Politikers zu werden, und sie hatte ihn so sehr geliebt, dass sie beinahe Ja gesagt hätte. Aber schließlich hatte sie seinen Heiratsantrag abgelehnt. In den schmerzerfüllten Monaten, die darauf folgten, hatte sie ihm sein Verhalten übel genommen. In seiner Vision von der Zukunft gab es keinen Platz für ihre Träume, für eine

Familie oder ihre eigene Karriere. Sie war von Anfang an offen und ehrlich zu ihm gewesen, und er hatte nur das gehört, was er hören wollte.

Sie hatte mit aller Gewalt eine Beziehung gewollt; übrig blieben zerstörte Hoffnungen. *Jesus, ich verstehe nicht, was da schiefgelaufen ist. Ich weiß, ich habe in dieser Beziehung mit Sam einen Fehler gemacht. Habe ich mir wieder einmal etwas so sehr gewünscht, dass ich nicht die Probleme, sondern nur meine eigenen Träume gesehen habe?*

„Was ist los?“

Während sie in Gedanken versunken dasaß, hatte Marcus mit Craig getauscht. Shari schloss die Augen. Sie war frustriert, weil Marcus wieder zusehen musste, wie sie mit den Tränen kämpfte. Das wurde langsam peinlich. Sie wischte sich die Augen mit dem Handrücken ab, dann drehte sie sich um.

„Gibt es in Ihrem Leben etwas, das Sie am liebsten rückgängig machen würden?“

Er legte seine Arme neben ihr auf das Geländer und übersah geflissentlich ihre Tränen. „Soll ich alles aufzählen?“

„Vielleicht genügt ein Beispiel.“

„Ich habe meiner Schwester Kate gesagt, dass ich ihren Brokkoliauflauf mag.“

Überrascht von seinem bedauernden Tonfall musste sie lachen. „Sie haben gelogen.“

„Sie hat mir leid getan. Jetzt tue ich mir selbst leid. Sie macht ihn fast immer, wenn ich bei ihr zum Essen eingeladen bin.“

Genau das brauchte sie jetzt. Eine oberflächliche, humorvolle Plauderei mitten in diesem Chaos.

„Warum sagen Sie es ihr nicht?“

„Ich möchte sie nicht verletzen.“

„Vielleicht ahnt sie schon etwas.“

„Wie ich Kate kenne, ist das durchaus möglich. Aber im Laufe der Jahre bekommen manche Geheimnisse ein Eigenleben.“

„Stimmt.“

Shari wurde wieder ernst und warf einen Blick auf das Handy

in ihrer Hand. „Ich wünschte, ich könnte etwas von vor zwei Jahren rückgängig machen – bei einer Einladung zum Essen Nein zu sagen und nicht Ja. Damit hätte ich eine Menge Kummer verhindert."

„Sie haben gerade mit ihm gesprochen?"

Natürlich erriet er die Wahrheit. Sie nickte. „Es ist schwer, weiter miteinander befreundet zu sein, nachdem eine Beziehung gescheitert ist."

„Ich weiß. Dann müssen sich beide Seiten für vieles entschuldigen. Aber es ist die Mühe wert." Er streckte ihr die Hand entgegen. „Haben Sie Lust auf Eiscreme? Ich habe gehört, dass Schokoladeneis die meisten Probleme des Lebens lösen kann."

Er überraschte sie schon wieder. „Sie haben Eiscreme mitgebracht!" Er hatte vorher dafür gesorgt, dass für ihre Familie das Mittagessen geliefert wurde, weil es in der Cafeteria von Pressevertretern nur so wimmelte.

„Ich bekenne mich schuldig. Ich habe sie Ihren Cousinen Heather und Tracy versprochen."

Sie nahm seine dargebotene Hand und ließ zu, dass er sie vom Geländer und ihren Erinnerungen wegholte. Sie hätte seine Hand am liebsten festgehalten; diese Erkenntnis machte sie verlegen. Als er ihre Hand losließ, steckte sie sie schnell in ihre Jackentasche. „War das, bevor oder nachdem Sie ihre unzähligen Fragen über Ihren Beruf als Marshal beantwortet haben?"

„Ich mag Kinder."

„Das habe ich bemerkt." Sie neigte ihren Kopf und sah zu ihm auf. „Ich gehe nicht davon aus, dass Sie auch noch Kirschen für einen Eisbecher mitgebracht haben." Sie hatte plötzlich einen Heißhunger auf etwas Süßes.

„Und Schlagsahne. Das Gute liegt im Detail."

„Das ist ein guter Slogan. Kann ich ihn mir ausleihen und irgendwann einmal verwenden?"

„Verwenden? Vielleicht in einer Rede?"

„Natürlich. Redenschreiber lieben die perfekte Phrase. Das Reich des Bösen. Wo ist das Rindfleisch? Nixons berühmte Wahlkampfrede von 1952. Jeder Redenschreiber träumt davon, dass ein von ihm verfasster Satz ins nationale Lexikon aufgenommen wird."

„Hat etwas aus Ihrer Feder schon dieses Format erreicht?"

„Ich arbeite noch daran. Mein Vermächtnis soll etwas Lustiges sein."

„Nicht etwas Tiefgehendes?"

„Es gibt schon zu viele langweilige Politiker. Glauben Sie mir, ich höre ihren Reden zu." Ihr Mund verzog sich zu einem breiten Lächeln. „Außerdem wird etwas wirklich Tiefgehendes wohl kaum zu Stande kommen. Deshalb möchte ich lieber wegen etwas Lustigem in Erinnerung bleiben."

„Es ist gut, wenn man im Leben einen Traum hat. Eines Tages werden Sie sich diesen perfekten Satz ausdenken."

„Sie scheinen sich da ziemlich sicher zu sein."

„Glauben Sie mir, Shari. Sie werden noch daran denken." Er schwieg und machte einer Krankenschwester Platz. „Kann ich für Ihre Angehörigen noch etwas tun? Oder brauchen Sie etwas?"

„Können Sie mir die landesweiten Zeitungen beschaffen? Ich will den Fernseher nicht anschalten, weil sie da nur spekulieren und das wiederholen, was passiert ist."

„Alle landesweiten Zeitungen?"

„Ich habe Entzugserscheinungen, das gebe ich zu. Es ist schließlich ein Wahljahr."

„Und die Zeitungslektüre ist natürlich eine gute Ablenkung für Sie."

Sie wusste es zu schätzen, dass er das verstand. Sie zwang sich zu einem Themenwechsel. „Wir haben die Beerdigung von Carl geplant."

„Ich habe mit Ihrer Mutter gesprochen, bevor ich Sie gesucht habe. Machen Sie sich keine Gedanken wegen der Überführung nach Virginia. Das wird alles geregelt."

„Vielen Dank." Sie gingen um die Ecke und erreichten den sicheren Flügel des Krankenhauses. Er kam ihr zuvor und öffnete ihr die Tür des Warteraums. Am liebsten hätte sie das Gespräch mit ihm fortgesetzt, aber die Kinder kamen auf sie zu und griffen nach ihren Händen.

„Ich bin in der Nähe, Shari", versicherte ihr Marcus. „Und wenn etwas ist, piepsen Sie mich an."

Sie nickte dankbar und lächelte ihm zum Abschied zu.

7

„Hallo, Jennifer."

Es war Samstagabend gegen 17:45 Uhr. Marcus hatte eine Besprechung über die neuesten Entwicklungen bereits vor ihrem Ende verlassen. Er überließ es Quinn, Dave und Mike, die letzten Einzelheiten mit Washington zu klären, weil er unbedingt noch vor ihrem Abflug mit Jennifer sprechen musste. Dieses Gespräch war zu wichtig, um es telefonisch zu führen.

Jennifer drehte sich um. Sie hatte gerade die Auslagen im Schaufenster eines der Läden im Hauptflur des Hotels betrachtet. Er konnte sehen, wie müde sie war. Sie war im Krankenhaus bei Sharis Familie gewesen. Er hatte sie angepiepst und sie gebeten, ins Hotel zu kommen, aber jetzt wünschte er, er hätte sie lieber im Krankenhaus getroffen. Sein erster Gedanke, sich im Restaurant eine ruhige Ecke zu suchen und dort zu reden, wich einer praktischeren Überlegung. Der Zimmerservice sollte ihnen etwas bringen. Kate würde auch gleich da sein.

„Macht es dir etwas aus, wenn wir uns oben unterhalten? Dort sind wir ungestört. Ich habe Kate ein Abendessen versprochen, wenn die Besprechung zu Ende ist. Am besten, wir bestellen etwas vom Zimmerservice."

„Das wäre mir auch lieber", stimmte Jennifer zu.

Marcus holte den Schlüssel zur Suite im achten Stock heraus, die er sich mit Quinn teilte, und führte Jennifer zum Aufzug. „Wie geht es im Krankenhaus? Hat sich bei William etwas verändert?"

„Sein Blutdruck ist immer noch instabil. Das ist kein gutes Zeichen. Aber er hält immer noch durch."

„Ist er noch bewusstlos?"

Jennifer nickte. „Shari und Beth wechseln sich ab. Das lange Warten fällt ihnen nicht leicht. Aber wenigstens ist Joshua über den Berg. Die Ärzte wollen ihn morgen Nachmittag auf die normale Station verlegen."

„Das ist gut, und zwar aus mehreren Gründen. Er scheint mir der geeignete Mann zu sein, um Shari davon abzuhalten, die Last der ganzen Welt auf ihren Schultern zu tragen."

„Man merkt gleich, wie nahe sich die beiden stehen. Aber wenn du meinst, dass Josh sie zur Vernunft bringen kann ..."

„Na ja, sie wird ihm seinen Willen lassen, aber sie wird auf ihn hören."

„Das nehme ich dir ab."

Marcus schloss die Tür von Zimmer 812 auf und ließ Jennifer vorgehen.

„Ich sehe, dass Quinn seine übliche Unordnung verbreitet." Jennifer hob zwei Hemden auf, die nachlässig über dem Wohnzimmersessel hingen, und legte sie auf den Stapel in Quinns offenem Koffer. Er hatte ihn an der Tür der Suite deponiert, anstatt ihn in sein Schlafzimmer zu bringen.

„Ordnung ist eine Tugend, die ich ihm noch beibringen muss", erwiderte Marcus ironisch. Bei vier Schwestern hatte er frühzeitig gelernt, Ordnung zu halten. „Aber seien wir mal großzügig; schließlich ist er anderweitig beschäftigt."

Marcus schob die auf dem Sofa verstreuten Unterlagen zusammen und steckte sie in einen Aktenkoffer, damit er sich hinsetzen konnte. Er erinnerte sich dunkel, sie am Freitagabend gelesen zu haben, bevor der Alptraum begonnen hatte.

„Verreist Quinn eigentlich nie ohne seinen Hut?" Jennifer nahm den Cowboyhut vom Beistelltisch hoch und probierte ihn lachend an. „Dieses Ding sollte man endlich mal verschwinden lassen. Es hat schon zu viele Schläge eingesteckt. Außerdem riecht es wie ein Pferd."

„Ich glaube, er nimmt ihn auf allen seinen Reisen mit. Er gehört zu seinem Zuhause."

Jennifer legte ihn wieder an seinen Platz. Sie sammelte benutzte Gläser ein und warf Tüten aus dem Schnellimbiss in den Müll und herumliegende Schuhe ins Schlafzimmer. Marcus ließ sie gewähren. Wenn er ihr fünf Minuten zum Aufräumen ließ, würde sie sich danach ruhig hinsetzen und mit ihm reden. Wenn er sie zwingen würde, in dem unordentlichen Zimmer Platz zu nehmen, würde sie die ganze Zeit herumzappeln.

„Liegt es an Quinns Schlampigkeit in unbedeutenden Dingen, dass Lisa nicht mit ihm essen gehen will?"

Jennifer warf ihm einen Blick zu. „Läuft Quinn etwa herum wie ein geschlagener Hund, seitdem er bei ihr abgeblitzt ist?"

„Ja, er hat diesen traurigen Spanielblick. Was ist Lisas Problem?"

„Kevin."

„Ich denke, mit ihm ist schon seit Monaten Schluss."

„Das haben wir alle gedacht. Er muss sie in einem schwachen Moment erwischt haben. Sie hat sich noch einmal mit ihm getroffen. Von dieser Verabredung ist sie mit verkniffenem Mund und wütend zurückgekommen. Ich war am Donnerstagabend bei ihr und sie hat über alle Männer geschimpft."

„Ich hätte dem Kerl nach dem letzten Mal einen Besuch abstatten sollen. Aber Lisa wollte nicht, dass ich mich einmische."

„Keine Sorge. Jack wollte ihm im Auftrag aller O'Malleys ein paar treffende Worte sagen. Ich habe Stephen gebeten, ihn zu begleiten, weil Jack ein wenig Angst hatte. Und ich habe ihn gebeten, Lisa erst hinterher davon zu erzählen."

„Gut. Danke. Lisa hat die Trottel, die ihr immer wieder über den Weg laufen, wirklich nicht verdient."

Marcus ließ das Schloss seines Aktenkoffers einrasten und stellte ihn auf den Boden. „Sie braucht Quinn. Er wird nicht über ihren Beruf lachen oder verächtlich darüber reden und er wird sie nicht bis ins Innerste verletzen. Er ist zwar ein bisschen alt für sie, aber er ist bodenständig. Sie braucht diese Art von Stabilität. Er würde sich auch nicht aus der Ruhe bringen lassen, wenn sie in Schwierigkeiten gerät."

„Sie will nicht fern jeder Zivilisation wohnen."

„Und deshalb lässt sie ihn immer wieder abblitzen?"

„Das ist ein Grund. Außerdem sieht er zum Küssen gut aus, und wenn er einen Raum betritt, fliegen ihm die Blicke der Frauen zu."

„Das sind keine echten Probleme." Marcus verstand Lisa. Sie

war die Einzige in der Familie, die nach ihrer Geburt ausgestoßen worden war. Sie hatte ihr ganzes Leben bei verschiedenen Pflegeeltern verbracht. Von allen O'Malleys war sie am eigenständigsten, weil sie es gewohnt war, immer ihren eigenen Weg zu gehen. Sie hatte sich nirgends so richtig zu Hause gefühlt, und so hatten er und die anderen O'Malleys sie einfach aufgenommen und ihr dieses Zuhause gegeben.

Aber wenn sie das Abenteuer suchten, wussten alle, dass sie es finden konnten, wenn sie ein Wochenende mit Lisa verbrachten. Sie war die Lustige der Familie und alle liebten sie. Marcus hörte ungern, dass sie Kummer hatte. „Meinst du, sie kratzt mir die Augen aus, wenn ich ihr ein paar Blumen schicke?"

„Marcus, hast du ihr Sammelalbum noch nicht gesehen? Sie hat eine Blume aus jedem Strauß gepresst, den du ihr geschickt hast."

„Du machst Witze."

Jennifer lachte. „Sie ist sentimental, auch wenn sie mir die Augen auskratzt, weil ich das erwähnt habe. Schick ihr Blumen oder besser noch eine Kleinigkeit für ihr Frettchen. Ich hatte am Donnerstagabend Seitenstechen vor lauter Lachen, als Lisa mir von den Streichen ihres neusten Haustiers erzählt hat. Sie ist total vernarrt in dieses Tier."

„Mag er immer noch leere Papierhandtuchrollen?"

„Ja."

Marcus machte es sich auf dem Sofa bequem. Er merkte, wie die Spannung allmählich von ihm abfiel.

„Jennifer, wie ist es dir ergangen? Es ist schon so lange her, dass wir so richtig miteinander geredet haben. Du fehlst mir, wenn du dort unten in Texas bist."

Sie versank im dick gepolsterten Sessel, den sie frei gemacht hatte, und sah ihn an. Ihr Lächeln wich einer gewissen Traurigkeit. Dieser Gesichtsausdruck war bei ihr so selten, dass er nicht wusste, was er davon halten sollte. „Ich habe hin und her überlegt, wie ich es dir sagen soll, und jetzt fehlen mir die Worte."

„Sag es mir einfach, Jennifer", erwiderte er leise. Zwei Jahrzehnte als Beschützer für diese Familie hatten ihn durch die Höhen und Tiefen im Leben seiner Geschwister geführt. Etwas stimmte nicht, aber er würde das Problem irgendwie lösen. Er hatte diese Fähigkeit, zu helfen, und er bot seine Hilfe der Familie immer wieder an. „Ich bin auf alles gefasst."

Ihre Blicke trafen sich, und plötzlich füllten sich ihre Augen mit Tränen. „Marcus, ich habe Krebs."

Darauf war er nicht gefasst. Es traf ihn hart, wie ein Messerstich zwischen die ungeschützten Rippen. Er zuckte deutlich sichtbar zusammen, aber er zwang sich, Luft zu holen. „Krebs." Sie wirkte ruhig, aber ihre Augen ließen die seinen nicht los. Bei einer solchen Sache würde sich niemand in der Familie einen Scherz erlauben. Eine schlimme Erinnerung aus der Vergangenheit holte ihn ein und vor seinem geistigen Auge erschien für Sekundenbruchteile das Bild seiner Mutter. Nein. Das durfte nicht wahr sein. Das durfte nicht passieren bei jemandem, den er liebte.

Sie kam zu ihm und setzte sich neben ihn auf das Sofa. Er musste sich zusammennehmen, damit er ihre Worte trotz der auf ihn einströmenden Erinnerungen hören konnte. „Bitte entschuldige. Ich weiß, wie schwer das für dich ist. Der Tumor sitzt an der Wirbelsäule und er hat die Leber erreicht. Am Montagmorgen beginnt im John-Hopkins-Krankenhaus die Strahlenbehandlung."

Ihm kam es so vor, als ob ihn ein kalter Luftzug träfe – wie aus einem Grab. „Du hast es Kate gesagt."

„Sie ist die Einzige, die es weiß", sagte Jennifer leise.

Seine Hand legte sich über ihre und mit dem Daumen strich er über ihr Handgelenk. Ihr Puls schlug regelmäßig und das beruhigte ihn. Der Schmerz wich dem hilflosen Zorn eines Mannes, aber auch eines kleinen Jungen, und die Wucht dieser Gefühle richtete sich gegen Gott. *Nicht schon wieder. Bitte, nicht schon wieder.*

„Seit wann weißt du es?"

„Vor einem Monat habe ich die ersten verdächtigen Testergebnisse bekommen. Erinnerst du dich noch an meinen Besuch in der Mayo-Klinik? Ich bin nicht zu einem Fall hinzugezogen worden; die Patientin war ich."

Warum hatte die Familie noch nichts gemerkt? Ein Monat. Die Gerüchteküche der Familie war normalerweise sofort informiert, wenn etwas Bedeutendes geschah, und sie hatte das einen Monat lang mit sich herumgeschleppt, ohne etwas zu sagen. Allein in einem Krankenhaus, ohne dass jemand von der Familie sie besuchte und bei ihr war ... Es brach ihm fast das Herz. „Jen, ich wünschte, ich hätte es gewusst."

„Kate hat dich gebraucht, Marcus. Ich war nicht da, um ihr im schlimmsten Monat ihres Lebens zu helfen, als sie an diesem Fall mit der Explosion des Flugzeugs gearbeitet hat. Eins konnte ich aber tun: Ich konnte dafür sorgen, dass sie deine volle Aufmerksamkeit hatte. Kate hat dich gebraucht und ich wollte dich nicht ablenken."

„Du hast mich aber auch gebraucht."

Sie legte die Hand auf seine Schulter und drückte sie sanft. „Ich wusste doch, dass ich dich nur hätte anrufen müssen", beruhigte sie ihn. „Allein dieses Wissen hat mir gut getan. Sie haben damals die Tests durchgeführt und mich dabei ganz schön gequält. Zu diesem Zeitpunkt gab es noch keine genaue Diagnose. Ich habe noch immer gehofft, dass die Antwort besser ausfallen würde. Marcus, das wird ein langer, schwerer Kampf. Keine Sorge, ich werde dabei alle O'Malleys einspannen müssen."

„Die Verlobung."

„Tom wollte nicht warten. Wir werden die Hochzeit verschieben, bis die erste Phase der Behandlung abgeschlossen ist. Ich hoffe auf einen Stillstand."

Sie sprach nicht über eine Heilungschance. „Ist die Prognose so schlecht?", flüsterte er.

„Diese Art von Krebs überlebt man nicht, Marcus."

Er würde einen Weg finden und ihr helfen, den Krebs zu besiegen, auch wenn er seine ganze Energie dafür aufwenden müsste. „Du wirst leben." Er war der Beschützer der O'Malleys und er würde einen Weg finden.

Sie sah ihn an. In ihrem Blick lag Mitleid – mit ihm und mit seinem Bemühen. *Sie liegt im Sterben und sie macht sich noch Sor-*

gen um mich. Er vergaß manchmal, wie stur und wie verbissen jedes Mitglied seiner Familie war. Er schloss kurz die Augen und zwang sich, nach vorn zu blicken, auf das, was auf sie zukommen würde. Er wollte sie fest umarmen, aber er merkte, dass er viel zu große Angst hatte, sie zu verletzen. Wenn der Krebs unten an ihrer Wirbelsäule saß, konnte er sie noch nicht einmal umarmen, ohne daran denken zu müssen. Seine Hand legte sich auf ihre Schulter. „Fliegt Kate mit nach Baltimore?"

„Das ist nicht nötig. Tom kommt mit, um bei mir zu bleiben."

Er sah sie an und sie zog eine Grimasse. „Entschuldige."

„Die Familie wird dort sein. Ich werde einen Notruf starten, wenn du willst."

„Marcus, ich will, dass die Familie für mich da ist. Ich werde mich an euch alle anlehnen, aber die nächsten Wochen werden lang, sogar langweilig werden und mir wird die meiste Zeit übel sein."

„Glaubst du wirklich, das stört uns?"

„Aber mich wird es stören."

„Ganz schön hart", erwiderte Marcus und in seiner Stimme lag zum ersten Mal wieder ein Funken Hoffnung. „Wirst du es ihnen sagen oder soll ich das machen?"

„Ich befürchte, ich habe schon ein ganz schönes Durcheinander angerichtet. Ich wollte nicht, dass auf die Feiern zum vierten Juli und auf eure erste Begegnung mit Tom ein Schatten fällt. Dann habe ich es am Donnerstagabend Lisa erzählen wollen, aber das wäre zu viel gewesen nach dieser schlimmen Woche, die sie gerade hinter sich hat. Als ich dann von ihr weggefahren bin, schien es mir wichtiger zu sein, Jack zu erzählen, was mit Lisa los ist, als ihn mit meinen Neuigkeiten zu überfallen. Jetzt ist mir die Zeit davongelaufen."

„Kate und ich machen das schon. Mach dir keine Gedanken darüber. Deine Maschine geht um einundzwanzig Uhr?"

„Ja."

„Ich werde im Krankenhaus aufgenommen, sie wiederholen die Bluntuntersuchungen und machen weitere Röntgenaufnahmen.

Wenn alles unverändert ist, beginnen sie am Montagmorgen mit den Bestrahlungen."

„Die Familie wird dort sein."

„Marcus – Shari braucht dich jetzt wirklich. Die anderen sind beruflich eingespannt. Ich werde schon zurechtkommen. Bestrahlung und Chemotherapie gehören zum Leben eines Krebspatienten."

„Ich hab dich gehört, Jennifer. Aber jetzt hörst du mich. Wir brauchen dich. Wir werden dich auf jedem Schritt begleiten, nicht nur auf den Höhen und Tiefen." Er sah, wie ihre Augen sich mit Tränen füllten und wie sie versuchte, sie wegzublinzeln.

„Ich wusste, dass du so reagieren würdest."

Er wischte ihr mit dem Ärmel seines Hemdes die Augen ab. „Du bist unser Liebling. Ein O'Malley hat noch keinen Kampf verloren und wir werden jetzt nicht damit anfangen. Sag mir alle Einzelheiten, alle Testergebnisse, alles, was du über die Krankheit gelesen hast, und alles, was die Ärzte gesagt haben."

Sie redeten eine halbe Stunde lang und dann kam Kate herein. Marcus sah auf den ersten Blick, wie erleichtert sie darüber war, dass er es jetzt wusste. Es musste sehr schwer für sie gewesen sein, dieses Geheimnis für sich behalten zu müssen. Manchmal hatte er gesehen, wie angespannt sie wirkte, aber er hatte das auf den Beginn ihrer Beziehung mit Dave zurückgeführt. Mit dieser Einschätzung hatte er ganz schön danebengelegen.

Die drei redeten weiter, bis Jennifer sagte, dass sie zum Flughafen müsse. Sie begleiteten sie in die Hotelhalle hinunter. Marcus wollte sie noch nicht gehen lassen. „Kann ich eine Umarmung riskieren?"

„Ja. Ich bestehe darauf."

Er nahm sie vorsichtig in die Arme und vergrub sein Gesicht in ihrem Haar. „Darf ich dir Blumen schicken?", flüsterte er. Er war erleichtert, als sie leise auflachte.

„Ich hoffe, dass du bis zu meiner Entlassung das ganze Zimmer damit füllst."

„Nur das Zimmer?", fragte Marcus scherzhaft, obwohl er nicht zum Lachen aufgelegt war. „Ich rufe dich jeden Tag an und bin bei dir, sobald ich kann."

„Das weiß ich, Marcus. Mach dir keine Sorgen. Ich verspreche, es wird keine weiteren Überraschungen geben. Ich halte dich auf dem Laufenden."

„Ich nehme dich beim Wort." Er ließ sie nur widerwillig los.

Jennifer umarmte Kate.

„Ruf mich an, wenn du dort bist", sagte Kate.

„Ja, sicher", versprach Jennifer.

Marcus sah zu Kate hinüber, nachdem Jennifer gegangen war, und er spürte eine schwere Last auf seiner Brust. „Kate, es tut mir so leid, dass du dieses Geheimnis allein mit dir herumschleppen musstest. Ich wusste, du warst unter großem Druck, aber ich dachte, es liegt an den Veränderungen in deinem Leben. Mit so etwas habe ich nicht gerechnet."

„Ich habe das nur ungern für mich behalten, aber ich wollte Jennifer nicht drängen, es dir zu sagen. Sie hat noch immer damit zu kämpfen, mehr als sie nach außen hin zeigt."

Marcus legte seinen Arm um ihre Schultern. „Komm, ich bestelle uns was vom Zimmerservice. Wir müssen reden."

„Gut."

Sie gingen wieder in die Suite. Marcus warf einen Blick auf die Speisekarte vom Zimmerservice, aber er hatte keinen Appetit.

„Du musst etwas essen", sagte Kate, als sie seinen Gesichtsausdruck sah. „Bestell zwei Cheeseburger. Wenn ich esse, musst du mir Gesellschaft leisten."

Sie hatte recht. Marcus bestellte zwei Cheeseburger.

Einen düsteren Tag zusammen mit Kate zu verbringen – es gab niemanden, mit dem er lieber zusammen gewesen wäre. „Wie viele Krisen haben wir im Laufe der Jahre schon gemeistert?"

„Zu viele. Aber diese hier stellt alle anderen in den Schatten." Er konnte in ihrer Stimme die Anspannung hören. Ihr Südstaatenakzent, den sie wie einen Schutzschild benutzte, veränderte sich und die Vokale wurden länger. Es war kaum zu hören. Nur wenige Leute würden es überhaupt bemerken, aber ihm fiel diese

Veränderung sofort auf. Der Akzent war wie ein Mantel, den sie um sich wickelte, wenn die Gefühle zu stark wurden. Sprache und Wortwahl gehörten zu ihrem Beruf und zu ihrer Art, das auszudrücken, was sie empfand. Wenn sie diesen Akzent fallen ließ und in die abgehackte Sprechweise ihrer Kindheit in Chicago zurückfiel ... er hatte es nur ein paar Mal erlebt, und zwar kurz bevor sie vor Wut explodierte.

„Wir werden sie nicht verlieren", sagte Marcus leise und wie zur Beruhigung. Damit traf er den Kern ihrer Angst.

„Wenn das geschieht, wird das diese Familie bis ins Mark treffen. Ich bin so froh, dass sie eine Kämpfernatur ist."

„Weiß Dave davon?"

„Ja." Kate zögerte. „Hat Jennifer dir erzählt, dass sie letzten Monat getauft wurde?"

Marcus war überrascht von dieser Neuigkeit. „Nein."

„Tom hat ihr von Jesus erzählt."

„Sie betet um Heilung." Er sagte es mit einem leisen Grauen, denn er wusste, wie groß ihre Enttäuschung sein würde.

„Ja."

Sie wird glauben und beten; wenn ihre Gebete nicht erhört werden, wird sie das treffen wie ein Dolchstoß. Gebete werden genauso oft durch Zufall erhört wie durch einen liebenden Gott. „Sie klammert sich an einen Strohhalm. Ich möchte nicht, dass sie diese Enttäuschung erlebt, wenn es so schlimm wird, wie sie es beschrieben hat, und wenn dann ihre Gebete nicht erhört werden."

„Marcus, sie ist nicht die Einzige, die zum Glauben gekommen ist. Ich auch – ich glaube jetzt auch."

Kate. Das durfte nicht wahr sein – es war seine Aufgabe, seine Familie zu beschützen, und sie gingen einen Weg, auf dem sie nur Verletzung erleben würden. Wie konnte er so schnell den Überblick verlieren über die Geschehnisse in ihrem Leben? Es waren ein paar außergewöhnliche Wochen gewesen seit dem Bombenanschlag auf das Flugzeug und der Entdeckung, dass Kate einen jüngeren Bruder hatte, aber trotzdem hätte er merken müssen, was da vor sich ging. „Warum ..."

„Ich glaube nicht, dass es eine falsche Hoffnung ist. Ich glaube, Jesus liegt wirklich etwas an uns. Er ist wirklich Gott und er greift in unser Leben ein." Sie sprach weiter, als er sie unterbrechen wollte. „Ich weiß, was damals mit deiner Mutter geschehen ist. Wir beide wissen, was es bedeutet, wenn man sich allein gelassen fühlt. Aber es ist verkehrt, wenn du deshalb die Tür vor Jesus zuschlägst. Die Bibel sagt, dass auch er verlassen wurde – an jenem Tag, als er am Kreuz starb. Er versteht uns; er weiß genau, wie sich dieser Schmerz anfühlt, und wenn er nicht bereit gewesen wäre, den Schmerz des Kreuzes auf sich zu nehmen, dann hätten Jennifer und ich heute nicht diese Hoffnung."

Ihre Worte klangen ruhig und sicher. Marcus spürte, wie sich in seinem tiefsten Inneren ein gewisser Neid regte. Kate war ein logisch denkender und in sich ruhender Mensch und sie hatte das Eine getan, was er nicht für möglich gehalten hatte: Sie hatte einen Weg gefunden, sich in der Nähe Gottes wohlzufühlen.

Er wollte dieses Thema nicht mit ihr durchdiskutieren, weil das bedeutet hätte, die Tür aufzustoßen zu seiner Vergangenheit mit all ihrem Schmerz und der Enttäuschung. Es ging um so viel mehr als darum, dass Gott seine Gebete nicht erhört hatte. Gott hatte seine Mutter verlassen und ihre Gebete nicht erhört. Es gab keinen Menschen, der Gott treuer gewesen war als seine Mutter, und sie musste in diesem Krankenhaus sterben, weil sie nicht mehr atmen konnte. Er hatte diesen Weg schon beschritten und er wollte nicht, dass Kate und Jennifer diesen Schmerz erlitten.

Es war nicht der richtige Zeitpunkt für ein solches Gespräch. Er wechselte das Thema und kam wieder auf Jennifer zu sprechen. „Wir müssen einen Familiennotruf starten."

Das bedeutete, dass Rachel mitten in der Nacht hierher fliegen musste, Stephen und Jack mussten frühere Gefälligkeiten Kollegen gegenüber geltend machen, damit ihre Schichten bei der Feuerwehr besetzt waren, und Lisa musste ihren Piepser einem anderen Arzt geben. Aber wenn diese Familie jemals einen Notfall hatte, dann war das jetzt der Fall. Sie mussten sich treffen, um miteinander zu reden. „Ich will, dass am Montag ein O'Malley bei Jennifer ist."

„Einverstanden. Ich habe meine Termine schon umgestellt, damit ich zu ihr kann", erwiderte Kate. „Ich mache mir Sorgen, wie Rachel diese Nachricht aufnehmen wird. Es wird sie wohl am härtesten treffen."

„Sie fühlt mit, wenn eine Motte gegen die Windschutzscheibe eines Autos fliegt; sie empfindet den Schmerz der anderen wie ihren eigenen. Diese Eigenschaft macht sie zu einer wunderbaren Psychologin für Patienten mit Traumata, aber wenn es um die Familie geht ..."

„Sie kann innerlich nicht auf Distanz gehen. Sie wird darunter genauso leiden wie Jennifer."

Kate nickte. „Wir bleiben die Woche über, dann können Stephen und Jack ihre Urlaubspläne ändern und als Nächste kommen. Wir können den nächsten Monat problemlos abdecken."

„Ich werde mit Washington sprechen und ihnen vorschlagen, dass sie Craig die Hauptverantwortung für Shari und ihre Familie übertragen."

Kate schüttelte den Kopf. „Bitte mach das nicht. Ich verstehe, warum du das machen willst, aber ich finde, du solltest es nicht tun. Jennifer wird es akzeptieren, wenn wir unseren Urlaub nehmen, um bei ihr zu sein, oder sie zwischen den Einsätzen besuchen. Wenn du dich aus einem laufenden Fall ausklinkst, wird sie sich schuldig fühlen, und das ist das Letzte, was sie jetzt unter diesem Druck noch brauchen kann. Wenn Quinn dich kurz ablöst, kann Dave dich hin- und zurückfliegen, damit du sie besuchen kannst."

„Kate, ich muss es auch für mich tun, nicht nur für Jennifer."

Jennifer würde sterben. Plötzlich ging ihm auf, wie Shari sich fühlen musste. Wie konnte sie noch immer herumlaufen und funktionieren? Er fühlte sich, als ob jemand gerade seine Welt zertrümmert hätte. Er musste sich mit dem Gedanken abfinden, Jennifer zu verlieren, und er empfand das so, als ob er mit einer schweren Verletzung herumlaufen müsste. Shari hatte Carl verloren, und jetzt musste sie zusehen, wie ihr Vater mit dem Tod rang ...

„Wir kämpfen, Marcus. Ich habe bereits einen zehn Zentimeter dicken Ordner für dich zusammengestellt. Wir werden noch zu Krebsspezialisten."

„Ich habe in meinen schlimmsten Träumen nicht daran gedacht, dass so etwas passieren könnte. Ich mache mir Sorgen über Stephen und Jack, weil sie bei einem Brand die Orientierung verlieren könnten, oder über dich, weil du einmal in ein Geiseldrama hineingeraten könntest, das du nicht mehr lösen kannst, oder über Lisa, weil sie mal jemanden antreffen könnte, der eine echte Leiche im Keller hat. Über Jennifer habe ich mir nie Gedanken gemacht. Sie ist Kinderärztin; sie ist von uns allen am wenigsten gefährdet."

„Du kannst diese Familie nicht vor den Risiken des Lebens beschützen."

„Meine Aufgabe ist es, das zu versuchen."

Kate streifte ihn mit einem Blick, der Mitleid und treue Bewunderung zugleich ausdrückte. „Pieps die anderen an. Wir treffen uns, sobald Rachel zurückfliegen kann."

* * *

Das Hotel gegenüber dem Krankenhaus verkörperte Altmodisches und Modernes gleichermaßen und die Eleganz verstärkte noch die friedliche Atmosphäre. Marcus überprüfte noch ein letztes Mal die Lage zusammen mit den drei Kollegen, die zuständig waren für die Sicherheit des Stockwerks, auf dem Shari und ihre Mutter jetzt untergebracht waren. Dann schloss er die Tür zur Nachbarsuite auf. Ihre Angehörigen hatte man ebenfalls in diesem Stock einquartiert. Es war kurz vor Mitternacht. Sie hatten überall zu wenige Leute, und so entschloss sich Marcus, dass es besser war, heute Abend in der Nähe des Krankenhauses zu bleiben.

Craig sah von seiner Zeitungslektüre auf.

„Alles ruhig?", fragte Marcus leise, denn die Verbindungstür zwischen den Suiten stand offen.

„Ja." Craig faltete die Zeitung zusammen. „Soll ich am Vormittag wieder hierherkommen oder treffen wir uns im Krankenhaus?"

Marcus zog rasch sein Jackett aus und lockerte seine Krawatte. „Warum kommst du nicht gegen neun ins Krankenhaus? Ich sorge dafür, dass sie auf dem Weg dorthin sicher sind."

„Alles klar. Du hast ein paar Nachrichten."

Quinn hätte ihn angepiepst, wenn es Neuigkeiten über den Todesschützen gegeben hätte. Das war die einzige Nachricht, auf die Marcus wartete. „Ich sehe gleich nach. Danke."

Craig stand mit einem Kopfnicken auf und sagte Gute Nacht. Marcus schloss hinter ihm die Tür ab. Er ging durch die dunklen, nur vom Mondlicht erhellten Zimmer, weil er trotz seiner Müdigkeit zu aufgewühlt war, um sich hinzulegen.

Jennifer. Er musste so schnell wie möglich zu ihr ins John-Hopkins-Krankenhaus. Nach dem Gespräch mit Kate hatte er im Krankenhaus einem Onkologen eine Tasse Kaffee spendiert. Die medizinischen Fakten wirbelten in seinem Kopf herum, aber sie klangen alles andere als gut. Jennifer hatte es ernst gemeint, als sie sagte, es würde ein harter Kampf werden.

Alle O'Malleys waren angepiepst worden. Rachel konnte spontan einen Nachtflug buchen. Sie war bei einem Einsatz beim Roten Kreuz in Florida, aber jetzt befand sie sich schon wieder auf dem Weg zurück nach Chicago. Als sie auf das Notfallsignal hin zurückgerufen hatte, stellte sie nur eine Frage: „Wo?" Das war die typische Reaktion aller O'Malleys. Die Familiennotfälle der letzten beiden Jahrzehnte konnte man an einer Hand abzählen. Sie wollten sich gleich am nächsten Morgen treffen. Bis dahin musste er sich entscheiden, wie er es ihnen sagen wollte.

In der Suite nebenan hörte er leise Geräusche. Marcus ging hinüber und lehnte sich an den Türpfosten. „Können Sie nicht schlafen?"

Seine ruhig ausgesprochenen Worte erschreckten Shari und sie blieb mitten im Wohnzimmer abrupt stehen. „Ich habe gar nicht gemerkt, dass Sie hier sind."

„Wir haben uns gerade abgelöst."

Sie machte eine Handbewegung zur Kochnische in ihrer Suite. „Ich wollte mir gerade was zu trinken holen."

„Darf ich Ihnen Gesellschaft leisten?"

„Na klar."

Er ging zur Kochnische. „Was möchten Sie?"

„Ein Glas Milch."

Er musste über den Tonfall ihrer Stimme lächeln. „Sie müssen sich deswegen nicht entschuldigen. Milch tut Ihnen gut." Er fand ein Glas und öffnete die Tür des Kühlschranks. Von früheren Aufenthalten in diesem Hotel wusste er, dass man in der Suite alles finden konnte, was man für ein Frühstück brauchte. „Möchten Sie eine Kleinigkeit essen?"

Sie lehnte ab.

Er goss ihr ein Glas Milch ein, dann nahm er sich ein Stück von einer kalten Pizza aus einer Schachtel, die ein Kollege wohl bestellt hatte. Er hatte den Cheeseburger doch nicht angerührt, als er Kate beim Essen zusah.

„Ich habe schon oft kalte Pizza gegessen, aber nur selten freiwillig."

Marcus fühlte, wie seine innere Anspannung langsam nachließ, weil er endlich ein neutrales Gesprächsthema hatte. „Kalte Pizza ist toll. Es ist die beste Art von Resteessen. Chinesische Gerichte schmecken dagegen nicht so gut, wenn sie kalt sind."

„Sie leben wohl nur von Fastfood."

„Wenn man viel reist, gehört das zum Leben."

Sie ließ sich auf dem Sofa nieder und er nahm den Sessel am Fenster.

„Wie geht es Ihrem Vater?"

„Unverändert, schon den ganzen Tag."

„Das tut mir leid, Shari, wirklich."

„Er wird schon durchkommen."

Er versuchte gar nicht erst, ihr diese Hoffnung zu nehmen, weil er wusste, wie es war, wenn Hoffnungen scheiterten.

Es war schon spät und er versuchte nicht, krampfhaft das Gespräch in Gang zu halten. Ihm genügte es, ihr Gesellschaft zu leisten. Sie hatte die Füße gegen die Kissen gestemmt und ihren Rücken gegen die Seitenlehne des Sofas gelehnt. Ihre verschränkten Hände hielten das Glas an ihre Knie. Ihr Haar war leicht zerzaust von einem unruhigen Schlaf und das schwarze Sweatshirt mit dem Abzeichen einer Universität sah abgetragen und verwaschen aus wie ihre Jeans. Das war weit entfernt von der Eleganz, die sie bei ihrer ersten Begegnung ausgestrahlt hatte, aber Marcus gefiel diese neue Shari besser. Sie hatte vorher vor Lebendigkeit und Energie nur so gesprüht, aber jetzt, ohne den äußeren Glanz, konnte er in ihr Inneres blicken.

Er sammelte ein weiteres Puzzleteilchen an Information über sie. Längeres Schweigen war ihr nicht unangenehm; sie hatte nicht das Bedürfnis, es zu unterbrechen. Die Stille nach diesem turbulenten Tag war angenehm und es war schön, sie gemeinsam zu erleben.

Sie rührte sich schließlich. „Ich möchte morgen früh in den Gottesdienst gehen. Ist das möglich?"

„Genügt der Gottesdienst in der Krankenhauskapelle?"

„Ja."

„Ich werde das gerne für Sie arrangieren."

„Danke. Ich weiß, dass Sie nicht an Gott glauben, aber für mich ist so etwas wichtig."

„Shari, das ist bestimmt kein Problem." Er hätte vorsichtiger sein müssen mit seiner Wortwahl. Auch wenn er selbst von Zweifeln geplagt war, hatte er von seiner Mutter als Vermächtnis den Respekt vor der Religion mit auf den Weg bekommen. Außerdem brauchte Shari nicht noch mehr Unruhe in ihrem Leben. Er wechselte das Thema. „Ich habe Ihr Kurzprofil über Carl gelesen."

„Ach, wirklich?"

„Sie sind wirklich gut. Sie haben mich auf jeden Fall überzeugt."

„Mit Kommunikation verdiene ich mein Geld."

Sie sagte es ruhig und beherrscht, und so dauerte es einen Moment, bis er die Bedeutung dieser Worte erfasste. Er hatte lange Zeit in Virginia gewohnt; sie arbeitete für den Gouverneur dieses Staates; zurzeit war sie mit der Kampagne für seine Wiederwahl beschäftigt. „Bescheidenheit passt nicht zu Ihnen. Sie sind sehr gut in Ihrem Beruf." Er lächelte. „Und trotz Ihrer gegenteiligen Behauptungen können Sie tiefgründig und elegant formulieren, wenn es um markante Sprüche geht. Ich habe bei den Wahlkampfreden immer gern zugehört."

Sie erwiderte sein Lächeln. „Sie sind sehr großzügig, aber danke. Ich kann die Rede schreiben, das Kurzprofil, aber verlangen Sie nicht von mir, zuzuhören, wenn sie von jemand anderem vorgetragen werden. Am liebsten würde ich es selbst tun."

„Aha, also haben Sie doch eine Achillesferse."

„Ich habe eine ganze Menge – zusammen mit den Geheimnissen, die ich nicht weitersagen will."

Er mochte ihren trockenen Humor – auch in einem solchen Moment. „Das sind bestimmt gute Geheimnisse, oder?"

„Wetten, dass Sie auch ein paar haben."

„Mehr als nur ein paar", stimmte er sofort zu.

„Wie wäre es, wenn wir uns gegenseitig eins verraten?"

„In meiner Familie gibt es eine Gerüchteküche. Deshalb müssen Sie mir versprechen, es für sich zu behalten."

Seine Worte weckten ihr Interesse und ihre Neugier. Sie setzte sich aufrecht hin.

„Abgemacht."

„Ich weiß, wer den Waschbären Rugsby geklaut hat. Das ist unser Familienmaskottchen. Es wird Lösegeld für ihn gefordert."

„Ich hoffe, es ist ein ausgestopftes Tier."

„Jack hat ihn für Kate bei einem Karneval gewonnen, als wir noch Teenager waren."

„Wer hat ihn gestohlen?"

„Rachel und Jennifer. Sie wollten, dass die anderen ein echtes Rätsel zu lösen hatten."

Sie lachte leise. „Lassen Sie mich raten. Sie haben sie angestiftet."

„Jeder gute Plan braucht einen Vordenker. Außerdem rechnet niemand in der Familie damit, dass es Rachel und Jen gewesen sein könnten."

„Das ist wirklich gut."

„Ja, sehr gut. Ich glaube, ich werde sie alle verblüffen. Jetzt sind Sie dran. Ich höre."

„Josh verwendet gezinkte Karten, wenn wir Rommee spielen, aber er weiß es nicht."

Marcus verschluckte sich an seinem Mineralwasser.

„Eins von den Kindern hat das Kartenspiel im Haus vergessen und es ist auf dem Regal mit den Spielen gelandet."

„Und Sie fühlen sich jedes Mal schuldig, wenn Sie gewinnen."

„Schlimmer noch, ich muss die Karten zählen, damit ich die Hälfte der Spiele verliere."

„Das ist ein ehrlicher Betrug. Sie könnten es ihm doch einfach sagen."

„Erinnern Sie sich noch daran, wie Sie gesagt haben, dass manche Geheimnisse ein Eigenleben bekommen? Das ist auch hier der Fall."

„Spielen Sie gut Karten?"

„Josh ist ein guter Kartenspieler und er spielt gerne Domino. Ich selbst mag Scrabble lieber, aber er weigert sich, es mit mir zu spielen, weil ich ihn bei den meisten Partien haushoch besiege. Mögen Sie Gesellschaftsspiele?"

„Bei uns in der Familie spielen wir Monopoly. Manche Spiele haben mehrere Tage gedauert. Ich selbst spiele oft Schach – mit meinem Partner Quinn."

„Sind Sie gut?"

„Ich habe ihn noch nicht geschlagen."

„Wie lange versuchen Sie es schon?"

„Oh ..." Marcus dachte nach. „Etwa fünf Jahre lang."

„Jahre?"

„Ich lerne langsam. Und der Typ ist wirklich brutal beim Spielen."

„Sie träumen von einem Sieg."

„Ja."

Die Uhr schlug eine weitere Viertelstunde. Shari stand auf und nahm ihr leeres Glas mit zur Arbeitsplatte der Kochnische. „Danke, Marcus."

Er legte den Kopf zurück, damit er sie besser sehen konnte. „Wofür?"

„Dafür, dass Sie einfach da waren. Dafür, dass sie mich abgelenkt und zum Lachen gebracht haben. Wir sehen uns morgen früh." Sie ging zurück in ihr Schlafzimmer, um sich wieder hinzulegen.

Marcus sah auf die Tür, durch die sie gerade gegangen war. Er musste lächeln. Je mehr Zeit er mit Shari verbrachte, desto mehr mochte er sie. Ihre Gewohnheit, mitten in der Krise humorvoll zu reagieren, sagte ihm mehr über sie, als ihr wohl selbst bewusst war. Sie hatte gelernt, mit anhaltenden Krisen und Stress umzugehen. Da sie diese Fähigkeit wohl kaum in ihrem harmonischen Familienleben gelernt hatte, musste sie sie in ihrer politischen Karriere erworben haben. Marcus trank sein Glas leer und dachte über diese ungewöhnliche Entdeckung nach. Er wusste, was es bedeutete, mit anhaltendem Druck fertig zu werden. Sie brachte es fertig, nicht nur ihre eigene Reaktion im Griff zu haben, sondern auch die Menschen in ihrem unmittelbaren Umfeld zu beruhigen. John hatte einen guten Griff gemacht, als er sie für seine Kampagne engagierte.

Er seufzte. Der jetzigen Situation war sie nicht gewachsen. Sie mussten den Todesschützen finden, und zwar schnell. Wenn man von Shari verlangen wollte, mit dieser Krise länger als nur ein paar Tage zu leben, würde das bedeuten, ihr eine Last aufzuerlegen, an der sie zerbrechen würde. Die Problematik kam mit voller Wucht zurück, als er darüber nachdachte, wie wenige Fortschritte sie im Laufe des Tages gemacht hatten.

Shari brauchte ihn. Jennifer brauchte ihn. In ein paar Stunden würden alle O'Malleys ihn brauchen. Er hatte sich noch nie davor gedrückt, Verantwortung zu übernehmen, aber jetzt wünschte er sich, diese Last jemand anderem übertragen zu können. Ein Tag konnte nicht mehr schlimmer werden als der heutige.

* * *

Das Signal seines Piepsers weckte Marcus. Er warf einen Blick auf die Nummer, dann griff er zum Telefonhörer. „Hier ist Marcus." Er rieb sich die Augen, als er die Nachricht hörte. „In fünf Minuten. Bringen Sie das Auto in die Tiefgarage." Er stand auf, um Shari und ihre Mutter zu wecken. William Hanford ging es plötzlich schlechter.

Am Sonntagmorgen um 3.07 Uhr erlitt William Hanford einen Herzstillstand.

Marcus zog Shari von seinem Bett weg, als Krankenschwestern und Ärzte versuchten, sein Herz wieder zum Schlagen zu bringen. Sie standen vor der Glasscheibe seines Zimmers und sahen bei der Herz-Lungen-Wiederbelebung zu. Beth und ihre Schwester Margaret standen zusammen mit einer Krankenschwester in einer Ecke des Zimmers. Marcus hatte nicht gewusst, wie lange Ärzte um das Leben eines Patienten kämpfen. Es vergingen zehn Minuten, dann eine Viertelstunde.

Shari sah schweigend und wie gebannt auf die Szene am Krankenbett.

Er konnte die Intensität ihrer Gebete beinahe körperlich spüren.

Als Kind hatte er sich so sehr darum bemüht, fest genug zu glauben, damit seine Gebete erhört wurden, aber eines nach dem anderen blieb unbeantwortet. Seine Mutter starb, sein Vater trank weiter. Schließlich stand er ganz allein da. Er fühlte sich nicht nur von seiner Familie verlassen, sondern auch von Gott. Zum ersten Mal seit Jahren wünschte er, er könnte beten und wissen, dass sein Gebet erhört würde. *Shari glaubt an dich. Bitte erhöre ihre Gebete. Bitte verlasse sie nicht.*

Die Ärzte bemühten sich noch fünf Minuten länger um ihren Patienten. Dann hörte die hektische Betriebsamkeit am Krankenbett allmählich auf.

„Nein." Es klang wie ein leises Wehklagen.

Marcus nahm Shari in die Arme und drückte ihren Kopf an seine Brust. „Es tut mir so leid."

Er konnte ihren Schmerz fühlen, und so hielt er sie noch fester, weil er befürchtete, sie könnte umfallen. Dann holte sie tief Luft und drehte sich wieder dem Zimmer zu. „Mama." Sie riss sich von ihm los und ging zu ihrer Mutter, die an der Seite ihres Vaters stand.

Marcus konnte den Anblick dieser Trauer nicht mehr länger ertragen. Wie eine helle Flamme machte sich der Zorn in ihm breit – auf den Todesschützen, auf das Schicksal, auf einen Gott, der sich nicht um die Menschen kümmerte. Er hatte die Religion so satt, weil sie den Menschen eine falsche Hoffnung vorgaukelte.

Shari hatte nicht die Kraft für diesen schweren Schlag. Gott bekam Lob und Dank für glückliche Zufälle, die man dem Gebet zuschrieb, während Männer wie er fertig werden mussten mit der Enttäuschung, dem Unglauben und der Trauer, wenn diese Gebete nicht erhört wurden. Es war ungerecht, Hoffnungen zu wecken und dann zunichte zu machen, aber das war ein Wesensmerkmal von Religion.

Als er die Szene am Krankenbett beobachtete, wurde sein Herz eng vor Angst. So sah also der Schmerz aus, den er fühlen würde, wenn er Jennifer verlieren sollte; das war das Leid, das die O'Malleys innerlich zerreißen würde. Er wusste nicht, wie er sich wappnen sollte, wenn eines Tages das Undenkbare geschehen sollte.

* * *

Der Warteraum war zu Sharis Zufluchtsort für ihre Trauer geworden. Joshua war jetzt wach und man hatte es ihm schon gesagt. Wie erwartet war seine Reaktion heftig. Er hatte versucht, die Blumenvase neben seinem Bett durch die Glaswand des Zimmers zu werfen, und er war wütend auf sich selbst, weil er den Todesschützen nicht am Schießen hindern, die Tür nicht zuschlagen und verriegeln konnte, nachdem er Shari niedergeschlagen hatte.

Seine Mutter und Tante Margaret saßen an seinem Bett. Shari hatte sich davongestohlen. Sie konnte die Trauer von Josh und ihrer Mutter neben dem Ansturm ihrer eigenen Gefühle momentan nicht ertragen. *Hätte ich doch nur nicht diese Tür aufgemacht!* Tränen rannen ihr die Wangen hinunter und das Papiertaschentuch, das sie in der geballten Faust hielt, war hoffnungslos durchgeweicht. Sie wischte sich mit der Rückseite ihres Ärmels über das Gesicht.

Sie war mehr als nur zutiefst verletzt, sie war wütend, und dieser Zorn brodelte in ihr wie eine innere Explosion. Sie ging mit schnellen Schritten zum Fenster. Auch sie hätte am liebsten den Kaffeebecher, den sie in der Hand hielt, an die Wand geworfen und zugesehen, wie er in tausend Stücke zerbrach. Sie konnte ihre Wut beinahe körperlich spüren.

Gott, warum hast du das zugelassen? Mama ist traurig, aber sie sagt, dass das dein Wille war. Es war aber nicht mein Wille! Ich will meinen Vater zurückhaben. Ich will, dass dich meine Gebete für entscheidende Dinge wirklich erreichen!

Ihr lautes Schluchzen drückte ihr buchstäblich die Luft ab. Das war nicht die beste Art, mit diesem Schmerz umzugehen, und schon gar nicht das Verhalten einer gereiften Christin, aber sie konnte es nicht ertragen, wie andere aus ihrer Familie eine stoische Ruhe an den Tag legten. Wenn Gott es nicht gefiel, dass sie wütend wurde, war das sein Problem. Ihr war es offen gestanden gleichgültig. Es gab nicht mehr vieles im Leben, was er ihr wegnehmen konnte.

Der Zorn machte schließlich einer dumpfen Müdigkeit Platz.

Schließlich sank sie auf das Sofa und lehnte den Kopf gegen das Polster. Sie sah zur Zimmerdecke auf. *Gott, ich mag dich nicht mehr.*

Die Stille fühlte sich irgendwie traurig an.

Was sollte ihre Familie jetzt ohne Dad anfangen?

Shari dachte über das Unmögliche nach und versuchte, es zu akzeptieren.

Jemand setzte sich neben sie. Sie machte sich nicht die Mühe, hinüberzusehen. Marcus. Langsam gewöhnte sie sich an seine ruhige Art. Am liebsten hätte sie den Kopf an seine Schulter gelehnt und so lange geweint, bis keine Tränen mehr kommen würden. Am liebsten hätte sie die Freundschaft, die er ihr anbot, angenommen und diese unerträglich schwere Last mit ihm geteilt. Aber jetzt war nur noch eine tiefe Traurigkeit in ihr. Sie konnte nicht mehr weinen. Stattdessen ließ sie den Kopf hängen und seufzte. „Marcus, ich wünschte, das alles wäre nur ein böser Traum."

Er strich ihr eine Haarsträhne, die sich im Verband auf ihrer Wange verfangen hatte, aus dem Gesicht. „Ich weiß."

Regentropfen klatschten gegen die Fensterscheibe. Es war ein sanfter Regen. Die einzelnen Tropfen auf dem Glas vereinigten sich schließlich und liefen herunter. „Der Himmel weint", bemerkte sie. Ihre Müdigkeit ließ diese Bemerkung bedeutsam erscheinen.

Marcus legte ihr die Hand auf die Schulter. „Shari, Sie brauchen Schlaf. Sie können das alles besser verkraften, wenn Sie zwölf Stunden geschlafen haben."

„Das ändert nichts an der Tatsache, dass mein Vater tot ist."

„Das stimmt."

Sie wollte, dass die Zeit stehen blieb, aber das Leben ging weiter – ohne Carl und ihren Vater. „Ich bin müde."

Seine andere Hand legte sich auf ihre andere Schulter. „Kommen Sie mit, Shari."

* * *

Die Familie O'Malley stand unter Schock, als sie sich am späten Sonntagmorgen im Hotel trafen und die Neuigkeit von Jennifers Krebserkrankung hörten. Stephen und Jack blickten finster drein. Lisa wirkte wie betäubt, Rachel wollte es zunächst nicht glauben. Kate, die bereits Bescheid wusste, hielt Daves Hand fest in der ihren. Marcus blickte in die Runde. Es kam ihm so vor, als würde ihm das Herz brechen.

„Sie ist schon in Baltimore?", fragte Jack.

„Sie ist gestern Abend hingeflogen."

Rachel holte tief Luft. „Was ist geplant? Wir müssen bei ihr sein."

„Wenn wir unsere Terminpläne ein bisschen hin und her jonglieren, können wir ihre ganze Zeit im Krankenhaus abdecken."

Jeder wollte zuerst hinfliegen. Marcus lächelte, weil das der erste Moment der Erleichterung war, seitdem Jennifer ihm von ihrer Erkrankung erzählt hatte. Er musste diese Last nicht allein tragen. Manchmal vergaß er, wie stark diese Familie war, wenn es darum ging, sich geschlossen hinter einen der Ihren zu stellen. „Raus mit euren Terminkalendern. Wir machen gleich Nägel mit Köpfen."

* * *

Shari wachte am Sonntagmorgen spät auf. Zuerst wusste sie gar nicht, wo sie war, weil vage Erinnerungen von hässlichen Träumen ihr die Orientierung nahmen. In der Nachbarsuite hörte sie leise Geräusche. Wieder traf es sie mit voller Wucht – das Bewusstsein der schweren Last, die sie jetzt tragen musste, weil ein Mann um sich geschossen hatte. Ihre Augen blieben jedoch trocken, weil sie keine Tränen mehr hatte. Ihr Vater war tot. Die vielen Dinge, die zu erledigen waren, stürmten buchstäblich auf sie ein: das Begräbnis, die Kanzlei.

Die Tür öffnete sich einen Spaltbreit. Sie drehte den Kopf, erwartete ihre Mutter und sah, dass es Marcus war.

„Sind Sie wach?"

„So halb." Sie schwang ihre Beine über die Bettkante. Die Sportkleidung, die sie im Krankenhaus getragen und die sie vor lauter Erschöpfung anbehalten hatte, als sie ins Bett fiel, war zerknittert, aber wenigstens warm. Sie war immer noch durchgefroren. „Kommen Sie ruhig rein." Die Trauer lag so schwer auf ihr, dass sie sich nicht mehr erinnern konnte, wie sich ein Lächeln anfühlte. „Haben Sie etwas Neues über den Mörder?"

„Nein."

Sie stand auf und setzte sich in den Sessel, um ihr schmerzendes Knie zu entlasten. Sie blickte lustlos aus dem Fenster und auf das hereinströmende Sonnenlicht. „Ich habe länger geschlafen als geplant."

„Ihre Mutter wollte, dass Sie sich ausschlafen."
„Ist sie hier?"
„Ich habe sie gerade ins Krankenhaus zurückgebracht. Sie ist bei Joshua."
Sie sollte auch dort sein. Sie sah stirnrunzelnd auf ihre Schuhe, dann schlüpfte sie langsam hinein. Sie richtete sich auf. Ihre Gedanken schweiften ab.
„Ist alles in Ordnung?" Er stand plötzlich neben ihr.
Sie hörte die Besorgnis in seiner Stimme, und mehr als alles andere wollte sie sich zusammenreißen, damit es nicht so aussah, als ob sie in seiner Gegenwart zusammenbrechen würde. „Ja." Sie schenkte ihm ein höfliches Lächeln und war völlig verunsichert, als er die Hand hob, um ihr das Haar aus der Stirn zu streichen. Sie schloss die Augen, als sie seine kühle Handfläche auf ihrem schmerzenden Kopf spürte.
„Sie haben etwas Fieber."
Ein Brummschädel, eine leichte Heiserkeit ... sie hätte es wissen müssen. Wenn jetzt wirklich noch Fieber dazukam, war das ein sicheres Zeichen, dass sie eine Erkältung bekam. „Das ist nur eine Stressreaktion. Mit ein paar Aspirin bekomme ich das in den Griff." Er sah skeptisch drein, aber sie hatte so etwas schon zu oft überstanden, um sich darüber Gedanken zu machen. Im Moment gab es wichtigere Dinge als eine Erkältung.
Sie fuhr sich mit der Hand durch das Haar. „Ich bürste mir schnell die Haare durch. In ein paar Minuten bin ich wieder da."
„Ich hole Ihnen Aspirin."
„Vielen Dank."
Im Bad wusch sie sich das Gesicht mit kaltem Wasser. Im Spiegel blickten sie Augen an, die matt und glanzlos waren. In ihr war kein Leben mehr. Sie musste sich zwingen, sich ein bisschen zurechtzumachen, ihre Zähne zu putzen, ihre Haarbürste zu nehmen und mit energischen Bürstenstrichen ihr zerzaustes Haar zu zähmen. Dann ging sie wieder zu Marcus.
Er musste noch viel weniger geschlafen haben als sie, und doch wirkte er wachsam und konzentriert, als er am Fenster stand und

aufmerksam die Straße unten beobachtete. Wieder fiel ihr seine innere Ruhe auf. Sie war bisher nur wenigen Männern begegnet, die unter Stress so zielbewusst wirkten.

Er drehte sich um, als sie das Zimmer betrat, und sie merkte, dass er unter seinem Jackett seine Dienstwaffe trug. Es war seltsam, wie selten er wie ein Polizist auf sie wirkte. Die Erinnerung an ihre erste Begegnung war noch sehr lebendig.

Er reichte ihr zwei Aspirintabletten. „Die sollten erst einmal genügen."

Dankbar nahm sie das Schmerzmittel.

Er hielt ihr einen Kaffeebecher entgegen. „Ich habe Ihnen Kaffee versprochen. Es tut mir leid, dass ich mein Versprechen unter solchen Umständen wahr machen muss."

„Mir auch. Ich hatte mich auf dieses Treffen schon gefreut."

Marcus, wie sehr hätte ich mir gewünscht, dass dieses Wochenende anders verlaufen wäre. Ich hätte mich nicht nur gefreut, eine Tasse Kaffee mit dir zu trinken, sondern ich hätte mir deine Telefonnummer gewünscht. Ich will nicht, dass wegen dieser Katastrophe eine Freundschaft zerstört wird, die noch gar nicht richtig begonnen hat.

Zaghaft erwiderte sie sein Lächeln, aber ihr fehlte die Kraft zu mehr. Sie ließ sich auf dem Sofa nieder. Der Kaffee war stark und heiß, und sie war froh, dass sie etwas hatte, an dem sie sich festhalten konnte.

„Ich habe etwas für Sie." Marcus steckte die Hand in die Jackentasche. Er reichte ihr ein Gerät, das aussah wie ein Piepser ohne Nummernanzeige.

„Was ist das?"

„Ein Piepser mit einer Sonderfrequenz. Wenn Sie auf den Knopf drücken, ertönt ein Alarm in unserem Sicherheitsfunk. Das ist eine Vorsichtsmaßnahme. Tragen Sie das Gerät immer am Hosenbund. Wenn Sie in eine Situation geraten, in der Sie sich aus irgendeinem Grund unwohl fühlen, und ich meine wirklich *irgendeinen* Grund, und wenn einer von uns Sie nicht schon begleitet, drücken Sie auf den Knopf, ohne groß nachzudenken."

Sie drehte das Gerät herum und nickte. Das war ein eindeutiger Hinweis auf das, was vielleicht geschehen könnte. Sie war Zeugin eines Mordes. Jetzt war ihr endgültig klar, was das bedeutete. Sie musste nicht nur irgendwann in der Zukunft ihre Aussage machen, sondern sie stand bis zur Verhaftung des Todesschützen und zum Zeitpunkt ihres Erscheinens vor Gericht unter Polizeischutz.

Allein der Anblick des Geräts genügte, um sie in ihrer Entscheidung zu bestärken. „Wie kann ich bei den Ermittlungen helfen? Dieser Kerl hat meinen Vater getötet. Ich muss unbedingt etwas Konkretes tun. Ich hasse dieses Gefühl der Hilflosigkeit." Sie konnte seinem Gesicht ansehen, dass er nicht darüber sprechen wollte. „Bitte."

Er nahm auf dem Sessel Platz, auf dem er gestern Abend gesessen hatte. Sein Gesichtsausdruck blieb neutral. „Sie kannten Carl sehr gut."

Sie wusste, wie er seine Frühstückseier am liebsten gegessen hatte, sie kannte sein Lieblingscomic, seine Lieblingsmusicals und sie wusste, welche Schriftsteller er am liebsten gelesen hatte ... Aber sie bezweifelte, dass Marcus diese Informationen etwas nützten. „Er und mein Vater haben zusammen studiert. Ich habe ihn schon immer gekannt", erwiderte sie leise.

„Dann helfen Sie mir, ein Motiv für die Tat zu finden."

Ich habe an nichts anderes gedacht, aber ich weiß es nicht. Er war ein guter Mensch.

„Was soll ich dazu sagen?"

„Erzählen Sie mir von seiner Familie."

„Es gibt nur eine Tante mütterlicherseits. Sie ist neunundachtzig, hat Alzheimer und erkennt niemanden mehr. Carl ist schon seit Jahren ihr gesetzlicher Vertreter."

„Sonst gibt es niemanden?"

„Carl war Einzelkind und er hat nie geheiratet."

„Hinterlässt er ein großes Vermögen?"

„Er hat sein Geld immer sicher angelegt. Er hat sich keine großen Reisen gegönnt. Neben den Kosten für sein Anwesen hat er wohl am meisten Geld für Bücher ausgegeben. Vielleicht hinterlässt er acht Millionen."

Als Marcus diese Summe hörte, verengten sich seine Augen. „Wer erbt das Geld?"

„Gemeinnützige Einrichtungen. Das Haus soll verkauft werden und der Erlös geht in einen Treuhandfonds für die Pflege seiner Tante."

„Gibt es irgendwelche Geschäftsinteressen oder problematische Investitionen?"

Sie schüttelte den Kopf. „Aktienindexfonds, Staatsanleihen, Bargeld. Er wollte sich nicht mit Risiken belasten."

„Gab es eine Frau in seinem Leben oder eine Beziehung?"

„Sein Beruf war sein Leben. Er hatte einen großen Freundeskreis, aber keine Freundin."

„Dann bleibt nur noch seine Arbeit."

„Da muss es eine Verbindung geben, wenn man bedenkt, wo er umgebracht wurde."

„Erzählen Sie mir etwas über seine Karriere."

„Zuerst war er Bezirksstaatsanwalt, dann Richter in einem Bundesstaat, später Bundesrichter und in den letzten sieben Jahren war er Richter am Berufungsgericht. Wenn man es kurz zusammenfasst, kann man sagen, dass seine Laufbahn eher konservativ war."

„In Ihrem Kurzprofil erwähnen Sie ein paar seiner Fälle. Welche sind Ihrer Meinung nach besonders interessant?"

„Letztes Jahr gab es beim Berufungsgericht einen Bankbetrug, der einigen Leuten die Ersparnisse für die Altersversorgung gekostet hat. Carl hat ein Gutachten verfasst, in dem er sich der Meinung der niedrigeren Instanz anschloss und den Hauptanklagepunkt fallen ließ. Diese Entscheidung war von der Rechtslage her korrekt, aber moralisch fragwürdig, wenn es darum ging, dass die Opfer Gerechtigkeit wollten."

„Ein Richter und Geschworene können kein Urteil verkünden, wenn es keine Beweise gibt."

„Ich weiß, aber das hält die Leute nicht davon ab, ihren Hass loszuwerden."

„Was ist mit Ihrer Familie, Shari? Haben Sie Feinde?"

Zuerst war sie verunsichert, aber dann wurde ihr die Tragweite dieser Frage bewusst. Plötzlich spürte sie, wie ihr kalt wurde, sehr kalt sogar. „Sie meinen, es hat etwas mit uns zu tun? Aber ich habe den Mörder doch überrascht."

„Ja. Aber warum hat er die Tür nicht abgeschlossen? Man kann nicht ganz ausschließen, dass der Mörder auch Sie im Auge hatte."

„Mein Vater war spezialisiert auf Firmenrecht und Nachlassverwaltung und ich weiß nichts von Drohungen. Joshua arbeitet für den Bezirkstaatsanwalt und manche seiner Fälle sind brisant." Shari überlegte genau. „Nein, trotzdem glaube ich nicht, dass der Mörder es auf uns abgesehen hatte. Ich bin schon seit Jahren in der Politik. Obwohl ich hinter den Kulissen arbeite, bin ich oft mitten im Geschehen. Wenn einer aus unserer Familie Feinde hat, dann ich. Aber das wären dann politische Feinde. Niemand verliert gerne eine Wahl. Wahlkämpfe und politische Auseinandersetzungen können eine Menge Geld verschlingen."

„Gibt es irgendwelche Namen, die Ihnen nachts den Schlaf rauben?"

„Nein."

„Denken Sie darüber nach."

„Sie versuchen nur, mir Angst zu machen."

„Nein, ich versuche, Ihnen die Augen zu öffnen", entgegnete Marcus nüchtern.

* * *

Connor ließ die Zeitung auf die Parkbank fallen, mit der Skizze auf der Titelseite nach unten. „Wir haben ein Problem."

Sein Cousin Frank blickte nicht auf von dem Kreuzworträtsel, das er gerade löste. „Das habe ich gesehen."

„Wir müssen es lösen, bevor Titus aus Europa zurückkommt."

„Diese Sache muss gut geplant werden. Ich habe mich schon vergewissert. Sie steht unter Polizeischutz."

„Und wir werden nur eine einzige Chance haben. Sollen wir jemanden damit beauftragen?"

„Ich kümmere mich schon darum", antwortete Frank. Er drehte die Zeitung um und tippte mit dem Finger auf den Artikel. „Das ist *die* Gelegenheit für uns."

8

„Lisa, gibt es was Neues?“

Marcus traf seine Schwester am runden Arbeitstisch in ihrem Büro an. Mit einer Hand umklammerte sie einen Karton vom China-Imbiss, aus dem zwei Ess-Stäbchen herausschauten, in der anderen hielt sie einen kleinen Kassettenrekorder. Das Gerät benutzte sie, um ihre Beobachtungen aufzunehmen, während sie Großaufnahmen vom Tatort studierte. Wie sie dabei essen konnte, war ihm allerdings ein Rätsel.

Das Labor, durch das er gekommen war, war blitzsauber und ordentlich aufgeräumt. Ihr Büro war jedoch das genaue Gegenteil, weil sie jeder Idee, die ihr spontan kam, nachging. Er nahm ein paar Ordner von einem freien Stuhl, damit er sich irgendwo hinsetzen konnte.

„Du siehst schrecklich aus“, stellte Lisa fest.

„Danke. Sag mir, dass du etwas gefunden hast.“ Sechs frustrierende Tage waren vergangen und er wollte diese Woche wenigstens mit einer guten Nachricht abschließen. In vier Bundesstaaten gingen sie Hinweisen nach, aber es hatte sich noch nichts Konkretes ergeben.

„Fasern“, erwiderte sie.

Sie reichte ihm den Karton vom Chinesen. „Iss. Du siehst aus, als ob du Mahlzeiten auslässt.“ Sie drehte sich in ihrem Stuhl herum und griff nach dem hellblauen Ordner, der auf ihrem Telefon lag.

„Bei deinem Gespräch mit Shari hat sie gesagt, der Todesschütze sei gut gekleidet gewesen. Er hatte einen dunkelblauen Anzug angehabt.“

Marcus nickte. Das chinesische Nudelgericht war lauwarm. Lisa musste den Karton eine gute Stunde lang in der Hand gehalten haben.

„Der Stoff ist blaugrau, in Europa hergestellte und gefärbte

Wolle. Ich bezweifle, dass der Anzug von der Stange kommt. Ich versuche, den Hersteller herauszufinden. Diese Erkenntnis ist ein Gratisgeschenk. Ich habe noch etwas Besseres." Sie schob die Fotos auf ihrem Tisch zur Seite und legte große Perspektivbilder hin. „Sieh dir mal an, wohin die Patronenhülsen gefallen sind."

Das eine Foto vom Hotelzimmer zeigte sieben, das andere vier. „Okay. Was soll mir auffallen?"

„Wo hat der Mörder gestanden, als er Carl erschossen hat?"

„Ungefähr hier, am Fußende des Bettes", bemerkte Marcus.

Sie nickte. „Ich habe die genaue Körpergröße von Carl, die Ein- und Austrittswunden und die Blutspuren zurückprojiziert. Der Schütze stand genau hier." Sie deutete mit ihrem Kugelschreiber auf die Stelle. „Er hat Carl erschossen. Das zeigen uns diese drei Patronenhülsen." Sie zeigte auf drei dicht beieinanderliegende Patronenhülsen. „Was hat er dann gemacht?"

„Sich umgedreht und auf Shari geschossen."

„Dabei hat er den Türrahmen getroffen. Das Holz ist gesplittert. Er hat beim Herumdrehen gefeuert." Sie streckte ihre rechte Hand aus und drehte sich mit ihrem Stuhl. „Etwa so?"

Jetzt begriff er, was sie ihm zeigen wollte. „Die Kugel hätte im Türrahmen oder in der Wand stecken bleiben und nicht am Türrahmen abprallen müssen, als er sich gedreht hat."

„Der Täter ist Linkshänder."

Marcus streckte den Arm aus, legte seine Hand um ihren Nacken, zog sie zu sich herüber und gab ihr einen Kuss auf die Stirn. „Du Engel. Kannst du das beweisen?"

Sie kicherte. „Was denkst du?"

„Zeig es mir."

Sie deutete auf das Bild. „Na gut. Der vierte Schuss – hier ist die Patronenhülse – hat die Seite der Kommode getroffen und eine Kerbe im Holz hinterlassen. So etwas konnte er in diesem Winkel nur zustande bringen, wenn er die Waffe in der linken Hand gehalten hat, als er sich von links nach rechts gedreht hat."

Sie legte eine Großaufnahme des Türrahmens hin. „Siehst du den Einschusswinkel? Die Art und Weise, wie dieser Holzsplitter abgeschlagen wurde? Hier ist die Schusslinie." Sie legte ein Lineal auf das Raster, das sie verwendete. „Hier haben wir das Gleiche. Dieser Splitter konnte nur in diesem Winkel entstehen. Entweder der Täter ist zurückgetreten, bevor er sich umgedreht und den Schuss abgefeuert hat, oder die Waffe war in seiner linken Hand."

Sie schob die Fotos zur Seite, um ein Kontrastfoto auf den Tisch zu legen. „Sieh dir das an. Das leuchtende Weiß ist die Pulverspur. Auf diesem Foto sehen wir auf den Teppichboden hinunter. Das da ist die Bettkante. Sieh dir die helle Bogenlinie an."

„Sie geht im Verhältnis zum Bett von links nach rechts."

„Wenn die Waffe in seiner rechten Hand gewesen wäre, wären mehr Pulverspuren auf der Oberseite der Tagesdecke zu sehen und nicht auf dem drapierten Teil. Stattdessen zeigt sich der größte Teil der Pulverspuren auf dem unteren Teil der Tagesdecke."

„Du hast mich überzeugt."

Lisa lehnte sich auf ihrem Stuhl zurück. „Gut, denn das ist die nützlichste Information, die ich für dich habe. Der Rest wird dir nicht so gut gefallen."

„Was ist es?"

Sie musste ihr Büro absuchen, um die Notizen zu finden. Schließlich hob sie einen roten Schnellhefter auf, der neben dem Flipchart auf dem Boden lag. Sie öffnete ihn und reichte ihm die aufgeschlagenen Seiten. Er erkannte ein Foto, das von einer Mikroskopkamera gemacht worden war. Am unteren Rand war zu lesen, dass es sich um eine 120-fache Vergrößerung handelte. Es war eine Aufnahme von einer dunklen, gelockten Faser.

„Siehst du die Farbveränderung am Ende der Locke?"

Marcus nickte.

„Euer Todesschütze hat kein dichtes, dunkles Haar. Er trägt eine sehr gute Perücke."

„Unsere Skizze ist falsch."

„Entstellt. Eine Perücke lässt vermuten, dass er in Wirklichkeit kahl ist. Die Faser lag auf einem Blutfleck, deshalb gehört sie nicht zu den älteren Fasern im Zimmer."

Marcus rieb sich die Augen. Er wollte Shari so etwas nicht erzählen. Sie hatten bereits etwas Ähnliches vermutet, als zunächst Stunden und dann Tage vergingen, ohne dass die Skizze die erwarteten Hinweise gebracht hätte.

„Noch etwas?"

„Die Patronenhülsen passen zu keiner Angabe in den nationalen Datenbanken. Aber die Abdrücke des Schlagbolzens auf den Hülsen zeigen einen einzigartigen Defekt seitlich der Mitte. Wir können eine genaue Übereinstimmung bekommen, wenn wir die Waffe haben, auch wenn Lauf und Schlagbolzen zerstört sind."

„Was ist mit den Schuhen?"

„Er hat Schuhgröße neuneinhalb. Wir haben nicht genug Material, um eine Marke festzustellen. Wir haben aber ein Abnutzungsmuster, das wir vergleichen können, wenn wir die Schuhe haben."

„Keine Fingerabdrücke?"

„Wir haben dreiundvierzig deutliche Abdrücke, aber sie gehören alle zu Leuten, die im Hotel arbeiten oder die früher in diesem Zimmer übernachtet haben. Dave hat die Liste."

Marcus wusste, wie hart sie gearbeitet hatte, um ihnen innerhalb einer Woche so viele Ergebnisse liefern zu können. Er brauchte aber mehr. Anstatt im Laufe der Zeit geringer zu werden, wurde die Bedrohung für Shari nur noch stärker. Der Mörder lief frei herum. Er dachte nach, machte Pläne, weil er wusste, dass er einen verhängnisvollen Fehler gemacht hatte: Shari. Marcus konnte die Gefahr förmlich spüren und Quinn war frustriert, weil er in eine Sackgasse nach der anderen lief. „Was gibt es noch, Lisa?"

„Die Abriebspur an der Treppenhaustür im dreizehnten Stock. Ich brauche eine Genehmigung, mit einem Team von der Spurensicherung alle Zimmer untersuchen zu können. Wir haben keine Spur von ihm gefunden, nachdem er dieses Stockwerk erreicht hatte. Vielleicht hat er es gar nicht verlassen."

Marcus dachte über diese Bemerkung nach. „Er hatte eines der Zimmer."

„Er musste seine Verkleidung loswerden. Wenn er sie im Flur

heruntergerissen hätte, hätten wir Fasern wie diese gefunden. Das war nicht der Fall."

„Siebenunddreißig Zimmer? Das ist ein Riesenaufwand."

„Ich befürchte eher, die Hoteldirektion wird einen Anfall bekommen."

„Darum kann ich mich kümmern", sagte Dave an der Tür.

Marcus drehte sich rasch um.

Dave lächelte. „Hotels vermieten Zimmer. Wir mieten einfach das ganze Stockwerk. Damit sollte das Hotel glücklich und zufrieden sein."

„Willst du das etwa aus eigener Tasche bezahlen?"

„Sieh es als preiswerte Lösung an, wenn ich dafür Kate in diesem Monat mal zu Gesicht bekomme. Noch ein paar Wochen mit diesen Arbeitszeiten und sie vergisst, dass sie mit mir befreundet ist."

Dave machte zwar kein großes Getue um den Reichtum seiner Familie, aber gelegentlich benutzte er ihn, um Hindernisse aus dem Weg zu räumen. Dieser Reichtum hatte zur Entführung und zum Tod von Daves Schwester Kim geführt. Das, was andere Leute nur als Vorteil sahen, hatte Dave als Vor- und als Nachteil erlebt. Er ging mit dem großen Vermögen seiner Familie sehr besonnen um. Er betrachtete es nicht als sein persönliches Eigentum, sondern als etwas, was seiner Familie über Generationen gehören würde. Marcus wusste, dass Kate noch immer mit dem Gedanken zu kämpfen hatte, mit einem Mann befreundet zu sein, der so viel Geld ausgeben konnte, wie er wollte und wann er wollte. Marcus dachte kurz über Daves Angebot nach, erkannte dessen praktischen Nutzen und nickte. „Danke. Du kannst es arrangieren."

„Was hoffst du zu entdecken, Lisa?", fragte Dave.

„Dass er ein Zimmer benutzt hat, um sich umzuziehen. An seinem Anzug sollten Pulverspuren sein und höchstwahrscheinlich auch Blutspritzer. Wenn er den Anzug auf das Bett gelegt oder auf den Boden geworfen hat, werden wir Spuren finden und wir können die Fasern vergleichen. Wenn wir das Zimmer finden, das er benutzt hat, finden wir vielleicht auch ein besonderes Juwel. Vielleicht hat er seine Handschuhe ausgezogen und uns ein paar Fingerabdrücke hinterlassen."

Marcus vertraute ihrem Gespür. „Untersuche die Zimmer, Lisa."

* * *

Es war Montagabend nach 23.00 Uhr und es herrschte Ruhe in diesem Stockwerk des Krankenhauses. Shari nahm sich eine Hand voll Geleebohnen aus dem Schüsselchen im Schwesternzimmer und aß sie auf, als sie zu Marcus zurückging. In den letzten neun Tagen hatte ihr Leben so etwas wie eine neue Routine bekommen. Sie wartete auf konkrete Hinweise über den Mörder und auf die Genesung von Joshua. An den ständigen Polizeischutz musste sie sich erst noch gewöhnen. Sie würde froh sein, wenn das alles vorbei wäre. Bis auf ihre Tante Margaret waren alle ihre Angehörigen nach Virginia zurückgekehrt. Die Beerdigungen waren zunächst für Freitag geplant, aber der genaue Termin hing davon ab, ob Josh reisefähig sein würde. Sie hatte plötzlich zu viel Freizeit und es fiel ihr schwer, damit umzugehen. Die beiden Todesfälle hatten eine Lücke in ihr Leben gerissen. Es tat ihr weh, wenn sie an Gott dachte. Sie versuchte nicht mehr, zu beten. Sie war einfach zu müde und wollte sich vor weiteren seelischen Verletzungen schützen. Unausgesprochen blieb die Furcht vor den Folgen, sollte der Todesschütze nicht bald gefunden werden. Schließlich konnte es nicht immer so weitergehen. Und sie wollte die Gesellschaft von Marcus nicht mehr missen. Er war wie ein starker Schutzschild gegen die Gefahr.

Er saß auf seinem Stammplatz, einem der gepolsterten Sessel im offenen Wartebereich gegenüber den Fahrstühlen. Von dort aus konnte er jeden beobachten, der kam und ging. Der Fernseher war aus. Sie merkte, dass er sich die Nachrichtensendungen nicht so gerne ansah, aber sie vermisste diese Art der Information. Craig hatte normalerweise die Tagschicht, aber Marcus löste ihn abends immer ab. Tagsüber arbeitete er an der Aufklärung des Falls. Shari gestand sich ein, dass sie sich auf diese Abende mit Marcus freute. Sie redeten über die Ermittlungen, aber sie sprachen auch über ihre Familien. Marcus hatte sie absichtlich über ihren Vater und über Carl ausgefragt. Seine Fragen hatten ihr geholfen. Gerade jetzt brauchte sie so jemanden wie ihn – einen Freund.

Er las in einem Buch, während er auf sie wartete. Sie erkannte, dass es ein neuer Bestseller war, als sie auf den Buchrücken sah. Sie hatte es schon im letzten Monat gelesen. Er war gerade auf Seite 69. „Wissen Sie schon, wer es war?"

„Davidson, der Schwager."

Sie setzte sich auf die Lehne des Sessels neben seinem. Der Ton seiner Stimme klang so, als ob er sich seiner Sache sicher sei. „Sind Sie sicher?"

„Ja." Er sah zu ihr herüber und hielt das aufgeschlagene Buch an seine Brust. „Haben Sie es gelesen?"

Sie nickte.

„Und? Habe ich recht?"

Sein langsam breiter werdendes Lächeln fesselte ihre Aufmerksamkeit und sie wünschte, sie könnte Nein sagen.

„Ja."

„Die einzige Krimiautorin, die es immer wieder fertigbringt, mich zu verblüffen, ist H. Q. Victor, aber da sie bald zur Familie gehört, ist das schon in Ordnung."

Die umfangreichen Krimis der britischen Autorin gehörten zu Sharis Lieblingslektüre. Sie waren so realitätsnah. Es ging darin oft um vermisste Kinder, die später ermordet aufgefunden wurden, und um die Fahndung nach den Mördern. „H. Q. Victor ist eine Frau? Wollen Sie mich etwa verschaukeln?"

„Es ist Daves Schwester Sara."

Sie hatte Dave vor ein paar Tagen kennengelernt. Natürlich hatte sie ihn an jenem schrecklichen Abend, als ihr Vater und Carl erschossen wurden, bei den Ermittlungen gesehen. Doch erst jetzt hatte Marcus ihn ihr vorgestellt. Ihr gefiel der Mann, den Marcus als seinen Freund bezeichnete. Er hatte sie mit einem Handkuss begrüßt. Das hatte Marcus mit einem bösen Blick quittiert und sie musste darüber lachen. H. Q. Victor war Engländerin und an Dave war ihr zuallererst sein netter britischer Akzent aufgefallen. „Sie machen Witze."

„Die Welt ist klein."

„Ich kann einfach nicht glauben, dass Sie sie kennen. Ich liebe ihre Krimis."

„Wenn ich sie sehe, werde ich ihr erzählen, dass ihr Fanclub immer größer wird. Können wir gehen?"

„Ja."

Sie nahm ihre Handtasche und ihren Aktenkoffer. Er ging mit ihr durch Flure, die vom Sicherheitsdienst des Krankenhauses gesichert worden waren. Schließlich erreichten sie durch den Keller das Parkhaus. Dort stand ein Auto für sie bereit. Um das Krankenhaus herum waren ganze Heerscharen von Reportern postiert. Bisher hatte Shari noch nicht direkt mit der Presse gesprochen. Joshua und Marcus hatten ihr das geraten. Anne fungierte als Sharis Pressesprecherin. Marcus wollte die Reporter und ihre Kameras von ihr fernhalten und Shari akzeptierte das. Er tat das aus Sicherheitsgründen und sie wollte das bisschen Privatleben, das ihr noch geblieben war, schützen.

Die formellen Besprechungen mit der Presse fanden um 14 Uhr im Regionalbüro des FBI statt. Shari hatte sie am Fernsehschirm verfolgt. Sie wusste bereits von Marcus, worüber man berichten würde, aber sie hoffte immer noch, dass diese Sendungen von aktuellen Meldungen unterbrochen würden. Die Ermittlungen zogen sich in die Länge, aber Shari war sich sicher, dass sie zur Verhaftung des Mannes führen würden, der Carl und ihren Vater auf dem Gewissen hatte.

Sie hatte auf der politischen Bühne schon ähnliche Kämpfe durchstehen müssen, als Gesetzesanträge mit Beharrlichkeit und vielen Stunden harter Arbeit durchgebracht werden mussten, auch wenn sich scheinbar nichts bewegte. Plötzlich kam dann ein Durchbruch und alles geschah sehr schnell. Man musste seine

Kräfte gut einteilen, wenn man so etwas heil überstehen wollte. Allmählich konnte sie ganz gut damit umgehen.

Sie überquerten die Straße zum Hotel, aber durch den privaten, unterirdischen Zugang. Die Zeiten, als sie noch einfach so über die Straße gehen konnte, waren vorbei, erkannte Shari mit einer Prise düsterem Humor. Sie wünschte, sie könnte einen Augenblick lang wieder ins normale Leben zurückkehren. Sie hatte diese Normalität nicht zu schätzen gewusst, bis man sie ihr genommen hatte. Sie blieb mit Marcus zusammen stehen, als er kurz mit Luke sprach und mit ihm die Sicherheitsmaßnahmen für die Nacht abstimmte. Shari kannte mittlerweile die Namen der meisten Sicherheitskräfte. Sie war beeindruckt, wie konzentriert sie ihre Arbeit machten. Natürlich waren sie alle Profis auf diesem Gebiet, aber sie merkte auch, dass ihr Engagement nicht nur rein professionell war. Keiner von ihnen wollte Marcus enttäuschen.

Ihre Mutter war mit Tante Margaret schon eher ins Hotel zurückgekehrt. Shari schloss die Tür zur Suite auf. Nur eine Lampe erhellte den Eingangsbereich und in den Zimmern war es still. Sie hatten sich wohl schon hingelegt. Marcus kam hinter ihr herein und zog die langen Vorhänge zu. „Was soll ich beim Zimmerservice bestellen?"

Shari gewöhnte sich langsam an diese Mitternachtsimbisse von Marcus. Seitdem sie eines Abends ihr Abendessen einfach stehen gelassen hatte, sorgte er unauffällig dafür, dass sie wenigstens eine Kleinigkeit aß. „Wie wäre es mit diesen tollen Nachos?"

„Klingt gut." Er nahm den Telefonhörer in die Hand und bestellte. „In zehn Minuten", sagte er und legte auf.

Sie ließ sich auf dem Sofa nieder, zog die Tennisschuhe aus und beugte vorsichtig ihr steifes Knie. Sie war erleichtert, dass sie wieder im Hotel war. „Josh hat heute mit seiner gesunden Hand Hantelübungen gemacht."

„Das ist prima."

„Ja, aber dann ist ihm die Hantel auf den Fuß gefallen. Ich musste lachen und da hat er mich aus dem Zimmer gejagt", fügte sie reumütig hinzu.

„Ich glaube, er ist so gut wie reisefähig."
„Für wann ist unser Flug nach Virginia am Mittwoch geplant?"
„Wir fliegen mit einer Privatmaschine, und deshalb liegt die Entscheidung bei uns. Wir werden das Hotel so gegen neun Uhr morgens verlassen."
„Es wird mir guttun, wieder zu Hause zu sein. Den Nachlass von meinem Vater zu verwalten ist komplizierter, als ich vermutet habe. Ich dachte, ich weiß, was auf mich zukommt, bis ich mich in die Details vertieft habe. Und weil mein Vater auch noch der Nachlassverwalter von Carl war, hängt jetzt alles an mir."
„Gehen Sie es langsam an. Sie werden es schon schaffen. Ich bin sicher, Ihr Vater hat Ihnen diese Aufgabe übertragen, weil er wusste, dass Sie hervorragende Arbeit leisten würden."
Sie sah ihn überrascht an. Dieses Kompliment tat ihr gut.
Der Zimmerservice kam und Marcus stellte den Teller so, dass sie ihn beide erreichen konnten. Shari nahm sich einen Tortillachip. „Ich mag diese Stille in der Nacht. Ich war immer ein Morgenmensch, aber inzwischen werde ich zur Nachteule."
„Bestimmt hat die Angst vor den Alpträumen Sie davon abgehalten, ins Bett zu gehen, bis Sie so müde waren, dass es nicht mehr zu vermeiden war", entgegnete Marcus.
Also hatte er es gemerkt, aber er hatte seinen eigenen Terminplan einfach angepasst, damit er die späten Abendstunden mit ihr verbringen konnte, bis sie bereit war, ins Bett zu gehen. Das hätte ihr eigentlich schon eher auffallen sollen. „Ja, das ist auch ein Grund."
„Versuchen Sie es mit Lesen. Das wird Sie ablenken."
„Kann ich mir ein Buch ausleihen?"
„Na klar, solange Sie sich nicht für einen Krimi oder eine spannende Geschichte entscheiden."
„Haben Sie etwas anderes dabei?"
„Ich glaube, ich habe eine Biografie in meinem Aktenkoffer."
Sein Piepser meldete sich. Diese Unterbrechungen gehörten zu seinem Leben, und so war sie überrascht über seine Reaktion, als er die Nummer erkannte. Bei beruflichen Nachrichten wirkte

er oft distanziert, manchmal spürte sie jedoch auch eine gewisse Spannung. Aber diesmal war es anders. Er sah besorgt aus. „Entschuldigen Sie, Shari."

Er holte sein Handy heraus, wählte und ging durch das Zimmer. An der Fensterfront blieb er stehen. Shari wollte nicht lauschen, aber da er nicht hinausgegangen war, bekam sie zwangsläufig alles mit. Seine Worte erschreckten sie.

„Kate, was ist los? Was sagen die Ärzte? Wie geht es Jennifer?" Er hatte schon vor Stunden mit dem Anruf gerechnet. Kate meldete sich nach jedem Behandlungstermin.

„Ich bin heute zu Jennifer gekommen und sie hat geweint, aber nicht leise wegen der Schmerzen, sondern so laut und herzzerreißend, dass man nur hilflos zusehen konnte. Der wachsende Tumor drückt auf ihre Wirbelsäule und von der Bestrahlung wird ihr so schlecht, dass sie nichts essen kann. Sie ist am Ende ihrer Kräfte."

Marcus schloss die Augen. Ihm brach fast das Herz. Jennifer hatte ihn angelogen. Sie hatte ihrer Stimme einen ruhigen, sicheren Klang gegeben, wenn sie miteinander sprachen, aber in Wirklichkeit hatte sie große Angst. Er merkte es Kate an, wie besorgt und angespannt sie war. Er musste unbedingt nach Baltimore und sie sehen. Er durfte sie jetzt nicht im Stich lassen. Seine Familie brauchte ihn und er war nicht für sie da. Sobald Shari und ihre Familie in Virginia waren und der Polizeischutz vor Ort arrangiert war, musste er nach Baltimore fliegen. „Bitte sag ihr, dass ich an sie denke. Ich rufe sie morgen früh wieder an. Wie geht Rachel mit der Situation um?"

„Viel besser als ich", gab Kate zu. „Sie ist gut in Krisensituationen, Marcus. Ich habe nicht gewusst, wie gut sie ist. Wenn Jennifer sich ausruht, ist Rachel oft ein Stockwerk tiefer auf der Kinderstation. Sie bringt die Kleinen dort zum Lächeln und viele von ihnen haben eigentlich nichts zu lachen. Dann kommt sie wieder und erzählt Jennifer etwas über jeden kleinen Patienten. Ohne dass sie jemand darum gebeten hat, hat Rachel gleich gemerkt, dass die Patienten auf der Kinderstation die beste Ablenkung für Jennifer sind."

„Das freut mich."

„Deine Rosen sind heute Nachmittag angekommen. Jen wollte nicht, dass ich die Karte lese, aber das, was du ihr geschrieben hast, hat ihren Tag gerettet."

„Genau das war meine Absicht", erwiderte Marcus und fügte grinsend hinzu: „Natürlich sage ich dir nicht, was auf der Karte steht." Er und Jen hatten das Wiedererscheinen von Rugsby gemeinsam ausgeheckt. Das war wenigstens eine Ablenkung, die Jennifer zum Lachen brachte. „Ich habe gestern Abend mit Stephen gesprochen. Er will morgen früh mit Jack zusammen hierherfliegen."

„Sie werden um zehn Uhr ankommen. Tom holt sie vom Flughafen ab."

„Du hast mir nicht erzählt, wie es ihm geht."

„Er ist ein Mann, in den ich mich hätte verlieben können, wenn Jennifer ihn nicht zuerst gefunden hätte. Man kann es seinen Augen ansehen, Marcus. Als Arzt weiß er, wie schlimm es um Jennifer steht, aber wenn er bei ihr ist, dann ist er immer optimistisch."

„Er hält zu ihr, egal um welchen Preis. Das haben wir beide gemerkt, als wir ihn kennengelernt haben."

„Er liebt sie so sehr, dass man es spüren kann, wenn die beiden zusammen sind. Wenn sie sich schweigend an den Händen halten ... manchmal bin ich einfach rausgegangen, weil ich nicht stören wollte."

„Wie gut, dass du dort bist. Ich komme, sobald ich kann."

„Jennifer weiß das."

„Bitte ruf mich an, sobald sich etwas tut."

„Ich piepse dich an, wenn etwas ist, Tag und Nacht."

„Danke, Kate."

Langsam klappte er das Telefon zu. Jen. Er spürte, wie seine Augen feucht wurden. *Das Leben ist wirklich ungerecht.*

„Jennifer ist krank?" Shari wollte ihn nicht stören, aber sie war betroffen von diesem Ausdruck der Hoffnungslosigkeit in seinem Gesicht. Marcus drehte sich gedankenverloren um. „Sie hat Krebs." Das Sprechen fiel ihm schwer.

Shari war zutiefst erschüttert. Jennifer war so nett zu ihr gewesen am Abend, als der Mord geschehen war. Damals hatte sie nicht gemerkt, dass etwas nicht stimmte. „Sie hat nicht darüber gesprochen."

„Sie hat es der Familie gerade erst gesagt und es hat eingeschlagen wie eine Bombe. Sie ist in der John-Hopkins-Klinik zur Bestrahlung und Chemotherapie."

„Es sieht schlecht aus."

„Ja, sehr schlecht."

Sie konnte seinen Schmerz mitempfinden. Beinahe hätte sie eine Bemerkung über Jennifers Glauben gemacht, aber das hätte angesichts dieser Situation billig geklungen. Sie war gläubig, aber trotzdem trauerte sie um ihren Vater und um Carl, und die oberflächlichen Beileidsbekundungen, die sie zu hören bekam, machten sie wütend. Marcus dagegen war in einer viel schlimmeren Lage. Er musste sich auf eine monatelange Wartezeit einstellen und immer auf das Schlimmste gefasst sein.

„Marcus, das tut mir so leid. Bitte setzen Sie sich. Können Sie sie besuchen?"

„Sobald Sie und Ihre Familie in Virginia sind und der Polizeischutz gewährleistet ist, nehme ich mir einen Tag frei und fliege hin."

„Kann ich irgendwie helfen?"

„Sie können beten."

Sie hörte die Skepsis in seiner Stimme, den ironischen Unterton, aber auch die seelische Qual. Er brauchte jetzt Hoffnung. Sie wollte ihn trösten und nicht mit ihm debattieren, aber sie wusste nicht, was sie sagen sollte. Sie legte die Arme um ihre Knie und stützte ihr Kinn auf den Stoff ihrer Jeans.

Herr, ich habe mich nicht gerade beliebt gemacht bei dir. Wir beide reden kaum noch miteinander. Ich habe so sehr dafür gebetet, dass Carl auf die Liste der Kandidaten kommt, und er musste sterben, weil du dieses Gebet erhört hast. Ich habe dich von ganzem Herzen um das Leben meines Vaters gebeten und er ist gestorben. Was soll ich Marcus jetzt bloß sagen?

„Warum glauben Sie nicht an Gott?“, fragte sie ihn schließlich, obwohl sie auf diese Frage keine Antwort erwartete.

Er setzte sich langsam hin. „Als Kind habe ich einmal geglaubt; das war, bevor ich ins Waisenhaus kam. Meine Mutter war gläubig. Aber ihre Gebete hatten anscheinend nichts bewirkt, und irgendwann war es einfacher, die Hoffnung aufzugeben.“

„Hingezogene Hoffnung macht das Herz krank“, murmelte sie. „Das steht in der Bibel – im Buch der Sprüche.“

„Da ist was Wahres dran.“

„Was war mit Ihrer Mutter?“

„Sie starb an Lungenentzündung.“

Das war eine knappe Antwort. Er war sehr jung gewesen, als das passierte, und sie konnte am Klang seiner Stimme hören, wie sehr ihm dieser Verlust noch immer zu schaffen machte. Er hatte seine Mutter verloren, so wie sie ihren Vater verloren hatte. Er hatte gebetet und musste zusehen, wie sie starb. Dann hatte er sich entschlossen, nicht mehr an Gott zu glauben. Sie konnte seinen Schmerz nachempfinden. Wenn sie nicht schon zwei Jahrzehnte lang einen festen Halt in Gott gehabt hätte, hätte sie das alles auch nicht verkraften können und wäre wohl auch am Glauben verzweifelt.

Sie legte die Arme noch fester um ihre Knie. „Wie war das damals, als Sie Ihre Mutter verloren haben?“

Er ließ sich Zeit mit seiner Antwort. „Ich habe mich gefühlt, als ob ich ins Grab gelegt wurde. Das, wovor ich am meisten Angst gehabt hatte, war geschehen. Sie war das einzige Licht in meiner Welt und plötzlich war es dunkel.“ Er sah sie an. „Sie fühlen sich wohl auch so, jetzt, wo Ihr Vater nicht mehr ist.“

Sie wusste genau, was er meinte. „Mein Vater ist für mich immer so etwas gewesen wie ein Kompass. Er hat an mich geglaubt. Er war davon überzeugt, dass aus mir etwas werden würde, und er hat Verständnis gehabt für meine Träume. Jetzt ist er nicht mehr da. Ich fühle mich wie ein halber Mensch. Die Tage vergehen und ich warte und hoffe, dass dieser Schmerz weggeht.“

„Die Zeit heilt alle Wunden. Und irgendwann kommen die guten Erinnerungen zurück.“

„Am schlimmsten ist für mich der Gedanke an die beiden Beerdigungen."

„Shari, Sie werden auch das überstehen."

„Ja, weil ich keine andere Wahl habe."

„Nein, weil Sie eine Kämpfernatur sind."

Shari sah ihn erstaunt an, weil sie nicht mit einer solchen Antwort gerechnet hatte. Sie kannten sich jetzt eine gute Woche lang, aber er verstand sie schon jetzt besser als Sam. Oberflächlich betrachtet hatte sie ein leichtes Leben. Ihre Familie war wohlhabend, ihr Familienleben harmonisch, aber ihr Berufsleben war geprägt von ihrer Hartnäckigkeit, von ihrer Fähigkeit, gegen alle Widerstände anzukämpfen. In ihrem Gebetsleben war es ähnlich – sie war nicht bereit, einfach so hinzunehmen, was geschehen war. Sie hatte den Kampf schon aufgenommen. „Ja, das stimmt. Aber Sie sind auch eine Kämpfernatur, Marcus."

Ein spitzbübisches Lächeln umspielte seine Lippen. „Das ist noch etwas, was wir gemeinsam haben."

„Ich glaube, das ist noch wichtiger als eine Vorliebe für Schokoladeneis und die Fähigkeit, witzige Geheimnisse für sich behalten zu können."

„Na ja, ich weiß nicht. Das hängt von der jeweiligen Tagesform ab."

Sie musste lachen. „Marcus, Sie tun mir richtig gut."

„Ja, ich weiß." Er bückte sich und holte eine Biografie über Roosevelt aus seinem Aktenkoffer. „Hier ist eine gute Bettlektüre. Sie müssen ein bisschen schlafen."

„Politikgeschichte. Eine gute Wahl."

„Ich bekenne mich schuldig. Ich habe an Sie gedacht, als ich es gekauft habe." Er zog eine Augenbraue hoch. „Lesen Sie aber nicht die ganze Nacht."

„Ja, Sir."

„Gute Nacht, Frechdachs."

Sie zwickte ihn spielerisch im Nacken, als sie an ihm vorbeiging und Gute Nacht sagte.

9

Shari wusste nicht, ob sie die Trauerrede zum Begräbnis ihres Vaters durchstehen würde. Sie kämpfte gegen die aufsteigenden Tränen. Es war fast unmöglich, ruhig zu bleiben. Diese Rede war die schwerste, die sie jemals verfasst hatte. Sie hatte viele Stunden lang um die richtigen Worte gerungen.

Die Kirche war voll besetzt. Es war aus Sicherheitsgründen ein privater Gottesdienst nur für geladene Gäste. So viele Leute hatten kommen wollen, aber die Kirche hatte nur dreihundert Sitzplätze. Ihr Vater war sehr beliebt gewesen. Joshua stand mit ihr zusammen auf dem Podium. Ihr versagte die Stimme und sie spürte seine Hand auf ihrer Schulter. Sie konnte es nicht ertragen, die Trauergemeinde anzusehen. Stattdessen hielt sie ihre Augen auf den hinteren Teil des Kirchengebäudes geheftet. Marcus stand dort und ihre Blicke trafen sich.

Marcus, das ist so schwer.

Seine Augen blickten ruhig. Er glaubte fest daran, dass sie es schaffen würde. Er hatte gestern Abend über eine Stunde mit ihr zusammengesessen und ihr einfach zugehört, als sie nicht ins Bett wollte. Er gehörte zu den wenigen Männern in ihrem Leben, denen es nicht peinlich war, wenn jemand weinte. Er hatte ihr lediglich eine Schachtel mit Papiertaschentüchern gereicht und war bei ihr geblieben, nicht weil er versuchte, ihr den Schmerz zu nehmen, sondern weil er ihn mit ihr teilte. Sie holte tief Luft und warf einen Blick auf ihre Notizen. Als sie weitersprach, klang ihre Stimme etwas ruhiger.

Joshua hatte vor ihrer Rede ein paar Worte gesagt, und als sie fertig war, begleitete er sie vom Podium herunter zu ihrem Platz neben ihrer Mutter. „Gut gemacht", flüsterte er, lehnte sich vor und drückte sie kurz an sich. Wie gern hätte sie ihn ganz fest in die Arme genommen, aber sein verletzter Arm war an seine Brust geschnallt, und so legte sie einen Arm um seine Taille. „Danke", flüsterte sie zurück. „Du auch."

Das letzte Lied wurde gespielt. Der Gottesdienst war fast vorbei und damit auch ein Teil ihres Lebens.

Beth nahm ihre Hand. Ihre Mutter ertrug diesen Verlust leichter als sie. Shari traf die Erinnerung an das, was vor zwei Wochen geschehen war, erneut wie ein Schlag. „Mein Schatz, das ist trotz der Trauer auch ein Grund zum Feiern."

Dad war im Himmel. Shari lächelte gezwungen. Sie wünschte, diese Tatsache würde ihr den Schmerz nehmen, aber stattdessen wurde ihr nur bewusst, wie lange es dauern konnte, bis sie ihn wiedersehen würde. Sie konzentrierte sich auf die Blumen vor dem Podium. Ihr Blick fiel auf den schönen Strauß, den die Familie O'Malley geschickt hatte. Sie fragte sich, ob Marcus wusste, wie viel diese liebevolle Geste ihrer Mutter und auch ihr bedeutete.

Er hatte so viel für Josh getan ... Sie wusste nicht, wie sie Marcus danken sollte für das, was ihr erst jetzt aufgefallen war. Die Gespräche unter vier Augen zwischen den beiden Männern, die Pläne, die sie machten – Marcus hatte Josh in jede Entscheidung mit einbezogen.

Auf diese Weise hatte Marcus ihm die Verantwortung des Familienoberhaupts übertragen. Sie war nicht überrascht von der Reife und Selbstsicherheit, die Josh an den Tag legte. Trotz seiner leichtlebigen Art war er schon immer so entschlossen gewesen wie ihr Vater. Aber Marcus hatte durch sein Verhalten diese Entschiedenheit ans Licht gebracht, und das hatte Josh auch bei der Bewältigung seiner Trauer geholfen.

Der Trauergottesdienst ging zu Ende. Die Orgelmusik erklang wieder, als Saalordner Shari, Joshua und ihre Mutter von den vorderen Kirchenbänken durch den Mittelgang führten. Die Zeremonie am Grab sollte auf dem benachbarten Friedhof stattfinden. Shari graute es davor. Der Anblick des offenen Grabes, der angehäuften Erde daneben – selbst der grüne Teppich aus Kunstrasen konnte nicht über die furchtbare Wahrheit hinwegtäuschen. Sie hatte Angst davor, die Fassung zu verlieren.

Carl war am Morgen dieses Tages auf dem Heldenfriedhof in Arlington beigesetzt worden. Bei dieser sehr förmlichen Zeremonie war es leichter für sie gewesen, gefasst zu bleiben. Die Ehrengarde, die zusammengelegte Flagge – mit diesen Symbolen erwies die Nation einem guten Bürger die letzte Ehre.

Aber hier wurde ein Ehemann und Vater begraben.

Marcus erschien neben ihr, als die Familie auf dem Weg nach draußen war.

„Am Grab haben sie einen Baldachin als Windschutz aufgestellt, mit Stühlen für die Familie. Bitte bleiben Sie nach der Zeremonie dort, bis Quinn und ich Sie holen."

Shari nickte. Sie merkte, wie sie auf dem Weg nach draußen von den Sicherheitsleuten umringt wurde. Zum ersten Mal seit der Schießerei vor fast zwei Wochen war sie nicht in einer geschützten Umgebung. Die Medien hatten dafür gesorgt, dass bekannt war, wo sie sich aufhielt und wann. Diese Erkenntnis hätte ihr Angst gemacht, wenn sie nicht von so vielen anderen Gefühlen überwältigt gewesen wäre.

Sie vertraute Marcus, dass er sie beschützen würde.

Sie war die einzige Tatzeugin und diese Tatsache lag wie eine schwere Last auf ihr. Zwei Männer wurden heute beerdigt und es hing von ihr ab, ob ihnen noch nach dem Tod Gerechtigkeit widerfuhr. Sie wusste das, Marcus wusste das und irgendwo da draußen wusste das auch der Mörder.

Sie ging zusammen mit ihrer Mutter und Joshua zum Grab. Ihre Verwandten folgten ihnen. Die Grabreden waren kurz. Ihr Pastor las einen Text aus Psalm 34, dem Lieblingspsalm ihres Vaters. Ein Gebet wurde gesprochen und zwei Frauen aus dem Chor sangen *Amazing Grace*. Die Worte des Liedes waren in der Abendstille deutlich zu hören und sie brachten endlich Trost und Frieden.

Shari legte die Rose, die sie in der Hand hielt, auf den Sarg. *Du wirst mir fehlen, Paps, aber wir sehen uns im Himmel wieder …* Ihre Hand ruhte ein letztes Mal auf dem glatten Holz des Sarges und dann trat sie zurück.

Ein Kapitel ihres Lebens war unwiderruflich zu Ende.

* * *

Das Licht war äußerst günstig für einen Heckenschützen, erkannte Marcus, als er sich mit den Männern abstimmte, die den Umkreis des Kirchengeländes sicherten. Sie waren spät dran und Marcus konnte spüren, wie gefährlich das war. Es wurde dunkel. In der Dämmerung wirkten die länger werdenden Schatten der Eichen um die Kirche herum fast unheilverkündend.

Der Umkreis der Kirche war gut gesichert, aber um das Gebäude herum lag zu viel freies Gelände. Marcus suchte die Gegend mit den Augen ab, als er zum Seiteneingang ging. Wenn die Kirche hell erleuchtet war und die Dämmerung draußen der Dunkelheit wich, wurde Shari zu einem leichten Ziel. Das Gebäude hatte zu viele große Fenster und Glastüren. Es war schwierig, sie von diesen Gefahrenpunkten fernzuhalten, wenn sie sich unter die Trauergemeinde mischte.

Es wurde höchste Zeit, hier zu verschwinden.

Aus der Zahl der Autos auf dem Parkplatz schloss er, dass noch ungefähr dreißig Gäste hier waren. Der Gouverneur und seine Frau waren vor etwa einer halben Stunde weggefahren und mit ihnen die meisten anderen prominenten Gäste. Damit war die Zahl der Sicherheitsleute um die Kirche herum stark geschrumpft. Die Presse musste am Eingang zum Kirchengelände warten, aber noch immer standen dort ein paar Fotoreporter. Sie hielten ihre Kameras mit den Teleobjektiven bereit, weil sie hofften, von den Traugästen ein Foto oder sogar ein paar Worte ergattern zu können.

Marcus rief Luke über den Sicherheitsfunk. „Ich ändere unsere Fahrtroute. Wir bringen die Familie am Hintereingang raus. Gib uns grünes Licht, damit wir in fünf Minuten abfahren können."

„OK."

Shari, ihre Mutter und Joshua waren im vorderen Bereich der Kirche. Sie sprachen noch mit dem Pastor und seiner Frau. Marcus war in der letzten Stunde zu stark beschäftigt gewesen, um sich Shari genauer anzusehen. Das war ein Nachteil seines Berufs, denn in diesem Fall wurde jeder andere zu einer Bedrohung. Er sah jetzt hin und ihr Anblick beunruhigte ihn. Sie hielt sich nur noch mühsam aufrecht. Er kannte die Anzeichen: der erschöpfte Ausdruck ihrer Augen, das blasse Gesicht. Josh war es auch aufgefallen und er hielt sie am Arm fest.

Es war wirklich höchste Zeit, hier zu verschwinden.

Marcus ging auf die Gruppe zu, um Craig abzulösen.

Shari sah ihn. Sie unterbrach sich und machte ein paar Schritte auf ihn zu.

„Marcus, könnten Sie ..."

Das Fenster hinter ihr explodierte.

* * *

Shari hörte, wie jemand vor Schmerz aufstöhnte. In der nächsten Sekunde traf sie der rechte Arm von Marcus am Schlüsselbein. Ihre Füße verloren den Halt. Sie merkte, wie sie nach hinten fiel, und sie erstarrte vor Schreck. Sie konnte den Fall nicht rechtzeitig mit den Händen abbremsen, und so schlug sie mit dem Rücken und dem Nacken hart auf dem Boden auf. Sein Arm drückte fest gegen ihr Schlüsselbein, seine Hand presste sich auf ihre Schulter. Er ließ ihr keine Möglichkeit, sich zu bewegen, selbst wenn sie es gekonnt hätte.

„Shari ..."

Sie konnte nicht antworten, weil ihr Kopf so laut brummte.

Das war eine Kugel.

Diese Erkenntnis schnürte ihr die Luft ab. Sie meinte, ihre Lungen müssten gleich platzen. Es waren laute Schreie zu hören.

Ein weiteres Fenster zerbarst.

O Gott, ich will nicht sterben. Bitte vergib, dass ich wütend auf dich war. Bitte hilf mir!

Marcus zerrte sie mit sich über den Boden und aus der Schusslinie. „Er ist auf der Südseite! Der Schütze ist auf der Südseite!" Sie hörte, wie er in den Sicherheitsfunk hineinbrüllte, und es kam ihr vor, als ob sie in einem Tunnel wäre. Wer blutete da? Es blutete jemand, sie konnte Blut auf seiner Hand sehen.

Er fluchte leise. Etwas Festes fiel auf ihr Gesicht. Sie keuchte. Sein Ellbogen hätte ihr beinahe das Nasenbein gebrochen.

Auf einmal wurde es ihr mit erschreckender Deutlichkeit klar: Jemand versuchte, sie umzubringen ... schon wieder.

„Gib uns Deckung! Wir gehen zum Hinterausgang."

Shari merkte, wie jemand sie hochhob, und plötzlich war sie auf beiden Seiten eingezwängt von Marcus und Quinn. „Mama!"

„Craig ist bei ihr. Los jetzt!"

Quinn packte ihre Hand und zog sie nach vorne. Sie kannte diese Kirche, und als sie sich nach links am Musikzimmer vorbeibewegten, wusste sie, wohin sie gingen, und so kam sie schnell genug die Treppenstufen hinunter.

Als sie auf der Rückseite der Kirche herauskamen, war es dunkel. Shari war überrascht, denn die Außenbeleuchtung hätte an sein müssen. Ein Kleintransporter wartete bereits auf sie. Shari merkte, wie sie nach ihrer Mutter buchstäblich hineingehoben wurde. Sie war wie betäubt von der Geschwindigkeit, mit der das alles geschah. Joshua wurde in den Beifahrersitz gehoben. Sie rückte rasch einen Platz weiter auf dem Rücksitz, als Marcus neben ihr einstieg und die Tür zugeschlagen wurde. Quinn stand draußen und schlug mit der flachen Hand auf die Seitentür. Das war das Signal für den Fahrer und der Wagen schoss nach vorne.

Als sie um die Ecke des Gebäudes bogen und die Straßenbeleuchtung das Innere des Wagens erhellte, sah Shari das hellrote Blut und alles lief noch einmal wie in einem Film vor ihren Augen ab. Sie begann zu zittern und sah zu Marcus hinüber. Sie wurde von Panik ergriffen.

„Sie sind verletzt!"

„Nur ein Streifschuss", erwiderte Marcus mit einem erzwungenen Lächeln. Er versuchte, ihr ins Gesicht zu sehen. Sein linker Arm brannte wie Feuer, als ob eine Kugel ihn getroffen hätte, aber das war ihm gleichgültig. Shari blutete stark.

Sie war fast hysterisch. „Es geht mir gut, Shari." Er legte den Arm um sie und drückte sie fest an sich, um sie zu beruhigen.

„Es geht mir wirklich gut", sagte er noch einmal. Sie hatte schon genug Blut gesehen.

„Legen Sie ihren Kopf nach hinten", drängte Beth. „Und drücken Sie auf die Stelle." Sie gab ihm die restlichen Papiertaschentücher. Marcus warf einen Blick auf Sharis Mutter und stellte erleichtert fest, dass sie sich noch immer ganz gut hielt.

Er drehte sich wieder zu Shari um. „Nehmen Sie Ihre Hände herunter und lassen Sie mich das anschauen." Seine Hände zitterten, als er versuchte, die Blutung zu stillen. Zum Glück war ihr Nasenbein nicht gebrochen.

„Ist noch jemand verletzt?", fragte sie. Das Sprechen fiel ihr schwer.

Das war eine gute Frage. „Craig?"

Craig hatte schon den Funkkontakt hergestellt. Er brauchte für die Antwort nur eine Minute. „Keine weiteren Verletzten. Die Leute vom taktischen Team bringen die letzten Gäste aus dem Gebäude."

„Was ist mit dem Schützen?", fragte Joshua.

„Quinn ist an der Sache dran", antwortete Marcus. Er wusste, dass es zu früh war, um eine gesicherte Antwort geben zu können, aber er hatte die eiskalte Wut im Gesicht seines Partners gesehen. Früher oder später würde der Schütze gefasst werden; das wusste er selbst, und trotzdem hatte er versucht, Shari zu töten. Marcus spürte tief in seinem Inneren eine unbestimmte Angst. Sie mussten ihm noch heute Nacht das Handwerk legen, denn sein nächster Versuch könnte ganz anders ausgehen. Sie hatten für diesen Fall bereits eine Notfallplanung ausgearbeitet. Sie fuhren zum Haus der Hanfords. Dort war bereits vor der Landung der Hanfords in Virginia alles gut abgesichert worden und für heute Abend brauchten sie keine zusätzlichen Sicherheitsmaßnahmen. Marcus sah nach vorn zum Fahrer. „Luke, sorge dafür, dass ein Arzt im Haus ist, bevor wir ankommen."

„Schon erledigt."

„Josh, wie geht es Ihrer Schulter?"

„Gut."

Marcus sah noch einmal nach vorn. *Nicht gut. Wenn die Operationsnarbe wieder aufgerissen ist ... aber wir müssen ein Problem nach dem anderen angehen.* „Am Haus wird die Presse schon auf uns warten. Der Zwischenfall in der Kirche hat sich bestimmt schon herumgesprochen. Mich würde es nicht wundern, wenn ein Fernsehhubschrauber auftauchen würde. Auch wenn wir anhalten, steigen Sie erst aus, wenn ich es Ihnen sage", sagte er zu den anderen.

Es war eine kurze Fahrt, denn die Hanfords wohnten nur ein paar Kilometer von der Kirche entfernt. Als der Transporter vor dem Haus ankam, passierte Luke den Sicherheitsgürtel und fuhr zum Hintereingang.

Marcus stieß die Tür des Transporters auf. Er zählte neun Männer der Sicherheitstruppe, die auf sie gewartet hatte.

„Jim?"

„Es ist alles abgesichert."

Marcus öffnete die Tür ganz und half Josh beim Aussteigen. „Bleiben Sie mit Ihrer Mutter und Shari noch in der Küche", bat er Josh leise. „Und das nächste Mal sollten Sie sich eine bessere Lüge einfallen lassen. Sie sind leichenblass. Ihre Schulter hat es schlimm erwischt."

„Ja, ja. Aber Mama wird mir verzeihen, und was Shari nicht weiß, macht sie nicht heiß", brummte Josh. „Außerdem sehen Sie auch nicht gerade toll aus."

Marcus wurde wieder einmal klar, warum er diesen Mann mochte. „Los, gehen Sie schon."

Er schob die Tür des Transporters weiter auf. „Beth, kommen Sie bitte." Er streckte die Hand aus und half ihr beim Aussteigen. Ihrem Gesicht war die innere Anspannung anzusehen, aber sie machte sich Sorgen um ihre Tochter, nicht um sich selbst. Marcus hatte diese Frau lieb gewonnen, weil sie ihn an seine eigene Mutter erinnerte. Er drückte sie kurz an sich und führte sie zu Jim. „Ins Haus mit euch." Er ging zurück zum Transporter. „So, Shari."

Sie schreckte davor zurück, seine Hand zu nehmen, weil ihre

eigenen Hände noch blutig waren. Weil er dafür Verständnis hatte, packte er ihre Unterarme. Jetzt, da die Spannung nachließ, begann sie zu zittern. Er hatte schon damit gerechnet und er wollte auf keinen Fall, dass sie beim Aussteigen hinfiel. Also hob er sie aus dem Wagen und ignorierte den brennenden Schmerz, der ihm bei dieser Bewegung durch den Arm fuhr. Sie wollte etwas sagen, aber er schüttelte den Kopf. „Nicht jetzt." Er hielt sie fest umklammert und ging mit schnellen Schritten zum Haus.

Als sie hereinkamen, wartete bereits der Arzt auf sie. Marcus gab Shari keine Gelegenheit, die Aufmerksamkeit des Doktors von sich selbst auf ihn oder ihren Bruder abzulenken. Er führte sie zu einem Küchenstuhl und winkte den Arzt heran. „Das mit Ihrer Nase tut mir leid."

Sie legte den Kopf zurück, schloss die Augen und entspannte sich. „Josh ist es schon mal schlimmer ergangen. Er hat sie sich beinahe gebrochen. Aber wenn Sie mir ein paar Aspirin bringen könnten, würde ich Sie dafür wirklich lieben."

Würde ich Sie dafür wirklich lieben ... Nach diesem Zwischenfall hatte er seine Gefühle noch nicht voll im Griff, denn diese Worte erschütterten ihn so sehr, dass er sie erst einmal erstaunt ansah, bevor er merkte, dass es sich um eine Redewendung handelte. Wenn sie das wirklich so gemeint hätte ... er schüttelte den Kopf und lächelte innerlich über seine Reaktion. „Kein Problem."

Er holte die Schmerztabletten und reichte die Schachtel Joshua. Endlich gestand er sich selbst ein, dass er große Schmerzen hatte. Er schluckte zwei Tabletten.

„Marcus, zeigen Sie dem Arzt Ihren Arm", drängte ihn Beth.

Shari versuchte, am Arzt vorbei einen Blick auf ihn zu werfen. Er wollte auf gar keinen Fall, dass sie wieder jemanden mit einer Schussverletzung sehen musste. „Ja, gleich", erwiderte er beruhigend. Er verließ die Küche. „Jim, hast du was gehört?"

„Sie haben die Autonummer eines schwarzen Geländewagens. Eine Anfrage ist gerade rausgegangen. Sie sind noch am Suchen. Das ist erst mal alles." Jim schüttelte den Kopf.

Der Schütze war ihnen entwischt. Diese Tatsache tat Marcus

fast körperlich weh. „Ist das Haus so sicher, dass wir heute Nacht hier bleiben können?“

„Ja.“

„In Ordnung. Du übernimmst diese Schicht und ich lasse mir den Arm verbinden. Wenn der Arzt mit Joshuas Schulter fertig ist, schicke ihn ins Gästeschlafzimmer.“

Marcus hatte seinen Koffer noch nicht ausgepackt. Er öffnete ihn mühsam mit einer Hand und fand ein sauberes, kurzärmeliges Hemd. Dann ging er ins Bad. Die Kugel hatte den Ärmel seines Jacketts und seines Hemds durchschlagen. Marcus holte tief Luft, als er seine Sachen langsam auszog. Der ganze O'Malley-Clan würde über ihn herfallen, wenn das rauskäme. Die Wunde war nicht tief, aber lang, die Wundränder sahen aus wie zerrissen und es brannte wie Feuer. Marcus war froh, dass die Kugel nicht tiefer in den Muskel eingedrungen war. Ein paar Zentimeter fehlten noch, dann wäre der Knochen und damit vielleicht auch seine Karriere ruiniert gewesen. *Und wenn ein glücklicher Zufall und eine Fensterscheibe die Kugel nicht umgelenkt hätten, wäre Shari jetzt tot.*

Das war der wahre Grund für seine Wut. Er hätte sich wegen der Beerdigungen durchsetzen und darauf bestehen sollen, dass Shari nicht daran teilnehmen durfte. Er hätte sie sofort nach der Zeremonie am Grab wegbringen müssen. Aber es nützte nichts, sich jetzt darüber zu ärgern. Er hasste Schusswunden. Er versuchte, das Blut wegzuwischen, als der Arzt hereinkam. „Wie geht es Joshua?“

„Er hat Blutergüsse, aber die Fäden haben gehalten.“

Der Arzt war gut und er arbeitete schnell, aber er hatte nicht die beruhigende Art, mit Kranken umzugehen wie Jennifer. „Ich kann die Wunde klammern oder einfach nur nähen.“

Marcus hatte dieselbe Abneigung gegen Nadeln wie Kate. „Bitte klammern Sie sie.“

Er stieß hörbar die Luft aus, als der Arzt ihm endlich den Oberarm verband.

„Wechseln Sie den Verband morgen früh. Wenn er durchgeblutet ist, müssen wir die Wunde nähen.“

Er nickte und zog das saubere Hemd an. „Bitten Sie Jim, Sie an den Reportern vorbei rauszubringen."

„Wird gemacht."

Marcus ging wieder in die Küche.

Beth hatte Kaffee gemacht. „Lassen Sie mich das machen", sagte sie und deutete auf den Hemdkragen, den er mit einer Hand zurechtrücken wollte. „Shari ist oben und zieht sich um und Josh erledigt eine Menge Telefonate."

„Es tut mir leid, dass die Beerdigung Ihres Mannes so ein Ende genommen hat. Ich bedaure das mehr, als ich sagen kann."

Ihr Blick fiel auf den Verband an seinem Arm und dann sah sie ihm in die Augen. „Wir haben es riskiert, Marcus, und mir scheint, Sie haben den Preis für unsere Entscheidung bezahlen müssen."

„Das ist nur ein Streifschuss."

„Ja, natürlich. Ich bin dankbar für das, was Sie für uns getan haben. Danke, dass Sie meine Tochter beschützt haben." Sie reckte sich hoch und gab ihm einen Kuss auf die Wange.

Marcus errötete. „Nichts zu danken." Seine Mutter war auch so gewesen. Sie war auch in den schlimmsten Situationen immer ruhig geblieben. Das waren die besten Erinnerungen, die er hatte, an eine Zeit der Unschuld, bevor sein Leben aus der Bahn geriet.

„Ich muss zurück zur Kirche. Jim wird hier für die Sicherheit sorgen."

„Bitte seien Sie vorsichtig."

Mit einem traurigen Lächeln entgegnete er: „Sie haben mein Wort, auch wenn es momentan nicht so viel wert ist."

„Es ist sehr viel wert. Viel Glück, Marcus."

* * *

„Wir machen am besten noch mal eine Videoaufzeichnung, Ben", schlug Lisa vor. Sie brach das Siegel und betrat das Hotelzimmer Nr. 1319. Sie streifte ein neues Paar Latexhandschuhe über. Sie suchten nach Blut, Pulverspuren, Fasern. Die Untersuchung von siebenunddreißig Zimmern verlief schleppend. Sie arbeiteten schon eine Woche lang daran, von morgens bis zum späten Abend. Das war das dritte Zimmer, das sie sich heute ansah, und sie machte nur die Schnelltests. Ein komplettes Team der Spurensicherung folgte ihr.

Sie öffnete das Klebeband einer aufgerollten Plastikplane, die vor der Entnahme der Faserproben auf den Boden gelegt wurde. Jede Vorkehrung zum Schutz des möglichen Beweismaterials wurde eingehalten. Sie hoffte nur, dass die Mühe sich in einem der siebenunddreißig Zimmer lohnen würde.

„Lisa."

Sie unterbrach ihre Arbeit und kam zurück zur Tür. „Ja, Walter?"

„Das wird dich bestimmt interessieren."

Sie zog die Handschuhe aus und vergewisserte sich, dass Ben sie filmte, als sie die Tür abschloss, versiegelte und das Anhängeschild mit ihren Initialen abzeichnete. Mit dieser Prozedur wollte sie verhindern, dass ein Anwalt später das Beweissicherungsverfahren infrage stellen könnte. Dann ging sie zu Walter, der an der Tür zu Zimmer 1323 stand.

Zwei Spurensicherer arbeiteten mit ihm zusammen und sie hatten beide gerade das Zimmer verlassen. Sie suchte den Raum mit ihren Blicken ab. Er wirkte ordentlich. Das Bett war gemacht, aber ihr fiel auf, dass die Tagesdecke nicht ganz gerade herunterhing. Jemand hatte das Zimmer benutzt, nachdem es gereinigt und aufgeräumt worden war. Eine dünne Staubschicht lag auf den Möbeln. Die Spurensicherer hatten das Pulver, mit dem sie Fingerabdrücke abnehmen konnten, überall verteilt. Aber es waren keine Abdrücke zu sehen. Der Anblick der gleichmäßigen Staubschicht traf sie wie ein Schock. Kein einziger Fingerabdruck war abgenommen worden. Diese Tatsache sprach eine so deutliche Sprache, als ob das ganze Zimmer mit Blutspuren bedeckt gewesen wäre. „Kein einziger Fingerabdruck?", fragte sie verblüfft.

„Noch nicht einmal an den Holzbügeln", antwortete Walter.

So offensichtlich konnte es doch gar nicht sein. „Wo ist die Gästeliste für dieses Zimmer?" Walter reichte ihr ein Papierklemmbrett. Sie blätterte die Notizen durch. „Dieses Zimmer ist nicht mehr gereinigt worden, seit der letzte Gast am Samstag ausgecheckt hat?", fragte sie skeptisch.

„Die Wartung und Reinigung hatte man bis zum Ende der Konferenz verschoben. Dieses Zimmer wurde wie eine Reihe anderer nicht belegt, weil die Armaturen im Bad und die Schranktüren erneuert werden sollten. Sie wollten in den Bädern auch die Duschen neu abdichten und die Fliesen frisch verfugen. Die Arbeitsanweisung ist hier; sie waren nur noch nicht bei diesem Zimmer angekommen. Die Zimmerreinigung war erst nach diesen Arbeiten vorgesehen."

Lisa sah Walter an, und ihr Kollege, der nur selten vor den letzten Labortests Mutmaßungen anstellte, lächelte sie an. „Wir haben das Zimmer so vorgefunden, wie er es verlassen hat."

Sie warf noch einen Blick auf die Gästeliste. Henry James. Bezahlt hatte er mit Kreditkarte. „Fingerabdrücke, und was noch?"

„Wir wollten gerade mit Luminol nach Blutspuren suchen."

„Ben, du und Tom, ihr nehmt die Videokamera. Mark, wir brauchen den Film mit dem höchsten Kontrast. Wir suchen das Zimmer Zentimeter für Zentimeter ab. Wenn überhaupt Spuren da sind, sind sie sehr schwach."

Fünfzehn Minuten später waren sie so weit. Sie schalteten alle Lichter aus. Dann arbeiteten sie sich im Uhrzeigersinn durch das ganze Zimmer.

Lisa hockte sich auf die Fersen, um nicht versehentlich die Tagesdecke zu berühren. Schwache Spuren zeigten sich, als Walter den Teppichboden mit Luminol besprühte. „Haltet die Kamera hier an", bat Lisa, als ein länglicher Streifen erschien. Auf dem festen Gewebe des Teppichbodens erschien die Spur zuerst als ein etwa einen halben Zentimeter breiter Streifen, der dann in einem schwachen, leicht nach rechts geneigten Abdruck endete. Mit einem Stirnrunzeln betrachtete sie das ungewöhnliche Muster. Sie hatte Spuren von seinen Schuhen oder von Kleidungsstücken erwartet ... „Er hat sich hingesetzt, seine Schuhe ausgezogen und einer ist auf die Seite gerollt."

„Schuhcreme?", fragte Walter und deutete mit seinem Kugelschreiber auf dunkle Flecke in der Spur.

„Das will ich hoffen."

Sie wartete, bis Mark die Fotos gemacht hatte, dann begann sie Proben zu entnehmen. Sie hatte einen Leuchtstab zwischen die Zähne geklemmt, um etwas sehen zu können. Die Abstriche vom Teppichboden versiegelte sie in kleinen Fläschchen. „Vielleicht muss ich dieses Stück vom Teppich herausschneiden. Bitte markiere mir die Fläche."

„Das Hotel wird hellauf begeistert sein."

„Ich fange gerade erst an."

Sie beschriftete die Etiketten auf den Fläschchen.

Dann nahmen sie sich die Tagesdecke vor, aber dort fanden sie nichts. „Macht das Licht wieder an", sagte Lisa. Sie zwinkerte, als ihre Augen sich wieder an die Helligkeit gewöhnten. „Legt die Tagesdecke zusammen, wir nehmen sie mit ins Labor. Die Bettlaken auch. Walter, ich nehme die Faserproben vom Teppichboden. Sieh zu, was du im Bad findest. Wenn er sich gewaschen hat ..."

„Dann finde ich bestimmt was."

Sie nahm eine Fusselbürste, fuhr mit der Klebeseite auf dem Teppichboden hin und her, dann rollte sie die Gewebeprobe auf Papierstreifen ab. Sie dokumentierte, woher jede Entnahme stammte. Es war eine langsame, mühselige Arbeit, die sie vorwiegend im Knien verrichtete. Sie bearbeitete die ganze Fläche des Teppichbodens auf diese Weise und achtete darauf, dass sie nicht einen Zentimeter übersah.

Mit diesen Gewebeproben würde sie im Labor stundenlang beschäftigt sein. Lisa fand nach etwa einer Stunde die erste vielversprechende Faser. Vom weißen Papier hob sich der vom Klebeband eingefangene Faden schwarz ab.

Sie machte einen Vermerk, damit dieser Faserstreifen im Labor zuerst untersucht wurde.

Nachdem sie den Teppichboden neben dem Bett bearbeitet hatte, bewegte sie sich langsam auf die Wand zu.

„Lisa, im Bad gibt es keine Blutspuren."

Da es im ganzen Zimmer nicht einen Fingerabdruck gab, war diese Information enttäuschend, aber nicht überraschend. „Hat er vielleicht etwas Offensichtliches hinterlassen – irgendwas im Abfalleimer?"

„Noch nicht mal ein Kaugummipapier."

„Mir wäre es lieber, wenn er den Kaugummi vergessen hätte", entgegnete Lisa mit einem Lächeln, als sie ein weiteres Klebeband vom Teppichboden abnahm. Es fühlte sich rau an, als sie es auf dem Papierstreifen abrollte. Als sie die Gewebeprobe gegen das Licht hielt, sah sie, wie sie glitzerte. Waren das etwa Glassplitter?

Ihr Blick fiel wieder auf den Teppichboden. Etwa dreißig Zentimeter von der Wand entfernt war das Gewebe glatt. Die Scherben waren nicht hineingedrückt worden, was der Fall gewesen wäre, wenn jemand mit dem Staubsauger darübergefahren wäre. Das war eine seltsame Stelle für Glassplitter.

„Fehlt im Bad ein Glas?"

Walter sah nach. „Alle vier sind noch da. Sie sind noch verpackt. Was hast du gefunden?"

„Ich weiß nicht so recht. Hast du immer noch diese Juwelierlupe?"

„Na klar." Er reichte sie ihr.

Das Licht brach sich in den Glassplittern, die sie vom Teppichboden abgenommen hatte. Sie sah auf die Wand über der Stelle und entdeckte einen kaum sichtbaren Fleck auf der Tapete. „Jemand hat vor Wut ein Glas an die Wand geschmissen?" Es erforderte eine ziemliche Kraft, eines der dickwandigen Hotelgläser zu zertrümmern.

„Walter, auf den Formularen der Hauswirtschaftsabteilung ist auf der Rückseite eine Checkliste für fehlende und ersetzte Gegenstände aufgedruckt. Hat man vor Kurzem hier ein Glas ersetzt? Und haben wir in diesem Zimmer eine Bestandsaufnahme gemacht? Handtücher, Seife, diese Plastikbeutel für die Reinigung, der Inhalt der Minibar – ich möchte wissen, ob hier was fehlt."

Sie arbeitete zwanzig Minuten lang, aber sie fand nur winzige Glassplitter. Jemand hatte die Spuren gründlich beseitigt. „Macht alle Lichter aus. Ich will mir diese Stelle noch mal genauer ansehen."

Nichts zeigte sich, als sie den Teppichboden einsprühten. Lisa benutzte die Kante eines Lineals, um die Fasern aufzurauen. Ein schwaches Glitzern erschien weiter unten im Gewebe. Sie nickte zufrieden. Er hatte sich geschnitten, als er die Scherben aufhob. Es war wahrscheinlich nur eine winzige Schnittwunde, aber es war besser als gar nichts.

„Meinst du, das reicht für die Tests?", fragte Walter.

„Wahrscheinlich nicht. Und es ist merkwürdig, dass in diesem Zimmer kein Glas fehlt. Diese Scherben können auch schon älter sein. Mark, bitte mach das Licht wieder an."

Sie stand langsam auf. „Überprüf den Abfalleimer. Vielleicht findest du was. Und mach einen Abstrich von der Tapete. Das da sieht aus wie verschüttete Flüssigkeit, die an der Wand runtergelaufen ist."

Sie trat einen Schritt zurück, um die Fakten mit ihrem Verdacht zu vergleichen. Es gab keine Fingerabdrücke, aber vielleicht waren andere Spuren vorhanden. Wenn sie die falschen Leute anrief ... „Walter, ich werde Dave grünes Licht geben. Wenn wir hier fertig sind, soll das Zimmer versiegelt werden. Ein Polizist soll vor der Tür sitzen und dafür sorgen, dass niemand rein- und rausgeht. Ein Team von der Spurensicherung soll die Datenspur zurückverfolgen – die Registrierung am Empfang, Bestellungen beim Zimmerservice und so weiter."

„Alles klar."

Sie steckte sich den Sicherheitsausweis an den Kragen ihrer Jacke, damit sie ein Stockwerk höher durch die Sicherheitskontrolle gehen konnte. Die Einsatzzentrale war in den Telekommunikationsraum im vierzehnten Stock verlegt worden, um den Belmont-Raum für das Hotel frei zu machen und es Dave zu ermöglichen, eine nunmehr in vier Staaten geführte Ermittlung besser zu koordinieren.

Sobald sie den Raum betrat, merkte Lisa, dass etwas nicht stimmte. Die Spannung lag förmlich in der Luft.

„Haben Sie Neuigkeiten von Marcus und Quinn?“, fragte Dave. Er lief nervös auf und ab.

„Noch nicht“, antwortete Mike. „Die Lage ist immer noch nicht stabil.“ Der große Bildschirm am anderen Ende des Raums zeigte bewegte Satellitenbilder. „Der lokale Fernsehsender hat einen Kameramann vor Ort. Wir haben uns bei ihnen eingeklinkt, damit wir Livebilder haben.“

Das verschwommene Bild wurde schärfer und man sah trotz der Dämmerung ein Kirchengebäude. Der Ton gab das Gespräch eines Reporters und Kameramanns mit dem Chefredakteur des Senders wieder. Diese Aufzeichnung war nicht für die Fernsehzuschauer bestimmt. Als die Kamera nach links schwenkte, war die dunkle Rückseite des Gebäudes zu sehen.

„Das taktische Einsatzkommando ist dort“, stellte Mike fest. „Da ist Quinn.“

„Dave.“

„Nicht jetzt, Lisa. Jemand hat auf Shari geschossen.“

„Wir haben das Zimmer gefunden.“

„Ich bin gleich ...“ Er wirbelte herum. „Was hast du gesagt?“

* * *

Marcus fand Quinn auf dem Weg über den Parkplatz der Kirche. „Er ist entwischt.“

„Er hat den Sandsack, den er als Stütze für sein Gewehr benutzt hat, dagelassen und ist einfach wegmarschiert“, erwiderte Quinn. In seiner Stimme schwang so etwas wie Bewunderung des Jägers für einen schlauen Schachzug des Gejagten mit. „Komm mit, ich zeig dir die Stelle.“

Quinn überquerte einen Fußweg, der zu einem nahe gelegenen Ballplatz und dann weiter zu einem kleinen Ulmenwäldchen führte. Marcus konnte in der nächtlichen Stille ein leises Wasserrauschen hören. Ein Entwässerungskanal bildete eine kleine

Schlucht. Quinn sprang auf die andere Seite. Drüben ging es einen niedrigen Hügel hinauf. Dort standen große Scheinwerfer und man hatte hellgelbes Band um mehrere Baumstämme gewickelt, um den Tatort einzugrenzen.

Das Gewehr lag auf dem Boden im Unterholz. Der Lauf lag auf einem etwa dreißig Zentimeter breiten Sandsack aus grobem Stoff. Ein Mann mit einem Gewehr in der Hand wäre bestimmt aufgefallen, aber es einfach dazulassen und wegzugehen – das bewies, dass der Täter Nerven hatte wie Drahtseile, aber auch die Tatsache, dass es dem Schützen gleichgültig war, ob man es fand oder nicht.

„Das gute Wetter war ein wichtiger Faktor für ihn. Dann hatte er die Sonne im Rücken und eine hervorragende Sicht auf die Kirche. Anscheinend hat er gleich nach der Tat das Gelände verlassen und ist um den Geräteschuppen am Ballplatz herumgegangen. Der Geländewagen wurde dort gesehen."

„Was war mit den Polizisten, die hier auf Streife waren?"

Quinn schwenkte seine starke Taschenlampe nach rechts und beleuchtete einen Trampelpfad, der durch das hohe Gras und zum Wald hin verlief. „Unsere Zwei-Mann-Streife. Der Typ war nur vier Meter von ihnen entfernt und sie haben ihn nicht gesehen. Wahrscheinlich hatte er seine Tarnung schon vor Sonnenaufgang aufgebaut."

Marcus stieß einen leisen Fluch aus.

„Wir haben einen Hinweis auf das Nummernschild des Geländewagens. Die Zulassung stammt aus der Gegend, aber wir haben keine Autonummer. Offenbar hat ihn niemand gesehen, aber wir befragen die Leute im Umkreis von anderthalb Kilometern. Und ich lasse mir Kopien von allen Videoaufnahmen geben – von den Nachrichtensendern auf dem Boden und den Hubschraubern, die über der Gegend kreisen."

„Ist es derselbe Mann?"

Quinn reichte ihm eine Patronenhülse mit einem 308-Millimeter-Kaliber. „Ein Schütze, der zu nervös ist, um aus nächster Nähe zu treffen, und jemand, der bei windigem Wetter und aus zweihundert Metern Entfernung durch eine dicke Glasscheibe hindurch sein Ziel nur um wenige Zentimeter verfehlt?"

„Es gibt also zwei Schützen."

„Genau."

Marcus zerdrückte seine Mineralwasserdose mit der Faust.

„Lass sie verschwinden", riet ihm Quinn.

„Denkst du an was Bestimmtes?"

„Beide Schützen haben uns bewiesen, dass sie in einer Stadt untertauchen können. Wir müssen sie in unser Revier locken."

„Einverstanden."

„Wie schlimm hat es dich erwischt?"

„Schlimm genug", antwortete Marcus lakonisch. „Quinn, ich habe keine Lust mehr, immer alles einstecken zu müssen."

„Wem sagst du das." Quinn rieb sich den Arm. „Sie sind zu zweit, aber wir auch, und beim nächsten Mal wird es nicht einen von uns treffen."

„Hatten wir schon mal einen Fall, bei dem es uns *beide* erwischt hat?"

„Nein. Und das macht mich langsam wütend", antwortete Quinn. „Hast du schon die Neuigkeit von Dave gehört? Lisa meint, sie hat das Zimmer gefunden."

Das war die erste gute Nachricht an diesem Abend. „Ich habe gewusst, dass sie es schafft."

„Sie ist ein starrsinniges Mädchen. Ich schulde ihr ein Abendessen."

„Wenn du Glück hast, nimmt sie diesmal die Einladung an."

Quinn lächelte. „Stimmt. Pass auf: Fahr zurück zum Haus und bereite die Hanfords auf einen Umzug noch vor Tagesanbruch vor. Hier gibt es nicht mehr viel zu tun. Wir bleiben noch hier und machen morgen früh mit der Befragung weiter, aber hier wird sich nichts mehr ändern. Wir untersuchen alles, was wir hier haben – bis hin zu der Sorte Sand im Sandsack. Das Gewehr, der Sandsack, sogar die Art, wie er geschossen hat – irgendetwas muss zu einem bestimmten Tatmuster passen. Das hier war für den Schützen nicht das erste Mal – das sieht zu professionell aus."

„Stimmt. Finde ihn, Quinn.“

„Das ist eine Sache zwischen Lisa und mir. Die beiden Schützen werden sich noch wünschen, sie hätten niemals auch nur daran gedacht, einen Richter zu ermorden und auch noch eine Frau zu bedrohen, die du magst.“

Marcus wechselte einen Blick mit seinem Partner. Dann klopfte er ihm wortlos auf die Schulter. Er drehte sich um und ging zurück zum Kleintransporter. Quinn kannte ihn gut. Dieser Fall war für ihn schon längst zu einer sehr persönlichen Angelegenheit geworden. Am liebsten hätte er dem Mann, der versucht hatte, Shari zu erschießen, den Hals umgedreht. Aber er musste sich damit abfinden, ihn für den Rest seines Lebens hinter Gitter zu bringen.

* * *

Shari ließ sich vorsichtig auf der Bettkante nieder. Der Rücken tat ihr weh und die Kopfschmerzen waren schlimmer geworden. *Bitte verzeih mir, Gott. Du bist mir wirklich gnädig. Vergib mir, dass ich so ein Dummkopf gewesen bin und dir die kalte Schulter gezeigt habe. Es hat mir nicht gutgetan, nicht mit dir zu reden.*

Sie schlang die Arme um ihre Taille. Der Mann, der Carl und ihren Vater ermordet hatte, hätte sie beinahe erschossen. Vor lauter Angst konnte sie nicht klar denken. Sie wünschte, Marcus wäre hier. Obwohl er verletzt war, ließ er sich nicht einschüchtern von der Gefahr, die sie umgab. Er würde wissen, was sie tun musste.

Sie machte sich Sorgen um ihn. Er war da draußen und jagte den Mann, der auf sie geschossen hatte. Sie konnte langsam die kalte Wut nachvollziehen, die sie bei Marcus an diesem furchtbaren Abend gespürt hatte. Hoffentlich riskierte er nicht zu viel. Sie wollte nicht, dass wegen ihr noch jemand verletzt wurde. Sie konnte nicht hier bei ihrer Familie bleiben. Sie brachte Josh und ihre Mutter in Gefahr. Aber sie wusste nicht, wie sie mit dieser Angst fertig werden sollte.

Das alles war so verwirrend, bis hin zu ihrer gescheiterten Beziehung zu Sam. Ihr Leben war ein Scherbenhaufen. *Oh Gott, ich brauche Zeit, um alles richtig einzuordnen und mit diesen Gefühlen fertig zu werden. Ich brauche deinen Schutz. Ich bin verletzt und wütend gewesen, aber jetzt habe ich Angst, und deshalb renne ich zurück zu dir, weil ich weiß, dass nur du meine Zuflucht bist.*

Jemand klopfte leise an die Tür. Shari sah auf und musste lächeln. „Du siehst aus, als würdest du dich schlechter fühlen als ich."

Josh durchquerte das Zimmer und trat zu ihr. „Ich glaube, der Arzt macht alles noch viel schlimmer, als es ist. Es dauert ewig, bis die Schmerzmittel wirken. Wie fühlst du dich?"

Sie wusste, dass ihr Gesicht durch die Blutergüsse blau und grün schimmerte und angeschwollen war. Ihr schmerzender Rücken machte jede Bewegung zur Qual. „Es geht einigermaßen." Sie sah ihren Bruder an, als er sich hinsetzte. „Was sollen wir jetzt bloß machen, Josh?"

„Zuerst musst du dir diesen Pessimismus abgewöhnen. Wir werden es schaffen." Er strich ihr das Haar aus der Stirn. „Er wird keine zweite Chance bekommen. Dafür werden wir sorgen."

„Josh, es hat nicht viel gefehlt und er hätte Mama erschossen. Nur noch ein paar Zentimeter weiter nach links und ..."

„Er hat sie nicht erschossen."

„Ich kann es nicht riskieren, dass er es nochmal versucht." Sie wollte einfach abhauen, aber sie wusste nicht, wohin.

„Marcus wird uns schon sagen, was zu tun ist."

Ihr Bruder ging mit dieser Sache viel besser um als sie. Er hatte sich nicht einmal über seine Schussverletzung beklagt, und dabei war sein Genesungsprozess alles andere als einfach. Sie seufzte. „Morgen musst du mein Testament auf den neusten Stand bringen."

„Shari!"

Sie schüttelte den Kopf. „Das hat nichts mit Pessimismus zu tun. Ich will einfach sicher sein, dass alles in Ordnung ist. Weil das Testament von Dad so lange nicht geändert wurde, ist es so schwierig, seinen Nachlass zu regeln. Und er steht in meinem immer noch als Testamentsvollstrecker." Irgendwo im Haus klingelte ein Telefon. „Du solltest das Telefon wieder umstellen." Ihre Telefonnummer stand zwar nicht im Telefonbuch, aber das spielte keine Rolle. Die Presse hatte sie ausfindig gemacht. Sie hatten deshalb eine Firma beauftragt, ihre Anrufe entgegenzunehmen.

„Mama wartet auf einen Anruf von Tante Margaret."

„Josh, das ist für dich", rief Beth von unten herauf.

Er stand auf. „Komm runter zu uns. Diese Grübelei tut dir nicht gut."

Sie lächelte, als er ihr über das Haar fuhr.

„Schon gut."

* * *

Shari war immer noch auf. Marcus hatte damit gerechnet, obwohl es kurz vor Mitternacht war. Es war klar, dass sie an diesem Abend nicht so leicht einschlafen konnte.

„Möchten Sie eine Tasse Kaffee?", fragte sie und stand von dem Küchentisch auf, an dem sie gesessen und ein Buch gelesen hatte.

„Ja, bitte."

Shari goss ihm eine Tasse ein.

Er hatte sie nicht mehr gesehen, seitdem er zur Kirche zurückgefahren war. Ihr Anblick ließ ihn zusammenzucken. Er hatte ihr Gesicht wirklich toll zugerichtet. „Lassen Sie sich mal anschauen." Er ging zu ihr und hob ihr Kinn. „Sie müssen Eis auf die Wange legen." Mit dem Daumen strich er sanft über den dunkler werdenden Bluterguss. Dabei wurde ihm bewusst, was geschehen war. Er hatte ihr wehgetan. Diese Erkenntnis traf ihn wie ein Schlag in die Magengrube. Wenn er nur schneller reagiert hätte ...

„Marcus, machen Sie sich keine Gedanken darüber. Das ist, als ob man in einen schlimmen Autounfall verwickelt ist und mit einem Bluterguss davonkommt. Der Bluterguss spielt dann keine Rolle. Sie haben mir das Leben gerettet."

„Ich glaube eher, der Wind und eine dicke Glasscheibe waren dafür verantwortlich. Ich habe nur ein bisschen nachgeholfen."

Sie lächelte, zog ihn zu sich heran und gab ihm einen Kuss auf die Wange. „Mehr als das. Es wäre nett, wenn Sie mir das Eis bringen könnten, denn es tut schon ziemlich weh."

Er zögerte kurz, weil ihn plötzlich eine seltsame Wärme durchströmte. *Shari, immer wieder gelingt es dir, mich angenehm zu überraschen. Das macht mir nichts aus, aber ich wünschte, ich hätte das verdient. Ich habe dich und deine Familie im Stich gelassen.*

Er hatte befürchtet, sie nach dieser Krise zitternd und im Schockzustand anzutreffen, aber sie hielt sich erstaunlich gut. Wenn ihre Familie in Gefahr war, war das eine Sache, aber wenn es um sie selbst ging, machte sie nicht viel Aufhebens. Er empfand wie bei Kate ihr gegenüber die gleiche Bewunderung, gepaart mit einem leichten Unbehagen. Seine Schwester ließ sich von der Gefahr, in der sie sich befand, nie beunruhigen. Shari verhielt sich ähnlich. Sie versuchte, ihre Angst nicht zu zeigen.

Er schüttelte diese verwirrenden Gedanken ab und ging zum Kühlschrank. Aus einem sauberen Geschirrhandtuch machte er eine improvisierte Eispackung. „Versuchen Sie das hier."

Sie zuckte zusammen, als sie die Kälte auf ihrer angeschwollenen Wange spürte. „Das wird helfen." Sie setzte sich wieder an den Tisch und betrachtete ihn eingehend. „Das ist ein schlimmer Tag gewesen."

„Ein schrecklicher, furchtbarer, nutzloser, sehr schlechter Tag", entgegnete Marcus mit einem Zitat aus einer Kindergeschichte. Entweder sagte er das oder er müsste sich schon wieder entschuldigen, und dann würde er sich langsam wie eine Schallplatte mit Sprung anhören.

„Der Schütze ist noch nicht gefasst?"

Er schüttelte den Kopf. Er war sich unschlüssig, was er ihr erzählen sollte. Noch konnte er ihr nicht sagen, dass sie zwei Schützen vermuteten, zumindest nicht, bevor er mit Josh gesprochen hatte. „Es gibt einen Hinweis auf sein Fahrzeug. Wir gehen der

Sache nach." Er nahm seine Kaffeetasse und setzte sich. „Morgen früh bringen wir Sie an einen sicheren Ort."

„Uns alle?"

„Ja."

„Mir wäre es lieber, wenn ich nicht mit Josh und meiner Mutter zusammen wäre."

„Ich kann verstehen, was Sie empfinden, aber ich glaube, es ist besser, wenn Sie zusammenbleiben. Wenn Sie erst einmal an einem Ort sind, der von den Medien nicht in die Welt hinausposaunt wird, wird dic Situation viel leichter zu handhaben sein. Ihre Mutter braucht Ruhe, und das wird nicht möglich sein, wenn Sie woanders sind und sie hierbleiben muss – unter Polizeischutz. Josh muss wieder zu Kräften kommen, und das ist nur schwer möglich, wenn er von der Presse belagert wird. Sehen Sie das Ganze als einen dringend benötigten Familienurlaub."

Er sah, wie sie sich die Stirn rieb, bevor sie zu ihm herübersah. „Ich will es Ihnen nicht schwerer machen, als es sowieso schon ist, aber wie lange soll das dauern? Tage? Wochen? Ich muss mich um zwei Nachlässe kümmern. Dann habe ich noch meine Arbeit. Die Kampagne. Ich kann mich nicht einfach ausklinken und später wiederkommen. Bei einer Wahl zählt jeder Tag. Ich muss John und Anne wenigstens mitteilen, welche Aufgaben ich noch selbst übernehmen kann und welche an andere delegiert werden müssen."

„Wenn Sie bei einem Wahlkampf unterwegs sind, kommunizieren Sie telefonisch, mit E-Mails und per Fax. Packen Sie ein, was Sie brauchen, und planen Sie Ihre Arbeit für die nächsten paar Wochen. Sie können immer noch hinter den Kulissen arbeiten, nur nicht von hier aus."

„Ich muss hier alle Papiere durchsehen, damit ich entscheiden kann, was ich brauche, um den Nachlass meines Vaters zu regeln. Das Gleiche gilt für das Büro in Carls Haus."

„Bitten Sie Ihre Sekretärin, alles in Kartons zu packen, und wir sorgen für den Transport. Sie und Josh können die Unterlagen gemeinsam durcharbeiten."

„Kann ich wenigstens morgen früh länger schlafen, bevor ich packen muss?“

Er musste über diese Frage lächeln. „Natürlich, wenn Sie nur bis sieben fertig mit Packen sind. Es ist nur zu Ihrem Besten, Shari, sonst würde ich nicht darum bitten.“

„Ich weiß. Es muss mir nicht gefallen, aber ich glaube Ihnen.“

* * *

„Du hast einen Richter umgebracht! Einfach so ... peng! So ganz nach dem Motto: Ich lege mal einen Bundesrichter um!“ Connor war schon innerlich auf diese Explosion seines Vaters vorbereitet gewesen, als er zum Familiensitz gekommen war. Nur Minuten nach Titus Rückkehr aus Europa war der Befehl eingegangen, dass Connor sich einfinden sollte. Zehn Minuten lang hatte er sich die Schimpftiraden seines Vaters angehört, aber jetzt reichte es. „Er hat meinen Bruder in den Tod geschickt. Deinen ältesten Sohn. Aber dir ist das egal. Du verschwendest kein Wort darüber. Dabei muss es doch auffallen, was das für den Namen der Familie bedeutet. Wir stehen da wie Schwächlinge!“

Sein Vater ging zum Gegenangriff über – mit der raschen Präzision einer Kobra. Seine Stimme klang kalt. „Weil du mein Sohn bist, vergesse ich das, was du gesagt hast. Aber treibe es nicht zu weit. Wir sind nicht zu schwach zum Handeln ... wir sind zu mächtig! Unsere Familie kann es sich nicht leisten, den Zorn der Regierung auf sich zu lenken, und du hast genau das fertiggebracht. Bei dieser Sache können wir uns nicht mehr von Gefühlen leiten lassen, sondern hier geht es einfach nur um Macht. Du hast nichts von dem gelernt, was ich dir fünfzehn Jahre lang beigebracht habe!“

Connor wusste, dass Anthony, die rechte Hand seines Vaters, draußen vor dem Zimmer auf und ab ging, und zum ersten Mal spürte er, wie er vor Angst fröstelte, als er den Zorn seines Vaters zu spüren bekam. Zum ersten Mal wurde ihm deutlich, dass er seine Tat nicht mehr rückgängig machen konnte. Er riss sich zusammen. Seit seiner Kindheit musste er sich in diesem Arbeitszimmer vor seinem Vater verantworten. Anthony hätte es verstanden, warum er handeln und einen Mord begehen musste. Anthony gehörte zur alten Schule. Aber er musste draußen vor der Tür Däumchen drehen, und das bedeutete, dass sein Vater seinen Vorschlag, wie man weiter vorgehen sollte, bereits verworfen hatte.

„Wer hat dir dabei geholfen?"

Connor hatte sich schon eine Lüge zurechtgelegt, aber er wusste, dass das sinnlos war. „Frank."

„Gut, dass du das zugibst."

Sein Vater warf die Zeitung auf den Schreibtisch. Die verhasste Skizze auf der Titelseite war nicht zu sehen. „Du warst unvorsichtig."

„Es gibt keine Hinweise, die mich mit der Schießerei in Verbindung bringen. Es gibt nur eine Augenzeugin. Die anderen haben mich nicht gesehen", erwiderte er beschwichtigend. „Die Zeugin kann man ausschalten."

„Das sehe ich", erwiderte Titus sarkastisch. „Du hast auch da hervorragende Arbeit geleistet."

„Frank hat danebengeschossen. Beim nächsten Mal wird er treffen."

„Frank wird gar nichts mehr tun."

Connor sah seinen Vater verblüfft an. Hatte Titus seinen Cousin umgebracht? Wieder lief es ihm kalt über den Rücken, als er den gleichgültigen Tonfall in der Stimme seines Vaters hörte.

„Hast du wirklich gemeint, du kannst mich hereinlegen, Connor?"

Er spürte noch immer die Kälte, mit der sein Vater die letzte Bemerkung gemacht hatte. Deshalb war er auf diese Frage nicht gefasst. „Was? Ich habe doch nicht ..."

„Weil ich nicht gewusst habe, was in meiner eigenen Familie vorgeht, kann man mich jetzt belangen wegen Anstiftung zum Mord an einem Bundesrichter. Schließlich hat Richter Whitmore meinen ältesten Sohn zum Tode verurteilt. Frank hat für mich gearbeitet. Er stand auf meiner Gehaltsliste, als er für dich den

Laufburschen gespielt hat. Ob der Auftrag von mir kam oder nicht, spielt keine Rolle, ich habe auf jeden Fall den Schwarzen Peter. Ich kann nicht beweisen, dass ich nicht wusste, was du und Frank ausgeheckt haben. Die Geschworenen werden mir die Verantwortung in die Schuhe schieben."

„Das habe ich nicht gewollt ..."

Titus brachte ihn mit einer Handbewegung zum Schweigen. „Meine Interessen sind zufälligerweise identisch mit den deinen. Ich habe eine Lösung für dein Problem. Ich habe Lucas Saracelli angeheuert. Deine Zeugin ist schon so gut wie tot. Aber jetzt frage ich dich: Wer löst mein Problem? Du!"

Connor wusste, dass er in Schwierigkeiten war, als dieser kalte Zorn ihn fast körperlich traf. „Ich habe kein Interesse ..."

„Halt den Mund. Du gehst zurück in deine Anwaltskanzlei, zu deinem guten Job, und du wirst schön den Mund halten. Du wirst genau das tun, was man dir sagt. Und zu deiner Unterstützung wird Joseph morgen in deine Firma einsteigen. Er bleibt an deiner Seite, bis ich etwas anderes sage. Und Connor ... das sind keine leeren Worte. Halte nur schön den Mund. Und jetzt verschwinde."

Das ließ sich Connor nicht ein zweites Mal sagen.

10

Das Haus war früher einmal eine Jagdhütte gewesen, aber heute war es ein luxuriöses Ferienhaus mit Schlafzimmern. Die zwei Flügel waren um eine Küche, ein Arbeitszimmer und ein Wohnzimmer herumgebaut. Es lag am Ufer eines großen Sees. Shari fragte sich, ob der Eigentümer dieses Domizils den US-Marshals vielleicht einen großen Gefallen schuldete.

„Die Stadt liegt fünf Kilometer in östlicher Richtung", bemerkte Marcus, als er auf der geräumigen Veranda neben ihr stehen blieb. „Wir kennen die Bewohner aller anderen Häuser vom Sehen."

„Ist die Frage erlaubt, wo wir sind?"

„In Nirgendwo."

„Sie sind wirklich dickköpfig. In welchem Staat?"

„Bezirksvorwahl 502. Das finden Sie bestimmt heraus, wenn wir für Sie eine zweite E-Mail-Adresse einrichten."

„Also sind wir im Westen von Kentucky."

Er lachte. „Wie schön, dass Sie sich an die wichtigen Dinge im Leben erinnern." Sein Lachen verstummte, und er wurde rasch wieder ernst. „Wir haben unsere Vorschriften."

Weil sowohl Marcus als auch Joshua ihr bereits sämtliche Verhaltensregeln eingeschärft hatten, hätte sie am liebsten vor Ungeduld die Augen verdreht. „Niemand erfährt, wo wir sind; für alle Telefonate ist das Handy zu verwenden, das Sie mir gegeben haben; die ganze Post wird über mein Büro geleitet."

„Und Sie gehen ohne Begleitung nirgendwohin."

„Ich habe gehofft, dass Sie diese Regel vergessen."

„Das ist eher unwahrscheinlich. Suchen Sie sich Ihr Zimmer aus. Ich bringe Ihr Gepäck rein. Auf der Ostseite, wenn Sie beim Aufwachen einen Sonnenaufgang sehen wollen, auf der Westseite, wenn Sie länger schlafen wollen."

„Dann nehme ich die Westseite", erwiderte sie mit fester Stimme. Es tat gut, wieder einmal eine eigene Entscheidung zu treffen.

Sie machte einen Schritt auf die Haustür zu, aber dann hielt sie inne und kam noch einmal zurück. Sie zögerte, dann legte sie eine Hand auf seinen Arm. „Sind wir hier sicher, Marcus?" *Bist du sicher?* Sie wollte nicht, dass ihretwegen noch einmal jemand durch Schüsse verletzt würde.

Seine Hand legte sich auf die ihre und seine Finger verschränkten sich beruhigend mit den ihren. „Nur zwei Personen wissen, wohin wir geflogen sind: Quinn und Dave. Dem Piloten habe ich unser Reiseziel erst nach dem Start genannt und er ist bekannt dafür, dass er so etwas schnell wieder vergisst."

Sie spürte seinen festen Blick und seine innere Stärke. Am liebsten hätte sie sich an ihn geklammert, aber sie erwiderte nur den Druck seiner Hand. „Danke."

Er hob die Hand und strich ihr das Haar zurück, das der Wind ihr ins Gesicht geweht hatte. Er sah sie unverwandt an. „Ich werde tun, was ich kann, um Sie und Ihre Familie zu beschützen. Das verspreche ich."

Begriff er, was es für sie bedeutete, dass einem Mann so viel an ihr lag? Er war für sie angeschossen worden. Ihre Zuneigung zu ihm ging schon ziemlich tief. Sie ließ seine Hand los, legte die ihre kurz auf seine Brust, nickte ihm schweigend zu und hielt es dann für klüger, hineinzugehen.

Es war ein schönes Haus, wie geschaffen für einen Rückzug, dafür, sich von ein paar tiefen Wunden zu erholen, ein Ort, an dem sie ihrem Leben wieder eine Richtung geben konnte. Marcus füllte allmählich die Lücke aus, die Sam hinterlassen hatte. Obwohl es ein schönes Gefühl war, die Wertschätzung eines solchen Mannes zu genießen, wusste sie, dass sich ihre Wege in Zukunft wieder trennen würden. Sie fühlte sich von Gott im Stich gelassen und er hatte noch immer mit einer schweren Kindheit zu kämpfen. So bald nach der Enttäuschung mit Sam wollte sie nicht schon wieder seelische Qualen durchmachen ... *Jesus, ich habe mir das alles nicht ausgesucht. Bitte bewahre mich vor weiteren Verletzungen. Und bitte hilf mir, dass ich Marcus nicht verletze. Das will ich auf gar keinen Fall.*

* * *

Marcus ließ seine Reisetasche neben dem Bett fallen, schnallte mit einer müden Bewegung sein Schulterhalfter ab, sicherte seine Waffe und legte sie auf den Nachttisch. Er sank mit dem Gesicht nach unten in die Kissen, überließ sich dem sanften Gegendruck der Matratze und ließ sich das durch das Westfenster hereinströmende Sonnenlicht auf den Rücken scheinen. Sie waren sicher hier angekommen. Auf dieses Ziel hatte er konzentriert hingearbeitet und er hatte es erreicht. Craig hatte den Sicherheitsdienst für die nächsten Stunden übernommen. Sein Gepäck konnte bis später warten.

Marcus schlief sofort ein und verschwendete seine Energie nicht mit Träumen.

Plötzlich wurde er aus dem Schlaf gerissen von einem Geräusch, das er nicht ignorieren konnte.

Sein Piepser meldete sich.

Er wusste nicht, wie viel Zeit vergangen war, seitdem er sich hingelegt hatte – fünf Minuten oder mehrere Stunden. Er hatte tief und fest geschlafen. Die Zahlen auf dem Piepser verschwammen vor seinen Augen. Der Anruf kam aus Baltimore. Jennifer. Er tastete den Nachttisch ab, bis er sein Handy in der Hand hielt. Die Nummer kannte er auswendig. „Hallo, mein Goldschatz. Wie geht es dir?“, fragte er schläfrig.

„Viel besser, weil du mich so nennst.“

„Tom ist zwar jetzt der Mann in deinem Leben, aber ich werde dich trotzdem noch so nennen. Du bist mein Goldschatz, seitdem ich bei deinem ersten Rendezvous den Anstandswauwau gespielt habe.“ Er schob sich ein Kissen unter die Schultern, damit er etwas bequemer liegen konnte. „Du klingst heute besser als gestern.“

„Ich habe eine Gnadenfrist. Die Behandlungen sind auf heute Nachmittag verschoben worden.“

„Ist dein neuster Besuch schon angekommen?“

Jennifer lachte, verschluckte sich und japste nach Luft. „Nein, aber ich weiß, dass sie auf dem Weg sind. Stephen hat mir ein Dutzend Seiten über ihre Reiseroute geschickt. Und er ruft mich vom Flugzeug aus an, um mir diese abgedroschenen Witze zu erzählen. Ich sage ihm ständig, dass er damit aufhören soll, aber Jack erzählt Stephen immer wieder neue, die er mir dann weitererzählt. Der letzte Anruf kam vom Flughafen hier. Sie haben sich gerade auf die Landung vorbereitet."

„Kein Wunder, dass du so kicherst. Die Witze von Jack können Lachkrämpfe auslösen."

„Stimmt, und Lachen ist die beste Medizin." Ihre Stimme klang jetzt wieder ernster. „Ich wollte dir nur sagen, dass wir Rugsby auf der Spur sind."

Die Verschwörung hatte begonnen. „Was hast du mit Rachel zusammen ausgekocht?"

„Die Lösegeldforderung für Rugsby beinhaltet eine besondere Aufgabe für jeden O'Malley. Sieben Briefe sind fertig zum Verschicken."

„Werde ich mein blaues Wunder erleben, wenn ich meinen aufmache?"

„Deiner ist der beste von allen."

„Jennifer ..."

Sie lachte. „Das ist ein toller Spaß. Rachel wird die Briefe morgen abschicken."

„Ich habe gewusst, dass ich da etwas in Bewegung setze, was ich bis an mein Lebensende bereuen werde."

„Die Zahlung des Lösegelds kann nur umgangen werden, wenn man herausfindet, wer Rugsby gestohlen hat. Ist er gut versteckt?"

„Absolut." Er hatte gerade veranlasst, dass das Tier an Rachel zurückgeschickt werden sollte. Sie wusste nicht, dass es auf dem Weg zu ihr war. Sie würde einen Schreck bekommen, wenn sie die Post erhielt. „Lisa könnte es herausfinden, wenn du ihr genug Zeit gibst."

„Das Lösegeld ist zahlbar in einem Monat. Das sollte genügen." Ihr Tonfall veränderte sich. Sie lachte wieder. „Hier findet gerade eine Invasion statt und Stephen trägt ein furchtbar hässlich verpacktes Päckchen."

„Da ich weiß, was er dir bringt, wirst du staunen", erwiderte Marcus mit einem Lächeln. „Bis bald, Jen."

„Ja, mach's gut, Marcus."

Er legte auf. Jetzt war er richtig wach, aber er hatte noch keine Lust, aufzustehen. Er war froh, dass er diese Komödie mit Rugsby inszeniert hatte. Das Lachen von Jennifer entschädigte ihn für vieles. Seine Schwester war eine Kämpfernatur, obwohl sie die Sanfte und Sensible in seiner Familie war. Er wollte, nein, er musste sie bald sehen, weil er sich danach sehnte, sie zu umarmen.

Stephen hatte ein wirklich hässliches Nachthemd für Jennifer ausgesucht. Es hatte ein grelles, unmögliches, scheußliches Muster, aber es war genau das Richtige, um Jennifer zum Lachen zu bringen. Weil er sie kannte, vermutete er, dass sie es sogar tragen würde.

Marcus verschränkte die Hände im Nacken. Er dachte wieder an Shari und an das, was geschehen war. Zwei Schützen. Was sagte ihm das über den Mann, der Carl umgebracht hatte? Es bestätigte wieder das Tatmuster beim Mord an Carl. Der Mörder war sehr risikofreudig. Zwei Täter – also ging er das Risiko ein, dass sein Komplize eventuell gegen ihn aussagen könnte. Nach dem fehlgeschlagenen Mord war seine Frustration bestimmt groß. Er würde es wieder versuchen. Marcus seufzte. Er war froh, dass es ihm gelungen war, alle Hanfords an einen anderen Ort zu bringen.

Dieser Tag würde lang werden.

Er nahm den Telefonhörer auf. „Dave, wie läuft es? Habt ihr etwas Neues über die Schusswaffe?"

* * *

Er kam an einem Dienstagmorgen aus Saudi-Arabien im Flughafen O'Hare an und er ließ sich Zeit bei der zollamtlichen Überprüfung. Seine Jeans waren abgetragen, auf seinem blauen Freizeithemd war das kleine Logo einer Ölfirma zu erkennen und seine Stiefel waren abgenutzt. Er war ein Mann, der es gewohnt war, überall einzuspringen. Er war ein Globetrotter, und so zeigte er sich entspannt, als seine Reisetasche durchleuchtet und sein Pass geprüft wurde. Sein Reisepass lautete auf den Namen Larry Sanders, aber sein richtiger Name war Lucas Saracelli.

Sein Gepäck bestand nur aus der großen Reisetasche. Als er den Zoll passiert hatte, blieb er am ersten Zeitungsladen stehen und kaufte die *Chicago Tribune* und die *Chicago Sun Times*. Er hatte die neusten Sportnachrichten nicht mehr mitbekommen. Von einer Telefonzelle aus rief er einen privaten Taxidienst an, der aber eher Limousinen schickte als normale Taxis. Dann ging er durch die Wartehalle. Er wollte zuerst ein gutes Steak mit Bratkartoffeln, und so sah er vor seinem geistigen Auge eine Bar mit einem Fernseher – wegen der Übertragung des Baseballspiels. Es war schön, wieder in den USA zu sein.

Sein Wagen stand bereit, als er den Terminal verließ. Lucas gab seine Reisetasche dem Fahrer, damit er sie im Kofferraum verstauen konnte. Dann setzte er sich auf den Rücksitz der Limousine und griff nach dem kostenlosen, gut gekühlten Mineralwasser. „Ich möchte zum Jefferson Renaissance Hotel." Aus Erfahrung wusste er, dass der beste Ort für eine Suche der Ort war, an dem alles begonnen hatte.

Shari Hanford.

Er dachte über das Foto nach, das man ihm geschickt hatte. Während er sein Mineralwasser trank, überflog er die erste Zeitung und blickte gelegentlich auf, um zuzusehen, wie sie sich den imposanten Hochhäusern der Stadt näherten.

Eine Augenzeugin.

Er seufzte. Solche Aufträge gefielen ihm gar nicht.

Zumindest wäre sie von Leibwächtern umringt und er müsste nicht einen vollkommen wehrlosen Menschen umbringen. Er hoffte, dass ihre Begleiter etwas von ihrer Arbeit verstanden. Wenn dieser Auftrag zu leicht wäre, würde er sich noch Monate danach darüber ärgern.

Zuerst musste er sie finden.

Diesen Teil seiner Arbeit mochte er am liebsten.

Weil er noch vor dem Beginn des Berufsverkehrs angekommen war, kam ihm die Fahrt nicht sehr lang vor. Der Wagen fuhr vor dem Eingang des Hotels vor, bevor Lucas mit seiner Zeitungslektüre fertig war. Er faltete die beiden Zeitungen zusammen und nahm sie unter den Arm. Dann gab er dem Fahrer ein großzügiges Trinkgeld und ging weiter in das Foyer des Hotels. Er registrierte mit Interesse die vielen Journalisten und Sicherheitsleute. Dann flirtete er mit der Frau am Empfang, füllte die Anmeldung aus und nahm den Zimmerschlüssel entgegen. Sein Zimmer war im siebten Stock. Er ließ seine Reisetasche am Fußende des Bettes fallen, zog die Vorhänge auf, stellte die Klimaanlage auf „kalt" und hängte das Schild mit der Aufschrift „Bitte nicht stören" an die Türklinke. Dann ging er hinunter in die Hotelbar. „Was ist denn der Grund für diese Aufregung?"

Nur fünf Minuten später sprach er mit einem Reporter, der ihm bereitwillig Auskunft gab.

11

Es hatte in der Nacht geregnet. Shari nippte an ihrem Kaffee und sah zu, wie der Wind die Wellen auf dem See hin und her bewegte. Der Himmel wurde langsam heller, als die Sonne aufging, und allmählich zeigte er sich in einem blassen Blau. Es war nur eine Wolke zu sehen. Die Strahlen der aufgehenden Sonne tauchten sie in ein rosafarbenes Licht. Sie betrachtete die Landschaft vom Fenstersitz im Wohnzimmer aus. In den letzten vier Tagen war dieser Ort in dem geräumigen Haus zu ihrem Lieblingsplatz geworden. Sie wollte zwar länger schlafen, aber sie war zu früh aufgewacht. Die Alpträume hatten sie wieder aufgeschreckt. Sie hatte zwar keine Erinnerung mehr an sie, aber die Angst, die sie beim Aufwachen spürte, begann erst jetzt allmählich zurückzuweichen.

Die Bäume in ihrem Blickfeld hatten Blätter verloren. Die Stämme und die kahlen Baumkronen zeichneten sich wie schwarze Scherenschnitte vom heller werdenden Himmel ab. Dieser Kontrast hatte seine eigene Schönheit und sie war überrascht darüber. Es gab Zeiten, in denen etwas Schwarzes und Kahles zu etwas sehr Schönem werden konnte.

Danke, dass du mich daran erinnerst, Herr.

Sie sah, wie Marcus und Quinn um das Bootshaus herumgingen. Sie legte das Kinn auf ihre angewinkelten Knie und beobachtete die beiden Männer. Zuerst war sie überrascht gewesen, als sie sie da unten am Seeufer sah. Wann schliefen die beiden eigentlich? Sie fragte sich manchmal, ob sie vielleicht ganz ohne Schlaf auskamen.

Ein leichter Nebel stieg hinter den beiden Männern aus dem Wasser des Sees auf. Allmählich empfand sie diesen Ort als den friedlichsten und schönsten von allen Gegenden, in denen sie vorher gewesen war. Es war so ruhig hier. Sie war jetzt beinahe eine Stunde lang auf und das Telefon hatte noch nicht einmal geklingelt. Hier hatte sie Zeit zum Nachdenken und in den letzten Tagen hatte sie das sehr häufig getan.

Die Tatsache, dass ihr normales Leben so abrupt zu Ende war, zeigte ihr manches, was ihr nicht gefallen wollte. Um sich nach der Trennung von Sam von dem damit verbundenen Schmerz abzulenken, hatte sie sich in ihre Arbeit gestürzt. Um sich von ihrer Trauer um Carl und ihren Vater abzulenken, hatte sie die Vorbereitungen für die beiden Beerdigungen und die Verwaltung der beiden Nachlässe vorgeschoben. Sie hatte jeden denkbaren Vorwand gesucht, um sich nur ja nicht mit ihrer Verunsicherung im Hinblick auf Gott befassen zu müssen. Sie hatte sich versteckt, aber nur ein Feigling versteckt sich.

Ihr Leben verlief nicht so, wie sie es geplant hatte, und sie hatte ihren Zorn gegen Gott gerichtet, anstatt sich zu überlegen, wovon sie eigentlich getrieben wurde. Sie wollte unbedingt in die Politik gehen. Dieser Wunsch war schon in ihren Teenagerjahren zu einer Leidenschaft geworden. Ihr Vater hatte die Grundlagen gelegt für ihren Wunsch, sich für eine gute Sache zu engagieren. Sie wollte aber auch eine Familie gründen. Sie hatte eine ganz bestimmte Vorstellung, wie sie das bewerkstelligen wollte, und sie hatte einen Zeitplan dafür festgelegt. Obwohl sie von sich behauptete, sie sei flexibel und kompromissbereit, war sie unnachgiebig, als ihre Pläne zunichte gemacht wurden.

Sie wollte ihr Leben nicht neu überdenken, aber hier an diesem abgelegenen Ort hatte sie eine Chance, das zu tun, denn hier spielten der Zeitdruck und die Sachzwänge ihrer Arbeit keine Rolle mehr. Aber sie wollte wieder eine Ablenkung; sie brauchte dringend eine Zerstreuung, und er kam wie gerufen, als er gerade zum Haus zurückging: Marcus.

Was wäre geschehen, wenn sie sich an jenem Samstagmorgen einfach wie geplant auf eine Tasse Kaffee getroffen hätten? Das würde sie nie erfahren.

Als er sie beschützte, hatte er eine Schussverletzung erlitten. Jetzt war er hier bei ihrer Familie, obwohl er lieber seine Schwester besucht hätte. Sie wünschte, sie würde wissen, was ihn bewegte. Er war ein faszinierender Mann, jedoch schwer einzuschätzen, weil er eine so vielschichtige Persönlichkeit war. Aber er war ein wahrer Freund. Wenn er doch nur nicht so ablehnend gegenüber Gott wäre ... Sie seufzte und dachte diesen Gedanken nicht zu Ende.

Sie griff nach dem Schreibblock, den sie mit nach unten genommen hatte. Es wurde Zeit, dass sie die Prioritäten für diesen Tag festlegte. Sie vermisste ihre Zeitungslektüre. Ihr Tag begann sonst immer mit einer Tasse Kaffee und einem Stapel Zeitungen.

Sie musste die Prioritäten für heute festlegen. Sie verzog das Gesicht zu einer Grimasse, als sie ein Wort niederschrieb. *Nachlass.* Die Kartons mit den Unterlagen waren gestern Abend gekommen. Heute würde sie alles sortieren und versuchen, alles zu erledigen.

„Sie sind heute schon früh auf."

Sie erschrak. Marcus hatte die unangenehme Angewohnheit, sich an sie heranzuschleichen. Sie hatte ihn nicht gehört, als er ins Haus kam.

„Ich konnte nicht schlafen." Sie sah ihn hoffnungsvoll an. „Sind die Zeitungen schon gekommen?"

„Tut mir leid. Es wird noch einen Tag dauern, bis es mit der Weiterleitung klappt."

„Das ist noch schlimmer, als wenn man aus meinem Handy den Akku herausnimmt."

„Haben Sie schon gefrühstückt?"

„Sie könnten wenigstens Verständnis für mich heucheln."

Er musste grinsen. „Weil Sie heute nicht Ihr Dutzend Zeitungen haben? Sie brauchen ein paar Tage Ruhe."

„Ich habe wohl keine andere Wahl. Frühstück – sind Sie nicht im Dienst? Ich habe Sie zusammen mit Quinn gesehen."

„Craig hat die Schicht bis Mittag." Er hielt ihr seine Hand hin.

Shari schob den Schreibblock weg und ließ sich von ihm hochziehen.

„Was haben Sie für heute geplant?"

Sie stöhnte. „Papierkram."

* * *

Shari griff in den Karton von der Bank, um einen weiteren dicken Ordner herauszuholen. Sie hatte immer gemeint, ihr Vater habe einen ausgeprägten Ordnungssinn gehabt. Aber jetzt musste sie seine Papiere durchsehen. Um sie herum lagen auf dem Tisch und dem Boden verschiedene Stapel mit Dokumenten – Versicherungspolicen, Wertpapiere, Autopapiere, Bankauszüge, Steuerbescheide. Ihr Laptop war aufgeklappt und sie versuchte gerade, eine Bilanz über die zu schätzenden Werte des Nachlasses zu erstellen.

„Josh, hast du die Dokumente über die Farm von Großvater gefunden?"

„Ja, die sind hier irgendwo." Ihr Bruder durchsuchte die Stapel auf dem Couchtisch. „Da sind sie."

Sie trug den Posten unter „Immobilien" ein.

Der Ordner, den sie sich genommen hatte, enthielt alte Maklerbestätigungen. Sie begann, sie nach dem Datum zu sortieren. Im hinteren Teil des Ordners stieß sie auf einen Packen Fotos. Er musste in die Schachtel hineingefallen sein, als man sie zusammenpackte.

Das obere Bild brachte sie sofort zum Lachen. Sie war etwa zwölf gewesen, als das Foto gemacht wurde, Joshua etwa neun. Sie standen beide neben einem Hund, der zu Recht den Namen „Köter" trug. Sie ging die anderen Bilder durch, bis sie die Fotos von einem Campingurlaub in den Rocky Mountains sah. „O weh. Das wird dir gefallen, Mama."

Beth hatte die aufgeschlagenen Fotoalben um sich herum aufgebaut. Shari reichte ihr die Bilder. „Wir hatten so viel Spaß in diesem Urlaub. Ich erinnere mich noch, wie wir im Schnee standen und Dad uns fotografiert hat. Ach ja, da waren auch die Streifenhörnchen, die Erdnüsse gefressen haben, und dieser See, der sich rosa gefärbt hat, wenn die Sonne untergegangen ist."

„Vergiss nicht die Forellen", fügte Joshua hinzu.

Shari sah aus dem Fenster und betrachtete den See. „Meinst du, man kann hier angeln?"

„Hier gibt es viele Wolfsbarsche“, antwortete Marcus von der Zimmertür aus.

Shari wirbelte herum. „Wirklich? Können wir mal angeln?“

„Wenn Sie bereit sind, im Morgengrauen aufzustehen.“

„Das überlege ich mir noch.“

„Wir können uns das schon mal vornehmen“, stimmte Marcus zu. „Beth, darf ich Sie kurz sprechen?“

„Natürlich. Ich wollte mir gerade etwas Eistee holen. Kommen Sie doch mit.“

Shari sah, wie ihre Mutter den Arm von Marcus nahm, als beide das Zimmer verließen.

„Was führen die zwei bloß im Schilde?“, fragte sie Josh. Sie spürte einen gewissen Neid, dass ihre Mutter sich mit Marcus so gut verstand.

„Sie haben sich beim Frühstück über die Stadt unterhalten. Ich weiß, dass Mama dort einkaufen gehen will“, erwiderte Josh, ohne von dem Dokument, das er gerade las, aufzublicken. „Was hast du mit dem Inhalt des Schließfachs vor? Hier steht, dass sich das Originaldokument dort befindet.“

Shari widmete sich wieder der zu erledigenden Aufgabe. „Meinst du, Dads Sekretärin kann es an unserer Stelle öffnen?“

„Ich gebe ihr eine Vollmacht dafür.“

* * *

„Ich kann von der Bäckerei hier im Ort eine Geburtstagstorte kommen lassen“, schlug Marcus vor, als er und Beth in der Küche waren, wo Shari sie nicht hören konnte. Am Samstag in einer Woche hatte Shari Geburtstag, und das machte ihm zu schaffen. Es war schon schlimm genug, dass sie bei diesem Anlass ihren Vater und Carl vermissen würde, aber ihren Geburtstag auch noch an diesem abgelegenen Ort und ohne ihre Freunde verbringen zu müssen, machte es noch schlimmer.

Beth goss sich ein Glas Eistee ein. „Ich habe jede Menge Zeit, um etwas zu backen. Sie müssten mir nur meine Rezeptsammlung von zu Hause schicken lassen. Wie wäre es mit einem Schokoladenkuchen mit Cremefüllung?"

„Ist Schokoladenkuchen ihr Lieblingskuchen?"

„Sie isst am liebsten kleine runde Kuchen. Keine Angst, ich werde mehrere Sorten backen. Sie mag am liebsten die mit viel Zuckerguss und bunten Streuseln oben drauf."

„Wirklich?" Marcus musste lächeln. „Na ja, mir persönlich wäre ein Schokoladenkuchen lieber."

„Können wir Geschenke kaufen?"

„Die Fahrt in die Stadt muss gut geplant werden, aber das ist kein Problem. Ich besorge Ihnen eine Liste mit Läden. Es wird nur schwierig sein, Shari abzulenken."

„Bestimmt nicht. Sie können Sie zum Mittagessen ausführen oder mit ihr ins Kino gehen, während Josh und ich einen Einkaufsbummel machen."

„Das ist wirklich schlau, Beth."

„Ich mag Sie sehr gern. Shari könnte es schlechter getroffen haben."

Er sah zu ihr hinüber, zu der älteren Dame, die er inzwischen bewunderte, und er musste wieder lächeln. „Sie ist eine Augenzeugin. Vergessen Sie das nicht."

„Sie werden sie nicht ewig beschützen müssen. Sie tun meiner Tochter sehr gut."

Er wollte nicht schon wieder auf die Problematik einer Beziehung hinweisen. Sie stammten aus völlig verschiedenen Gesellschaftsschichten. Er glaubte nicht an Gott. Beth hatte diese Einwände bereits gehört und sie entkräftet. Shari könnte sich auf ihn einstellen und er könnte sich ändern. Amüsiert musste Marcus sich eingestehen, dass Beth wohl ihren Kopf durchsetzen würde. „Und Sie sind die netteste Mutter, die ich jemals beschützt habe."

„Sie haben ja noch keine Vergleichsmöglichkeiten, weil ich bisher die einzige bin."

„Sie sind trotzdem die netteste." Marcus nahm das Glas Eistee, das sie ihm reichte. „Sie erinnern mich an meine eigene Mutter."

„Aus Ihrem Mund ist das für mich ein großes Kompliment."

Sein Piepser meldete sich. „Entschuldigen Sie bitte, Beth."

Er ging auf den Flur, um ungestört telefonieren zu können. „Ja, Dave."

„Ein Anruf aus Washington. Der Präsident hat sich für einen Kandidaten für den Obersten Gerichtshof entschieden. Er favorisiert Richter Paul Nelcort."

„Wann wird das bekannt gegeben?", fragte Marcus mit einem Stirnrunzeln.

„Heute um vierzehn Uhr wird es im Rosengarten des Weißen Hauses eine Presseerklärung geben."

Er ging weiter zu einer Stelle, von der aus er Shari sehen konnte. „Der Zeitpunkt ist ungünstig."

„Ich wollte dir Bescheid sagen, bevor sie es aus den Medien erfahren."

„Danke." Es musste ja so kommen, aber es würde Shari hart treffen. Nachdem er aufgelegt hatte, wusste Marcus nicht, ob er es ihnen gleich erzählen oder noch warten sollte.

Beth berührte ihn am Arm. „Gibt es etwas Neues?", fragte sie besorgt.

Er nickte. Es war wohl besser, er brachte es gleich hinter sich. „Gehen wir zu den anderen."

Er ging mit Beth zusammen ins Zimmer. Shari und Josh lachten gerade über etwas und Marcus wollte ihr ungern dieses Lachen rauben. Das Lächeln verschwand langsam aus Sharis Gesicht, als sie seine ernste Miene sah.

„Es ist etwas passiert."

Es half nichts. Er konnte es nicht beschönigen und so teilte er es ihnen einfach mit. „Der Präsident hat sich entschlossen, Richter Paul Nelcort für den Obersten Gerichtshof zu ernennen."

Es war ein Schock. Anders ließ es sich nicht beschreiben, wie Shari es aufnahm. Die Nachricht brachte die Erinnerung an diesen Abend zurück, diese schrecklichen Bilder, als sie zusehen musste, wie Carl starb. Marcus sah ihr das an. Innerlich ermutigte er sie, sich diesem Schmerz zu stellen. Worte halfen nicht viel. Sie musste ihn einfach annehmen.

„Er ist ein guter Mann“, sagte sie schließlich. Sie stand aus ihrem Sessel auf und ging durchs Zimmer auf ihre Mutter zu. Dann schüttelte sie den Kopf. Ihre geballte Faust traf dumpf auf das Holz des Türrahmens, als sie sich abwandte und zur Treppe ging. „Entschuldigung.“

„Lassen Sie sie gehen, Marcus“, sagte Beth und hielt ihn zurück, indem sie ihm eine Hand auf den Arm legte.

„Sie meint, es sei ihre Schuld, weil sie diese Empfehlung geschrieben hat.“

„Ich weiß. Aber wenn man ihr sagt, dass das nicht stimmt, ändert das nichts an ihren Gefühlen.“

* * *

Shari schob die Kleidungsstücke, die sie diesen Morgen auf das Bett geworfen hatte, auf den Boden und streckte sich mit dem Gesicht nach unten auf der Bettdecke aus. Ihre Gefühle waren im Aufruhr und sie griff nach einem Kissen, um ihren Kopf darin zu vergraben. Sie wollte auf gar keinen Fall losweinen.

Jesus, ich kann nur noch darum bitten, dass der Mörder gefunden wird. Bitte. Ich bringe dir wieder dieses Anliegen. Ich habe mich wirklich darum bemüht, dir wie Mama stillschweigend zu vertrauen, aber das ist zu viel ... mir bricht das Herz. Ich wünsche mir so sehr, dass Carl Gerechtigkeit zuteil wird. Ich will, dass der Schütze gefunden wird. Mir kommt es so vor, als sei dir das gleichgültig. Ich weiß, das stimmt nicht, aber die Tage vergehen und nichts geschieht. Und ich habe solche Angst vor ihm! Er muss hinter Gitter.

Sie rollte sich auf die andere Seite und griff nach ihrer Bibel auf dem Couchtisch. Das Lesezeichen steckte noch bei Psalm 4, den sie heute früh gelesen hatte. Der zweite Vers war ihr ins Auge gefallen.

Erhöre mich, wenn ich rufe, Gott meiner Gerechtigkeit, der du mich tröstest in Angst; sei mir gnädig und erhöre mein Gebet!

Sie hatte sich an diesem Vers festgeklammert, als sie ihn gefunden hatte, weil er nicht nur Davids eigenen Aufruhr der Gefühle, seine eigene Not ausdrückte, sondern auch einen ähnlichen Wunsch nach einer Antwort auf sein Gebet. Sie las die Worte noch einmal und fand Halt in ihnen.

Herr, du bist ein Gott, der Gerechtigkeit liebt. Bringe Gerechtigkeit, schnelle, vollständige Gerechtigkeit.

Sie drehte sich wieder herum und blickte zur Zimmerdecke. *Herr, ich habe noch eine kleine, private Bitte an dich: Bitte bewirke doch, dass Marcus seine Einstellung über den Glauben noch einmal überdenkt.*

Sie brauchte eine Zukunft, und sie wollte, dass er darin vorkam. Aber sie brauchte auch jemanden zum Reden. Dieser Gesprächspartner durfte nicht aus ihrer Familie kommen, weil sie mit ihren Fragen vielleicht jemanden verletzen könnte. Marcus konnte ihr in dieser Situation bestimmt helfen.

* * *

Frustriert schob Marcus sein Handy in die Tasche. Jemand hatte auf Shari geschossen und sie hatten noch keine Spur. Alle Hinweise führten ins Leere.

„Jemand muss ihn gesehen haben und darüber reden wollen", bemerkte Quinn von seinem Platz am anderen Ende der vorderen Veranda aus. „Das wird passieren. Nur weil das Gewehr uns nicht weitergebracht hat, heißt das noch lange nicht, dass nicht noch jemand in den Plan eingeweiht war. Es gibt zwei Komplizen. Das ist einer zu viel. Einer muss mal was ausplaudern."

„Hast du Lust, nach Chicago zurückzufliegen und dieser Sache nachzugehen?"

Quinn schob sich den Hut in den Nacken und sah zu ihm hinüber. „Wenn du möchtest."

„Ich glaube ja. Wir sind hier sicher." Marcus lehnte sich gegen das Verandageländer und betrachtete die Bäume. Einige ihrer Männer bewachten die Straße und drei Streifen sicherten das Grundstück. Sie wussten, welche Flugzeuge auf dem kleinen örtlichen Flughafen landeten und welche Gäste in den hiesigen

Hotels übernachteten. Dieser Ort war sicher, aber wenn jemand wild entschlossen war ... Sie mussten den Mörder von Carl bald finden, damit er nicht sie fand und noch einmal versuchte, Shari auszuschalten.

„Lisa wird bei der Untersuchung des Zimmers bestimmt was finden."

„Vielleicht."

„Warum so pessimistisch? Normalerweise bist du doch der Optimist von uns beiden."

Marcus schwang ruhelos die Arme hin und her. „Dieser Fall ist anders."

„Das habe ich bemerkt", erwiderte Quinn ironisch.

„Ich meine nicht Shari – na ja, nicht ganz."

„Ich weiß, Marcus. Diesmal ist ein Richter ermordet worden. Das ist schon etwas anderes", stimmte Quinn ihm zu. „Wenigstens haben sich die Hanfords hier ganz gut eingelebt. Das Haus ist nicht schlecht für ein paar Wochen."

„Shari kann nachts nicht schlafen", sagte Marcus düster. Ein Blick zurück zum Haus zeigte ihm, dass im Wohnzimmer immer noch Licht brannte. Sie hatte sich nach dem Abendessen mit einem Schreibblock dorthin zurückgezogen, weil sie für John eine Rede ausarbeiten musste, und sie war noch immer dort, lange nachdem Beth und Josh ins Bett gegangen waren.

„Hast du wirklich gedacht, das sei kein Problem, nachdem zweimal auf sie geschossen worden ist?"

„Es würde ihr helfen, wenn sie darüber reden würde."

„Das wird sie auch, wenn die Zeit dafür gekommen ist."

Die Tage vergingen und Marcus fragte sich, ob sie jemals so weit sein würde. „Sie braucht ein Ventil für diesen Stress."

„Frag sie doch mal, ob sie gern Basketball spielt."

„Was?"

„Sie ist nicht die Einzige, die ein Ventil für Stress braucht. Du rennst ständig auf und ab, und das machst du normalerweise nicht. Wenn du nicht endlich eine Bibel aufschlägst und dich mit den Fragen auseinandersetzt, denen du seit Jahren aus dem

Weg gehst, dann gib wenigstens zu, welche Wirkung diese Vogel-Strauß-Politik auf dich hat. Seitdem du von Jennifers Krankheit erfahren hast, wird es immer schlimmer. Irgendwann wirst du explodieren."

„Ich weiß, dass du Christ bist, Quinn, aber ich will nicht darüber reden."

Quinn nahm mit einem Schwung die Füße vom Geländer. „In Ordnung. Du weißt ja, wo du mich findest, wenn du reden willst. Wenn Josh zur Physiotherapie in die Stadt muss, nimm Shari mit ins Sportzentrum beim Krankenhaus. Man kann dort bestimmt die Basketballhalle mieten."

Shari und Basketball. Das war ein interessanter Gedanke. Er hätte gerne wieder gespielt. „Ich überlege es mir."

Quinn sah in den dunklen Nachthimmel. „Wann willst du mich ablösen?"

„Um sechs Uhr?"

„Klingt gut. Ich buche einen Rückflug nach Chicago und schlafe im Flugzeug."

Marcus stieß sich vom Geländer der Veranda ab. „Sag Lisa liebe Grüße von mir."

„Das klingt wie eine subtile Aufforderung."

„Brauchst du etwa eine?"

„Nein."

„Eben. Bis morgen, Quinn."

Sein Partner nickte.

Marcus öffnete die Tür und ging mit schlafwandlerischer Sicherheit durch das dunkle Haus in die Küche. Er war todmüde, und normalerweise hätte er die freien Stunden genutzt, um etwas Schlaf nachzuholen. Stattdessen holte er zwei Longdrinkgläser aus dem Küchenschrank und aus dem Kühlschrank ein Gefäß mit Zitroneneis. Dann nahm er zwei Flaschen Tonic-Water und mixte zwei Tonic-Eis-Cocktails.

Er ging ins Wohnzimmer.

Shari hatte es sich in dem großen Ledersessel bequem gemacht. Ein paar Seiten ihres gelben Schreibblocks waren zurückgeschlagen. Gedankenverloren spielte sie mit einem Bleistift. Marcus blieb kurz in der Tür stehen, weil er sich an ihrem Anblick freute.

Auf dem Fußboden verstreut lag stapelweise zusammengeheftetes Recherchematerial, das sie durchgearbeitet und unterstrichen hatte. Ihre anfängliche Frustration zeigte sich an den zerknitterten Seiten, die sie in Richtung Papierkorb geworfen hatte. Sie kämpfte um die richtige Wortwahl. Sie begann zu schreiben und hatte am Ende der Seite keinen Platz mehr. Anstatt eine neue Seite aufzuschlagen, drehte sie den Block um und schrieb an den Seitenrändern weiter.

Er wartete, bis sie fertig war. „Geht es voran?"

Sie sah kurz auf. „Ja, endlich. Es ist kaum zu glauben, wie schwierig es ist, die Umweltfragen bei der Verwaltung von Wasserressourcen für Zuhörer interessant zu machen. John hat einen großartigen Gesetzentwurf vorbereitet, aber wenn ich eine Rede schreiben muss, bei der die Menschen überzeugt werden sollen, warum so etwas genauso lebenswichtig sein soll wie Steuern und Schulbildung, fällt es sogar mir schwer, wach zu bleiben." Sie nahm das angebotene Glas. „Ich werde noch richtig verwöhnt, wenn Sie so weitermachen."

„Ja, natürlich." Er ließ sich ihr gegenüber auf dem Sofa nieder und betrachtete sie. In dieser entspannten Haltung gefiel sie ihm schon besser.

Sie legte den Schreibblock weg und nahm einen Schluck aus dem Glas. „Das schmeckt sehr gut."

„Trinken Sie langsam, sonst bekommen Sie Kopfweh von dem Eis."

„Danke für den Hinweis."

Er bückte sich, hob eine der zerknitterten Seiten auf, zielte und warf sie zum Papierkorb.

Sie zuckte zusammen, als das Papier sicher darin landete.

„Ich bin ein besserer Schütze als Sie."

„Stimmt. Aber ich habe mir auch keine große Mühe gegeben."

„Jetzt meldet sich Ihr Ehrgeiz."

„Gut. Dann habe ich doch etwas von Josh gelernt."

„Ich habe heute Nachmittag gesehen, wie Sie mit ihm Hanteltraining gemacht haben. Wie macht er sich?“

„Sein unverletzter Arm ist fast wieder so stark wie vorher. Die Physiotherapie kann jetzt beginnen.“

„Es ist schon alles arrangiert. Morgen Nachmittag geht es los.“

Sie nickte und schwieg.

Er lehnte sich zurück, trank genüsslich seinen Tonic-Eis-Cocktail und fragte sich, was heute Abend wohl ihr Gesprächsthema sein würde. Sie hatte immer eines. Seit diesen ersten Tagen im Hotel, als der nächtliche Zimmerservice zu einer Gewohnheit geworden war, hatten sie sich spät abends, wenn alle anderen schon schliefen, zu diesen Gesprächen getroffen. Marcus genoss diese gemeinsamen Zeiten.

„Erzählen Sie mir von Ihrer Schwester.“

Sie hatten sich in den letzten Wochen häufig über ihre Familien unterhalten. Er hatte sie förmlich ausgefragt über ihren Vater und die guten Erinnerungen, die sie an ihn hatte. Sie wiederum war fasziniert über seine große Familie, sah sich die Fotos in seiner Brieftasche an und lachte über die lustigen Geschichten, die er ihr erzählte. „Welche?“

„Kate.“

Marcus lehnte sich an die Rückenlehne des Sofas und merkte, wie das feste Polster etwas nachgab. „Sie ist meine mitternächtliche Telefonfreundin“, sagte er leichthin. Mit diesen einfachen Worten traf er den Kern seiner besonderen Beziehung zu Kate. Sie waren immer füreinander da gewesen. Diese Stunden mitten in der Nacht waren für ihn von unschätzbarem Wert.

Kate hatte ihn kürzlich im Scherz ausgeschimpft, weil seine Anrufe in letzter Zeit immer ungewöhnlich spät kamen. Marcus hatte ihr nicht gesagt, dass er so spät anrief, weil er vorher immer noch mit Shari redete. Kate würde das bestimmt nichts ausmachen, aber wenn sie es wüsste, wäre ihr Interesse geweckt.

Wie sollte er Kate beschreiben? Es war gar nicht so einfach. Manchmal fiel es anderen Menschen schwer, die wahre Kate hinter der glatten Maske zu entdecken, die sie schon aus beruflichen

Gründen trug. Sie war immer höflich und freundlich, aber es war schwierig zu wissen, was sich hinter dieser Fassade und ihrem wachsamen Blick verbarg.

„Als Vermittlerin bei Geiselnahmen und Entführungen ist sie einzigartig. Je höher der Druck, desto gelangweilter wirkt sie. Es ist schwierig, in Worte zu fassen, wie Kate ist. Sie ist der Mittelpunkt der O'Malley-Familie. Ich bin vielleicht die Führernatur in der Gruppe, aber Kate ist die Kämpfernatur, der Mut in Person, die Kraft, die uns alle zusammenhält. Sie ist die treibende Kraft hinter allem, was wir sind. Wenn es Schwierigkeiten gibt, ist sie diejenige, die sie anpackt und tapfer bis zum Schluss kämpft. Wenn sie sich für einen einsetzt, dann spielt es keine Rolle, wie aussichtslos die Lage ist, denn sie ist wie ein Felsen in der Brandung und nichts bringt sie aus der Ruhe. Sie kämpft wie eine Löwin für die Familie. Deshalb liebe ich sie."

„Und Sie kämpfen für Kate."

„Wenn sie es braucht. Ich würde ihr sogar mein Leben anvertrauen, und das habe ich manchmal auch getan. Kate ist es auch, die meine Geheimnisse kennt."

„Alle?"

Sie weiß noch nicht, dass du mich bezauberst, aber sie ist sehr scharfsinnig und ahnt das vielleicht schon. Dein Name fällt sehr oft in unseren Gesprächen.

„Fast alle. Sie muss nicht unbedingt wissen, dass ich sie mit Dave praktisch verkuppelt habe oder dass ich damals den Jungen, der sie in der sechsten Klasse belästigt hat, verprügelt habe oder dass ich Jack gebeten habe, ihre Autoschlüssel zu klauen, um sie daran zu hindern, einem Kollegen hinterherzufahren, weil der eine Verhandlung mit einem Entführer vermasselt hat. Solche und ähnliche Kleinigkeiten."

„Geheimnisse, die das Familienleben schonen."

„So etwas Ähnliches. Sie schulden mir immer noch eins Ihrer Geheimnisse. Ich bin Ihnen voraus."

„Sie sollten mal Ihre Punkteliste überprüfen."

„Ich gebe Ihnen mein Pfadfinderehrenwort."

„Waren Sie mal Pfadfinder?"

„Nein."

Sie rümpfte die Nase. „Dann lege ich das mal zu Ihren Gunsten aus."

Sie machte es sich in ihrem Ledersessel wieder bequem. „Mal sehen, noch ein Geheimnis ..." Plötzlich huschte ein Lächeln über ihr Gesicht. „Ich habe für meinen Gegner gestimmt, als ich in der Abschlussklasse für die Wahl zur Klassensprecherin kandidiert habe."

„Sie haben einen Wahlkampf vermasselt?" Er fand diese Vorstellung amüsant.

„Es ging nur um eine Stimme. Wir haben uns über den kleinen Rundfunksender gestritten, den die Jungs von der Schule aus betrieben haben. Ich fand die Argumente meines Gegners sehr überzeugend."

„Wer hat das Rennen gewonnen?"

„Ich hatte einen erdrutschartigen Wahlsieg", gab sie zu. „Aber damals verstand ich, warum man auch am Wahltag noch um die letzte Stimme kämpfen muss."

„Mir kommt es so vor, als ob Sie sichergehen wollten, dass er wenigstens eine Stimme bekam."

„Na ja ... das hat vielleicht auch eine Rolle gespielt."

„Wie sind Sie zum ersten Mal mit der Politik in Berührung gekommen?"

„Seit meinem zwölften Lebensjahr habe ich Briefumschläge zugeklebt und Wahlzettel verteilt. Ich habe mich buchstäblich verliebt in Wahlkämpfe, die komplizierten Themen und die Gewissheit, dass der Kandidat, den man unterstützt, gewinnt."

Für ihn war es etwas Neues, jemanden zu kennen, der die Politik zu einer Leidenschaft gemacht hatte. Ihm gefiel das. Er bewunderte ihr umfangreiches Wissen, und schon öfter hatte er sie dazu gebracht, mit demselben Eifer beide Seiten eines Themas zu vertreten. Sie arbeitete sehr hart, um gegensätzliche Standpunkte zu verstehen. Diese Arbeitsauffassung war für ihn bewundernswert.

„Wann haben Sie mit dem Schreiben von Reden angefangen?"

„Ich habe mir einige Broschüren angesehen. Auf mich wirkten sie farblos und unverständlich, und so habe ich sie umgeschrieben. Ich hörte mir Johns Reden an. Er fragte mich nach meiner Meinung und ich sagte sie ihm. Ich zitierte, was bei den Zuhörern gut ankam und was weniger gut ankam. Anne hat mich schließlich eingestellt und ich habe mich in diesen Job verliebt."

„Sie waren also ein Selbststarter."

„Wenigstens konnte ich meiner Leidenschaft frönen."

„Sie haben Glück, weil Sie Ihre Leidenschaft zum Beruf machen konnten."

„Ja." Shari stimmte ihm zu, aber sie sah ihn nicht an, als sie das sagte. Marcus fiel die unausgesprochene Einschränkung auf, die sie damit machte. Das war etwas, worüber er später noch nachdenken müsste.

„Machen Sie es immer noch gern?"

„Meistens." Sie verzog ihr Gesicht zu einer drolligen Grimasse. „Nur dann nicht, wenn ein Abgabetermin näher rückt und die Rede einfach nicht rüberkommen will." Sie hielt die Blätter hoch. „So wie diese hier."

„Machen Sie weiter, Sie werden das schon hinbekommen."

„Oder ich zerreiße alles und fange noch mal an." Sie hielt ihr Glas hoch. „Danke für den Cocktail."

„Nichts zu danken. Haben Sie noch einen Block? Ich will ein bisschen arbeiten, während Sie die Rede fertig schreiben."

„Sie haben mehr Zutrauen in meine Fähigkeiten als ich." Sie reichte ihm einen unbenutzten Schreibblock.

Marcus holte die irreführende Skizze aus seiner Jackentasche.

„Es tut mir leid, dass ich den Mörder falsch beschrieben habe."

Er wollte ihr nicht die alleinige Schuld daran geben, denn darüber hatten sie in der letzten Woche schon mehrmals gesprochen. „Das muss Ihnen aber nicht leidtun. Er hat von vornherein geplant, uns in die Irre zu führen." Er begann, die Skizze abzuändern und eine erneute Verwandlung zu vollbringen – eine von den Dutzend, die er in den letzten Tagen angefertigt hatte.

Es wurde still im Wohnzimmer. Sie waren beide in ihre Arbeit vertieft. Marcus blätterte um, weil er eine weitere Skizze machen wollte. Stattdessen ertappte er sich dabei, wie er Shari zeichnete. Sie war voll und ganz auf die Rede konzentriert. Er hatte sie in den letzten Wochen genauer betrachtet, als er sich bewusst war. Die Skizze war sehr detailliert. Er würde es nie schaffen, jene Eigenschaft auf Papier zu bannen, die ihn am meisten an ihr faszinierte – die Freude, die ihr Gesicht förmlich zum Leuchten brachte, wenn sie lächelte, aber er tat sein Bestes.

Wenn sie arbeitete, war ihre Körperhaltung grauenhaft. Er musste lächeln, als er sah, wie sie sich auf dem Ledersessel lümmelte, damit sie es bequemer hatte. Sie machte sich richtig breit, genau wie ihr Arbeitsmaterial. Bei der Menge der Bücher, der Zeitungen, der Seiten, die sie aus dem Internet ausgedruckt und zusammengeheftet hatte, der zerknüllten Blätter mit abgelehnten Entwürfen musste sich jemand schon gewaltsam Zutritt verschaffen in ihre Domäne, um ihr nahe zu sein. Er wünschte, sie wäre keine Augenzeugin. Das machte alles nur noch schwieriger, denn irgendwann würde es ihm nichts mehr ausmachen, in ihr Revier einzudringen, um ihr einen Gutenachtkuss zu geben. Schließlich hatte sie es in den letzten Wochen geschafft, sich zu seinem Herzen Zutritt zu verschaffen.

12

„Hast du eigentlich schon mal was vom Wörtchen *Schlaf* gehört?"

Lisa blickte vom Mikroskop auf. Sie war erschrocken, um 4:15 Uhr jemanden im Labor anzutreffen. Als sie sah, dass es Quinn war, überraschte sie das. Er sollte doch zusammen mit Marcus irgendwo in Kentucky sein. Ihn hätte sie sich nicht unbedingt als überraschenden Besucher gewünscht.

„Guck nicht so böse. Ich komme mit friedlichen Absichten."

Er hielt ihr eine kleine weiße Tüte hin und sie war neugierig genug, um hineinzusehen. „Lebensmittel sind im Labor nicht erlaubt."

Er schüttelte den Beutel und die M&Ms klickten leise aneinander. „Ich habe extra mehr rote reintun lassen."

Sie sah kurz zu ihm hinüber, bemerkte das humorvolle Aufblitzen in seinen Augen und nahm sich eine Handvoll.

Er steckte den Beutel in die Tasche seines Jacketts. „Verrate mir doch, was du bisher herausgefunden hast."

Sie seufzte. „Nicht genug." Sie hatte das Hotelzimmer noch einmal sehr gründlich abgesucht, aber die Suche hatte nicht mehr viel ergeben.

„Was ist mit dem Teppichboden?"

Sie hatte in Zimmer Nummer 1323 zwei Stücke herausgeschnitten. Auf dem einen hatte sie die Blutspuren und die Schuhcreme gefunden, auf dem anderen die Glassplitter. „Ich habe auf dem Teppichboden Glassplitter gefunden. Auf einigen waren Blutspuren, und jetzt versuche ich, genug davon zu finden, um einen DNA-Test durchführen zu können."

„Meinst du, das wird klappen?"

Sie hielt das schmale Fläschchen hoch, dessen Inhalt sie fast den ganzen Tag lang zusammengekratzt hatte. „Ich muss die Teppichfaser in ihre Einzelteile zerlegen, um sie zu finden. Mal sehen. Vielleicht ist es die Mühe wert."

„Ich schulde dir noch ein Abendessen, aber würdest du das gegen eine Einladung zum Frühstück eintauschen? Ich würde dir gerne etwas zu essen geben, während du mir alles erzählst."

Lisas Blick fiel auf die Arbeit, die noch zu erledigen war.

„Die Arbeit ist in ein paar Stunden auch noch da."

„Wenn wir irgendwo hingehen können, wo wir um diese Zeit noch einen Cheeseburger und Pommes bekommen können, bin ich dabei."

„Ich glaube, das ist machbar."

Lisa verschloss die Beweisstücke.

„Möchtest du zu Fuß gehen oder ein Taxi nehmen?", fragte Quinn, als Lisa sich abmeldete und sie beide die Sicherheitskontrollen passierten.

„Zu Fuß gehen", antwortete Lisa. Der kurze Spaziergang würde sie wieder wach machen. Seit dem Beginn der Ermittlungen in diesem Fall war sie kaum aus dem Labor herausgekommen. „Ich habe ..."

Quinn unterbrach sie. „Mach mal ein paar Minuten Pause und schalte von der Arbeit ab."

Sie war überrascht über diesen Befehlston, aber sie nickte. Dann gingen sie schweigend weiter. Sie wusste nicht, was sie mit ihm besprechen sollte, wenn sie nicht über die Arbeit reden durfte.

Quinn ging mit ihr sechs Häuserblöcke weiter zu einem Restaurant, das eigentlich eher eine Kneipe war. Sie hatte schon einmal davon gehört, war aber noch nie dort gewesen. Das Lokal wurde hauptsächlich von Taxifahrern und Bauarbeitern besucht. Sogar morgens um viertel vor fünf war es ziemlich voll dort. Quinn führte sie nicht an die Bar, sondern suchte einen Nischenplatz aus. Die Speisekarten waren umfangreich und man konnte zu jeder Tageszeit alles bekommen.

„Cheeseburger mit Pommes?", wollte Quinn noch einmal wissen. Lisa nickte und so bestellte er zwei Mal das Gleiche. Das Essen kam nach wenigen Minuten. Die Pommes waren dick und knusprig und der Cheeseburger war riesig und dick belegt mit Zwiebeln, Salatblättern und Tomaten.

„Wann hast du das letzte Mal gegessen?“, fragte er, als sie sich auf die Pommes frites stürzte.

„Das weiß ich nicht mehr. Ich glaube, es waren ein paar Schokoriegel.“

„Ich habe so viel Geld dabei, dass es für einen zweiten Cheeseburger reicht.“

Weil ihr das Essen so gut schmeckte, machte ihr diese Bemerkung nichts aus. „Akzeptiert.“

Er wartete, bis sie die Hälfte des Cheeseburgers vertilgt hatte und der erste Hunger offenbar gestillt war. „OK, jetzt kannst du mir erzählen, was du gefunden hast.“

Sie nahm sich eine Pommes und war froh, dass sie über ein Thema reden konnte, das ihr keine Probleme bereitete. „Es ist Carls Blut und Schuhcreme auf dem Teppich. Wir haben noch ein paar Fasern aus der Perücke, die der Schütze getragen hat, und noch ein paar Fasern, die zu seinem Anzug passen. Im Safe haben wir Pulverreste gefunden. Es ist jetzt klar, dass der Schütze das Zimmer benutzt hat. Er hat sogar die Frechheit besessen, die Mordwaffe im Zimmersafe zu verstauen. Aber wir haben keine Fingerabdrücke.“

„Was ist mit dem Anmeldeformular für das Zimmer? Er muss es doch ausgefüllt haben.“

„Das Zimmer hat zu einem Kontingent für die Konferenz gehört. Wer mit einer Eintrittskarte für die Konferenz auftauchte, hat einfach einen Zimmerschlüssel bekommen. Die Kreditkarte, mit denen er die Extras bezahlt hat, war gestohlen. Der Name Henry James hilft uns nicht weiter. Auf der Unterschriftenkarte sind nur die Fingerabdrücke des Hotelmitarbeiters. Der Benutzer des Zimmers hat am Samstag bei der Abreise die Expresssabmeldung genutzt und die Waffe und seine Verkleidung einfach mitgenommen.“

„Such weiter. Er hat bestimmt noch einen weiteren Fehler gemacht.“

Lisa wünschte, sie könnte seinen Optimismus teilen. „Das will ich hoffen.“ Sie wechselte das Thema. „Wie geht es Marcus?“

„Seinem Arm geht es gut, aber sein Herz – das ist eine andere Sache."

Lisa war zuerst verblüfft, aber dann war ihr Interesse geweckt. „Shari?"

„Ich glaube schon."

Sie stellte ihr Glas wieder hin und lehnte sich zurück. Marcus interessierte sich ernsthaft für eine Frau. Es wurde ja auch langsam Zeit. „Shari." Ihr Lächeln wurde breiter. Sie hatte Shari nur kurz gesehen, aber Kate und Jennifer hatten über sie gesprochen, als sie miteinander telefonierten. Sie hatten zwar darüber spekuliert, aber waren sich nicht sicher.

„Erzähl es nicht in der Familie herum, bis ich wieder weg bin. Marcus soll nicht darauf kommen, dass diese Information von mir kommt."

„Quinn, manchmal gefällt mir deine Art zu denken." Sie war ihm dankbar für diesen Hinweis und so war sie nicht mehr ganz so zurückhaltend wie sonst. Sie strahlte ihn an. „Isst du deine Pommes noch auf?"

Er sah sie zuerst verblüfft an, dann erwiderte er ihr Lächeln. Er schob ihr seinen Teller hin und reichte ihr die Ketchupflasche. „Lass es dir schmecken."

* * *

Marcus blickte Beth über die Schulter, um ihr zuzusehen, wie sie einen weiteren runden Kuchen mit Glasur verzierte. „Ist alles bereit für morgen?" Es war jetzt eine Woche her, seitdem Quinn nach Chicago zurückgeflogen war, um etwas mehr Schwung in die Ermittlungen zu bringen. Marcus hatte seine Ungeduld wegen der Verzögerung in positive Energie umgesetzt und sich mit Feuereifer in die Geburtstagsvorbereitungen gestürzt.

„Es ist alles fertig. Sie müssen Shari nur noch etwa zwei Stunden lang ablenken, damit ich das Haus schmücken kann."

Er naschte ein wenig von der Glasur aus der Schüssel. „Kein

Problem. Ich werde dafür sorgen, dass sie mitkommt, wenn ich Josh zur Physiotherapie bringe."

„Wenn Sie möchten, können Sie sich einen Kuchen aussuchen."

„Kann ich einen für morgen haben, sozusagen als Trostpflaster, wenn ich Shari erzähle, dass sie bald reingelegt werden wird?" Shari war vertieft in ihre Arbeit, und so war es ihnen gelungen, eine kleine Überraschungsparty zu planen, ohne sie misstrauisch zu machen.

Beth lachte. „Na klar doch."

Marcus drückte sanft ihre Schulter. „Das Geschenk, das Sie bestellt haben, ist angekommen. Ich habe es oben in Ihren Kleiderschrank gelegt."

„Meinen Sie, es wird ihr gefallen?"

Das Kleid, das Beth für Shari gekauft hatte, war hinreißend. Marcus lehnte sich neben Beth gegen die Arbeitsplatte und schenkte ihr ein wissendes Lächeln. „Mir gefällt es."

Sie versuchte erst gar nicht, ein Lachen zu unterdrücken. „Das ist gut."

„Craig dreht heute Abend seine Runden. Ich werde Ihre Tochter aufsuchen und sie zu einem Spaziergang überreden. Möchten Sie mitkommen?"

„Danke, aber ich will mir zusammen mit Josh den Columbofilm ansehen."

„Gibt es Popcorn?", fragte er hoffnungsvoll.

„Ich mache eine Extraportion."

„Vielen Dank. Shari hat mir für heute Abend eine Revanchepartie Scrabble versprochen."

„Sie wird Sie wieder schlagen."

Marcus lachte leise. „Schon möglich. Aber sie fühlt sich so schlecht, wenn sie gewinnt, dass es schon wieder lustig ist."

„Sie mag Sie sehr gern."

„Meinen Sie wirklich?"

„Marcus, Sie sind genauso schlimm wie Shari. Redet ihr denn nicht miteinander?"

„Wir reden die ganze Zeit."

Sie quittierte diese Bemerkung mit einem verächtlichen Schnauben. „Warum stellt ihr dann mir die wirklich wichtigen Fragen?"

„Da ist was dran." Er lehnte sich zu ihr hinüber und gab ihr einen Kuss auf die Wange. „So, ich habe es ja schon gesagt. Jetzt besuche ich Ihre Tochter."

Als die Tage vergingen, hatte sich bei den Sicherheitsmaßnahmen eine gewisse Routine eingespielt. Marcus war froh, dass sie die Lage hier unter Kontrolle hatten. Dadurch ließ seine Aufmerksamkeit zwar nicht nach, aber das Angstgefühl in seinem Inneren verschwand allmählich. Shari war hier sicher. Das allein zählte momentan. Auch wenn er unbedingt zurück sein wollte in Chicago, wo die Ermittlungen liefen, oder bei Jennifer in Baltimore, wurde er zunächst hier gebraucht. Damit musste er sich erst einmal abfinden, und so versuchte er, die Zeit hier auch ein bisschen zu genießen.

Er fand Shari im Wohnzimmer. Langsam gewöhnte er sich an ihre Arbeitszeiten. Sie arbeitete hart, zu hart, wie er fand. Manchmal fragte er sich, ob nicht etwas anderes dahintersteckte als das Bestreben, einfach nur ihre Arbeit erledigen zu wollen. Es sah ganz danach aus, als ob sie damit etwas beweisen wollte, und zwar sich selbst. Sie hatte einen anspruchsvollen Beruf, war sehr gut darin und sie gönnte sich kaum Freizeit.

Sie war mitten in einem Telefonmarathon, weil sie gerade an einer Rede über Steuerpolitik arbeitete. Sie brauchte jemanden, der sie ein bisschen bremste. Als sie auflegte und kurz davor war, den nächsten Anruf zu tätigen, lehnte er sich über die Rückseite des Sofas und legte die Hände fest auf ihre Schultern. „Schalten Sie mal ein bisschen ab und beobachten Sie mit mir den Sonnenuntergang."

Sie drehte den Kopf, um ihn anzusehen. „Ich muss noch mehr Anrufe erledigen."

„Die können warten. Der Sonnenuntergang nicht."

Sie überlegte kurz, dann legte sie den Schreibblock beiseite. „Warum eigentlich nicht. Ich komme sowieso nicht gut voran.

Ich bin gerade wieder dabei, über meine ursprüngliche Wortwahl von heute Morgen zu verhandeln."

„Das heißt doch nur, dass Sie heute Morgen Recht hatten."

„Dann gelingt es mir nicht, andere Leute davon zu überzeugen."

Er ging um das Sofa herum, streckte ihr die Hände entgegen und zog sie hoch.

„Ich wusste, dass John mir ein Wespennest zugeworfen hat."

„Und warum haben Sie dann Ja gesagt?"

„Weil ich Herausforderungen mag. Aber ich mag es nicht, wenn mir ein Komitee beim Schreiben einer Rede über die Schulter sieht."

Sie gingen nach draußen. Der Wind war stärker geworden. Shari musste ihr Haar mit den Händen bändigen.

„Ich habe am Strand einen tollen Platz entdeckt."

Sie glich ihren Schritt dem seinen an. „Die frische Luft tut wirklich gut."

„Sie müssen mehr Pausen einlegen."

„Stimmt. Wieder ein guter Vorsatz, den ich nicht eingehalten habe."

Marcus zeigte auf einen umgefallenen Baumstamm. Shari setzte sich darauf und zog ihre Beine hoch. Ein Tiefdruckgebiet hatte den Himmel mit weißen Schönwetterwolken überzogen. Die Wolken spiegelten sich im Wasser. „Sie haben recht. Von hier aus hat man einen herrlichen Blick."

Sie saßen schweigend nebeneinander und sahen zu, wie sich der Himmel verfärbte, als die Sonne unterging. Marcus wollte das Schweigen nicht durch Worte stören. Jetzt wurde der Himmel dunkler.

„Mögen Sie den Sonnenaufgang lieber oder den Sonnenuntergang?", fragte sie beiläufig. Marcus sah zu ihr hinüber und dachte kurz nach. „Den Sonnenuntergang."

„Warum?"

„Weil Sie nie wach sind, um sich mit mir zusammen einen Sonnenaufgang anzusehen."

Er sah, wie eine schwache Röte ihr Gesicht überzog.

„Marcus ..."

„Sie haben mich gefragt."

„Wollen Sie etwa mit mir flirten?"

„Was denken Sie?"

„Ich denke, dass Sie sehr nett zu mir sind."

Nett. Marcus unterdrückte einen Seufzer. *Und ich versuche, dich auf mich aufmerksam zu machen. Das Wort „nett" wollte ich nicht von dir hören. Meine subtilen Anspielungen verfehlen bei dir ihre Wirkung.*

Sie verlagerte ihr Körpergewicht auf ihre Hände und wandte sich wieder dem Sonnenuntergang zu. „Ich war mit einem Mann namens Sam befreundet."

Marcus erstarrte. Er hatte nicht erwartet, dass sie dem Gespräch eine ernsthafte Wendung geben wollte. Er drehte sich zu ihr um, damit er sie ansehen konnte. *Sam.* Er kannte diesen Namen aus ihrer Akte, aus ein paar Zeitungsausschnitten und aus dem, was sie ihm im Krankenhaus gesagt hatte. „Was ist passiert?"

„Wir hatten unterschiedliche Sichtweisen über die Art, wie wir unsere Ehe führen wollten."

„Bedauern Sie das heute?"

„Nein. Es hat sehr wehgetan und es tut heute noch manchmal weh, aber es war die richtige Entscheidung."

Shari sah zu ihm hinüber und ließ ihren Blick kurz auf ihm ruhen. „Marcus, werden wir noch Freunde sein, wenn das alles vorbei ist? Oder ist das eine von diesen besonderen Freundschaften, die nicht lange halten, aber an die man sich später gerne erinnert?"

„Was wäre Ihnen denn lieber?"

„Ich mag Sie sehr gern."

Er lächelte. *Na endlich.* „Das beruht auf Gegenseitigkeit."

„Sie sind ein komplizierter Mensch."

Ihr Blick reichte weit unter die Oberfläche. „Ich bin ein O'Malley." Er wünschte, er könnte ihr sagen, was es für ihn bedeutete, zu dieser Familie zu gehören, für die er die Verantwortung trug. Er kam auf ihre ursprüngliche Frage zurück. „Was mich betrifft, sind die letzten Wochen eine Störung in einem Prozess, der zu einer sehr langen Freundschaft führen wird."

„Eine Störung? Warum?"

„Weil ich arbeite. Das verändert die Situation."

„Sie meinen, das erschwert sie."

Ihre Offenheit kam nicht überraschend. Er hatte diese direkte Art immer bewundert. „So kann man das auch ausdrücken."

Es folgte ein langes Schweigen. Er hätte am liebsten etwas gesagt, aber ihr Gesichtsausdruck war ernst geworden. „Ich brauche gerade jetzt einen Freund, Marcus." Sie seufzte. „Ich wünschte, Sie würden an Gott glauben. Ich brauche wirklich jemanden, mit dem ich reden kann."

„Worüber?"

Anstelle einer Antwort zuckte sie nur mit den Achseln.

„Ich habe vielleicht Probleme mit dem Glauben und meine Zweifel, aber ich habe zwei Schwestern, die davon überzeugt sind, dass die Bibel wahr ist. Sie können mir vertrauen. Ich werde mich bemühen, Sie zu verstehen."

Über ihr Gesicht huschte ein kleines Lächeln. „Ich glaube immer noch, dass Sie irgendwann Ihre Meinung ändern."

„Erwarten Sie nicht zu viel."

„Jennifer und Kate haben eine sehr überzeugende Art."

„Ja, das stimmt. Aber reden Sie mit mir. Was macht Ihnen zu schaffen?"

„Warum mein Vater sterben musste."

„Weil Sie für etwas anderes gebetet haben?"

Sie nickte.

„Jennifer betet für ihre Heilung."

„Und Sie fragen sich, ob sie eine Chance auf eine positive Antwort hat."

„Ja, das frage ich mich wirklich", sagte er ruhig.

„Eine Frau, die schon zwanzig Jahre lang Christin ist, und jemand, der nicht an Gott glaubt, und beide ringen um eine Antwort auf die gleiche Frage. Wenn Sie eine Antwort finden, würde ich sie sehr gerne hören." Sie schüttelte den Kopf. „Aber wechseln wir das Thema. Wie geht es Jennifer? Sie haben in den letzten Tagen nicht viel erzählt."

„Sie behauptet, dass es ihr gut geht, aber sie lügt", antwortete er müde. Er konnte sich noch nicht vorstellen, was es bedeutete, wenn die Bestrahlung und die Chemotherapie nicht wirkten.

„Das Wort „gut" kann aus unterschiedlichen Perspektiven verschiedene Bedeutungen haben. Jemand mit einer seelischen Krankheit kann schlechter dran sein als jemand mit einer körperlichen Erkrankung. Wann werden Sie sie besuchen?"

„Wenn alles klappt, nehme ich am Dienstag einen frühen Flug, bleibe den ganzen Tag bei ihr und nehme einen Nachtflug zurück."

„Mir wäre es lieber gewesen, wenn Sie letzte Woche zu ihr gekonnt hätten."

„Das ging nun mal nicht. Jack und Stephen sind dort. Und ich habe sie jeden Tag angerufen."

Die Schatten wurden länger. Marcus stand auf und hielt ihr seine Hand hin. „Es wird langsam dunkel. Wir sollten wieder ins Haus gehen." Seit dem Vorfall in der Kirche ging er kein Risiko mehr ein. Sie legte ihre Hand in die seine. „Wollen Sie morgen mit in die Stadt fahren? Ich würde gern ein bisschen Basketball spielen, wenn Josh beim Physiotherapeuten ist."

„Ich darf das Haus verlassen?"

„Nur zur Turnhalle. Ein Einkaufsbummel ist leider nicht möglich."

„Ich komme trotzdem mit."

Er ging voraus, als sie zum Seeufer zurückgingen. Sie umrundeten das angeschwemmte Treibholz.

„Bringen Sie mir bei, wie man Basketball spielt?", fragte sie.

„Was?"

„Basketball."

Er sah gerade noch, wie sie ein Lächeln unterdrückte. „Jetzt wollen Sie mich auf den Arm nehmen."

„Das ist für mich auch eine sportliche Herausforderung."

„Sie sind intelligent und lernfähig."

„Sagen Sie mir das noch einmal, wenn ich eine Stunde lang dem Ball nachgerannt bin. Um wie viel Uhr geht es los?"

„Es reicht, wenn wir um neun Uhr wegfahren."

* * *

Wenn sie mit Marcus allein sein konnte, lohnte sich das frühe Aufstehen. Shari machte ihren klingelnden Wecker aus und versuchte, das Positive daran zu sehen. Es war kurz vor sieben. Sie hatte die Leuchtziffern auf dem Wecker mit zwei Uhr verwechselt. Es war schrecklich und heute war auch noch ihr Geburtstag. Sie überlegte sich, ob sie ins Bett zurückkriechen und ihren Kopf unter einem Kissen vergraben sollte. Sie hätte an diesem Tag lieber durchgeschlafen, als schon im Morgengrauen aufzustehen. Aber das half alles nichts. Wenn sie wieder ins Bett ginge, würde man ihr deswegen ewig Vorwürfe machen.

Nachdem sie heiß geduscht hatte, taumelte sie die Treppe hinunter. Sie war barfuß, hielt aber ihre Socken in der Hand. Jetzt brauchte sie unbedingt einen Kaffee. Aus der Küche drang Radiomusik. Sie war nicht überrascht, Marcus bei der Arbeit zu sehen. Er trug Jeans, ein schwarzes T-Shirt und Tennisschuhe, aber trotz der Freizeitkleidung war zu erkennen, dass er im Dienst war. Seine Dienstmarke, seine Waffe und sein Funkgerät trug er am Hosenbund und er hatte den kleinen Kopfhörer im Ohr, um mit den anderen Polizisten in Kontakt zu bleiben.

Er legte den Löffel, mit dem er den Omelett-Teig gerührt hatte, beiseite, wischte sich die Hände an einem Handtuch ab und begrüßte sie mit einem breiten Lächeln. „Bitte nehmen Sie Platz. Ich mache Ihnen das Frühstück."

Schon so früh am Morgen war er gut gelaunt. Sie unterdrückte ein Stöhnen. Ihr gelang es noch nicht einmal, auch nur einen zusammenhängenden Satz herauszubringen. Sie nahm den Kaffee, den er ihr hinhielt, und zog sich an den Küchentisch zurück. Dort nahm sie die erstbeste Zeitung und blätterte sie durch, weil sie die Seite mit den Comics suchte.

Er zog die Zeitung ruckartig herunter. „Alles Gute zum Geburtstag.“

„Bitte erinnern Sie mich nicht daran.“

„Wie alt werden Sie denn heute?“

Sie rümpfte die Nase.

„Das ist in Ordnung. Ich weiß es sowieso schon“, bemerkte er selbstgefällig.

„Wenn ich diesen Tag überstehen soll, müssen Sie mir etwas zu essen geben.“

Er lachte und ging wieder zum Küchenherd. „Möchten Sie Bratkartoffeln zu Ihrem Omelette?“

„Ja, bitte.“

Er konnte sehr gut kleine Mahlzeiten zubereiten und sie hatte schon lange aufgehört, ihm ihre Hilfe anzubieten. Das Frühstück war seine Domäne. Wenn sie ihm ein Mittagessen machen und dort hinbringen wollte, wo er gerade arbeitete, war das eine andere Sache. In den nächsten Minuten war alles ruhig. Shari las die Comics, die neuesten Nachrichten, und dann schlug sie den politischen Teil auf.

Marcus stellte ihr einen Teller hin. Darauf lagen ein Omelett enach Westernart, Toast und Bratkartoffeln. Daneben stellte er ein Glas Orangensaft.

Sie warf einen verächtlichen Blick auf den Orangensaft.

„Essen Sie. Und Orangensaft ist gesund.“

„Lieber lasse ich mir sagen, dass ich Milch trinken muss. Orangensaft ist fast so schlimm wie Grapefruitsaft.“

„Weil Sie heute Geburtstag haben ...“ Er nahm das Glas weg und ersetzte es durch ein mit Milch gefülltes. „Ist das besser?“

„Viel besser. Entschuldigung, ich will gar nicht schlecht gelaunt sein.“

„Doch, das wollen Sie. Heute ist Ihr Geburtstag und er hat schon schlecht angefangen.“

„Bitte seien Sie nicht so fröhlich. Das schadet meiner Verdauung.“

Er musste lachen.

Sie biss in ihren Toast. „Wollen Sie nichts essen?"

„Ich habe schon. Ich habe für die Jungs das Frühstück gemacht."

„Hoffentlich haben Sie noch Hunger. Wenn ich das alles aufesse, kann ich mich nachher nicht bewegen."

„Ich verschaffe mir einen Vorteil, wenn meine Gegnerin nicht so schnell rennen kann."

„Na ja ..."

Er unterbrach sie mit einer Handbewegung. „Ja, Craig."

Shari erkannte diesen distanzierten Ausdruck in seinen Augen, als er sich in Sekundenbruchteilen auf seine Arbeit konzentrierte. Kurz darauf schob er seinen Stuhl zurück und ging zur Tür. „Shari, bleiben Sie hier in der Küche. Luke wird gleich bei Ihnen sein."

Sofort spürte sie, wie sie von einer panischen Angst erfasst wurde. Irgendetwas stimmte nicht. Ihr Blick fiel auf die Fenster. Sie stand rasch auf und ging auf die andere Seite der Küche. Marcus hatte ihr gesagt, sie solle hier bleiben. Sie wünschte, er hätte ihr gesagt, sie solle nach oben gehen.

War jemand draußen? Vielleicht der Mörder?

Josh kam herein, mit seinen Tennisschuhen in der Hand. „Shari, kannst du ..." Er bemerkte ihren Gesichtsausdruck. „Was ist los?"

„Ich weiß nicht. Man hat Marcus gerufen und er ist weggerannt."

Es entstand eine bedeutungsschwere Pause, in der sie beide die Möglichkeiten durchdachten. Josh griff nach einem Stuhl und drehte ihn zu sich. Er zog sich mit seiner unverletzten Hand die Schuhe an. „Kannst du mir die Schuhe zubinden?"

„Klar."

„Aber nicht diese Knoten wie beim letzten Mal."

Er versuchte, sie abzulenken, aber auch bereit zu sein, falls sie schnell woanders hingehen mussten. Sie zwang sich zu einem Lächeln. „War ich das?"

„Ja, du warst das."

Sie band rasch ordentliche Schleifen.

„Danke. Ich werde jetzt ..."

Sie packte ihn am Arm. „Nein. Bleib hier."

Sie hörten, wie die Haustür aufging. „Miss Hanford?"

„In der Küche, Luke."

Er kam zu ihnen und hielt eine Hand hoch, um sie daran zu hindern, mit ihren Fragen herauszuplatzen. „Weiter oben auf der Straße war ein Verkehrsunfall. Gleich werden Sie die Polizeisirenen hören."

„Marcus hat nicht auf einen Unfall reagiert."

„Unfälle sind eine gute Abwechslung. Als Vorsichtsmaßnahme durchsuchen wir das Grundstück. Sie können sich jetzt für Ihre Fahrt in die Stadt fertig machen. Wir wissen jetzt, dass es nur ein kleiner Verkehrsunfall war."

„Sind Sie sicher?"

„Mrs Garrett hat den Kleinlaster von ihrem Cousin Joe gestreift. Wir kennen beide schon seit Jahren. Das ist nichts Ernsteres als ein kleiner Auffahrunfall."

Aber dieser Vorfall diente ihr als Erinnerung, warum sie hier war. Als sie sich das letzte Mal in der Öffentlichkeit gezeigt hatte, hatte sie mit dem Leben ihrer Familie gespielt und Marcus hatte eine Schussverletzung davongetragen.

„Vielleicht ist es besser, wenn ich hier bleibe."

Josh legte beide Hände auf ihre Schultern. „Es wird dir guttun, wenn du mal hier rauskommst. Jetzt mach dich fertig. Du bleibst nicht hier wegen dieser Sache."

Sie kannte diesen Tonfall. Diese Debatte würde sie nicht gewinnen. Er drehte sie zur Tür herum. „Heute ist dein Geburtstag. Du brauchst mal eine Abwechslung."

Shari ging nach oben, um sich umzuziehen. Sie freute sich auf diesen Ausflug. Ihre Mutter hatte sich gerade fertig geschminkt. „Guten Morgen, mein Schatz. Alles Gute zum Geburtstag."

Shari blieb stehen, um sie zu umarmen. „Danke, Mama."

Ihre Mutter schenkte ihr ein wissendes Lächeln. „Viel Spaß."

Shari konnte nicht anders. Sie wurde rot. „Ja, danke."

Als sie eine halbe Stunde später mit ihrer Sporttasche herunterkam, stand Marcus an der Haustür und sprach mit Josh. Er streckte die Hand aus, als er sie sah. „Fertig?"

„Ja."

Er hielt sie an der Tür auf, nachdem Josh auf die vordere Veranda hinausgegangen war.

„Wenn Sie das Gefühl haben, dass etwas nicht stimmt, was machen Sie dann?"

„Ich drücke die Paniktaste."

„Und zwar *bevor* Sie darüber nachdenken, was Sie stört."

„Ja, ich werde daran denken."

„Gut. Sie können alles andere mir überlassen. Luke und ich kümmern uns um den Rest. Abgemacht?"

Sie drückte seine Hand. „Abgemacht."

„Dann nichts wie raus hier."

Sie ging hinter ihm her um das Haus herum und zur Einfahrt.

„Sie sitzen vorne neben mir", wies Marcus sie an. „Josh und Luke sitzen hinten."

Es kam ihr seltsam vor, wieder in einem Auto zu sitzen. Marcus spürte ihre innere Anspannung, als sie auf den kurvenreichen Straßen zur Stadt fuhren. „Es ist alles bestens. Das ist Craig da vorne in dem Lastwagen."

Sie brauchten nur zehn Minuten für die Fahrt. Marcus brachte Josh und Luke zuerst ins Krankenhaus, dann fuhr er weiter zur Turnhalle. Er wartete, bis Craig den Lastwagen geparkt hatte, ausgestiegen war, die Umgebung abgesucht und das Zeichen gegeben hatte, dass alles in Ordnung war. Erst dann schaltete er den Motor ab. „Wir benutzen den Hintereingang. Bleiben Sie in meiner Nähe."

Shari nickte. Er ging um den Wagen herum und öffnete die Beifahrertür.

* * *

Marcus blieb auf dem Basketballfeld stehen, als Shari aus dem Umkleideraum für Damen kam. Sie trug schwarze Shorts und ein weinrotes T-Shirt. Ihre Tennisschuhe waren so weiß, dass sie wohl noch brandneu waren. Ihr Haar hatte sie zu einem Zopf zusammengebunden, der beim Gehen auf- und abwippte.

„Haben wir die Halle für uns?"

„Für die nächsten anderthalb Stunden."

„Ich habe mich schon gewundert." Sie stellte ihre Tasche auf der Tribüne neben seiner ab und kam durch die Halle zu ihm.

„Das ist ein Basketball." Er ließ den Ball mehrmals aufspringen.

Sie verkniff sich ein Grinsen. „Ich glaube, ich kann mich noch dunkel daran erinnern."

„Kennen Sie auch noch freie Würfe?"

„Geben Sie mir mal den Ball."

Er warf ihn ihr zu und sie fing ihn mühelos auf.

Sie dribbelte zwei Mal, dann warf sie den Ball in einem hohen Bogen Richtung Korb. Er landete vor dem Rand des Korbes, aber sie hatte gut gezielt. Marcus hob den Ball auf und warf ihn ihr mit einer Hand zu. „Sie haben schon mal gespielt."

„Vor Urzeiten."

Sie lief wieder los, dribbelte zwei Mal, und diesmal traf sie das Brett hinter dem Korb. Der Ball driftete nach rechts. Als er ihr den Ball ein gutes Dutzend Mal zugeworfen hatte, traf sie endlich den Korb. „Sie sind eine Perfektionistin. Sie schneiden jedes Mal eine Grimasse, wenn Sie nicht treffen."

„Wetten, dass Sie selten danebentreffen?"

„Sehr selten", stimmte Marcus ihr zu, „aber ich komme auch nur selten dazu. Meine Familie lässt nur selten ein Foul gelten."

„Wir haben jetzt genug geübt. Ich will ein bisschen Energie verbrennen. Wie wär's, wenn wir richtig spielen?"

„Einer gegen den anderen?"

„Spielen Sie nicht gegen Frauen?"

„Ich will nur sichergehen, dass Sie verlieren können." Er warf ihr den Ball zu.

Er stand zwischen ihr und dem Korb und sie kam direkt auf ihn zu. Sobald er einen Schritt in ihre Richtung machte, schlug sie einen Haken nach rechts. Die Entschlossenheit stand ihr ins Gesicht geschrieben. Er versuchte, ihr den Weg abzuschneiden, und sie lief zurück zur Spielfeldmitte. Von dort aus hatte sie eine gute Zielposition und sie warf den Ball im hohen Bogen zum Korb.

Er fing den Wurf ab.

„Wie ich sehe, machen Sie keine Geschenke." Sie hatte den Ball zurückerobert und stand dribbelnd kurz vor der Mittellinie.

„Wollen Sie eins?"

„Nicht unbedingt."

Sie kam bis zur Grundlinie, aber sie traf den Korb wieder nicht. Marcus holte sich den Ball. Er fühlte sich warm und rau an. Sein erster Wurf traf nur das Netz. „Wie hoch wollen Sie spielen?"

„Einundzwanzig."

Er versuchte, absichtlich danebenzuwerfen, damit sie eine Chance gegen ihn hatte.

„Wenn Sie schon schummeln, sollten Sie es wenigstens geschickt anstellen", bemerkte sie beiläufig, nachdem sie sich den Ball nach einem verpatzten Wurf wiedergeholt hatte.

Ihr T-Shirt war schweißnass und sie atmete schnell. „Wollen wir eine Pause machen?"

„Erst wenn das Spiel vorbei ist."

Es fehlten ihm noch drei Treffer und er wollte sie nicht länger quälen. Er versenkte die nächsten Bälle, sobald er die Gelegenheit dazu hatte. Die Korbwürfe waren fehlerfrei. Sie hatte die Hände in die Hüfte gestemmt und sah zu, wie der letzte Wurf im Korb landete. „Aua."

„Ich spiele schon sehr lange", sagte er voller Mitleid.

„Das hätte ich nicht erraten", entgegnete sie ironisch. Sie setzte sich auf die Bank, griff nach einem Handtuch und bot ihm auch eines an.

Er setzte sich neben sie und sah zu, wie sie sich das Gesicht abwischte. „Danke fürs Mitspielen. Mit Ihnen macht es Spaß."

„Mir hat es gut gefallen." Sie legte den Kopf in den Nacken, um zu ihm hinüberzusehen. „Obwohl Sie ein schlechter Gewinner sind."

„Ein was?", fragte er lachend.

„Sie sollten Ihren Sieg feiern, denn es ist Ihnen endlich gelungen, mir eine Niederlage beizubringen."

„Weil heute Ihr Geburtstag ist, bin ich nett zu Ihnen. Ich werde mich später an Ihrer Niederlage weiden."

„Danke."

Er sah auf die Uhr an der Wand. „Wir haben noch eine halbe Stunde Zeit, dann müssen wir Josh abholen."

„Gut, dann kann ich noch duschen."

Er stieß ihre weißen Schuhe mit dem Fuß an. „Die müssen noch eingelaufen werden."

Sie hob einen Fuß. „Ich habe sie gekauft, weil ich zu Neujahr diesen tollen Vorsatz gefasst habe, mit dem Laufen anzufangen. Sie können sehen, wie ich diesen Vorsatz in die Tat umgesetzt habe."

„Sie brauchen einen Partner, damit das Laufen zur Routine wird. Wenn ich zu Hause bin, gehe ich regelmäßig auf den Wanderwegen von der Roosevelt-Insel joggen."

„Wirklich?"

„Sie könnten mich vielleicht dazu überreden, Ihnen hinterher einen Kaffee zu spendieren, wenn Sie mitlaufen."

„Laufen? Im Morgengrauen?"

Er unterdrückte ein breites Grinsen. „Ja."

„Das ist brutal."

„Vielleicht macht es Ihnen sogar Spaß."

„Oder ich entschließe mich, es gar nicht erst zu versuchen."

„Das klingt aber gar nicht nach Ihnen."

„Auf diese Art hat Josh mich zum Fallschirmspringen überredet. Sie müssen sich schon eine andere Taktik einfallen lassen."

„Keine Angst, ich finde schon was."

„Warum habe ich das Gefühl, dass Sie so lange bohren werden, bis ich mitmache?"

„Was? Ich?"

Sie stand lachend auf und warf mit ihrem Handtuch nach ihm. „Ich gehe jetzt endlich duschen."

* * *

Shari kam aus dem Umkleideraum. Sie versuchte gerade, ihr Handtuch und ihre Tennisschuhe in ihrer Sporttasche zu verstauen, als sie plötzlich mit Marcus zusammenstieß. Sein Anblick ließ sie erstarren, denn er hatte den Revolver in der Hand.

„Was ist passiert?", stammelte sie; es war ihr klar, dass etwas nicht stimmte. Marcus war angespannt und kurz angebunden. Er drängte sie aus dem Flur.

„Aber warum ..."

Er schloss die Augen und holte tief Luft. Dann schüttelte er den Kopf und griff um die Sporttasche herum, um an den Piepser an ihrem Hosenbund zu kommen. Er stellte die Paniktaste ab. „Beinahe hätte ich einen Herzanfall bekommen."

„Entschuldigung! Ich weiß gar nicht ..."

Mit einem Kuss auf den Mund unterbrach er sie mitten im Satz. Shari bekam wieder weiche Knie und schloss die Augen. Sie erlebte ein wahres Wechselbad der Gefühle. Sie konnte von ihrer anfänglichen Panik nicht in Sekundenbruchteilen auf ein absolutes Glücksgefühl umschalten, aber es war trotzdem wunderbar. Sie spürte, wie ihr Herz vor Freude schneller schlug. Ihre Hände klammerten sich an seine Unterarme und sie lehnte sich an ihn. Er wich kurz zurück, um wieder atmen zu können.

„Ein falscher Alarm macht mir normalerweise nichts aus. Nicht dass du das falsch verstehst – ich war nur zu weit weg."

Sie sah ihn erstaunt an, noch immer wie erstarrt von diesem herrlichen, spontanen Kuss. Seine braunen Augen waren voller Leben. Sie fand sie faszinierend und sie spürte, wie er tief Luft holte. Eigentlich hätte ihr das alles peinlich sein müssen, aber es war einfach wundervoll, in dieser Umarmung zu versinken. Sie sah fast bedauernd auf die Sporttasche, die zwischen ihnen zusammengedrückt worden war, denn sonst war nichts mehr zwischen ihnen. „Jetzt nicht mehr." Er sah sie kurz an, dann ließ er die Tasche auf den Boden fallen.

„Komm her", sagte er leise. Er ließ ihr ein bisschen Zeit, aber dann zog er sie fest an sich. Dieser Kuss dauerte so lange, dass sie sich in diesem herrlichen Gefühl verlieren konnte. Schließlich legte Marcus seine Stirn an die ihre. Sie spürte sein leises Lachen. „Muss ich mich jetzt entschuldigen oder sage ich einfach: Alles Gute zum Geburtstag?"

„Heute ist ja mein Geburtstag." Sie standen noch eine Weile schweigend da. Shari hatte überhaupt kein Verlangen nach einer Rückkehr in die Realität und danach, sich mit dem, was gerade geschehen war, auseinandersetzen zu müssen.

Schließlich trat er einen halben Schritt zurück. „Ich habe mir das schon lange gewünscht, aber es tut mir leid, dass es zu diesem Zeitpunkt und unter diesen Umständen passiert ist." Jetzt entschuldigte er sich trotzdem. Am liebsten hätte sie ihn geohrfeigt, aber seine Stimme klang so traurig, dass sie seine Worte nicht persönlich nehmen konnte. Sie sah sich kurz um und ihr Blick fiel auf die Topfpflanzen und die leeren Stühle in dem kleinen Raum. „In aller Öffentlichkeit. Du hättest dir einen schlechteren Ort aussuchen können. Und Marcus ... Ich kann so ein Geheimnis für mich behalten."

„Mach nicht so ein Gesicht. Ich habe diesen Kuss genossen, und wenn du mich weiter so ansiehst, mach ich es noch mal." Er legte den Arm um ihre Schultern, drückte sie kurz an sich und zog an ihren Haaren. „Ich wäre froh, wenn du nicht darüber redest. Meine Familie tratscht sehr gern."

Sie entspannte sich. „Na ja, ich glaube, ich bin noch schlimmer dran. Schließlich habe ich es mit meiner Mutter zu tun. Im Vergleich zu ihr ist deine Familie noch harmlos."

„Das ist durchaus möglich." Er drehte sich zum Flur hin. „Wir müssen Josh abholen oder er wird sich fragen, wo wir bleiben." Sie wollte nicht, dass dieser Moment der Vertrautheit zwischen ihnen zu Ende ging. „Können wir heute Abend miteinander reden?"

„Tust du dann wieder so, als ob du um Mitternacht noch putzmunter bist?"

„Ich habe mein Gähnen doch immer unterdrückt", sagte sie

bedauernd. Lächelnd strich er ihr das Haar aus der Stirn. „Das ist dir nicht sehr gut gelungen."

„Dann mache ich ein Mittagsschläfchen."

Er musste lachen. „Wenn du auf bist, reden wir", versprach er ihr und sie freute sich schon jetzt darauf.

13

Sie holten Josh und Luke vom Krankenhaus ab. Shari war froh, als Marcus Josh ausfragte, wie die Physiotherapie verlaufen war und welche Termine er nächste Woche hatte. Sie befürchtete, dass sie momentan kein vernünftiges Gespräch mit ihm führen konnte. Noch immer dachte sie an diesen Kuss und berührte unbewusst ihre Lippen. Allein der Gedanke daran ließ ihr Herz schneller schlagen. Welche Bedeutung hatte das für Marcus? Er hatte rein gefühlsmäßig aus seiner Angst heraus reagiert – das hatte sie gespürt. Aber dieser Kuss war auch so etwas wie eine Ahnung dessen, was noch kommen könnte. Die Fahrt zurück zum Haus war ihr zu kurz. Sie brauchte Zeit zum Nachdenken, damit sie nicht versehentlich etwas Verkehrtes sagte. Würde er meinen, dass sie ihm ausweichen wollte, wenn sie sich für eine Weile nach oben zurückzog? Wenigstens hatte sie jetzt die Ablenkung, die sie brauchte, um ihren ersten Geburtstag ohne ihren Vater und Carl zu überstehen. Marcus fuhr bis hinter das Haus und hielt dort an. Josh und Luke stiegen aus.

„Shari." Sie wollte gerade die Autotür öffnen. „Noch eine Sekunde."

Verwirrt sah sie zu ihm hinüber, als er sich umdrehte und eine kleine Kuchenschachtel vom Rücksitz nahm.

„Für dich", sagte er nur und hielt ihr die Schachtel hin. Ein Lächeln umspielte seine Lippen. „Herzlichen Glückwunsch." Als sie die Schachtel aufmachte und hineinschaute, musste sie schmunzeln. Er hatte ihr einen kleinen, runden Kuchen besorgt.

„Woher weißt du das?" Sie schüttelte den Kopf. „Natürlich von Mama."

„Ja, genau."

Sie nahm den Kuchen heraus und entfernte das Papier. „Willst du mal beißen?"

„Der ist für dich. Ich habe schon beim Backen eine Kostprobe bekommen."

Sie lachte, als der Zuckerguss an ihren Fingern kleben blieb.

„Der schmeckt wirklich toll." Er wartete, bis sie den Kuchen aufgegessen hatte. Dann lehnte er sich herüber und wischte mit dem Daumen einen kleinen Krümel ab, der in ihrem Mundwinkel hängen geblieben war.

„Ich weiß, dass du diesen Tag am liebsten vergessen würdest. Ich weiß auch, wie sehr du deinen Vater und Carl vermisst, aber du solltest den anderen erlauben, deinen Geburtstag zu feiern. Damit hilfst du ihnen, etwas Positives zu tun."

„Was habt ihr angestellt?" Er ging um den Wagen herum, öffnete die Tür und hielt ihr seine Hand hin.

„Marcus, ich habe dich was gefragt."

„Du solltest wenigstens vorgewarnt sein."

Er ging mit ihr zum Haus, nahm ihr die Sporttasche ab, als sie die Veranda erreichten, und machte ihr die Tür auf.

„Überraschung!"

Marcus hatte ihr eine Minute Zeit gelassen, damit sie sich auf diese Überraschung einstellen konnte, aber auch wenn diese Zeitspanne länger gewesen wäre, hätte sie genauso reagiert. Der Eingangsbereich war kaum wiederzuerkennen. Es hingen Luftschlangen dort, Luftballons, bunte, handgemalte Schilder. Auf dem Esszimmertisch war ein Büffet mit vielen kleinen Köstlichkeiten aufgebaut. Die Männer vom Sicherheitsdienst, zumindest diejenigen, die gerade frei hatten, waren auch da. Shari fühlte sich, als ob sie wieder fünfzehn wäre und der Mittelpunkt einer großen Party.

„Wie habt ihr das nur fertig gebracht?" Sie schüttelte den Kopf und lachte. „Ach was – ich will das gar nicht wissen."

Josh legte ihr seinen gesunden Arm um die Schultern. „Das hat uns viel Spaß gemacht."

Shari ließ sich ins Haus hineinziehen. Sie musste schmunzeln, als sie sah, wofür die Karikaturen aus ihren Zeitungen verwendet worden waren. Sie hingen neben den Luftschlangen.

„Das ist wirklich clever, Josh."

„Nimm dir einen Teller. Wir lassen dich essen, während wir dich mit Geschenken überhäufen, dass du darin ertrinkst."

„Das bringt ihr nicht fertig. Ich kann nie genug bekommen von Geschenken."

Sie umarmte ihre Mutter. „Danke", flüsterte sie ihr zu.

„Dein Vater wäre heute stolz auf dich gewesen. Lass es dir gut gehen." Sie hatten dafür gesorgt, dass ihr das leichtfiel. Sie nahm als Erste einen Teller und eröffnete die Party.

Shari merkte, wie Marcus im Laufe des Nachmittags immer wieder kurz hereinschaute, dann wieder hinausging und über den Sicherheitsfunk mit seinen Kollegen sprach. Er hatte diese Feier ermöglicht und dafür war sie ihm sehr dankbar.

Auf das Drängen von Josh hin ließ sie sich auf dem Sofa im Wohnzimmer nieder, um sich ihre Geschenke anzusehen. Sie packte Videos aus, handgemachte Pralinen, eine Uhr mit Namensgravur und ein großes Puzzle. Diese kleinen Geschenke sagten etwas über ihre momentane Lebenslage aus. Ihre Mutter hatte ihr ein Kleid gekauft. Es war wunderschön. Ihr Blick traf den von Marcus, der am anderen Ende des Zimmers stand. Sie errötete und sah schnell wieder weg, als sie sein Lächeln bemerkte. Von Josh bekam sie einen handgefertigten Aktenkoffer aus Leder. Ihr Vater hatte ihr schon seit Jahren angekündigt, dass er ihr dieses Geschenk machen wollte. Sie betrachtete den Koffer eine Zeit lang, dann lehnte sie sich hinüber und umarmte Josh.

„Danke!"

„Gern geschehen."

Sie lachte kurz auf und ließ ihn wieder los. Das Geschenkpapier lag zerknüllt neben ihr auf dem Sofa. Sie griff nach dem Papierkorb.

„Hier kommt noch ein Geschenk." Sie lehnte den Kopf zurück, als sie diese Worte von Marcus hörte. Er hielt ihr ein dickes Päckchen hin. Es war in braunes Packpapier eingewickelt. Neugierig nahm sie es entgegen.

„Von dir?"

„Damit du eine Beschäftigung hast." Es war ziemlich schwer. Sie hätte es für ein Buch gehalten, aber dafür war es zu locker, denn sie musste es mit beiden Händen zusammenhalten. Sie legte es auf den Schoß und begann, es auszuwickeln.

„Was ist das?"

Marcus sah sie schweigend an. Ein leichtes Lächeln lag in seinen Mundwinkeln. „Wonach sieht es denn aus?"

Es war mehr als ein Stapel lose Blätter. Auf der ersten Seite stand nur der Name „Paula" – genau in der Mitte. Sie brauchte eine Weile, bis sie merkte, dass sie ein Manuskript von H. Q. Victor in der Hand hielt. Sie sah noch einmal nach. Es hatte 728 Seiten.

„Ihr nächstes Buch. Ich habe Quinn gebeten, es mitzubringen. Jetzt hast du Lesestoff für die nächsten Tage."

Als er zurücktreten wollte, packte sie seine Hand. „Danke, Marcus", flüsterte sie.

„Es war mir ein großes Vergnügen."

* * *

Die Dekoration war zum größten Teil schon weggeräumt und die Party war zu Ende. Marcus drehte seine letzten Runden, dann übergab er den Sicherheitsdienst an Craig. Im Wohnzimmer brannte noch Licht. Er hatte sich schon gefragt, ob Shari heute früher schlafen gehen würde, weil es für sie ein langer Tag gewesen war. Er lehnte sich an den Türrahmen und freute sich, dass sie seinetwillen aufgeblieben war.

Sie las das Manuskript und lümmelte sich in den Sessel mit den Blättern auf dem Schoß. Mit einer Hand blätterte sie die Seiten um, in der anderen hielt sie eine Karotte. Er hätte jeden Betrag gewettet, dass sie schon seit Stunden so dasaß. Der Teller mit dem Gemüse, das vom Büfett noch übrig geblieben war, war fast leer, und etwa hundert Manuskriptseiten lagen in einem halbwegs ordentlichen Stapel auf dem Boden. Ihr Gesicht wirkte konzentriert, während sie las.

„Ist es gut?"

„Was?“

Er kam näher. „Die Geschichte. Ist sie gut?“

Sie hob die Arme über den Kopf, streckte den Rücken durch und lächelte. „Es ist eines ihrer besten Bücher.“

„Störe ich, wenn ich mich zu dir setze?“

„Nein, aber ich werfe dich raus, wenn du anfängst zu gähnen, damit ich weiterlesen kann“, erwiderte sie mit einem leisen Lachen. Sie legte das Manuskript neben den Sessel. Er machte es sich auf dem Sofa bequem. „Danke, dass du heute so gut mitgemacht hast. Als wir begonnen haben, die Feier zu planen, hat sich das auf einmal verselbständigt.“

„Mama hat mir erzählt, dass das Büfett deine Idee war.“

„Ich bekenne mich schuldig. Dafür lasse ich mir die Reste schmecken.“

„Danke, dass du alles arrangiert hast. Ich wollte keine Feier ohne meinen Vater, aber dann hätte sich dieser Tag endlos lang hingezogen. Durch die Party ist der Tag wie im Flug vergangen und alles war leichter für mich.“

„Es fällt einem schwer, traurig zu sein, wenn Josh mit Erdnussschalen nach dir wirft, weil du einen Witz verpfuscht hast.“

„Ja, ja.“

Er sah in ihrem Gesicht plötzlich eine heimliche Schadenfreude, die ihm aus seiner eigenen Familie bekannt war. „Was ist los?“

„Ich habe aus seinem Bett das Laken geklaut.“

„Wenn du anfängst, Gleiches mit Gleichem zu vergelten, wird das schnell eskalieren. Wenn ihr hier festsitzt, habt ihr genügend Zeit, euch böse Streiche auszudenken.“

„Das weiß ich. Und ich werde es genießen.“ Sie wurde plötzlich ernst. „Worüber wollen wir heute Abend reden?“

Er hatte im Laufe des Nachmittags gründlich darüber nachgedacht und hatte sich für ein ernstes, schwieriges Thema entschieden, über das sie unbedingt sprechen mussten. Er wollte von ihr mehr als nur eine freundschaftliche Beziehung, aber dann müssten sie sich mit einigen Themen auseinandersetzen, die für sie beide schwierig waren. Er war vorsichtig, denn er wollte es vermeiden, die Gefühle von jemandem zu verletzen, der ihm viel bedeutete. Das war ihm zu riskant. Deshalb sprach er das Thema Religion indirekt an.

„Jennifer wird mit mir bestimmt über ihren Glauben reden."

„Das ist durchaus möglich."

„Shari, sie betet für ihre Heilung, aber ihr Zustand verschlechtert sich. Ich verstehe das nicht, aber ich will auch nicht etwas Verkehrtes sagen."

Sie setzte sich plötzlich gerade hin und konzentrierte sich ganz auf ihn. „Willst du wirklich wissen, was ich über das Gebet erkannt habe?" In ihren Worten lag eine offene Herausforderung. Sie glaubte nicht, dass ihm ihre Antwort gefallen würde.

„Ja, Shari, natürlich will ich das wissen."

„Wenn man die Hände in den Schoß legt und sagt: ‚Mir ist es egal, mach was du willst, Herr', dann ist das genauso eine faule Ausrede, als ob man nur darum bittet, was man unbedingt will, und nicht fähig oder bereit ist, etwas anderes zu akzeptieren. Damit leugnet man im Grunde genommen, dass er der Herr ist." Sie sah ihn nachdenklich an. „Es tut weh, wenn Gebete nicht erhört werden. Der Unterschied zwischen dir und mir ist aber, dass ich immer noch an den Gott glaube, zu dem ich bete, während du einfach aufgehört hast zu beten." Sie hatte ihn zu Recht gewarnt. Zum ersten Mal zeigte sie ihm, was sie wegen seines Unglaubens empfand. Sie beschönigte nichts, aber ihre Worte trafen ihn, denn sie legte damit den Finger auf die Stelle, an der er verwundbar war. Es tat ihm weh, wenn man ihn einen Feigling nannte. „Wir legen alles, was wir sind, in unsere Gebete – das, was wir über Jesus denken, das, was in der Welt um uns herum geschieht, das, was wir uns wünschen und erhoffen. Gebet ist der größte Kampf. Es kann unaussprechliche Freude bedeuten, aber auch Schmerz und Tränen. Ich will den Schmerz, den du wegen deiner Mutter empfunden hast, nicht herunterspielen. Aber du hast damals die Welt und Gott mit den Augen eines Kindes gesehen. Wenn schon Erwachsene Probleme haben, Gott zu verstehen, und manchmal auch die falschen Schlüsse ziehen, kann das nicht auch einem Kind passieren? Jennifer wird ihre Situation in den Griff bekommen, weil sie Jesus kennt. Wie auch immer er ihr Gebet erhört, sie wird gestärkt aus dieser Sache hervorgehen. Aber um dich mache ich mir Sorgen." Sie wusste nicht mehr weiter und sah errötend zu Boden.

Ihm fehlten die Worte für eine passende Antwort. „Das tut weh."

„Du hast mich gefragt. Aber ich wollte es dir eigentlich anders sagen."

„Shari." Er wartete, bis sie ihn wieder ansah. „Du bist sehr direkt. Ich habe das an dir immer bewundert. Und in einer Hinsicht hast du recht: Du versuchst weiter, Gott zu verstehen, und ich habe resigniert." Ein schwaches Lächeln umspielte seine Lippen. „Du hast mir drastischer, als Jennifer es formulieren würde, vor Augen geführt, was sie darüber denken könnte." Mit diesen Worten machte er ihr ein Friedensangebot, um die Spannung zwischen ihnen abzubauen, und er war dankbar, als sie es annahm.

„Du vergisst Kate."

Er stöhnte auf. „Das Wort *hartnäckig* erhält bei Kate eine neue Bedeutung."

Sie wurde wieder ernst. „Marcus, du kannst Jennifer ruhig Jesus anvertrauen. Er liebt sie. Das weiß ich."

„Ich werde darüber nachdenken."

„Danke. Ich weiß, dass du mir oder Jennifer zuliebe keine Entscheidung treffen kannst. Aus Höflichkeit würdest du vielleicht die meisten Themen ansprechen, um uns zufriedenzustellen. Aber das hier ist eine andere Sache. Du musst zu einer Entscheidung kommen, mit der du leben kannst."

„Nein, Shari. Ich muss eine Entscheidung treffen, mit der ich leben und die ich verteidigen kann", berichtigte er sie. „Schließlich habe ich es mit den O'Malleys zu tun."

„Ich würde dich ja bedauern, aber insgeheim freue ich mich, dass sie dich aus deinem Schneckenhaus rausholen. Ich mag deine Familie."

„Das habe ich bemerkt", erwiderte Marcus lächelnd. „Wenn Kate mich anruft, will sie sofort mit dir sprechen."

Sie konnte sich ein kleines Lächeln nicht verkneifen. „Wie gesagt, ich mag deine Familie."

„Worüber redet ihr denn überhaupt?"

Sie musste lachen und dann wurde sie rot. „Über dich."

Dieses Erröten entschied alles. Er stand auf, trat ganz nah zu ihr und legte die Hände auf die Sessellehnen. Er beugte sich zu ihr hinunter, bis nur noch wenige Zentimeter zwischen ihnen lagen. Dann hielt er inne und sah sie fragend an. In ihrem Blick lag eine gewisse Erwartung. Er hatte im Laufe des Tages immer wieder über diesen Kuss vom Vormittag nachgedacht und sich gefragt, ob wohl noch mehr dahintersteckte. Offenbar hatte sie nachgedacht. Er lehnte sich weiter vor und machte allen schwebenden Fragen ein Ende. Dieser Kuss war zärtlich, faszinierend und geheimnisvoll zugleich und er versprach noch mehr. Er neigte den Kopf nach vorn und küsste sie noch leidenschaftlicher. Sie hob eine Hand und legte sie ihm in den Nacken. Er zwang sich, langsam wieder Abstand zu gewinnen, denn sie hatte ihre Gefühle, ihr ganzes Herz in diesen Kuss hineingelegt. Aber er wollte erst dann, dass aus dieser Zärtlichkeit mehr wurde, wenn er ihr versprechen könnte, für immer zu ihr zu gehören. Sie hatte schon genug Tränen vergossen und er wollte nicht, dass sie seinetwegen weinen musste. Der Ausdruck des Entzückens in ihrem Gesicht löste bei ihm ein tiefes Glücksgefühl aus.

„Lies dein Buch weiter", flüsterte er. „Das andere ist zu explosiv für diesen Abend."

„Das ist durchaus möglich." Der Druck ihrer Hand auf seinem Nacken verstärkte sich leicht und dann musste sie schmunzeln. „Träum was Schönes, Marcus."

„Shari ..." Er beugte sich rasch zu ihr hinunter, um sie noch einmal zu küssen. „Gute Nacht, du Frechdachs."

14

Marcus flog am Dienstagmorgen nach Baltimore. Er hatte einen langen, harten Tag vor sich, weil er nach seinem Besuch bei Jennifer sehr spät abends wieder zurückfliegen wollte. Außerdem hatte er unruhig geschlafen. Als sie ihm schöne Träume gewünscht hatte, hatte Shari mehr bei ihm ausgelöst, als ihr bewusst war. Er hatte fast die ganze Nacht von einer gemeinsamen Zukunft geträumt. Jetzt war er beinahe froh über die Möglichkeit, ein wenig Abstand zu gewinnen. Noch vor einer Woche hatte er gehofft, durch diesen Besuch bei Jennifer seine Gefühle wieder in den Griff zu bekommen. Jetzt war diese kurze Reise für ihn eine Gelegenheit, darüber nachzudenken, wie es weitergehen sollte. Er hob seinen Aktenkoffer auf den freien Sitz neben sich und klappte ihn auf, weil er sich Arbeit mitgenommen hatte. Ein kleiner weißer Briefumschlag lag auf seinem Terminkalender. Sein Name stand darauf. Überrascht nahm er ihn in die Hand. Er erkannte Sharis Handschrift. Unter dem Brief lag ein weiterer, an Jennifer adressierter Umschlag. Neugierig öffnete er den für ihn bestimmten Brief.

Marcus, ich möchte dir noch einmal danken für die wunderschöne Geburtstagsfeier. Du hast mir damit geholfen, einen schweren Tag besser zu überstehen. Das war von dir nicht nur sehr aufmerksam, sondern auch sehr lieb. Über dein Geschenk habe ich mich riesig gefreut. Ich wünschte, ich könnte mich revanchieren und dir irgendwie über diesen Tag, der jetzt vor dir liegt, hinweghelfen. Vielleicht wird dir dieser Besuch bei Jennifer Klarheit darüber verschaffen, wie du ihr und deiner Familie am besten helfen kannst. Er tut mir sehr leid, dass ich dich gestern Abend so direkt angegriffen habe, als du mir die Frage über das Gebet gestellt hast. Ich möchte mich noch einmal dafür entschuldigen. Du bist mir in letzter Zeit zu einem guten Freund geworden, aber manchmal empfinde ich unsere unterschiedlichen Auffassungen über den Glauben wie eine Kluft, die zwischen uns liegt. Das ist aber keine Entschuldigung für meine taktlosen Worte. Bitte vergib mir. Grüße Jennifer mit einer Umarmung von mir. Weil du sie so sehr liebst, solltest du versuchen, sie zum Lachen zu bringen. Weil ich an Gott glaube, werde ich für sie beten. Beides, das Lachen und das Gebet, wird für sie die beste Medizin sein. Ich denke an dich, und wenn du jemanden zum Reden brauchst, rufe mich einfach an. Du hast ja meine Telefonnummer. Shari

Sie hatte anstelle des I-Punktes in ihrem Namen ein kleines Herz gezeichnet. *Shari.* Dieser Brief rührte sein Innerstes an. Sie hatte etwas übrig für seine Familie. Er lehnte sich wieder in den Sitz zurück. Mit dem Daumen strich er über den Brief. Er spürte eine große Erleichterung, weil er sich in Shari verliebte und es ihm nicht mehr so vorkam, als sei der Zeitpunkt dafür ungünstig. Ihm wäre es lieber gewesen, wenn erst alle anderen O'Malleys einen Partner gefunden hätten, aber Shari zeigte ihm unbewusst, wie sehr sie seine Familie mochte. Sie ging auf die O'Malleys zu und veranlasste ihn dazu, sein Familienleben mit ihr zu teilen. Dabei ließ sie ihn spüren, dass sie sich im Kreis seiner Familie wohlfühlte. Dieser Mordfall musste so schnell wie möglich aufgeklärt werden.

Er legte seine Unterlagen wieder in den Aktenkoffer und klappte ihn zu. Dann lehnte er den Kopf zurück und schloss die Augen. Wie sollte es weitergehen? Er dachte dabei nicht nur an Shari und ihre Familie, sondern auch an die O'Malleys. In beiden Familien würde es gravierende Veränderungen geben. Das würde nicht leicht sein und er wollte auf keinen Fall einen von ihnen verletzen.

Das Flugzeug landete in Baltimore, ohne dass er sich einen Plan zurechtgelegt hatte. Kate wartete im Flughafen auf ihn. Er sah sie schon von weitem, wie sie an einen Betonpfeiler gelehnt dastand und die Passagiere beobachtete, als er vom Flugsteig aus die Wartehalle betrat. Sie trug Jeans und ein blaues Herrenhemd. Die Arme hatte sie vor der Brust verschränkt, und sogar aus dieser

Entfernung konnte er erkennen, dass der Pfeiler ihr als Stütze diente. Seine Augen verengten sich bei diesem Anblick, denn es war untypisch für sie, ihre Erschöpfung so deutlich zu zeigen. Krankenhäuser und Ärzte waren ihr schon immer zuwider gewesen und diese Belastung war ihr deutlich anzumerken. Als Kate ihn sah, richtete sie sich auf und ging ihm entgegen. Sobald sie die Menschenmenge hinter sich gelassen hatten, schloss Marcus sie fest in die Arme. Er musste dafür sorgen, dass Dave hierherkommen konnte, um bei ihr zu sein. Kate ließ sich nur von wenigen Menschen helfen, aber Dave schaffte es immer, sie aus der Reserve zu locken und sich um sie zu kümmern.

„Du siehst müde aus."

Du auch, dachte er, aber er sagte es nicht.

„Ja, ein bisschen. Danke, dass du mich abgeholt hast."

„Das habe ich gern gemacht. Wie geht es Shari und ihrer Familie?"

„Sie erholen sich langsam. Im Moment ist alles ruhig. Wie geht es Jennifer?"

„Sie freut sich riesig, dass du kommst."

Marcus legte den Arm um Kates Schultern, als sie durch die Wartehalle gingen. „Habe ich dir schon gesagt, wie froh ich bin, dass es dich gibt? Du bist für mich wie ein Fels in der Brandung."

„Danke für das Kompliment, aber hör auf mit dem Selbstmitleid. Niemand in der Familie nimmt es dir übel, dass du nicht hier sein kannst. Wenn du versuchen würdest zu kommen, würden wir dich zu deiner Arbeit zurücktreiben. Schließlich arbeitest du gerade an einem Fall."

„Hoffentlich haben wir bei den Ermittlungen bald einen Durchbruch. Es muss sich einfach was tun."

Kate lächelte. „Mit Dave, Lisa und Quinn hast du ein gutes Team. Erzähl mir von Shari. Wie war ihr Geburtstag?"

„Sie ist ein prima Kerl und sie hat alles gut überstanden."

„Da bin ich froh. Hat ihr das Buch gefallen?"

„Ja, sehr."

„Wer oder was hat ihr noch gefallen?“ Er kniff sie übermütig in die Nase und sie lachte ihn aus. Er hatte nur eine Reisetasche dabei und so gingen sie gleich zum Parkplatz. Kate zeigte auf ihr Auto. Die Fahrt zum Krankenhaus war für Marcus zu kurz, um sich innerlich auf den Besuch bei Jennifer vorzubereiten. Plötzlich spürte er, wie er nervös wurde, aus Angst, vielleicht etwas Falsches zu sagen oder verkehrt zu reagieren. Kate ging mit ihm ins Gebäude. „Marcus, geh nur hinauf. Sie ist in Zimmer 1310.“ Er drückte Kates Hand und ging langsam zum Aufzug.

Marcus holte tief Luft, bevor er die halb offene Tür zu Jennifers Zimmer aufstieß. Blumensträuße standen in einer bunten Reihe auf dem Fenstersims. Die Grußkarten waren so zahlreich, dass man sie an einer Schnur aufgereiht hatte, damit Jennifer sie vom Bett aus sehen konnte. Auf dem Stuhl neben dem Bett saß ein großer Pandabär aus Plüsch. Ein etwas kleinerer grüner Drache leistete ihm Gesellschaft. Marcus betrat das Zimmer auf Zehenspitzen, denn Jennifer schien zu schlafen. Sie hatte kaum noch Haare auf dem Kopf. Ein bunter Schal sollte die kahlen Stellen verbergen. Dieser Kontrast tat Marcus so weh, dass ihm die Tränen in die Augen traten. Er setzte sich behutsam neben ihr Bett, weil er sie nicht stören wollte, aber sie bewegte sich.

„Marcus ... Hallo.“ Ihre Stimme klang viel leiser als vorher. Sie sah fast durchsichtig aus, weil sie so stark abgenommen hatte, aber ihre Augen strahlten, als sie lächelte. Er nahm ihre Hand und beugte sich zu ihr hinunter, um ihr einen Kuss auf die Wange zu geben.

„Hallo, mein Goldschatz.“ Er behielt ihre Hand in seiner, während er den Stuhl näher heranzog. Sie versuchte, sich umzudrehen, und verzog dabei schmerzhaft das Gesicht. Er half ihr dabei, die Kissen zurechtzurücken, damit sie sich aufsetzen konnte.

„Ist das besser?“

„Viel besser.“ Sie verschränkte ihre Finger mit den seinen. „Wie schön, dich zu sehen. Was machst du eigentlich für Sachen? – Dich einfach so anschießen zu lassen?“ Marcus schloss die Augen, lachte und lehnte sich nach vorn. Er legte das Kinn auf das seitliche Gitter des Bettes, damit sie sich besser in die Augen sehen konnten.

Das war typisch. Jennifer kam immer gleich zum Wesentlichen. „Jemand wollte Shari erschießen."

„Und du hast die Kugel abgefangen."

„Ich wünschte, ich hätte gewusst, dass sie kommt. Er hat danebengeschossen."

„Darüber bin ich froh."

„Ich auch."

„Du magst sie?"

Er nickte.

Jennifer sah ihn prüfend an, dann hob sie die Hand und strich ihm mit einem Lächeln über das Haar. „Ich glaube, du bist in sie verliebt."

„Ganz unter uns: Das stimmt."

„Das macht dir Angst."

Er nickte wieder.

„Warum?"

„Sie ist eine Augenzeugin, Jen. Ich habe Angst, dass es mir das Herz bricht, wenn alles vorbei ist und das Leben wieder normal verläuft."

„Unsinn. Sie ist zu klug, um etwas so Gutes einfach gehen zu lassen." Diese Loyalität tat ihm gut.

„Kann ich dir was zeigen?"

„Aber klar."

Er griff in seine Aktentasche und holte die Skizze heraus, die Shari bei der Arbeit zeigte. Er faltete sie auseinander und betrachtete sie mit einem Lächeln. Dann gab er sie seiner Schwester. „Eine typische Pose von Shari."

Jen sah sie sich an und dann musste sie lachen. „Das ist wirklich unbezahlbar. Hast du es ihr gezeigt?"

Er schüttelte den Kopf. „Wenn sie arbeitet, konzentriert sie sich auf nichts anderes. Sie ist wirklich gut. Wenn man mit ihr ein Gespräch über Politik anfängt, sollte man vorher seine Hausaufgaben gemacht haben. So langsam gewöhne ich mich daran, wenn sie in einem Telefonat sagt, man solle dem Gouverneur ausrichten, dass sie ihn bald zurückruft."

„Das klingt nach einer interessanten Tätigkeit."

„Mhm."

„Marcus, wir brauchen so jemanden in unserer Familie", sagte Jennifer leise. „Wir brauchen jemanden, der klar und deutlich formulieren kann, warum wir etwas Besonderes sind. Shari wäre die Richtige. Außerdem mögen wir sie alle."

„Tatsächlich?" Also hatten sie über ihn getratscht. Das sollte ihn nicht weiter überraschen, aber er war trotzdem verblüfft.

„Ja. Sie würde dir guttun." Jennifer drückte seine Hand. „Sie hat Sinn für Humor. So eine Frau brauchst du. Und sie hat schon bewiesen, dass sie mit den Anforderungen deines Berufs fertig wird. Sie ist es gewohnt, von einem Augenblick auf den anderen auf Dienstreisen zu gehen. Außerdem erzählt sie am Telefon so tolle Geschichten, dass man Lachkrämpfe bekommt. Wenn du unterwegs bist, kannst du immer zu Hause anrufen und dich aufmuntern lassen."

„Und ich habe schon befürchtet, dass ihr mit ihr nicht einverstanden seid."

„Weil sie aus anderen gesellschaftlichen Kreisen kommt? Marcus, sie hat dich gern und sie bemüht sich wirklich, sich anzupassen. Ich glaube, sie beneidet dich um den Zusammenhalt in unserer Familie. Kate mag sie gern und du weißt ja, dass sie eine gute Menschenkenntnis hat. Wir alle sind begeistert von Shari."

Ihre Antwort verunsicherte ihn. „Ich wünschte, wir könnten einfach warten, bis diese schwierige Zeit vorbei ist, aber es geht um mehr als nur darum. Selbst wenn du recht hast, gibt es noch andere Hindernisse."

„Ich weiß. Shari und ich haben miteinander geredet."

„Es ist schwer, Jen, nicht skeptisch zu sein. Sharis Gebete für ihren Vater sind nicht erhört worden und es ist anscheinend das Gleiche mit deinen Gebeten um Heilung. Ich will euch beide nicht verletzen, aber das passt einfach nicht zusammen."

Jennifer sah ihn nachdenklich an. „Sie hat schon eine Beziehung hinter sich, die an unterschiedlichen Vorstellungen über eine gemeinsame Zukunft gescheitert ist. Sie wird nicht noch einmal so etwas durchmachen wollen – nicht wegen etwas so Wichtigem wie Glauben."

„Du meinst die Beziehung mit Sam."

Jennifer nickte. Sie dachte kurz nach, bevor sie weitersprach. „Ich kann nicht alle deine Fragen beantworten, aber vielleicht habe ich eine Antwort auf deine Frage über mich. Lies doch noch mal das elfte Kapitel des Johannesevangeliums. Als Lazarus, ein guter Freund von Jesus, krank war und im Sterben lag, hörte Jesus davon und sagte etwas Merkwürdiges. Er sagte: ‚Diese Krankheit ist nicht zum Tode, sondern zur Verherrlichung Gottes.' Ich frage mich, was Jesus gesagt hat, als ich krank wurde. Jesus hat Lazarus geliebt. Er hätte nur ein Wort sagen müssen und er wäre gesund geworden. Bei anderen ist das auch geschehen, aber in diesem speziellen Fall hat Jesus anders gehandelt – aber nicht, weil es ihm gleichgültig war. Als Jesus weiter sagte: ‚Lazarus ist gestorben; und ich bin froh um euretwillen, dass ich nicht dort gewesen bin, damit ihr glaubt.' Er hatte einen wichtigen Entschluss gefasst. Er liebte die Männer, mit denen er zusammen war, so sehr, dass er bereit war, seinen Freund sterben zu lassen, damit sie ihm vertrauten. Dann ging Jesus hin und weckte Lazarus von den Toten auf."

„Deine Krankheit soll uns etwa zum Glauben bringen?"

„Nein. Ich habe Krebs, weil die Sünde diese Welt aus der Bahn geworfen hat und mein Körper sterblich ist. Aber die verzögerte Antwort auf mein Gebet um Heilung ist vielleicht auch ein Hoffnungsschimmer. Durch meine Krankheit hat Kate angefangen, über Gott nachzudenken, und auch deine Gefühle befinden sich in Aufruhr." Wieder drückte sie seine Hand. „Seit Jahren lehnst du Gott ab, weil du so tief verletzt warst. Glaubst du, es macht mir etwas aus, wenn Gott mich benutzen will, um dich wieder auf sich aufmerksam zu machen? Marcus, ich will, dass du dich mit der Vergangenheit auseinandersetzt und sie verarbeitest." Sie brachte ihn mit einer Handbewegung zum Schweigen, als er etwas erwidern wollte. „Denk einfach darüber nach. Shari und ich wollen dich nicht vom Glauben überzeugen. Du musst selbst zu einer Überzeugung kommen." Dann zeigte sie auf einen Stapel Zeitschriften auf einem kleinen Tischchen neben dem Bett. „Aber jetzt ein ganz anderes Thema. Ich brauche einen modischen Rat von dir." Weil sie plötzlich versuchte, sich aufzusetzen, half Marcus ihr dabei. Sie war deutlich schwächer geworden und sank mit einem Lächeln auf die Kissen, mit denen er ihren Rücken stützte. Sie nahm die zuoberst liegende Zeitschrift und schlug eine markierte Seite auf. „Na, was hältst du von diesem Brautkleid?"

„Jennifer ..."

Mit einem Schmunzeln tätschelte sie seinen Arm. „Ich will nur wissen, was du als Mann davon hältst. Ich habe fünf Stück angekreuzt, die mir gut gefallen."

* * *

„Lisa, die Ergebnisse von den Labortests sind da." Lisa war gerade in ein Nachschlagewerk über Brandstiftung vertieft. Dort hatte sie nach der Temperatur gesucht, bei der Latex zu brennen beginnt. Sie sah, wie Paula aus dem Labor kam. Ihre Freundin hatte die Glassplitter auf DNA getestet. Es war nach einundzwanzig Uhr. In den Labors war es still. Die meisten Mitarbeiter waren schon längst nach Hause gegangen. Die beiden Frauen waren länger geblieben, um die Testergebnisse abzuwarten.

„Wie sieht es aus?" Sie hatten nur eine geringe Menge DNA, sodass sie nur einen Test durchführen konnten, und so mussten sie buchstäblich darum würfeln, für welchen sie sich entscheiden wollten. Paula lächelte und hielt ihr den Ordner hin.

„Sieh selbst."

Lisa nahm den Ordner. Sie hatte plötzlich ein flaues Gefühl im Magen. Was wäre, wenn sie sich für den falschen Test entschieden hatten?

Sie überflog den Ausdruck und sah sich das Diapositiv an und sie war erleichtert. Es war zwar kein vollständiger DNA-Strang, aber das, was sie sah, würde ausreichen. Sie hatten die wichtigsten genetischen Merkmale.

„Das reicht für einen Vergleich."

Paula nickte. „Wenn er in einer der Datenbanken gespeichert ist, können wir eine Übereinstimmung finden."

„Danke, Paula. Ich schulde dir einen Gefallen."

„Gut. Hat dein Bruder Jack zurzeit eine Freundin?"

Amüsiert schüttelte Lisa den Kopf. „Beth, seine Ehemalige, ist aus beruflichen Gründen nach New Hampshire umgezogen."

„Wie schade für Beth."

Lisa lachte, weil sie wusste, worauf Paula hinauswollte. „Ich glaube, er ist zur Zeit solo."

„Wenn er das nächste Mal hier vorbeikommt, lade ihn einfach zum Mittagessen ein. Dann fällt dir plötzlich ein, dass du schon mit mir verabredet bist. Aus Höflichkeit wird er natürlich uns beide mitnehmen." Paula schmunzelte. „Und dann wirst du plötzlich angepiepst."

„Du könntest ihm auch einfach sagen, dass du gerne mit ihm essen gehen würdest."

„Es ist besser, wenn er meint, er sei von selbst darauf gekommen."

Lisa dachte kurz nach und kam zu der Schlussfolgerung, dass Jack eine Freundschaft mit Paula guttun würde. Für ihn war es höchste Zeit, jemanden zu finden, und der Gedanke, er könnte sich mit ihrer Freundin anfreunden, hatte etwas für sich. „Mal sehen, was ich machen kann."

„Prima. Ich weiß, dass ich auf dich zählen kann. Bis später." Ihre Freundin ging zurück nach oben.

Nun war es Zeit herauszufinden, ob sich ihre mühevolle, stundenlange Arbeit gelohnt hatte. Lisa knipste das Licht wieder an und durchquerte mit den Testergebnissen in der Hand das Labor. Sie ging zum Sicherheits-PC, setzte sich vor den Monitor und meldete sich an. Nachdem sie mehrere Sicherheitsstufen durchlaufen hatte, konnte sie sich endlich in die zentrale Datenbank des Justizministeriums einloggen. Sie arbeitete langsam, um keinen

Fehler zu machen, und gab die Werte der zentralen Datenbank für genetische Marker ein. Dann startete sie den Suchvorgang. Das System arbeitete heute Abend langsam. Ihre Anfrage war eine von vielen, und so ging sie vom Computer weg, weil sie nicht vor dem Bildschirm sitzen und warten wollte. Sie ging zur Kaffeemaschine. Was sollte sie machen, wenn diese Anfrage nichts ergab? Was sollte sie dann als Nächstes versuchen? Sie war so müde, dass sie keine Antwort auf diese Fragen hatte. Sie versuchte immer, sich vorher zurechtzulegen, was sie als Nächstes tun würde, wenn ein Schritt ins Leere führte, aber bei diesem Fall gab es kaum noch Hinweise, denen man folgen konnte.

Sie nahm sich Zeit für die Zubereitung ihres Kaffees. Er musste stark sein, weil sie das Koffein brauchte, um wach zu bleiben.

Jetzt hör endlich auf, das Ganze hinauszuzögern. Wenn es keine Übereinstimmung gibt, dann ändert diese Warterei auch nichts daran.

Sie ging zurück zum Schreibtisch. Auf dem Bildschirm war eine Indexnummer erschienen. Sie war rot unterlegt und blinkte.

Sie drehte den Bürostuhl und setzte sich. Jetzt war sie kurz davor, nicht nur eine Antwort für Marcus zu haben, sondern den Fall aufklären zu können. Sie schrieb sich die Indexnummer auf, wechselte in eine andere Datenbank und fragte die Informationen ab.

Daniel Gray. Alter: 31 Jahre. Bewaffneter Raubüberfall. Schwere Körperverletzung. Mord.

Sie rollte sich durch die Angaben auf dem Bildschirm.

„Was um alles ..."

Sie starrte wie gebannt auf den nächsten Eintrag.

Verstorben am 27. Oktober des letzten Jahres. Das Todesurteil wurde im Staat Virginia durch eine Injektion vollstreckt.

Was sollte sie denn damit anfangen?

Sie überlegte sich, ob die DNA-Tests vielleicht fehlerhaft waren, aber diese Möglichkeit schloss sie aus. Sie arbeiteten zwar nicht immer fehlerfrei, aber sie wusste, wie viel Mühe man sich mit dieser Probe gegeben hatte, wie man sich bei jedem Schritt abgesichert hatte. Das Material war in Ordnung.

Könnte sich Blut auf Glassplittern länger als neun Monate lang in einem Hotelzimmer halten? Nein. Auch diese Möglichkeit schloss sie aus. Die Glasscherben waren nicht in den Teppichboden hineingetreten worden. Die scharfen Kanten hatten sich nicht durch Reibung abgeschliffen. Diese Scherben waren relativ neu. Die Datenbank verwendete bei einer Suche nur eine Teilmenge der genetischen Merkmale. War die DNA des Todesschützen der eines Toten ähnlich? Die Datenbank hatte ihr eine Übereinstimmung der Mitochondrien angezeigt. So etwas gab es nur bei Familienmitgliedern. Sie ging zurück zur ursprünglichen Datenbank, rief den vollständigen genetischen Code auf, druckte ihn aus und nahm sich einen Rotstift. Sie schaltete den Leuchttisch an und legte die DNA des Todesschützen neben die aus der zentralen Datenbank.

Vierzig Minuten später wusste sie, dass die Lösung des Falles vor ihr lag.

„Hallo, Daniel Gray", flüsterte sie und lehnte sich zurück. „Lass mich raten: Richter Whitmore hat das Todesurteil ausgesprochen. Aber wer aus deiner Familie hat sich entschlossen, deinen Tod zu rächen? Dein Vater? Dein Bruder? Einer von ihnen war es. Aber ich habe nicht genug genetisches Material aus den Testergebnissen, um sicher zu sein, und so haben wir hier ein nettes kleines Rätsel."

Sie griff nach dem Telefonhörer, aber dann zögerte sie. Quinn ... wenn er begriff, was es bedeutete, dass sie ihn informierte, bevor sie es Marcus sagte, dann würde sie bei ihm vielleicht auch bei anderen Dingen in einem besseren Licht dastehen. Sie tippte Quinns Piepsernummer ein und gleichzeitig den Code für einen dringenden Rückruf. Als er zehn Minuten später noch immer nicht zurückgerufen hatte, war sie frustriert. Das konnte sie vergessen. Sie nahm den Telefonhörer und wollte Marcus anrufen. Als sie gerade die dritte Zahl seiner Telefonnummer eintippte, kam Quinn zur Tür herein.

„Dein Piepsersignal hatte den Notfallcode." Sein Cowboyhut und seine Jacke waren durchnässt. Draußen regnete es wohl.

„Setz dich." Sie war verärgert, weil ihr Herz bei seinem Anblick schneller klopfte, und so war der Empfang nicht gerade freundlich. Überrascht über ihren unfreundlichen Ton hob er eine Augenbraue. Dann zog er sich einen Stuhl heran. Sie reichte ihm das Blatt Papier. „Die DNA-Tests von den Glasscherben sind ausgewertet."

Er las den Text, dann sah er sie an. „Bist du sicher?"

„Ja. Hier hast du ein Motiv für den Mord. Der Todesschütze kommt aus seiner Familie."

Quinn sah auf die Uhr, dann nahm er sein Handy und wählte eine Nummer. „Marcus, wir brauchen dich hier in Chicago. Lisa hat etwas, was du dir ansehen musst." Er hörte zu. „Bis dann also." Quinn klappte das Telefon zu. Lisa überraschte es nicht, dass Marcus keine Fragen gestellt hatte. Ihr Wort genügte ihm.

„Er wird seinen Flug umbuchen und in O'Hare landen. Wen brauchen wir noch?"

„Dave", antwortete sie. „Und jemanden, der uns alle Informationen über den Fall Daniel Gray besorgen kann."

* * *

Marcus bekam die Nachricht von Quinn auf seinen Piepser, als er gerade auf dem Weg zum Flughafen war. Er konnte kurzfristig noch einen Platz in einer Maschine der Fluggesellschaft *United* bekommen. Das Flugzeug machte sich gerade fertig zum Start.

Am Mittwochmorgen fuhr er direkt vom Flughafen zu Lisas Labor. Ihre Assistentin zeigte ihm den Weg zum Konferenzraum der Forschungsbibliothek. Dave war dort, Quinn und acht weitere Kollegen vom Ermittlungsteam. Man fand noch einen Stuhl für ihn. Er stellte seinen Aktenkoffer auf den Boden, nahm die Kaffeetasse, die man ihm reichte, und sah Lisa über den Tisch hinweg an. „Was hast du herausgefunden?"

Durch die großen Fenster hinter ihr fiel helles Sonnenlicht in den Raum. Sie hatte sich auf ihrem Stuhl zurückgelehnt und hielt sich mit beiden Händen an ihrer Kaffeetasse fest. Ihre Augen sahen glasig aus, als ob sie die ganze Nacht auf gewesen wäre. Sie schenkte ihm ein bedauerndes Lächeln. „Der Mörder ist tot."

Ihre Worte schienen ihn kalt zu lassen. „Wonach suchen wir dann? Nach einer Leiche, einem Zombie oder einem Geist?"

„Das ist typisch für dich, das wörtlich zu nehmen." Sie beugte sich nach vorn und reichte ihm ein Blatt Papier, das schon durch viele Hände gegangen war. „Die DNA, die ich aus den Glassplittern entnehmen konnte, hat diesen Treffer ergeben."

„Daniel Gray." Marcus las weiter, dann blickte er abrupt auf. „Tod durch Hinrichtung?"

„Das Todesurteil wurde von Richter Whitmore verkündet. Die DNA passt zur Familie von Gray. Es gibt kleine Unterschiede in den genetischen Mustern, wenn man über die Merkmale in der Datenbank hinausgeht. Der Todesschütze ist ein naher Verwandter von Daniel Gray – ein Vater, Bruder, Cousin oder Sohn. Aber ich hatte nicht genug DNA-Marker, um das Ganze noch enger einzugrenzen."

Marcus war erleichtert. Sie hatten ein Tatmotiv. Jemand hatte Richter Whitmore ermordet wegen des Todesurteils, das er in diesem Fall ausgesprochen hatte. „Okay, ihr habt die ganze Nacht an dieser Sache gearbeitet. Wen aus der Familie von Gray haltet ihr für den Mörder?"

Dave sortierte die Ordner, die vor ihm lagen, und drückte ihm zwei davon in die Hand. „Der Vater von Daniel Gray heißt Titus Gray. Wenn du seine vollständige Akte lesen willst, brauchst du eine ganze Woche. Das hier ist nur eine Zusammenfassung. Er hat an der Ostküste seine Finger in jedem unsauberen Geschäft – von Drogen bis zu Spielcasinos. Das FBI beobachtet seine Familie schon seit Jahren. Titus wäre für mich der beste Kandidat für den Mord, aber ein Grund spricht dagegen." Dave holte Luft, bevor er weitersprach. „Titus hat Daniel nach seiner Verhaftung offenbar enterbt und seitdem jeden Kontakt zu ihm abgebrochen.

In den Unterlagen des Gefängnisses ist kein einziger Anruf oder Brief von ihm verzeichnet, geschweige denn ein Besuch in den zwölf Jahren seit Daniels Inhaftierung."

Marcus las noch einmal den Ausdruck mit den Informationen über Daniel Gray. Zum Tode verurteilt wegen Mordes an einem verdeckten Ermittler der Polizei. „Warum hat er ihn enterbt? Ich bezweifle, dass für Titus der Mord an einem Polizisten etwas so Schlimmes ist."

„Wahrscheinlich gab es einen Machtkampf in der Familie. Der Mord war wohl nicht genehmigt."

Marcus nickte. „Das glaube ich eher. Wer kommt noch infrage?"

„Es gibt da einen Bruder. Er heißt Connor Gray. Als Daniel verurteilt wurde, war er fünfzehn. Kurz danach schickte Titus Connor auf eine Privatschule nach Europa. Danach studierte er Jura an der Harvard-Universität. Er hat eine Anwaltskanzlei. Es gibt keinen Hinweis, dass Connor am ‚Familienbetrieb' beteiligt ist. Er hat eine blütenweiße Weste. Man kann ihm noch nicht einmal ein Kavaliersdelikt nachweisen. Außerdem versteht er sich nicht gut mit seinem Vater."

„Hatte er ein gutes Verhältnis zu seinem Bruder?"

„In den zwölf Jahren Haft hat er ihn vierzehn Mal besucht. Bei der Hinrichtung seines Bruders war er nicht anwesend."

Dave nahm sich den letzten Ordner vor. „Wir haben das Pseudonym Henry James, das für die Reservierung von Zimmer 1323 verwendet wurde, über die Datenbanken laufen lassen, weil wir nach einer Verbindung zu Daniel Gray gesucht haben. Der Name wurde von einem Mann namens Frank Keaton benutzt, einem Cousin ersten Grades. Er arbeitet seit fünfzehn Jahren für Titus und steht in zwei Fällen unter Mordverdacht, in vier Fällen verdächtigt man ihn der Körperverletzung."

„Ein Vater, ein Bruder und ein Cousin."

Dave nickte. „Und alle haben ein Motiv."

„Wir haben noch mehr", fügte Quinn von seinem Stehplatz an der Tür aus hinzu. „Connor war am fraglichen Wochenende im Renaissance Hotel."

„Das ist ein Scherz."

„Zimmer 1317. Er führte unter dem Deckmantel der Konferenz Verhandlungen über eine Firmenfusion."

Drei Leute aus der Familie kamen für den Mord infrage. Alle drei hatten ein Tatmotiv. „Was ist mit der Skizze?"

Schweigend reichte ihm Lisa einen Ordner. Marcus schlug ihn auf und stöhnte. Auf den ersten Blick war zu erkennen, dass sie mit ihrem wichtigsten Beweisstück ein Problem hatten. „Also hat Shari entweder Frank oder Connor gesehen. Mit dieser Verkleidung kann es einer von beiden gewesen sein."

Quinn nickte. „Wir haben im Hotel Bilder von Frank und von Connor herumgezeigt. Der für das Telekommunikationszentrum im vierzehnten Stock zuständige Sicherheitsmann ist sich sicher, dass es Connor war. Drei Leute haben Frank erkannt. Er war in der Woche vor der Schießerei im Hotel."

Marcus sah quer über den Tisch zu seiner Schwester hinüber und klopfte mit dem Ordner auf die Tischplatte. „Wer von den beiden ist Linkshänder?", fragte er leise.

Auf ihren Lippen zeigte sich ein schwaches Lächeln. „Connor", antwortete sie lakonisch. „Der Bruder mit der weißen Weste."

Connor und Frank waren vielleicht beide am Mord beteiligt, aber was war mit dem Vater? War der Mord am Richter eine Familienverschwörung? „Der Vater – Titus. Können wir sicher sein, dass er von dem Mord nichts wusste?", fragte Marcus und blickte dabei in die Runde.

„Sein ältester Sohn wurde von Richter Whitmore zum Tode verurteilt, Frank arbeitet für ihn. Die Schießerei in der Kirche könnte auf sein Konto gehen", zählte Quinn auf. „Er prahlt gerne herum, was für ein toller Schütze er ist."

„Der eine schießt aus einer Entfernung von etwa zwei Metern daneben, der andere verfehlt sein Ziel aus einer Entfernung von sechzig Metern nur um Haaresbreite. Es waren zwei Schützen. Connor und Frank."

Quinn nickte. „Das glaube ich auch."

„Und Titus hat beide beauftragt", folgerte Marcus.

„Ich glaube nicht, dass Frank ohne die Genehmigung von Titus so etwas machen würde", bestätigte Dave.

„Gibt es über Titus etwas Konkretes?"

Dave schüttelte den Kopf. „Er war zum Zeitpunkt der beiden Schießereien in Europa. Das FBI hatte aus anderen Gründen seine Telefonleitungen angezapft, aber daraus hat sich nichts ergeben. Wir müssen uns entweder Connor oder Frank vornehmen, um eine Verbindung herstellen zu können. Frank ist an schwere Zeiten und auch an Gefängnisaufenthalte gewöhnt. Connor wendet sich vielleicht eher gegen Titus, wenn er unter Druck steht, aber er ist sein Sohn. Ich glaube, wir brauchen Connor und Frank, damit wir durch die beiden an Titus herankommen."

Marcus ließ sich alle drei Namen immer wieder durch den Kopf gehen. Vater, Bruder, Cousin. „Ist es möglich, dass Titus und Frank das Ganze auch allein durchgezogen haben? Ohne Connor?"

Lisa schüttelte den Kopf. „Connor hat vielleicht gehofft, das könnte so aussehen, aber er hat einen verhängnisvollen Fehler gemacht. Er ist der einzige Linkshänder. Connor ist der Todesschütze."

Marcus vertraute ihrer Einschätzung. Connor hatte den Richter im Hotel erschossen, Frank hatte in der Kirche auf Shari geschossen und Titus hatte die beiden beauftragt. „Wo halten sich die drei jetzt auf?"

15

Marcus bewegte sich in seinem Sitz, hob den Arm und schaltete die Leselampe ab. Es war schon spät, er war müde und sie waren noch immer über eine Stunde vom Haus am See entfernt. Dave und Quinn saßen mit ihm im Flugzeug. Von seinem verdunkelten Platz aus konnte er aus dem kleinen Flugzeugfenster nach draußen sehen. Das blinkende Positionslicht am anderen Ende der Tragfläche beleuchtete die dünnen Wolken um das Flugzeug herum und tauchte sie in ein helles Licht. In einer Höhe von 6.000 Metern war die Wolkendecke nicht geschlossen. Nur wenige Wolken schwebten unter dem Flugzeug und die Sicht war gut. Städte konnte er an den vielen Lichtpunkten erkennen, die übrige Landschaft lag in Dunkelheit, die nur durch gelegentliche Lichtstreifen von vorbeifahrenden Autos unterbrochen wurde.

Marcus streckte die Beine aus und überlegte sich, ob er ein wenig schlafen sollte. Aber er verwarf diesen Gedanken gleich wieder. Er schlief nicht gern mit dem leisen Dröhnen der Triebwerke als Geräuschkulisse. Ihr Plan stand endgültig fest, nachdem sie einen Tag in Telefonkonferenzen mit Washington verbracht hatten. Wenn Shari aus einer Reihe von Fahndungsfotos Connor erkennen konnte, dann konnten sie gegen Connor und Frank vorgehen. Mit der Verhaftung von Titus mussten sie warten, bis sie mehr Beweise hatten, aber sie wollten ihn nicht entkommen lassen, wenn sie die Möglichkeit hatten, ihn wegen Anstiftung zum Mord an einem Richter hinter Gitter zu bringen.

Marcus fühlte sich unwohl, weil er die Risiken kannte. Sie hatten in diesem Fall keine echten Beweise, sondern nur Indizien. Aber die Fluchtgefahr war einfach zu groß, um noch länger warten zu können. Connor und Frank könnten in kürzester Zeit über alle Berge sein. Für die Haftbefehle brauchten sie jedoch konkrete Beweise wie die Mordwaffe, den blutbefleckten Anzug, die Handschuhe, die Schuhe, die Verkleidung. Es war nur schwer zu verstehen, dass Lisa mit ihrer genauen Analyse dem Anwalt der Verteidigung die Arbeit abgenommen hatte. Die Indizien deuteten entweder auf Frank oder auf Connor als Täter. Die von den Glassplittern entnommenen DNA-Marker ließen beide Varianten zu, ebenso die Skizze, die nach Sharis Beschreibung angefertigt worden war. Zeugen hatten beide Männer im Hotel gesehen. Ein Verteidiger könnte glaubwürdige Argumente gegen den Tatverdacht sammeln, gleichgültig welchen der beiden Männer sie vor Gericht bringen würden. Sie würden Connor allein wegen der Tatsache, dass er Linkshänder war, nie wegen des Mordes verurteilen können. Frank hatte ein Vorstrafenregister, aber Connor war nach außen hin ein unbescholtener Bürger. Wenn sie aber versuchten, Frank wegen der Tat vor Gericht zu bringen, könnte dessen Verteidiger argumentieren, dass Connor der Mörder sein müsste.

Sie mussten einfach die konkreten Beweise finden oder sie mussten Connor und Frank dazu bringen, mit dem Gericht einen Kompromiss auszuhandeln und zu reden. Eine Verurteilung würde allein von Sharis Zeugenaussage abhängen und dadurch war ihr Leben in großer Gefahr.

Marcus zog die Skizze heraus, die er nach ihrer Beschreibung des Todesschützen angefertigt hatte. Er schaltete die Leselampe wieder an. Ein paar kleine Veränderungen genügten und die Skizze zeigte Frank; wenn er weitere winzige Änderungen anbrachte, erkannte er Connor. Was wäre, wenn Shari den Mörder anhand der Fotos nicht erkennen würde? Wenn er an den Fall dachte, hoffte er, dass sie das richtige Foto erkennen würde. Wenn es aber um ihre Sicherheit ging, wünschte er sich, sie würde den Mörder nicht erkennen. Er wollte nicht, dass sie bei der Aufklärung des Falles die entscheidende Rolle spielte.

Er machte sich Gedanken, wie sie wohl reagieren würde, wenn sie hörte, dass sie einen Tatverdächtigen hatten, aber nicht die Beweise, um ihn wegen Mordes verurteilen zu können. Wenn der schlimmste Fall eintrat und er freigesprochen würde oder die Geschworenen sich nicht auf einen Urteilsspruch einigen könnten, würde für sie eine Welt zusammenbrechen. Er wollte auch nicht die Angst in ihren Augen sehen, wenn sie das Foto des Mannes sah, der versucht hatte, sie umzubringen.

Hör auf zu grübeln. Du kannst jetzt nichts weiter machen, als abzuwarten, was kommt.

Er wollte Shari beschützen vor dem, was geschehen konnte, aber er konnte nur für sie da sein, wenn sie sich diesen Dingen stellen musste. Er zögerte einen Augenblick, dann griff er nach seinem Jackett. Aus der Innentasche zog er ein dünnes Buch – ein Neues Testament mit Psalmen und Sprüchen. Jennifer hatte es ihm gegeben. Er hatte auf dem Flug nach Chicago die Abschnitte gelesen, die sie im Lukasevangelium angestrichen hatte. Dann überflog er das ganze Evangelium und las Worte, die ihm noch aus seiner Kindheit vertraut waren. Er erinnerte sich, wie seine Mutter ihm die Geschichten aus dem Lukasevangelium vorgelesen hatte. In diesen Minuten vor der Landung des Flugzeugs hatte er noch die Gelegenheit, in Ruhe über alles nachzudenken. Danach würden erst einmal ein paar chaotische Tage kommen. Er war es Shari, aber auch sich selbst schuldig, zu einer Entscheidung zu kommen über Jesus und über das Gebet. Er merkte, wie seine in Aufruhr geratenen Gefühle sich nicht beruhigen wollten, und solange diese Sache zwischen ihnen stand, könnten er und Shari bestenfalls eine lockere Freundschaft, aber keine tiefere Beziehung haben.

Er konnte es sich nicht leisten, die falsche Entscheidung zu treffen. Er wusste, wie tief gehend sich sein Leben ändern würde, gleichgültig, wie er sich entscheiden würde. Wenn er sich entschloss, wieder an Gott zu glauben und seine Zweifel ad acta zu legen, könnte er an eine gemeinsame Zukunft mit Shari denken, aber er würde in seiner Familie eine gewisse Unruhe auslösen. Rachel, Lisa, Jack und Stephen würde es sehr schwerfallen, kein Unbehagen zu empfinden, weil sie selbst nicht an Gott glaubten.

Er spielte seit zwei Jahrzehnten bei den O'Malleys die Rolle des Familienoberhaupts. Er wusste, was es hieß, immer für seine Wahlfamilie da zu sein, seine Geschwister zu trösten, wenn es nötig war, für sie zu sorgen, ihnen zu helfen, Probleme zu lösen, Schwierigkeiten kommen zu sehen und sie rechtzeitig abzuwenden, Fehler auszubügeln, den Frieden innerhalb der Familie aufrechtzuerhalten, sie zu lieben. Er konnte es sich wirklich nicht leisten, eine verkehrte Entscheidung zu treffen. Er konnte sich nicht erlauben, die Gefühle seiner Geschwister zu verletzen. Er konnte den Zusammenhalt in seiner Familie nicht aufs Spiel setzen, ohne sich absolut sicher zu sein, sich richtig entschieden zu haben.

Jesus sagte, er wolle der Herr sein. Er sagte: „Folge mir nach." Marcus merkte, wie deutlich vernehmbar und absolut dieser Befehl war. Das Dumme beim Glauben war ja, dass keine Kompromisse möglich waren, sondern dass es nur ein Entweder-oder gab.

Marcus hatte seit seiner Kindheit keine Übung mehr mit dem Beten und er kam sich seltsam vor. *Jesus, du verlangst viel von mir, denn das würde heißen, dir die O'Malleys anzuvertrauen, von Shari ganz zu schweigen.*

Er gestand sich ein, dass er sich Sorgen machte. Wer würde sich um die O'Malleys kümmern, wenn ihm etwas passierte? Er machte sich über die Gefahren, die ihn in diesem Fall noch erwarteten, keine Illusionen. Wenn Connor wusste, dass sie ihm auf den Fersen waren, wenn Titus das auch mitbekam, dann ... Diese Männer zu verhaften, war äußerst riskant.

Wenn ihm etwas passierte, wer würde dann dafür sorgen, dass Lisa nicht in Schwierigkeiten geriet? Wer würde Rachel zärtlich an sich drücken? Wer würde mitten in der Nacht mit Kate reden, wenn sie wieder einmal die Last der ganzen Welt auf ihren Schultern trug? Wer würde dafür sorgen, dass Jennifer die beste medizinische Versorgung bekam, damit sie wieder gesund wurde? Wer würde für Stephen und Jack der große Bruder sein, den sie so dringend brauchten?

Jesus, ich muss einfach wissen, ob dir das wichtig ist, was mir so viel bedeutet. Ist es falsch, so etwas von dir zu verlangen? Diese Familie braucht eine starke Hand. Es ist eine Sache, wenn ich dir vertraue, aber es ist etwas ganz anderes, wenn ich dir meine Geschwister anvertraue.

Er erinnerte sich, wie er als Kind bitterlich geweint hatte, und dieses plötzliche, starke Gefühl ließ ihn die Zähne fest zusammenbeißen. Dieser Schmerz traf ihn bis ins Innerste.

Jesus, ich habe eigentlich nur eine Frage: Wie kannst du es mit deinem Wesen vereinbaren, dass ein Kind von einem liebenden Gott verlassen wird? Ich habe einmal an dich geglaubt, aber in mir ist alles zerbrochen, als meine Mutter gestorben ist. Mit diesem Schmerz musst du fertig werden, wenn ich daran glauben soll, dass du mich liebst, wenn ich dir vertrauen soll.

Er wäre gern optimistisch gewesen, aber er wollte nicht wieder eine Enttäuschung riskieren. Er erinnerte sich an die letzten Worte seiner Mutter, als sie in ihrem Krankenhausbett gelegen und seine Hand in der ihren gehalten hatte, aber schon so schwach gewesen war, dass der Druck seiner Kinderhand stärker gewesen war. Sie hatte ihm zugeflüstert: „Jesus liebt dich." Seine Mutter war in der darauffolgenden Nacht gestorben. Shari sagte, dass ein Kind nicht denselben Blickwinkel haben konnte wie ein Erwachsener. Vielleicht hatte sie recht. Aber ein Kind ließ sich von Worten nicht so leicht täuschen. Für ein Kind zählten Taten.

Er schlug das Neue Testament zu und steckte es wieder in die Tasche. Er war sich nicht sicher, was er erwartete, was er als Antwort auf seine Fragen erkennen oder sehen sollte, aber er wusste eines: Er spürte in sich den aufrichtigen Wunsch, wieder an Gott zu glauben. Aber er wusste nicht, wonach er suchte, was ihm die Bestätigung geben sollte, die er brauchte. Die Umstände zwangen ihn, in den nächsten Tagen diese Sache auf sich beruhen zu lassen. Darüber war er fast froh.

Es war noch immer dunkel, als das Flugzeug landete.

Während der Fahrt zum Haus am See waren alle schweigsam. Marcus sah, dass im Wohnzimmer das Licht brannte, als sie in der Einfahrt waren. War Shari extra aufgeblieben? Das würde ihn nicht überraschen. Marcus nahm seine Anzugjacke und seinen Aktenkoffer heraus, aber er ließ seine Reisetasche im Kofferraum. Auch wenn die Gegenüberstellung mit den Fotos nichts erbrachte, würden sie nicht mehr lange hierbleiben. Es war nur noch nicht geklärt, wohin sie fahren würden. Er wollte nur ungern wieder weg, aber Luke konnte hier die Sicherheitsmaßnahmen leiten. Marcus folgte Dave und Quinn auf dem Weg zur Veranda. Er betrat das Haus, als Shari aus dem Wohnzimmer kam. Es war schön, sie wiederzusehen, und ihr Lächeln ... er fühlte sich, als sei er nach Hause gekommen. Sie zeigte ihm deutlich, wie sehr sie sich freute, ihn zu sehen, und wenn die Situation eine andere gewesen wäre, hätte er sie fest an sich gedrückt. Er wünschte, er müsste dieses Lächeln nicht mit seinen Worten zerstören.

„Ich habe euch noch nicht zurückerwartet. Dave, Quinn – wie schön, Sie zu sehen." Sie sah ihn wieder an. „Wie geht es Jennifer?"

Ihre Worte erinnerten ihn daran, warum er ursprünglich weggefahren war. Ihm kam es nicht so vor, als sei seit seinem Besuch bei Jennifer nur ein Tag vergangen. „Sie hält sich ganz gut, wenn man die Umstände bedenkt. Sie hat schon ihr Brautkleid ausgesucht", fügte er mit einem Lächeln hinzu. Aber dann wurde er wieder ernst. „Shari, würdest du bitte deinen Bruder aufwecken?"

Sie sah erst Marcus an, dann die anderen. Aus ihrem Gesicht wich das Lächeln. „Was ist los?"

„Ich sage es, wenn dein Bruder hier ist."

Sie zögerte, dann nickte sie und ging nach oben, um Joshua aufzuwecken.

Fünf Minuten später kam sie mit ihrem Bruder und ihrer Mutter in das Wohnzimmer. Shari setzte sich nicht hin, sondern blieb in der Tür stehen.

„Was ist?" Ihre Stimme war ruhig, aber sie konnte ihre Hände nicht stillhalten.

„Wir haben mehrere Fotos mitgebracht und möchten, dass du sie dir ansiehst", antwortete Marcus. Er sah, wie sie diese Neuigkeit aufnahm, dann nickte er Dave zu. Er schlug einen Ordner auf, den er in der Hand gehalten hatte, und legte die vorbereiteten Fotos auf den Schreibtisch. Insgesamt waren es acht Bilder von Männern, die sich ähnlich sahen. Zwei der Fotos zeigten Frank und Connor.

Shari trat zum Schreibtisch. Marcus beobachtete sie, um festzustellen, ob sich in ihrem Gesicht eine Reaktion zeigte, als sie die Bilder betrachtete. Er merkte, wie sie zusammenzuckte.

„Das ist er.“ Sie sah zu ihm auf. In ihren Augen lag Verwirrung. „Wie hast du ...“

„Wer, Shari?“, fragte Dave nach.

Ohne zu zögern zeigte sie auf das Foto von Connor. „Auf diesem Bild hat er weniger Haare und keinen Schnurrbart.“

Quinn wechselte einen Blick mit Marcus.

„Ruf den Piloten an und sag ihm, dass wir heute Nacht noch fliegen“, sagte Marcus zu Quinn. „Ich will bei Tagesanbruch in New York sein.“

Shari drehte sich zu ihm um und er konnte das Feuer in ihrem Blick sehen. „Wer ist er?“

„Im Moment ist er nur ein Tatverdächtiger. Am besten, du weißt nichts, bis wir mit unseren Ermittlungen weiter sind.“

„Marcus, ich weiß, dass er es ist. Warum hat er Carl umgebracht? Warum hat er meinen Vater ermordet?“

Marcus sah Joshua und Beth kurz an, dann erzählte er Shari das Wesentliche. „Vielleicht gibt es eine Verbindung zum Fall Daniel Gray.“

Diese Information traf sie sichtlich. „Der Fall mit dem Todesurteil. Das ist mehr als ein Jahrzehnt her.“

„Ja.“

„Also war es nicht die Kandidatenliste für den Obersten Gerichtshof und auch nicht meine Empfehlung.“

Er hätte wissen müssen, wie groß ihre Erleichterung war. Er ging zu ihr und nahm ihre Hände. „Nein.“

„Ihr wollt ihn verfolgen.“ Sie sagte nicht, dass sie Angst um ihn hatte, aber das stand ihr ins Gesicht geschrieben.

„Ja. Ich weiß nicht, wie lange wir weg sein werden.“

Ihre Hände umklammerten die seinen. „Marcus, sei vorsichtig.“

Es gab Situationen, in denen es nicht angebracht war, übervorsichtig zu sein. Er beugte sich vor und küsste sie. „Ich werde vorsichtig sein. Das verspreche ich.“

Sie drückte ihn fest an sich, dann trat sie zurück und sah zu Quinn hinüber. „Sorgen Sie dafür, dass er sein Wort hält."
Quinn lachte. „Jawohl, Gnädigste."

* * *

„Wir müssen uns etwas einfallen lassen. Dieses Haus ist wie eine Festung", stellte Marcus fest. Haus und Grundstück von Connor Gray waren vollständig gesichert. Leibwächter liefen herum und es gab drei verschiedene Einfahrten. Bis sie den Durchsuchungsbefehl bekommen, sich Zutritt zum Haus verschafft und das Grundstück gesichert hatten, hätte Connor genügend Zeit, um Beweismaterial zu vernichten oder die Flucht zu ergreifen – vorausgesetzt, sie stießen nicht auf gewaltsamen Widerstand. Dieser Mann war unberechenbar. Er hatte einen Richter ermordet und nichts mehr zu verlieren.

„Wir können ihm den Durchsuchungsbefehl in seiner Kanzlei zustellen."

„Wenn wir in eine Anwaltskanzlei kommen und einen der Partneranwälte festnehmen, ist das eine Provokation für diesen Berufsstand."

Dave schob seinen Stuhl von dem Tisch zurück, auf dem die Pläne von Connors Haus und Grundstück ausgebreitet waren. „Wir müssen Connor verhaften und gleichzeitig Durchsuchungsbefehle für sein Haus, seine Firma und sein Auto zustellen."

„Stimmt." Marcus warf dem Kollegen vom örtlichen Polizeirevier einen Blick zu. „Gage, haben Sie einen Vorschlag?"

„Wie wäre es, wenn wir ihn auf offener Straße schnappen, sagen wir, wenn er von der Arbeit nach Hause fährt? Er hat keinen Chauffeur und so käme das für ihn überraschend. Wir könnten ein kleines Team zusammenstellen, damit sich die Sache nicht bis zu ihm herumspricht, wenn der Haftbefehl ausgestellt ist."

Marcus dachte kurz nach, dann nickte er. „Haben Sie genügend Leute, damit Sie sein Büro und sein Privathaus durchsuchen können, sobald wir ihn haben?"

Gage nickte. „Wir können ihn daran hindern, rechtzeitig jemanden zu verständigen."

„Bereiten Sie alles vor. Rick, ist Ihr Team so weit, den Durchsuchungsbefehl für das Haus von Frank zuzustellen?"

Es waren schon fünf Tage vergangen, aber sie konnten Frank noch immer nicht ausfindig machen. Deshalb hatten sie sich entschlossen, zuerst Connor zu verhaften, die Durchsuchungsbefehle zuzustellen und Frank mit diesen Aktionen aus seinem Versteck zu locken.

„Wir sind bereit", bestätigte Rick. „Die Kollegen, die das Haus beobachten, haben dort drei Männer gesehen. Wir gehen mit vier Teams dort rein. Ein Kollege wird die Alarmanlage ausschalten, wenn es so weit ist."

Marcus sah auf seine Armbanduhr. „Alle Teams sollen sich bereit machen. Wir schlagen zu, wenn Connor sein Büro verlässt."

Die Männer verließen den Raum, um die Anweisungen weiterzugeben.

Die Zeit des Wartens war vorbei. Marcus spürte das. Noch fünf Stunden und alles würde vorbei sein – so oder so.

Er überlegte sich, ob er Shari anrufen sollte, aber er wollte sie nicht noch stärker belasten, als sie es ohnehin schon war. Es wäre besser, wenn er ihr alles erzählte, wenn es vorüber war.

Um 16.00 Uhr ging Marcus mit Dave und Quinn zu den wartenden Fahrzeugen. Er hatte vorher jedes Detail mit Gage abgesprochen.

Eine Festnahme auf offener Straße war ein Manöver, für das sie drei Fahrzeuge benötigten. Sie verwendeten dafür einen Geländewagen, eine blaue Limousine und einen weißen Lieferwagen. Nichts deutete darauf hin, dass es sich um Polizeiwagen handelte. Die neun Polizisten, die ihnen bei diesem Einsatz helfen sollten, trugen über ihren kugelsicheren Westen Zivilkleidung. Sie würden irgendwo zwischen Connors Büro und Haus zuschlagen – an einem Ort, der ihnen auch von der Verkehrslage her am günstigsten erschien.

Sie trafen sich gegenüber dem Gebäude, in dem sich Connors

Büro befand. Von dort aus konnten sie sein Auto beobachten. Als Connor das Parkhaus in seinem Ford Lexus verließ, fuhren sie los und reihten sich in den Verkehr hinter ihm ein.

Der Geländewagen hatte als erstes Fahrzeug der Kolonne Connors Wagen überholt und fuhr vor ihm her. Der Lieferwagen und die Limousine folgten Connor durch die Stadt und waren schließlich direkt hinter ihm. In der Zweiunddreißigsten Straße wendete Connor seinen Wagen und fuhr nach Osten. Marcus sah, wie die Ampel vor ihnen auf Gelb umsprang. Er schaltete sein Funkgerät an. „Hier schlagen wir zu. Macht euch bereit."

Die Ampel leuchtete rot. Greg hielt den Geländewagen an. Connors Ford Lexus bremste hinter ihm.

„Jetzt", befahl Marcus.

Der Geländewagen fuhr plötzlich rückwärts und kam der Stoßstange von Connors Auto gefährlich nahe. Connor drückte auf die Hupe. Gage raste mit seiner Limousine um den Lieferwagen herum und hielt an der Fahrertür von Connors Auto an. Gleichzeitig fuhr Bill mit dem Lieferwagen auf die rückwärtige Stoßstange des Lexus auf.

Mit gezogenen Waffen umrundeten Polizisten sein Auto, bevor Connor begriff, dass es hier um mehr ging als nur um einen Auffahrunfall. „Lassen Sie die Hände auf dem Lenkrad."

Er war so verblüfft, dass er gehorchte.

Marcus ließ Gage den Vortritt. Er holte Connor aus dem Auto und las ihm den Haftbefehl vor.

„Sie haben sich eine seltsame Zeit für meine Verhaftung ausgesucht." Connor lächelte, als die Handschellen klickten. „Sie hätten ruhig in mein Büro kommen können." Er warf einen Blick auf den Stau, den sie verursacht hatten, und sah dann wieder zu Marcus hinüber. „Diese Aktion auf offener Straße bringt Ihnen nichts weiter ein als negative Schlagzeilen, für die Sie eine Erklärung finden müssen, wenn ich wieder freigelassen werde. Sie haben nicht genug Beweise, um mich festzuhalten. Was wissen Sie denn schon? Dass ich im Hotel war? Sie haben lange genug gebraucht, um das herauszufinden."

Connor hätte besser seinen Mund gehalten, aber er handelte ganz im Sinne des geflügelten Wortes, nach dem der Anwalt, der sich selbst vertritt, ein Narr ist.

„Wir haben Frank und einen Augenzeugen", entgegnete Marcus. Er wollte den Mann mit seinen Worten verunsichern.

Connor sah ihn erstaunt an. Er wurde ernst. Aber dann lächelte er wieder. Es war ein kaltes, schwaches Lächeln, aber ein Lächeln. „Sie haben Frank nicht und Ihre Augenzeugin wird niemals vor Gericht aussagen."

Das war eine leise, aber eindeutige Drohung.

Marcus stieß Connor gegen das Auto. „Wen haben Sie beauftragt?"

Quinn und Dave sprangen nach vorn, um ihn zurückzureißen. Marcus ignorierte die beiden. Er sah dem Mann in die Augen, der Carl und Sharis Vater ermordet hatte. Dessen war er sich jetzt ganz sicher.

„*Ich* habe niemanden beauftragt."

Marcus entging diese Betonung nicht. Also hatte Titus einen Killer beauftragt.

„Und wenn er nicht spätestens ein Jahr und einen Tag nach dem Tod Ihrer Zeugin seine Bezahlung bekommt, werden Sie keine Verbindung zwischen den beiden finden können."

Sogar Quinn wurde blass.

„Dave, sieh zu, dass du ihn von hier wegschaffst." Marcus stieß Connor zum wartenden Auto.

„Marcus ..."

„Ich weiß, Quinn."

Ein Jahr und ein Tag – diese Handschrift hatte nur einer: Lucas Saracelli. Er verfehlte sein Ziel nicht aus einer Entfernung von zweihundert Metern. Er schoss auch nicht aus einer Entfernung von vierhundert Metern daneben. Es spielte keine Rolle, ob es dunkel war, ob er sich in der Stadt oder auf dem Land befand. Er stand schon seit zwölf Jahren ganz oben auf den internationalen Fahndungslisten.

„Wir müssen sie unbedingt wegbringen. Schnell. Unser Versteck lässt sich nicht mehr lange halten. Er hat einen großen Vorsprung."

Marcus spürte, wie die Furcht in ihm aufstieg. Drei Teams mit Sicherheitsleuten konnten nicht genug Schutz bieten. „Einverstanden. Aber wohin?"

„Meine Ranch", schlug Quinn vor. „Wir wollen keinen Streit mit diesem Typen, aber wenn es dazu kommt, sind wir wenigstens im Vorteil."

* * *

Lucas trank gerade mit einer Stewardess aus Jamaika ein Bier, als der Anruf kam. Die Bar in Washington D.C. war überfüllt und der Lärmpegel entsprechend hoch, aber er blieb trotzdem an seinem Platz. „Sie haben Connor gerade eben in New York geschnappt. US-Marshal Marcus O'Malley hat den Einsatz geleitet. Sie wurden mit einem Privatjet eingeflogen."

Lucas hörte konzentriert zu, während er der Stewardess zulächelte. „Prima. Danke für den Anruf." Er schaltete sein Handy aus und nahm sich noch eine Salzbrezel. Shari war irgendwo in Kentucky und ihr Leibwächter war gerade in New York. Interessant.

„Was Geschäftliches?"

„Schon möglich. Wann geht dein Rückflug?"

„Um neunzehn Uhr."

„Dann kann das Geschäftliche bis neunzehn Uhr fünfzehn warten. Schließlich habe ich dir versprochen, dich zurück zum Flughafen zu begleiten."

Sie kicherte. Er mochte dieses Kichern. Er stellte sein Bier ab. „Komm, wir wollen tanzen."

16

Marcus nahm den Anruf entgegen, als er im Flugzeug saß. Sie flogen mit einer Privatmaschine zurück zum Haus am See, nachdem sie innerhalb einer Stunde so viele Männer wie möglich zusammengezogen hatten. „Ja, Dave?"

„Die Durchsuchungsbefehle sind in der Anwaltskanzlei und im Haus von Connor Gray zugestellt worden. In seinem Haus haben seine Leibwächter zuerst Widerstand geleistet, aber wir sind damit fertig geworden. Unser Einsatz ist so überraschend gekommen, wie wir es uns erhofft hatten, aber ich fürchte, das ist vorerst auch alles, was es an Positivem zu berichten gibt. Die Spurensicherer nehmen das Haus buchstäblich auseinander, aber bisher haben sie nichts gefunden, was man mit dem Mord in Verbindung bringen kann. Die beiden Haustresore sind leer, die drei Waffen, die sie gefunden haben, sind auf seinen Namen registriert. Sie passen nicht zur Mordwaffe."

„Wir brauchen aber Beweise, und wenn sie noch so winzig sind."

„Wir bleiben am Ball. Du kümmerst dich um Shari. Ich verspreche dir eins: Jetzt, wo wir Connor haben, werden wir sein Leben von innen nach außen kehren. Wenn es hier Beweise gibt, werden wir sie finden."

„Was ist mit Frank?"

„Er ist spurlos verschwunden. Marcus, ich habe ein komisches Gefühl."

Es war durchaus möglich, dass er bereits die Stadt verlassen hatte. „Gib den Haftbefehl über den Polizeifunk durch. Wenn er im Land unterwegs ist, werden wir es auf diesem Weg erfahren."

„Die Meldung wird in der nächsten Stunde rausgehen", versicherte ihm Dave. „Melde dich, sobald du dort bist."

„Ich rufe dich an, wenn wir landen", bestätigte Marcus und verabschiedete sich. Er klappte das Handy zu und sah zu Quinn hinüber. Die fehlenden Beweise stellten ihn vor ein Problem, mit dem er sich später noch befassen musste. Aber jetzt hatten sie viel ernstere Sorgen. „Wie hält man jemanden auf, der sich nicht aufhalten lässt? Wenn er erst einmal einen Auftrag angenommen hat, führt dieser Typ ihn auch zu Ende."

„Meinst du, Connor hat ihn beauftragt?"

„Nein, dafür hat er nicht genug Geld. Ich tippe eher auf seinen Vater Titus."

„Können wir Titus so stark unter Druck setzen, dass er nicht zahlen kann und der Killer von sich aus das Handtuch wirft?"

„Dann müssten wir die ganze Aktion blockieren, aber dafür brauchen wir Insider-Informationen. Wenn Connor Gray des Mordes an Richter Whitmore überführt wird, gibt es für ihn nur eine Möglichkeit, die Todesstrafe und damit das gleiche Schicksal wie sein Bruder zu umgehen: Er muss versuchen, einen Kompromiss auszuhandeln, indem er über die schmutzigen Geschäfte seines Vaters redet. Aber das wird nicht passieren, solange er meint, dass man ihm nichts nachweisen kann. Außerdem ist er sich sicher, dass Shari niemals gegen ihn aussagen wird."

„Das ist ein Teufelskreis."

„Wir haben keine andere Wahl. Wir müssen Lucas aufhalten."

Marcus hatte nur selten eine solche Furcht empfunden wie jetzt. Lucas war vielleicht schon einen Monat lang im Land und suchte nach Shari. Das Haus am See war nicht sicher. Sie wäre nirgends sicher, solange Connor, Frank und Titus noch nicht vor Gericht standen. Die Situation musste früher oder später eskalieren. In all den Jahren, in denen er bei Zeugenschutzprogrammen mitgearbeitet und Zeugen beschützt hatte, hatte er nie vor einer solchen Herausforderung gestanden. Und jetzt war auch noch die Frau betroffen, die er liebte ... Er drängte dieses Gefühl zurück, bevor die Angst ihn lähmen konnte. „Er ist vielleicht schon seit dem achten Juli im Land."

„Titus muss irgendwie mit Lucas Kontakt aufgenommen haben, um die Vertragsbedingungen festzulegen. Vielleicht bekommen wir einen Hinweis, wie und wo das geschehen ist."

„Wenn Titus alles durch seine Mittelsleute in Europa arrangiert hat, laufen wir ins Leere. Wir können Lucas vielleicht hier ausfindig machen. Er muss sich ein Gewehr besorgen oder besorgt haben, sobald er hier in den Vereinigten Staaten ist. Sicher ist nur, dass es eine Spezialanfertigung sein wird."

Marcus zog einen Schreibblock heraus. „Wir gehen jetzt die Sicherheitsvorkehrungen durch, die wir auf der Ranch sofort und für die nächsten Wochen treffen können."

„Angenommen, er erfährt, dass Shari auf der Ranch in Montana ist. Er muss zuerst einmal hinkommen – mit dem Flugzeug, mit dem Auto, zu Pferd oder zu Fuß. Das ist also unsere erste Verteidigungslinie. Wir werden den Bezirks-Sheriff bitten, die Brücke über den Fluss Ledds zu schließen. In den letzten vier Monaten ist immer die Rede davon gewesen, dass die Brücke ausgebessert werden muss. Für die Einwohner ist das also nichts Neues. Dadurch fällt jedes Fahrzeug, das sich der Ranch aus südlicher Richtung nähert, ins Auge und wir können feststellen, woher es kommt."

„Wie teilen wir die Sicherheitsleute ein?"

Als das Flugzeug auf der Landebahn in der Nähe des Hauses am See aufsetzte, hatten sie bereits einen Sicherheitsplan für die nächsten Tage ausgearbeitet. Er reichte zwar nicht aus, aber es war ein Plan, den man umsetzen konnte. Während der Fahrt zum Haus überlegte sich Marcus, was er sagen sollte und wie Shari wohl darauf reagieren würde. Wie sollte er ihr bloß erklären, dass ein Berufskiller auf sie angesetzt war?

Sie waren um 21.20 Uhr zurück. Die anderen verteilten sich hinter Marcus, um das Grundstück zu sichern, und er ging mit schnellen Schritten auf das Haus zu.

„Marcus!" Shari rappelte sich vom Sofa im Wohnzimmer hoch und kam ihm entgegen. „Habt ihr ihn?"

„Wir haben Connor Gray verhaftet." Die Erleichterung stand ihr ins Gesicht geschrieben, aber sie würde nicht lange anhalten. Er packte ihre Hände und hielt sie fest. „Shari, pack deine Sachen. Wir müssen weg von hier."

Zuerst wirkte sie verwirrt, aber dann verstand sie. „Was ist los?"

Er legte warnend einen Finger auf ihre Lippen. „Das erkläre ich dir später. Du kannst nur eine Reisetasche mitnehmen."

Er hatte sich entschlossen, zunächst einmal ihre Frage unbeantwortet zu lassen. Josh kam gerade aus der Küche und Marcus nutzte diese Gelegenheit. „Josh, wir müssen miteinander reden." Mit einem Kopfnicken zeigte er auf das Wohnzimmer. Beth ging gerade durch die Tür. Sie hielt ein Buch in der Hand und sie hatte alles mit angehört. Marcus ging zu ihr, beugte sich hinunter und gab ihr einen Kuss auf die Wange. „Wie schön, Sie zu sehen. Können Sie Shari beim Packen helfen? Ich erkläre Ihnen gleich alles."

Sie nickte, aber in ihrem Gesicht zeigte sich Besorgnis. „Natürlich, Marcus."

„Es wird alles gut", versicherte er.

Er ging rasch ins Wohnzimmer. Quinn folgte ihm.

Josh machte hinter den beiden Männern die Tür zu. „Was ist los?"

„Auf Ihre Schwester ist ein Berufskiller angesetzt worden."

Josh trafen diese Worte wie ein Schlag. Seine Augen weiteten sich vor Entsetzen, dann aber wurde sein Blick hart. „Können Sie Shari überhaupt noch beschützen?"

„Ich werde niemanden an sie heranlassen." Marcus ging nervös auf und ab. Er wollte so schnell wie möglich weg von hier. „Wir müssen sie aber von hier wegbringen. Sie ist schon zu lange hier gewesen und wir müssen sie an einen abgelegeneren Ort bringen."

„Sie müssen ihr das sagen."

„Was muss man mir sagen?"

Marcus drehte sich um. Er war frustriert. Shari hatte seine Bitte missachtet. Er hatte eigentlich gewollt, dass sie ihre Sachen packte und nicht jetzt schon alle Einzelheiten erfuhr.

„Marcus, sag es mir."

Er sah zu Quinn hinüber, aber er begriff gleich, dass er keine andere Wahl hatte. „Shari, setz dich."

Sie kam seiner Bitte nur teilweise nach, indem sie sich auf die Armlehne des Sofas setzte. „Also, was ist los?"

Er hoffte nur, dass sie nicht in Panik geriet. „Die Familie von Connor Gray will deinen Tod. Sie haben einen Berufskiller engagiert."

Sie war verunsichert. „Er hat doch schon zwei Mal versucht, mich umzubringen. Was ist daran so überraschend?"

„Diesmal haben sie jemanden bezahlt, damit er dich umbringt. Wir müssen dich von hier wegbringen."

„Du hast Angst."

„Ich ... mache mir Sorgen. Der Mann, den sie beauftragt haben, ist gut."

„Du bist besser", erwiderte sie einfach. Diese Sicherheit verblüffte ihn. Sie stand rasch auf. „Wir teilen uns auf. Ich will nicht, dass Mama in meiner Nähe bleibt."

Josh sah zu Marcus hinüber. Marcus musste Shari in diesem Punkt Recht geben. Sie mussten sich beeilen und er machte sich Gedanken über den Gesundheitszustand von Beth, wenn es ernst würde. Im Notfall konnte er nicht für eine sofortige ärztliche Versorgung garantieren.

Es war offensichtlich, dass Josh Shari nicht gehen lassen wollte, aber er nickte zögernd. „Tante Margaret ist in London. Kann ich Mama dorthin bringen?", fragte er.

Marcus warf Quinn einen Blick zu. „Dort sind sie sicherer als hier", stimmte Quinn zu. „Sobald ihr Flugzeug landet, können wir für Polizeischutz sorgen."

„Josh, das ist vielleicht die beste Lösung." Marcus ging wieder auf und ab, dann hielt er neben Shari inne. „Es tut mir leid."

Ihr wurde kalt und ein Schaudern durchlief sie. „Er ist verhaftet, aber ich bin jetzt in noch größerer Gefahr."

„Er wird immer nervöser." Er legte den Arm um ihre Schultern. „Glaub mir, es ist bald vorbei. Jetzt pack deine Sachen. Wir müssen uns beeilen."

* * *

„Sag mir, was du über den Killer weißt."

Marcus blickte auf. Er hatte ein altes Foto von Lucas vor sich und versuchte sich die Gesichtszüge einzuprägen und sich vorzustellen, wie er jetzt aussehen könnte. Der Privatjet flog in einer Höhe von 10.000 Metern. Shari war zu ihm nach hinten gegangen. Sie sprach leise, denn die Sicherheitsteams um sie herum konzentrierten sich auf ihre Arbeit. Es war schon nach Mitternacht. Er deutete mit einem Kopfnicken auf den Sitz neben ihm. „Setz dich."

Er wartete, bis sie angeschnallt war. Dann reichte er ihr die Skizze, an der er gerade arbeitete. „Er heißt Lucas Saracelli. Wir haben keine neuen Fotos von ihm."

„Du hast gesagt, dass er gut ist. Warum? Welche besonderen Fähigkeiten hat er?"

„Er hat viel Geduld. Er hinterlässt keine Spuren und er muss nur einmal schießen, um zu treffen."

„Dann bin ich nicht wirklich sicher."

„Wenn er dich findet und nahe genug herankommt. Wir werden dafür sorgen, dass das nicht passiert." Er griff nach ihrer Hand und drückte sie fest. „Wir wollen keinen Streit mit diesem Typen. Wir wollen nur ruhig abwarten, bis alle Geschworenen eingesetzt sind und du deine Aussage machen kannst."

„Und die Gerichtsverhandlung? Es kann bis dahin noch Monate dauern."

„Wir nehmen alles, wie es kommt."

„Marcus, ich habe Angst."

„Ich weiß. Diese Angst ist berechtigt." Er fuhr ihr mit den Fingern durchs Haar. Er hatte große Angst um sie, aber er wollte diese Angst nicht zeigen. „Ich werde nicht zulassen, dass dir auch nur ein Haar gekrümmt wird. Du hast das Wort eines O'Malley. Du hast mein Wort."

Sie lehnte sich an ihn. „Danke, Marcus." Sie legte den Kopf auf seine Schulter. „Ich zeige dir, wie sehr ich dir vertraue. Jetzt werde ich ein bisschen schlafen. Weck mich auf, wenn wir landen."

Und ich frage mich, warum ich dich liebe. Er lehnte sich zu ihr hinüber und gab ihr einen zärtlichen Kuss auf die Stirn. „Schlaf gut."

Er sah zu, wie sie einschlief.

Jesus, ich wünschte, ich könnte dir ihre Sicherheit anvertrauen. Sie bedeutet mir jetzt genauso viel wie jeder O'Malley. Sie hat viel Mut und sie vertraut mir ihr Leben an. Quinn und ich wissen, wie gut Lucas ist. Ich brauche Hilfe. Ich bin in einer schwierigen Lage, Jesus, und ich frage mich, ob du bereit bist, genauso viel in meine Familie und in Shari zu investieren, wie ich es tue. Das ist es, was ich dir sagen will. Das ist nicht ein Gebet für etwas Bestimmtes und ich erwarte auch keine konkrete Antwort, sondern ich will felsenfest davon überzeugt sein, dass ich dir die Menschen anvertrauen kann, die ich liebe. Bitte zeig mir den Weg zu dir zurück.

* * *

Shari sah auf die Ranch hinunter, als sie im Morgengrauen im Anflug auf die private Landebahn waren. Sie hatte nicht danach gefragt, wohin man sie brachte, aber sie war überrascht gewesen, als sich Quinn vor zwanzig Minuten neben sie gesetzt hatte, nach unten auf den Fluss deutete und ihr sagte, dass er die Grenze zu seinem Land markierte.

„Quinn, wie können Sie es fertigbringen, von hier wegzugehen? Es ist wunderschön." Die Ranch lag eingebettet in bewaldete Hügel und grünes Weideland. Sie konnte die Rinder auf den Weiden erkennen.

„Einer muss sich ja an Marcus dranhängen, um ihn rauszuboxen, wenn er wieder mal im Schlamassel steckt."

Sie hörte den humorvollen Unterton in seiner Stimme, aber sie merkte auch, dass vieles unausgesprochen blieb. Sie mochte den Partner von Marcus, aber selbst nach mehreren Wochen in seiner Gegenwart hatte sie sehr wenig über ihn erfahren. Marcus vertraute ihm voll und ganz, und das war für sie Grund genug, ihm ebenfalls ihr Vertrauen zu schenken.

Das Flugzeug landete auf der kleinen Piste und fuhr zu einem Hangar. Durch die geöffneten Tore konnte man ein kleines Sportflugzeug erkennen. Sie waren etwa anderthalb Kilometer vom Wohnhaus der Ranch entfernt. Als die Maschine anhielt, löste Shari den Sicherheitsgurt und nahm ihr Gepäck, das nur aus der Reisetasche und ihrem Aktenkoffer bestand.

„Bleib noch ein paar Minuten hier", sagte Marcus warnend zu ihr.

Sie wartete, bis alles sicher war.

„Okay, Shari." Quinn hielt ihr eine Hand hin und half ihr beim Aussteigen. „Willkommen bei mir zu Hause."

Sie sah sich neugierig um. „Danke für dieses wunderschöne Versteck."

„Gern geschehen. Dann wollen wir Sie mal verstecken."

Die Sicherheitsleute, die sie begleiteten, hatten sich bereits überall verteilt.

Ein Lastwagen hielt neben ihnen an. Shari verstaute ihre Reisetasche und setzte sich auf den Beifahrersitz, während Marcus den Platz des Fahrers einnahm. „Ich sollte dir ein paar Dinge erklären, wenn du willst."

Sie sah zu ihm hinüber und bemerkte seine innere Konzentration. „Ja, natürlich."

„Quinn hat ein paar Leute hier, die die Grenzen der Ranch regelmäßig kontrollieren werden, aber das Gelände ist offen. Deshalb werden wir einen sehr engen Ring um das Haus ziehen, sagen wir etwa fünfhundert Meter. In diesem Ring werden unsere Leute ständig im Einsatz sein. Das bedeutet für dich leider, dass du zwar viel vom Haus sehen wirst, aber nicht viel von der Ranch."

„Ich komme schon zurecht. Sag mir nur, was ich machen soll. Ich will auf keinen Fall, dass jemand von euch in Gefahr ist."

„Vertrau mir. Wir schaffen das schon."

Auf dem Weg zum Haus kamen sie an mehreren großen Scheunen und einem Stall vorbei. Es hätte ihr hier sehr gut gefallen, wenn sie der Ranch unter anderen Umständen einen Besuch abgestattet hätte. Auf einer Koppel sah sie Pferde.

Marcus parkte vor dem Haus und ging um den Wagen herum,

um ihr aus dem hohen Fahrerhäuschen herunterzuhelfen. Das einstöckige Wohnhaus war lang gestreckt. Überdachte Durchgänge und Wege dienten als Verbindung zwischen drei verschiedenen Flügeln. Blumen säumten den Fußweg zur Haustür und Ampelpflanzen zwischen weißen Säulen schmückten die Veranda.

Marcus hielt ihr die Tür auf. Sie ging hinein und blieb verblüfft stehen – auf der Schwelle zu einem riesigen, offenen Raum, dessen polierter Hartholzboden im Licht glänzte. Er war modern eingerichtet. Von den Farben und Möbeln her war der Stil zwar rustikal, aber die überall verteilten Kunstwerke, Skulpturen und Ölgemälde vermittelten eine ruhige Kühle, als ob das Haus schon seit Generationen unverändert hier stand.

„Das ist Quinns Zuhause?“

„Ja, er ist immer für eine Überraschung gut. Ich werde dir später Susan und ihren Mann Greg vorstellen. Sie kümmern sich um das Haus und das Grundstück, wenn Quinn unterwegs ist.“ Er lächelte. „Susan ist verantwortlich für die Ordnung, die hier herrscht. Du wirst beide mögen, da bin ich mir jetzt schon sicher.“

Marcus deutete auf den linken Flur, der zu einem anderen Flügel des Hauses führte. „Am besten nimmst du das erste Gästezimmer, obwohl es nicht die schönste Aussicht hat. Aber in diesem Fall ist das ein Vorteil.“

Shari nickte und ging in das Zimmer, zu dem er sie führte. Es war im spanischen Stil eingerichtet. Das zeigte sich in den bunten Farben der Tagesdecke und der handgewebten Teppiche, die auf dem Hartholzboden lagen. Die Möbel waren aus massivem Mahagoni. „Das ist ein wirklich schönes Zimmer, Marcus. Ich werde mich hier wohlfühlen.“

„Gut. Jetzt pack deine Sachen aus. Ich stimme mich mit Quinn ab und dann zeige ich dir alles.“

Sie nickte, hob ihre Tasche aufs Bett, öffnete sie und räumte ihre Sachen weg. Sie war dankbar, dass sie für die nächsten Wochen ein Privathaus ausgewählt hatten, und ein so schönes noch dazu. Der Frieden, den es ausstrahlte, wirkte beruhigend auf sie.

Wenn sie sich schon ständig im Haus aufhalten musste, dann war ihr das viel lieber als die unpersönliche Atmosphäre eines Hotels. Marcus und Quinn hatten nicht willkürlich gewählt. Sie wollten in einer vertrauten Umgebung sein. Das bedeutete, dass sie sich hier wie in eine Festung zurückziehen wollten. Sie verdrängte diesen beunruhigenden Gedanken, verstaute ihre jetzt leere Reisetasche im Kleiderschrank und machte sich auf die Suche nach Marcus. Sie fand ihn in der Küche. Er telefonierte, während er sich eine Tasse Kaffee eingoss.

„Shari." Er hielt ihr das Telefon hin und lächelte über ihre Verwirrung. „Deine Mutter."

Mit einem geflüsterten Dank nahm sie das Telefon. Es war so gut, die Stimme ihrer Mutter zu hören. „Mir geht es gut, Mama. Hier ist es wunderschön."

Sie ließ sich auf einem Stuhl am großen Küchentisch nieder und verbrachte fünfzehn Minuten damit, sich zu vergewissern, dass Josh und ihre Mutter in Sicherheit waren. Ihre Mutter konnte sie in dieser Hinsicht ebenfalls beruhigen. Nachdem sie das Gespräch beendet hatte, hielt sie Marcus das Telefon hin. „Vielen Dank. Das war lieb von dir."

„Nichts zu danken." Er stellte das Telefon ab.

„Wie fühlst du dich?", fragte er leise.

Sie holte tief Luft und stieß sie wieder aus. Zum ersten Mal, seitdem sie von dem Killer wusste, akzeptierte sie einfach nur das, was man von ihr verlangte. „Ich werde den Mann, der Carl und meinen Vater umgebracht hat, nicht einfach so gehen lassen. Ich werde vor Gericht aussagen. Eure Aufgabe ist es, mich sicher dorthin zu bringen. Ich werde alles machen, was ihr mir sagt. An Mut fehlt es mir nicht. Manchmal fehlt es mir an gesundem Menschenverstand, aber nicht an Mut."

Er sah sie an und schwieg lange.

„Du hast Rückgrat. Ich bewundere dich dafür. Es wird nicht leicht werden."

Das war ihr klar. Ihr waren die Risiken und Gefahren nicht so bewusst wie ihm und Quinn, denn das meiste erfuhr sie gar nicht erst, aber sie wusste, dass man alles für ihre Sicherheit tat. „Nein, es wird nicht leicht werden. Aber es ist das einzig Richtige. Wenn ich etwas für richtig halte, kann ich sehr stur sein.“

„Wir waren gezwungen, dich schnell hierher zu bringen. Es tut mir leid, dass du nicht mehr Zeit mit deiner Mutter verbringen konntest. Josh ist auch schon frustriert wegen der Entfernung, die zwischen euch liegt.“

„Unsere Familie ist stark. Josh kommt darüber hinweg und Mama vertraut Gott und dir. Natürlich macht sie sich Sorgen um mich, aber sie wird schon zurechtkommen.“

Er hielt ihr die Hand hin. „Komm, ich zeige dir dein neues Zuhause.“

Shari folgte ihm durchs Haus. Sie ließ sich Zeit, um die Kunstwerke, die Bücher und die Fotografien zu betrachten. „Ich hätte Quinn nicht so viel Kunstverständnis zugetraut.“

„Wenn er in einer Galerie etwas sieht, was ihm gefällt, lässt er es hierherschicken. Manche Stücke stammen von seiner Mutter. Sie war eine talentierte Bildhauerin. Dieses Haus ist eine Erinnerung an sie und die Liebe zur Kunst, die sie an Quinn weitergegeben hat. Er nimmt sich nur nicht oft genug frei, um es richtig zu genießen.“

„Warum arbeitet er bei der Polizei, wenn ihm diese Ranch gehört? Sie wirft doch bestimmt so viel ab, dass es zum Leben reicht.“

„Der Betrieb gehört zu den besten dieses Staates“, erwiderte Marcus. „Quinn hat gute Gründe für seine Entscheidung. Die Ranch wartet auf ihn, wenn er sich eines Tages ganz hierher zurückziehen will. Sein Verwalter ist ein sehr guter Mann. Er liebt dieses Stück Land.“

Shari war überrascht, weil Marcus ihre Frage nicht beantwortet hatte, aber dann merkte sie, dass Quinn ihr vorhin auch ausgewichen war. Dieser Sache musste sie auf den Grund gehen. Sie hatte in den nächsten Wochen genügend Zeit, darüber nachzudenken. Vielleicht ergab sich die Antwort von selbst, wenn sie nur lange genug hier war.

„Komm, ich will dich Susan vorstellen.“

Susan war in der Küche. Sie machte gerade das Frühstück. Marcus machte die beiden miteinander bekannt und Shari merkte am herzlichen Empfang, dass ihr wieder jemand seine Freundschaft anbot. Sie fragte Susan, ob sie ihr helfen könnte. Marcus ließ die beiden Frauen allein und ging auf die Suche nach Quinn.

Shari kämpfte mit dem Schlaf, als Quinn und Marcus zurückkamen und das Frühstück serviert wurde. Im Flugzeug hatte sie sehr unruhig und zu kurz geschlafen. Sie zwang sich, etwas zu essen. Dann hörte sie Marcus und Quinn zu, wie sie ihre Pläne für die nächsten Tage machten.

Sie brachte ihren Teller in die Küche zurück.

„Shari, leg dich schlafen." Marcus blieb neben ihr stehen. Seine Hand legte sich in ihren Nacken. „Ich weiß, dass du erschöpft bist."

Sie wollte sich einfach an seine starke Schulter lehnen, aber sie musste ihm Recht geben. „Ja. Aber ich will nicht den ganzen Tag verschlafen."

„Vier Stunden. Sechs, wenn du tief schläfst", versicherte er.

Sie ging durch das Haus ins Gästezimmer. Überrascht blieb sie stehen. Auf dem Nachttisch stand ein großer Strauß roter Rosen. Shari ging zum Nachttisch und nahm die Karte, die zwischen den Blumen steckte.

Du bist die Beste. Du hast Mut, du bist tapfer und humorvoll. Was auch kommt, denke immer daran. Marcus

Sie musste die Tränen unterdrücken, weil dieses Gefühl der Zärtlichkeit sie plötzlich überwältigte. Sie zog eine langstielige Rose aus der Vase. Er war ein wunderbarer Mann – so anders. Und sie war in ihn verliebt.

Sie legte sich aufs Bett. Die Rose hielt sie noch immer in der Hand. Die Tränen, die sie so lange Zeit nicht zugelassen hatte, rannen ihr die Wangen herunter. Sie war zu müde, um gegen die Traurigkeit anzukämpfen, die ihre Freude verdrängen wollte. Ihr Optimismus hielt der Wirklichkeit nicht mehr stand. Ihr würde wieder das Herz brechen. Seine Zweifel würden ihr den Glauben nehmen, wenn sie ihm ihr ganzes Herz geben wollte.

Jesus, warum sieht es so aus, als ob das Leben immer schwerer wird? Ich liebe Marcus. Ich wünsche mir eine Zukunft mit ihm. Sie wischte sich die Tränen ab. Sie hatte es satt, immer Angst zu haben. *Beschütze mich. Beschütze Marcus.* War es möglich, dass ihre Träume doch noch wahr wurden – ihre Träume von einer Ehe, von einer gemeinsamen Zukunft? *Herr, du hast diese Träume in mir geweckt. Bitte lass sie wahr werden. Ich möchte, dass diese Tränen zu Freudentränen werden.*

17

„Dave, überleg dir mal Folgendes“, sagte Marcus in das Lautsprechertelefon, das auf dem Schreibtisch von Quinn stand. „Connor wartet nach der Hinrichtung seines Bruders neun Monate, um Richter Whitmore umzubringen. Warum warten? Warum neun Monate lang warten und es dann riskieren, ihn an einem Ort zu erschießen, der von potenziellen Zeugen und Polizisten nur so wimmelt?“

„Er hat den Mord erst dann geplant, als Richter Whitmore für den Posten des Obersten Richters infrage kam“, vermutete Dave. „Connor wollte nicht, dass der Richter, der seinen Bruder zum Tode verurteilt hat, dieses Amt antritt.“

„Genau. Aber es kommt noch dicker. Whitmore wurde schon vor Monaten als potenzieller Kandidat gehandelt. Warum hat Connor ihn nicht gleich umgelegt? Jetzt ergibt das einen Sinn, weil wir wissen, dass Whitmore nicht auf der ursprünglichen Kandidatenliste stand, aber wie konnte Connor das wissen? Erst als Sharis Empfehlung erschien, war die Wahrscheinlichkeit größer, dass Whitmore auch auf die Liste gesetzt und nominiert werden könnte.“ Marcus klopfte mit den Fingerknöcheln auf die polierte Tischplatte des Schreibtischs. „Connor ist Anwalt.“

Daves Stimme klang härter. „Er hat sich ein Exemplar der Empfehlung verschafft.“

Marcus hatte das dumpfe Gefühl, dass es bei diesem Fall immer noch eine Verbindung zu Sharis Empfehlung geben könnte. „Finde das heraus. Seine Kanzlei hat ein Büro in Washington. Es ist durchaus möglich, dass jemand von seiner Firma einen Ansprechpartner im Justizministerium hat. Es muss ein Tatmotiv geben. Ich will wissen, ob Connor ein Exemplar der Empfehlung gesehen hat oder ob ihm jemand davon erzählt hat.“

„Ich werde das so bald wie möglich herausfinden.“

„Das ist meine einzige neue Erkenntnis seit gestern. Hast du noch etwas Neues?“

„Beim Zeitrahmen haben wir ein paar Lücken füllen können. Wir wissen, dass Connor am Abend des fünften Juli nach Chicago geflogen ist. Er hat den Flug am ersten Juli gebucht.“

Marcus schlug sein Notizbuch auf und trug diese Informationen in den Terminkalender ein. „Einen Tag später, nachdem Frank im Hotel gesehen wurde.“

„Das passt zusammen. Frank war der Vorposten. Er hat sich vergewissert, dass ein Mord im Hotel möglich wäre, und dann hat Connor seinen Flug gebucht.“

„Connor wird behaupten, die Verhandlungen über die Firmenfusion hätten sich plötzlich schwieriger gestaltet, und deshalb hätte er sich spontan entschlossen, nach Chicago zu fliegen“, entgegnete Marcus. Er versuchte, sich in die Argumentation eines Verteidigers hineinzuversetzen.

„Wenn wir nachweisen können, dass Connor die Empfehlung gesehen hat und daraufhin Frank losgeschickt hat, um das Hotel auszuspionieren, können wir zumindest nachvollziehen, wie es zum Mord gekommen ist.“

„Wir haben ein Motiv. Jetzt müssen wir nur noch feststellen, unter welchen Umständen die Tat zustande kam. Wie weit sind wir bei den Nachforschungen darüber, wo Connor sich in der Mordnacht im Hotel aufgehalten hat?“

„Ich habe eben mit Mike gesprochen. Drei Leute können bestätigen, dass er im Bankettsaal war, als Richter Whitmore seine Rede gehalten hat. Zwei weitere werden aussagen, sie hätten ihn gesehen, wie er den Saal verlassen hat, als Richter Whitmore seine Rede beendete. Das ist bemerkenswert. Für die Zeit danach bestätigt der Sicherheitsmann, dass Connor am späten Abend an den Verhandlungen über die Firmenfusion teilgenommen hat. Also haben wir hier eine Lücke von drei Stunden.“

„Was haben die Aufzeichnungen über die Zimmertür von Connor ergeben?“

„Sie sind nicht eindeutig. Die Tür zu seinem Hotelzimmer öffnete und schloss sich in diesen drei Stunden fünfmal mit einer Karte. Er behauptet, die Einzelheiten der Firmenfusion mit einem Partner in New York besprochen zu haben, dann am Verkaufsautomaten eine Zeitung gekauft und danach für den nächsten Tag den Zimmerservice bestellt zu haben. So wie es aussieht, könnte auch Frank das Zimmer von Connor benutzt haben, damit er für die fragliche Zeit ein Alibi hat."

Marcus seufzte. „Das überrascht uns nicht. Wir wissen, dass sie die Tat gründlich geplant haben. Deshalb müssen sie auch ein paar zweifelhafte Alibis vorbereitet haben. Wissen wir schon, wo sich Frank Keaton aufhält?"

„Die letzte Bestätigung über seinen Aufenthaltsort kommt von einem Überwachungsvideo des FBI, das bei einer Speditionsfirma aufgenommen wurde. Er wurde dort am Mittwoch, dem 19. Juli, gesehen, zusammen mit einem Mann, der für Titus arbeitet."

„Das war zwei Tage vor der Schießerei bei der Beerdigung."

„Für die Zeit danach haben wir keine Hinweise über den Aufenthaltsort von Frank. Wenn unser Verdacht sich bestätigt und er versucht hat, auf dem Gelände der Kirche auf Shari zu schießen, ist er wohl kurz danach geflohen."

„Oder es ist mit ihm etwas passiert."

„Wie Titus auf diese fehlgeschlagene Tat reagiert hat, ist schwer zu sagen. Wir fahnden nach Frank. Mal sehen, ob es eine Spur gibt."

„Welches Auto hat Frank gefahren?", fragte Marcus.

„Das habe ich überprüft. Es war eine hellblaue Limousine, nicht der Geländewagen, nach dem wir gesucht haben."

Es klopfte und die Tür ging auf. Marcus winkte Quinn herein. „Hat die Hausdurchsuchung bei Frank etwas ergeben?"

„Wir könnten ihn wegen Verstößen gegen das Waffengesetz vor Gericht bringen. Er hat ein kleines Waffenarsenal, das nirgends registriert ist. Die Ballistiker vergleichen die Ergebnisse mit ungeklärten Fällen, aber sonst haben wir nichts gefunden, was uns weiterhilft."

„Dave, wir wissen, wer es war, wir wissen, warum er es getan hat, also müssen wir nur noch hieb- und stichfeste Beweise haben. Redet Connor eigentlich noch?"

„Titus hat kurz nach der Verhaftung von Connor einen Anwalt engagiert. Dieser Typ ist wirklich zum Fürchten. Zu seinen früheren Mandanten gehören eine Menge Leute, denen man nicht im Dunkeln begegnen will. Nachdem er mit seinem Anwalt gesprochen hat, ist Connor erstaunlich schweigsam."

„Findet Frank", entschied Marcus. „Er ist unsere einzige Hoffnung, dass sich in diesem Fall etwas bewegt. Und konzentriert euch darauf, eine Verbindung zwischen Connor und der Empfehlung für die Ernennung von Richter Whitmore herzustellen."

„Wird gemacht."

„Ist das Schwurgericht schon einberufen worden?"

„Der Termin steht fest. Am zweiten September."

Noch neun Tage. Marcus war erleichtert, dass es nicht noch länger dauerte. „Wir werden am Abend vor der Verhandlung einen Flug arrangieren. Ich will nicht von hier weg, wenn es sich vermeiden lässt. Kannst du mit Kate und Lisa hierherkommen? Ich will diesen Fall noch ein letztes Mal gründlich durchgehen. Für den Flug brauche ich noch Leute."

„Gute Idee. Ich werde sehen, was ich machen kann. Ich rufe dich zurück."

Marcus beendete diesen Anruf und lehnte sich zurück. Ihm gefiel es überhaupt nicht, dass dieser Fall immer komplizierter wurde. Er warf seinem Partner einen Blick zu. „Alles läuft schief. Jemand ermordet einen Richter und uns sind die Hände gebunden. Wenn sie Shari umbringen, können wir Connor diesen Mord nicht nachweisen."

„Sie wird aussagen."

„Wenn wir sie lebend zum Gericht bringen können", erwiderte Marcus. „Was können wir noch tun, um Lucas Saracelli aufzuspüren? Es muss einen Weg geben."

Quinn warf seinen Hut auf den Tisch. „Das ist eine gute Frage, Marcus. Ich wünschte, ich hätte eine Antwort. Wir haben bestenfalls ein altes Foto von ihm; schlimmstenfalls wird er ganz anders aussehen, wenn er sich hat operieren lassen. Wir kennen sein typisches Tatmuster. Aber alles andere ist Spekulation. Vielleicht ist er in Amerika geboren und war beim Militär – wegen der Waffen und der Munition, die er bevorzugt. Möglicherweise hat er einen Wohnsitz in Europa, weil er die meisten seiner Aufträge dort ausgeführt hat. Aus den wenigen Spuren von den Tatorten seiner Auftragsmorde können wir schließen, dass er alles bis ins Detail plant, vor jedem Mord die Umgebung genau inspiziert und selbst bestimmt, wie viel Zeit er braucht, um einen Auftrag auszuführen."

„Das gefällt mir gar nicht."

„Willst du sie woanders hinbringen, bevor das Schwurgericht tagt?"

Marcus dachte kurz nach, dann schüttelte er den Kopf. „Nein. Du hast recht. Hier können wir uns am besten verteidigen. Wenn wir sie wegbringen, legen wir nur wieder eine frische Fährte. Mir ist es lieber, wenn er nach alten Spuren suchen muss."

Sie würden keine andere Lösung finden, auch wenn sie dieses Problem noch einmal besprachen. Marcus ging vom Schreibtisch weg. „Es ist schon spät. Du hast noch ein Abendessen nachzuholen."

„Shari ist in der Bibliothek. Du solltest noch mal nach ihr sehen."

Marcus zog eine Augenbraue hoch. Quinns Stimme klang plötzlich besorgt. „Danke, das mache ich."

* * *

Shari hatte es sich in der Bibliothek auf dem Sofa gemütlich gemacht, aber sie hatte das Licht nicht angeschaltet. Das war ein schlechtes Zeichen. Marcus lehnte sich an den Türrahmen. Er war sich nicht sicher, was er tun sollte. In der letzten Woche war sie auffallend schweigsam gewesen und es war nicht leicht, sie aus der Reserve zu locken. „Darf ich dich besuchen?"

Sie schreckte auf, drehte sich um und lehnte sich vor, um die Tischlampe anzuknipsen. „Entschuldige. Komm doch herein, Marcus. Ich habe nur nachgedacht."

Er hatte befürchtet, dass sie mit den Tränen kämpfte, aber ihre Stimme klang ruhig.

„Worüber denkst du nach?"

„Wie viel sich in so kurzer Zeit verändern kann. Vor anderthalb Monaten habe ich dich nicht gekannt, niemand hat versucht, mich umzubringen, meine Familie war intakt."

Der Tonfall ihrer Stimme störte ihn. So bitter hatte sie noch nie geklungen. Aber er konnte ihre Gefühle so gut nachvollziehen. Er war sogar froh, dass sie endlich ein Ventil für ihre Bitterkeit gefunden hatte. Das, was geschehen war, würde ihr noch mehr zu schaffen machen. Bevor alles vorbei war, würde sie diese Situation entweder fertigmachen oder sie würde daraus gestärkt hervorgehen. Die Tatsache, dass sie ihre Empfindungen nicht vor ihm verbarg, war für ihn ein Beweis ihres Vertrauens und in gewisser Weise machte sie ihm damit ein Geschenk.

„Den heutigen Tag hat Carl immer gefeiert. Heute jährt sich sein erster Tag als Richter."

Diese Erinnerungen an die Vergangenheit – er wusste, dass sie unerwartet kommen und den Schmerz zurückbringen würden. „Shari, das tut mir leid."

Sie seufzte und rieb sich den Nacken. „Komm, setz dich. Es ist schön, dass du mir Gesellschaft leistest." Sie warf Schreibblock und Bleistift neben sich aufs Sofa. „Such du dir ein Thema aus. Ich bin nicht so in Stimmung heute Abend."

Er entschloss sich jedoch, sich erst einmal zu setzen und ihr Schweigen zu teilen.

„Willst du was Komisches wissen?" Ihre Stimme klang jedoch nicht humorvoll.

„Klar", antwortete er leise.

„So langsam hängt mir Schokoladeneis zum Hals raus."

Er brauchte erst einmal eine Weile, um diesen Satz richtig zu verstehen. Dann bog er den Kopf nach hinten und lachte laut. „Oh Shari."

„Was meinst du, kannst du mir an diesem verlassenen Ort Pralinen und Sahneeis besorgen?"

„Willst du nicht vielleicht doch etwas Einfacheres, wie zum Beispiel frischen Hummer?"

„Wenn das ein Angebot ist, sage ich nicht Nein." Sie drehte sich zu ihm um, lächelte ihn an, dann fügte sie mit einem Seufzer hinzu: „Mir fehlt meine Familie."

„Ich weiß. Mir fehlt meine Familie auch."

„Hast du etwas von Jennifer gehört?"

„Sie klingt sehr müde. Heute hatte sie noch einmal Ultraschalluntersuchungen." Er griff in seine Jackentasche und holte einen zusammengefalteten Umschlag heraus. „Hier. Das solltest du dir mal ansehen."

Sie nahm den Umschlag. „Was ist das?"

„Die Lösegeldforderung für Rugsby – mein Anteil." Sie faltete den Brief auseinander, unterdrückte ein Grinsen, aber er hatte es schon bemerkt. Sein Verdacht bestätigte sich. Sie war eingeweiht worden – entweder von Jennifer oder von Rachel. „Ich frage mich nur, woher sie diese Idee haben."

„Es ist nur eine Skizze", entgegnete sie.

Marcus verschränkte die Arme vor der Brust und sah sie mit einem durchdringenden Blick an. „Ja, das stimmt", sagte er leise.

„Ich muss gestehen, dass es schon lange her ist, seit ich Walt Disneys ‚Schneewittchen und die sieben Zwerge' gesehen habe, aber welcher von denen sollst du sein?" Sie sah auf die Zeichnung und wieder zu ihm herüber. „Schlafmütze?"

„Versuch es mal mit Brummbär", entgegnete er mit einem drohenden Unterton.

Sie lachte leise. „Wenn allen O'Malleys einer von den sieben Zwergen als Anhaltspunkt zugeordnet wird, wie bekommt ihr dadurch Rugsby wieder?"

„Dreh die Seite mal um."

„Liefere mir Schneewittchen aus oder Rugsby stirbt. Gezeichnet: Die böse Hexe. Ah, das ist wirklich gut. Wer ist Schneewittchen?"

„Dreimal darfst du raten."

Sie sah ihn verblüfft an und warf noch einen Blick auf den Brief. Dann begann sie zu lachen, als sie mit beiden Händen abwinkte.

„Kommt gar nicht infrage. Ich halte mich da raus. Deine Familie versteht es, Späße zu einer Kunstform zu machen."

„Du hast damit angefangen. Mich mit Brummbär zu vergleichen – also wirklich!"

Sie gab ihm den Brief zurück. „Wenn ich hier festsitze, kannst du mich wohl kaum pünktlich ausliefern. Wer ist die böse Hexe?"

Er faltete den Brief zusammen und steckte ihn wieder in die Tasche. „Momentan könnte das jeder von den O'Malleys sein", antwortete er ironisch.

Sie konnte nicht aufhören zu lachen. „Marcus, das hat mir richtig gutgetan."

„Mir auch."

Er lehnte sich entspannt auf dem Sofa zurück und sah sie nur an. „Diese Sache hier wird bald vorbei sein."

„Ja, hoffentlich." Sie wurde wieder ernst und plötzlich sah sie müde aus. „Ich habe um Geduld gebetet. Bisher hat es nicht funktioniert. Vielleicht muss ich auch einfach lernen, die Antwort auf dieses Gebet richtig einzuordnen."

„Nimm jeden Tag, wie er kommt, Shari. Mehr kannst du nicht tun."

Sie nahm ein Dokument von dem Stapel, der neben ihr lag. Er erkannte das mittlerweile zerlesene Exemplar des Kurzprofils, in dem sie Carl für eine Ernennung zum Obersten Richter empfohlen hatte. „Ich kann den Hass nachvollziehen, der Connor zu dieser Tat getrieben hat. Aber ich verstehe nicht, warum er sich dafür diesen Zeitpunkt und diesen Ort ausgesucht hat."

„Shari, ich glaube, wir werden die Motive von Connor nie richtig begreifen können."

„War meine Familie ein Teil seines Plans?"

„Nein."

Sie sah ihn an. Ihr Gesicht war ernst. „Wollte er mit dieser Tat eine öffentliche Erklärung machen? Hat er den Mord deshalb während der Konferenz begangen und nicht in Virginia?"

„Das wissen wir nicht", sagte er leise.

„Carl wurde ermordet, weil sein Name auf der Kandidatenliste erscheinen sollte. Daniel Gray war schon seit neun Monaten tot. Der Zeitpunkt der Tat muss eine Bedeutung haben."

Er wollte sie nicht anlügen, aber er wollte auch nicht eine rein spekulative Schlussfolgerung bestätigen, wenn sie sich dadurch verletzt fühlen würde. „Wenn er die Konferenz mit Absicht als Tatort gewählt hat, dann vielleicht wegen der besseren Fluchtmöglichkeiten. Wir haben keinen Grund zu der Annahme, dass er deine Empfehlung gelesen hat oder auf andere Weise von Carls Kandidatur erfahren hat."

„Aber ihr forscht nach, ob es eine solche Verbindung gegeben hat."

„Ja, das stimmt."

Marcus sah sie besorgt an, als sie die Empfehlung zur Seite legte, sich zurücklehnte und zur Zimmerdecke sah. Er wünschte sich so sehr, er könnte ihr dieses Schuldgefühl nehmen.

„Marcus, wie geht man mit dem Gefühl des Verlusts um? Damit, dass mein Vater und Carl mitten aus dem Leben gerissen wurden? Je mehr Zeit vergeht, desto stärker spüre ich das. Es sind nicht nur die Feiertage und Geburtstage, die ich ohne sie verbringen muss, es sind auch die Baseballspiele, für die wir Tickets reserviert hatten, es sind die gemeinsamen Ferien, die wir geplant haben."

„Du hast sie geliebt, Shari. Sie werden immer eine Lücke in deinem Leben hinterlassen."

„Ich weiß, dass Gott von ihrem plötzlichen Tod nicht überrascht war. Aber ich war nicht vorbereitet auf diesen Schock. Ich weiß, es war kein Zufall, dass Dave und Quinn in deiner Nähe waren und uns allen helfen konnten, aber mir fällt es so schwer, mich damit abzufinden, dass ich Vater oder Carl nicht mehr wiedersehen werde. Manchmal wache ich morgens auf und alles scheint so zu sein wie früher, bis ich mich erinnere, was geschehen ist."

„Ich würde mir viel mehr Sorgen machen, wenn du deine Trauer verdrängen würdest. Träumst du immer noch von der Mordnacht?"

Sie verzog das Gesicht. „In meinen Träumen bin ich schon so

oft erschossen worden, dass mir das vorkommt wie ein Video, das immer an derselben Stelle abgespielt wird."

„Ich habe mich schon gefragt, ob du noch Alpträume hast."

„Die Träume versetzen mich nicht mehr in Panik. Vielleicht ist das schon ein Fortschritt."

„Auf jeden Fall."

„Wie lange wird das noch so gehen?"

„Das kann Monate, vielleicht auch Jahre dauern. Ich glaube, es ist richtig, wenn du um Geduld betest. Du brauchst Zeit, damit du deine Trauer verarbeiten kannst, damit die Erinnerungen dich nicht mehr so sehr plagen, damit du wieder an die Zukunft denken kannst. Hab Geduld mit dir selbst, du wirst es schaffen."

Auf ihren Lippen zeigte sich ein schwaches Lächeln. „Hier habe ich wenigstens eine Menge Zeit zum Beten."

„Ich beneide dich um deinen Glauben", sagte er abrupt und sprach damit erneut ein Thema an, das er in der letzten Woche gemieden hatte. Er suchte nach einem Weg zurück zu Gott, aber es fiel ihm schwer. Er hatte das Lukasevangelium noch einmal durchgelesen, aber es fiel ihm schwer, seine Zweifel zu überwinden. Trotzdem wollte er in seinem Leben wieder einen Halt haben.

Er hatte ihre Neugier geweckt. Sie sah zu ihm hinüber. „Marcus, warum vertrauen dir die anderen O'Malleys?" Sie gab ihm ein bisschen Zeit zum Nachdenken, dann beantwortete sie diese rhetorische Frage. „Sie haben sich entschieden, dir zu vertrauen. Du kannst sie ins Unglück führen und sie würden dir trotzdem folgen, ohne dich infrage zu stellen. Das weißt du und deshalb nimmst du deine Verantwortung für deine Familie so ernst. Bei mir ist es ähnlich. Ich entscheide mich, Jesus zu vertrauen, auch wenn ich nicht verstehe, warum etwas geschieht. Jesus will, dass du dich wieder entscheidest, ihm zu vertrauen. Er nimmt dieses Vertrauen nicht auf die leichte Schulter."

„Hast du eine Antwort gefunden auf deine Fragen über das Gebet?"

„Teilweise. Ich bin nicht mehr unsicher darüber, wie ich beten soll. Mama ist innerlich ruhig und vertraut darauf, dass das, was Gott tut, richtig ist. Ich dagegen will eine konkrete Antwort und dann bete ich leidenschaftlich und so lange, bis ich sie bekomme. Ich habe immer gemeint, ich müsste wie meine Mutter sein, aber ich bin anders. Wenn mir eine Sache wirklich wichtig ist, widme ich mich ihr mit Leidenschaft."

„Wie hast du dieses Problem gelöst?"

„Jesus war beides. Ich weiß, das ist eine einfache Antwort, aber als ich das begriffen habe, hat sich etwas verändert. Jesus war vertrauensvoll und leidenschaftlich zugleich. Er hat Gott mit lautem Seufzen und Tränen angefleht. Er hat sich verhalten wie Elia. ‚Das Gebet eines Gerechten vermag viel, wenn es ernstlich ist.' Damit ist ein Ringen mit Gott gemeint. Und umgekehrt war er auch innerlich ruhig in dem Bewusstsein, mit Gott wie mit einem Vater sprechen zu können, der ihn liebte. ‚Vater, ich danke dir, dass du mich erhört hast. Ich weiß aber, dass du mich allezeit erhörst; doch um der anderen willen habe ich es gesagt, damit sie glauben, dass du mich gesandt hast.' Ich habe noch immer keine innere Ruhe, wenn Gott Gebete nicht erhört, aber ich frage mich dann nicht mehr, ob Gott mich überhaupt liebt oder ob er mich hört. Wenn es ein Gebet ist, das ich mit Leidenschaft spreche, dann ist das in Ordnung so, und wenn ich ihm bei einem Problem kindlich vertraue, dann ist das auch gut."

„Ich bin froh, dass du auf manche deiner Fragen eine Antwort gefunden hast."

„Du wirst für dich auch Antworten finden."

„Es ist nicht leicht, Gott zu vertrauen."

„Marcus, wer ist Jesus? Wie ist er? Wenn du diese Fragen beantworten kannst, wird dir das helfen." Sie stützte sich mit dem Kinn auf das Sofakissen, das sie sich genommen hatte. „Darf ich dir eine persönliche Frage stellen?"

Überrascht über den Themenwechsel nickte er. „Na klar."

„Was sind deine Träume, wenn du an die Zukunft denkst? Ich frage dich, weil ich in den letzten Wochen viel Zeit zum Nachdenken hatte über das, was wirklich wichtig ist im Leben, was ich tun möchte, wenn das hier vorbei ist. Geht dir das genauso, wenn du bei solchen Einsätzen festhängst?"

Das, was er jetzt sagte, hatte eine große Bedeutung für sie. Das merkte er daran, wie sie ihn fragend ansah, während sie auf eine Antwort wartete. Außerhalb seiner Familie redete er nicht viel darüber. Manchmal unterhielt er sich mit Quinn über seine Pläne. „Ich will eines Tages einmal der Direktor aller US-Marshals sein und diese Behörde auf Vordermann bringen, indem ich noch mehr Außenseiter wie Quinn und Lisa hereinnehme, damit die Bürokratie eingedämmt wird und man sich wirklich auf die Details der Ermittlungsarbeit konzentrieren kann."

„Du scheinst dir deiner Sache sehr sicher zu sein."

„Ich habe feste Ziele."

Sie sah weg. „Wie sehen deine privaten Träume aus? Möchtest du Kinder? Ich weiß schon, dass du kinderlieb bist. Willst du irgendwann einmal eine Familie gründen?"

Er lächelte über die Art, wie sie versuchte, ihre direkte Frage indirekt klingen zu lassen. *Ja, Shari, ich hätte sehr gern eine Familie mit dir zusammen.* Aber es war nicht die richtige Situation, diesen Gedanken laut auszusprechen. „Ja, unbedingt. Ich habe auch oft darüber nachgedacht, einmal Kinder zu adoptieren. Die O'Malleys würden sie nach Strich und Faden verwöhnen."

„Sechs Onkel und Tanten. Ich weiß, was du meinst."

„Wie ist es bei dir?"

„Ich hätte sehr gerne Kinder."

Er hörte die Sehnsucht in ihrer Stimme. „Du wärst bestimmt eine wunderbare Mutter."

„Mama hätte gerne Enkelkinder."

Jetzt dachte sie unweigerlich an ihren Vater. Er konnte es förmlich sehen. Sie schwieg plötzlich und er versuchte nicht, dieses Schweigen mit Worten zu stören. Ihre Kinder würden keinen Großvater haben.

Schließlich sagte er: „Versuche, nicht daran zu denken."

„Ja." Sie sah zu ihm herüber und wechselte wieder das Thema. „Ich hoffe, dass ihr Jennifer nicht verliert."

Er wollte nicht an diese Möglichkeit denken, aber er zwang sich dazu. Schließlich musste er darauf vorbereitet sein, damit er dann seiner Familie helfen konnte. Schon jetzt spürte er, wie das Gefühl der Trauer kaum zu ertragen war. Shari konnte das verstehen. Er sah sie an und merkte, wie es ihm leichter ums Herz wurde, weil er jemanden hatte, mit dem er diese Last teilen konnte. „Wenn es zum Schlimmsten kommt, begleitest du mich dann zur Beerdigung?"

Sie nickte.

„Danke, du bist eine gute Freundin." Er wünschte, er hätte das Recht dazu, sie jetzt in die Arme zu schließen. Wenn er nicht aufpasste, würde er etwas Falsches sagen. „Komm, es ist Zeit zum Schlafengehen", sagte er stattdessen. Sie würde nicht immer die einzige Augenzeugin eines Verbrechens sein. Er konnte es kaum noch erwarten, bis alles vorüber wäre.

* * *

Er begleitete Shari zur Tür ihres Zimmers und zwang sich dazu, ihr einfach nur eine Gute Nacht zu wünschen. Anstatt wieder zu Quinn zu gehen, ging er den Flur hinunter zum Gästezimmer, das er bewohnte. Aus Gewohnheit nahm er das Buch, das auf dem Nachttisch lag. Er wollte noch ein wenig lesen, aber plötzlich legte er das Buch mit einem Seufzer wieder hin. Er griff nach der Bibel. Er wollte einen Schritt vorwärtsgehen und ausprobieren, ob alles sicher war, und dann einen weiteren Schritt wagen. Aber momentan hatte er den Eindruck, dass er rückwärtsging und sich auf dünnem Eis bewegte. Endlich begann er, den Glauben teilweise zu begreifen. Diejenigen, die an Gott glaubten, machten ganze Sache und vertrauten ihm uneingeschränkt. Die innere Freude seiner Mutter, durch die er als Kind so viel Wärme erfahren hatte, hatte ihren Ursprung in Gott gehabt. Seine Mutter hatte aus ihrem Glauben gelebt, auch wenn die Umstände gegen sie gewesen waren – sie hatte nie ihr Vertrauen und ihr Lächeln verloren. Noch Jahrzehnte später war er traurig, weil er seine

Mutter verloren hatte. Das begriff er erst jetzt. Sein Unglaube war kein Produkt seiner Zweifel, sondern seiner Trauer. Er hatte so viel verloren.

Wer war Jesus? Wie war er? Shari stellte sehr gute Fragen. Er ließ sich auf der Bettkante nieder und las dort weiter, wo er seine Lektüre unterbrochen hatte. Wenn alles gut ging, könnte es eine gemeinsame Zukunft mit Shari geben. Er durfte diese Hoffnung nicht aufgeben. Er liebte sie so sehr, dass es ihn bis ins Innerste getroffen hatte, als er sah, wie traurig sie heute Abend war. Er wünschte, er könnte ihr einen Teil ihrer Last abnehmen, damit ihr Aufenthalt hier für sie ein wenig leichter wurde. Er verstand es nur zu gut, dass ihr die Familie fehlte.

Als er erwähnte, Jennifer gehe es den Umständen entsprechend gut, hatte er ihr nicht die volle Wahrheit gesagt. Jennifer kämpfte um ihr Leben und es war nicht sicher, ob sie diesen Kampf überstehen würde. Diese Angst konnte er hören – in Kates und auch in Rachels Stimme.

Wenigstens war diese Ranch wie eine Insel, wie ein Zufluchtsort. Aber waren sie hier wirklich sicher?

18

Marcus überließ es seinem Pferd, vom steilen Abhang hinunter zum Flussbett selbst den Weg zu finden. Nur ein dünnes Rinnsal schlängelte sich durch den ausgedörrten Boden. Dieser Nebenfluss verdankte seinen niedrigen Wasserstand einem ungewöhnlich trockenen Sommer. Die Sonne brannte heiß vom Himmel und nach zwei Stunden auf dem Pferderücken spürte Marcus die Hitze bis in die Knochen. Quinn hatte die Schlucht bereits durchquert. Marcus lenkte das Pferd die Uferböschung hinauf. Der ständig herabrieselnde Sand erschwerte den Aufstieg. Marcus ritt zwar gern, hatte aber nicht genug Übung, um so entspannt im Sattel sitzen zu können wie Quinn. Außerdem musste er sich mit seinem Reittier noch anfreunden. Quinn behauptete zwar, das Pferd sei eingeritten, aber Marcus stellte sich darunter etwas anderes vor als sein Partner.

Das hügelige Weideland, durch das sie gekommen waren, ging in steilere Abhänge über und vor ihnen lagen die Steilhänge, die die südliche Grenze von Quinns Land markierten. Auf diesen Steilhängen waren Marcus und Quinn früher häufig herumgeklettert. Sie waren für so manchen Übermütigen zur tödlichen Falle geworden.

Quinn zügelte sein Pferd, um auf ihn zu warten. Mit einem Fernglas suchte er die Gegend ab, dann griff er nach seinem Gewehr. Marcus hielt neben ihm an.

„Dort hinten“, sagte Quinn und deutete mit dem Finger.

Marcus nahm das angebotene Fernglas und sah in die angegebene Richtung. Aus einem Wäldchen stieg dünner weißer Rauch in die windstille Luft auf. Die tägliche Luftüberwachung hatte das heute Morgen gemeldet.

„Wir folgen dem Flussufer bis zu diesen Felsblöcken und dann nähern wir uns dem Wäldchen zu Fuß aus östlicher Richtung“, entschied Quinn.

Marcus nickte und zog sein Gewehr aus der Satteltasche. Sie hatten nicht daran gedacht, einen Mitarbeiter der Ranch hierherzuschicken, damit er sich umsehen konnte. Die Wahrscheinlichkeit, dass Lucas sich durch Rauch bemerkbar machen würde, war gleich null, aber ein Hinterhalt, um Informationen zu bekommen oder sie zu verunsichern, war immerhin denkbar.

Sie ließen die Pferde zurück und arbeiteten sich langsam bis zu dem Wäldchen vor.

Marcus sah zu Quinn hinüber. Er nickte und sie gingen weiter, die Gewehre im Anschlag.

Das Gelände war verlassen. Es war ein Zeltplatz gewesen. Das zertretene Gras und die Löcher im Boden zeigten die Stelle, an der ein kleines Zelt gestanden hatte. Ein Trampelpfad führte nach Westen. Diese Spuren ließen vermuten, dass der Platz mindestens ein paar Tage lang benutzt worden war. In einer primitiven, aus Steinen zusammengesetzten Feuerstelle lagen ein paar verkohlte Holzreste. Aus einer Kaffeekanne neben der Feuerstelle kam der dünne weiße Rauch, der erbärmlich stank. Marcus näherte sich vorsichtig. Er sah auf den Boden, eventuell vorhandene Fußangeln rechtzeitig zu entdecken. Ein handgemachter Docht brannte in einer schmutzigweißen Flüssigkeit.

„Ein selbst gemachtes Insektenschutzmittel", vermutete Quinn, als er einen Blick darauf warf.

Quinn ging zu dem Baumstamm, der wohl als Sitzgelegenheit benutzt worden war, und berührte mit der Fußspitze einen Haufen scharfkantiger Steine. „Er hat Höhlenforschung betrieben. Das hier sind die Reste von seinen Fundstücken."

„Also war es nicht Lucas."

„Es sei denn, er hat sich hier die Zeit vertrieben."

Marcus ging um den Lagerplatz herum. „Er wollte den Rauchtopf nicht mitnehmen."

„Na ja, das Ding riecht ja auch nicht gerade nach Parfüm."

„Er war zwei, drei Tage lang hier. Warum haben wir ihn nicht entdeckt?"

Quinn blies den rauchenden Docht aus. „Aus der Luft ist der

Lagerplatz nicht zu erkennen, wenn das Feuer nicht raucht. Wenn jemand sich hier reinschleichen will, entdecken wir ihn nur zufällig oder dann, wenn er das von unseren Leuten abgesicherte Gelände betritt."

Marcus nahm seinen Piepser und holte sein Handy hervor. Dann rief er im Haus an und berichtete Luke von ihrem Fund.

„Am besten, wir reiten an den Steilhängen entlang zurück. Dann können wir uns vergewissern, ob er tatsächlich weg und nicht nur an einen anderen Platz umgezogen ist", schlug Quinn vor. Marcus nickte zustimmend. Er hätte gern gewusst, wer der Unbekannte war.

Sie gingen zu den Pferden zurück.

Quinns Stimmung wurde zunehmend düsterer, je näher sie den Steilhängen kamen. Marcus schwieg ebenfalls, denn er wusste, was dieser Ort für seinen Partner bedeutete. Quinns Vater war in dieser Gegend ermordet worden. Der Mord war nie aufgeklärt worden. So ritten sie eine Stunde lang schweigend an den Steilhängen vorbei. Sie begegneten keiner Menschenseele.

Dann machten sie sich auf den Weg zurück zum Haus.

Marcus trank seine dritte Wasserflasche aus und steckte die leere Plastikflasche wieder in die Satteltasche. Wenn sie nicht in dieser Zwangslage wären, wäre er mit Shari zusammen ausgeritten. Er wusste, wie gern sie ritt, aber bisher durfte sie sich nur in der unmittelbaren Umgebung des Wohnhauses frei bewegen. Jetzt mussten sie um ihrer Sicherheit willen diesen Spielraum vielleicht noch weiter einschränken.

Sein Piepser meldete sich. Marcus holte ihn heraus und warf einen Blick auf die Nummer. Es war Dave. Marcus nahm sein Handy, wählte zuerst eine abhörsichere Nummer an und rief dann Dave an. „Dave, hier ist Marcus. Was gibt es Neues?"

„Wir haben Frank Keaton gefunden. Er ist tot. Zwei Kopfschüsse, wie bei einer Hinrichtung. Seine Leiche ist heute Morgen auf einer Mülldeponie gefunden worden. Wahrscheinlich hat man ihn in einen Müllcontainer geworfen und dann dorthin gebracht. Der Fundort und der Zustand der Leiche lassen vermuten, dass er kurz nach der Schießerei bei der Kirche umgebracht wurde."

Marcus zog die Zügel fester. Mit dieser Information hatte er eigentlich schon gerechnet. „Connor wusste schon bei seiner Verhaftung, dass Frank tot ist."

„Ja, das glaube ich auch."

„Weil Frank tot ist, wird es so gut wie unmöglich sein, von Connor und Titus getrennte Aussagen zu bekommen. Meinst du, die Ballistiktests ergeben eine Übereinstimmung mit der Waffe, mit der Richter Whitmore erschossen wurde?"

„Ich habe das dumpfe Gefühl, dass wir da kein Glück haben. Es sieht so aus, als ob die Kugeln ein anderes Kaliber haben. Ich weiß morgen mehr, wenn die Tests abgeschlossen sind."

„Hol dir für die Ermittlungen über den Mord an Frank so viele Leute, wie du brauchst. Wenn es wegen des Mordes an Richter Whitmore nicht zu einer Anklage gegen Connor und Titus kommt, will ich sie wenigstens wegen Frank vor Gericht bringen."

„Wir arbeiten schon dran", erwiderte Dave. „Ich melde mich heute Abend, wenn ich etwas Neues weiß."

„Danke."

„Frank?", fragte Quinn, nachdem Marcus aufgelegt hatte.

Marcus informierte ihn über den grausigen Fund. Die Zeugenaussage von Shari hatte plötzlich noch mehr Bedeutung bekommen. Die eine Woche bis zu ihrer Aussage vor dem Geschworenengericht kam ihm vor wie eine Ewigkeit. Wo war Lucas Saracelli?

Marcus trieb sein Pferd an. „Am besten, wir reiten gleich zurück zum Haus."

* * *

Sie musste unbedingt mit ihm reden. Shari machte einen kleinen Stapel aus den Plätzchen, die sie gebacken hatte, und legte sie auf das Glastablett. Sie versuchte, sich die Zeit mit etwas Nützlichem zu vertreiben. Es war nett von Susan, ihr für diesen Nachmittag die Küche zu überlassen. Sie dachte noch immer an das Telefongespräch, das sie heute Morgen mit Jennifer geführt hatte. Das Wort „müde“ war nicht angemessen für die Schwäche, die Shari in Jennifers Stimme gehört hatte. Die Chemotherapie raubte ihr die letzten Kräfte.

Die Ergebnisse der Untersuchungen waren nicht gut. Die Bestrahlung konnte zwar die weitere Ausbreitung des Krebses verlangsamen, aber nicht verhindern. Jennifer wirkte ungewöhnlich niedergeschlagen. Ihre Hoffnung, dass ihr Krankenhausaufenthalt bald zu Ende wäre, wurde durch diese Untersuchungsergebnisse zunichte gemacht. Shari musste Marcus unbedingt überreden, zurück nach Baltimore zu fliegen. Sie wusste, dass er eigentlich dort sein wollte, dass er sie aber auch ungern hier zurückließ, weil Lucas Saracelli ihr auf den Fersen war. Sie musste einfach darauf bestehen, dass er zu Jennifer flog. Wenn er wegen einer neuen Entwicklung im Mordfall nach Virginia müsste, könnte er auch noch nach Norden fliegen, um Jennifer zu besuchen. Sie wünschte, sie könnte Jennifer sehen. Ein Telefongespräch war nur ein kläglicher Ersatz. Sie waren in den letzten Wochen gute Freundinnen geworden. Jennifer investierte ihre letzte Kraft in das, was in ihrem Leben am wichtigsten war. Sie verbrachte Zeit mit ihrem Verlobten, mit ihrer Familie, sie plante ihre Hochzeit. Shari hoffte, sie könnte auch alles mit einer solchen inneren Gelassenheit tragen, sollte sie auch einmal eine so schwere Krankheit bekommen.

Mit einem Stirnrunzeln schob Shari ein weiteres Blech mit Plätzchen in den Backofen. Marcus würde diese Nachricht sehr hart treffen. Jennifer hatte zwar versucht, ihn auf das Schlimmste vorzubereiten, aber Shari wusste, dass er es nicht ertragen könnte, seine Schwester zu verlieren. Wenn aber die Zeit, die Jennifer noch blieb, in Monaten und nicht in Jahren gemessen werden musste, dann zählte jeder Tag.

Sie hörte Quinns Stimme im Flur. Er sprach mit Susan.

Shari trocknete sich die Hände ab. Sie war erleichtert, dass die beiden Männer wieder zurück waren. Sie hatten ihr nicht gesagt, warum sie heute Morgen weggeritten waren, aber sie hatte gesehen, wie sie zuvor die Sicherheitsmaßnahmen für eine Abwesenheit von mehreren Stunden geplant hatten.

„Marcus ist gleich hier", sagte Quinn beruhigend, als sie ihn begrüßte.

„Ist alles in Ordnung?"

„Ja, alles ist bestens. Sie haben gebacken?"

Sie lächelte zurück. „Ich habe es versucht."

„Die Jungs werden begeistert sein."

Marcus kam ins Haus. Shari konnte sehen, wie müde er war. Sie wünschte, sie hätte eine bessere Nachricht für ihn. Sie ging zu ihm und drückte sanft seine Hand. „Jennifer hat angerufen."

„Wann?"

„Heute früh, ungefähr eine Stunde, nachdem ihr weggeritten wart. Sie ist heute Nachmittag wieder in ihrem Zimmer."

Er nickte und streichelte über ihre Haare. „Zuerst brauche ich Eiswasser. Ich bin wie ausgedörrt. Dann rufe ich sie zurück."

Sie war überrascht, als er ihr den Arm um die Schulter legte und mit ihr in die Küche ging. Irgendetwas musste an diesem Morgen geschehen sein. Er wirkte sehr müde. „Kann ich dir etwas zu essen machen?"

„Ein belegtes Brot wäre nicht schlecht."

„Wie wäre es mit Roastbeef und scharfem Senf?"

Er hielt zwei Finger hoch. „Ich mag deine belegten Brote."

Er probierte ein Plätzchen, während sie die Brote machte. „Ich sage das sehr ungern, aber kannst du in den nächsten Tagen im Haus bleiben?"

Sie warf ihm einen Blick zu. „Natürlich. Wenn es sein muss."

„Wir brauchen einen besseren Plan, wenn jemand versucht, das Haus aus nördlicher Richtung zu erreichen."

Sie nickte. „Dann bleibe ich im Haus."

Er griff nach dem ersten belegten Brot und stand auf. „Am besten, ich rufe Jennifer jetzt zurück."

Shari überlegte sich, ob sie ihn vorwarnen sollte, aber ihr fehlten die Worte.

Er blieb neben ihr stehen und legte ihr die Hand auf den Arm. „Ich habe gestern Abend noch mit Tom und mit ihren Ärzten gesprochen“, sagte er mit ruhiger Stimme. „Es ist schon gut, Shari. Ich weiß, was sie ihr heute früh gesagt haben.“

„Du weißt es schon?“

„Einer der Spezialisten von der Mayo-Klinik, der bei den ersten Untersuchungen dabei war, wollte gestern Abend hinfliegen, um mit ihren Ärzten zusammenzuarbeiten. Er müsste schon angekommen sein. Die Ärzte haben noch nicht alle Möglichkeiten ausgeschöpft. Der Befund ist nur eine unglückliche Wendung auf dem Weg, aber wir sind nicht in einer Sackgasse angekommen.“

„Ich wünschte, du könntest sie besuchen. Sie klingt wirklich niedergeschlagen.“

„Shari, sie macht sich Sorgen um dich und deine Sicherheit. Wenn wir miteinander reden, fragt sie immer danach. Wir sind bald wieder an der Ostküste und dann kann ich sie besuchen. Du kannst nichts dafür, dass momentan alles zusammenkommt. Ich habe mich entschlossen, weiter an diesem Fall zu arbeiten. Meine Familie war an dieser Entscheidung mit beteiligt. Die kurze Trennung von Jennifer habe ich hingenommen, weil sie notwendig ist.“

Shari war überrascht über die ruhige Entschlossenheit in seiner Stimme.

„Wenn man für die O'Malleys die Verantwortung hat, weiß man, was man tun muss, um ihnen zu helfen. Der Arzt von der Mayo-Klinik kann uns bei der Entscheidung, was als Nächstes zu tun ist, behilflich sein. Wenn es neue Behandlungsmethoden gibt, die Jennifer helfen, werden wir sie finden – und diejenigen, die solche Behandlungen durchführen.“ Er fuhr ihr mit einer Hand sanft über ihre Wange. „Du kannst mir glauben, wenn ich dir sage, dass wir erst in der ersten Runde sind.“

Sie fühlte sich schon ein bisschen besser. „Ruf sie an.“

„Ist bei dir alles in Ordnung?“

Sie nickte.

„Wenn du noch ein paar Plätzchen übrig hast, packe sie in eine Schachtel. Ich sorge dafür, dass Jennifer sie bekommt.“

„Das ist eine gute Idee."

Er nahm sich noch ein Plätzchen und lächelte sie an. „Die sind wirklich gut."

Marcus ging ins Wohnzimmer, um Jennifer anzurufen. Es überraschte ihn nicht, als Kate abnahm. „Hallo, Marienkäferchen."

„Marcus." Er hörte das Lächeln in ihrer Stimme. „Du rufst wie immer zum richtigen Zeitpunkt an. Kannst du uns einen Gefallen tun?"

„Klar. Worum geht es?"

„Es geht um eine Lieferung. Wir wollen zum Abendessen eine Pizza nach Chicagoer Art. Nein, nicht eine, zwei, und zwar große."

Er musste lachen. „Ich sehe, dass du eine sehr praktische Lösung für dieses Problem hast."

„Jen isst wie ein Vögelchen, aber sie hat Appetit auf Pizza. Wenn das so ist, muss es eine wirklich gute Pizza sein."

„Keine Angst. Ich habe es schon notiert. Ich rufe bei Carla an. Sie soll euch zwei Stück in Trockeneis verpackt schicken, wenn du sie bei euch aufbacken kannst."

„Das ist kein Problem."

„Euer Abendessen wird heute spät stattfinden."

„Der erste Flug, den du arrangieren kannst, geht in Ordnung. Jen macht abends meist noch ein Schläfchen, damit wir die Spätshows noch sehen und uns kaputtlachen können."

„Frag sie, ob sie auch Lust auf einen Käsekuchen von Benny hat."

„Moment." Er hörte ihre gedämpften Stimmen, dann war Kate wieder am Telefon. „Mit Erdbeeren oben drauf."

„Schon notiert."

„Vielen Dank. Der neue Facharzt von der Mayo-Klinik wird dir gefallen. Er hat mit uns zusammen zu Mittag gegessen. Er ist aus Louisiana und so haben er und Jennifer eine halbe Stunde lang über die Cajun-Küche diskutiert. Dann haben sie über Kinder gesprochen und da hat er seine Brieftasche herausgeholt und uns Fotos von seinen Lieblingspatienten gezeigt."

Marcus war erleichtert. Ein Arzt mit menschlichen Zügen. „Ich mag ihn schon jetzt."

„Er hat mehr als eine Stunde lang mit Tom und Jennifer die Ultraschallbilder von ihrer Wirbelsäule besprochen." Ihre Stimme wurde ernst. „Sie wollen um ihre Wirbelsäule herum Strahlenimplantate einsetzen."

Er kannte diese Methode, aber sie gehörte nicht zu den von ihm bevorzugten Therapien. Aber er konnte verstehen, warum man sich dafür und nicht für eine weitere Chemotherapie entschieden hatte. Jennifer hatte also eine Operation an der Wirbelsäule zu erwarten, mit allen damit verbundenen Risiken, und allein beim Gedanken daran wurde ihm übel. „Wie hat sie das aufgenommen?"

„Sie hat viele Fragen. Sie und Tom sprechen immer noch über die Risiken."

„Ich bin auch nicht gerade begeistert." Diese Operation war so etwas wie russisches Roulette. Man hoffte wohl, dass die Bestrahlung den Krebs vernichten würde, bevor sie ihre Wirbelsäule zerstörte.

„Ich glaube, sie möchte noch mit dir sprechen, bevor sie eine endgültige Entscheidung trifft."

„Dann reiche mich mal an sie weiter und ich trage meinen winzigen Teil zu dieser Diskussion bei."

„Bleib dran."

Das Telefon wurde weitergegeben. „Hallo, Marcus."

Marcus wusste sofort, warum Kate so gezwungen unbeschwert klang und zuerst mit ihm gesprochen hatte. Jennifers Stimme war so schwach, dass ihr Atmen lauter war als ihre Worte. Der Arzt hatte ihn schon vorgewarnt. Dieser Kräfteverlust könnte andauern, bis die Chemotherapie abgeschlossen sei und ihr Körper sich erholen könne. „Hallo, mein Goldschatz." Er versuchte, gelassen zu bleiben.

„Ich habe Shari erschreckt. Entschuldige bitte."

„Jen, für sie ist es gut, sich über jemand anderen Sorgen zu machen. Dann denkt sie an dich und nicht an das Durcheinander hier."

„Gut." Er konnte hören, wie sie lächelte. „Dann soll sie sich Sorgen machen."

„Sie hat Plätzchen gebacken, um mir die Nachricht von deinem Anruf zu versüßen."

„Oh."

Er lachte. Nicht alle Plätzchen, die Shari gebacken hatte, waren gelungen.

„Keine Angst. Die von heute sind sehr gut. Sie wird dir welche schicken."

„Gut." Ihre Stimme wurde wieder ernst. „Der Arzt, den du geschickt hast, ist sehr gut."

„Ich hatte bei einem alten Freund noch etwas gut", entgegnete Marcus, um sie zu beruhigen, bevor sie weitere Fragen stellen konnte. Der Arzt war einer der besten Krebsspezialisten im Land und seine Honorare waren astronomisch hoch. Marcus hatte ihm angeboten, seine Kosten zu übernehmen, aber der Arzt wollte davon nichts hören. „Erinnerst du dich noch an den Banküberfall vor acht Jahren, als die Kinder umgebracht wurden? Ich habe dir erzählt, dass ich mich damals mit dem Ermittler, der den Fall bearbeitet hatte, angefreundet habe. Dein Arzt ist sein Sohn."

„Ich mochte ihn schon, als ich ihn in der Mayo-Klinik kennen gelernt habe. Jetzt mag ich ihn noch lieber."

„Ich weiß, dass er mehrere Behandlungsmethoden vorgeschlagen und eine davon empfohlen hat. Was meinst du dazu, Jen?"

„Wenn ich mich operieren lasse, kann ich zum Krüppel werden."

„Ich weiß", sagte Marcus leise.

„Die Operation muss in den nächsten Tagen stattfinden. Du wirst nicht da sein."

„Das weiß ich auch."

Sie schwiegen, wie Freunde, die sich schon zwei Jahrzehnte lang kennen.

„Lass dich operieren", sagte er leise, aber bestimmt.

„Trägst du mich bei meiner Trauung zum Altar, wenn es schiefgeht?"

Er drehte das Telefon weg, damit er die Tränen unterdrücken und dafür sorgen konnte, dass seine Stimme wieder ruhig klang. „Natürlich."

„Ich würde ja Jack darum bitten, aber er würde mich fallen lassen, obwohl er Feuerwehrmann ist", sagte sie. Die Fröhlichkeit in ihrer Stimme klang gezwungen.

„Ich führe oder trage dich zum Altar. Du hast mein Wort."

„Danke."

„Nichts zu danken."

„Ich habe keine Haare mehr. Meine Hochzeitsfotos werden sehr interessant aussehen."

„Rachel wird eine kreative Lösung finden. Glaub mir, du wirst eine schöne Braut sein."

„Natürlich. Außerdem habe ich immer davon geträumt, bei meiner Hochzeit ein Kleid in Größe 34 tragen zu können."

Er musste lachen. Die Krankheit hatte Jennifer nicht ihren Sinn für Humor genommen. „Such dir ein Kleid aus. Ich schenke es dir zur Hochzeit."

„Das ist wirklich charmant von dir."

„Ich bin eben ein charmanter Typ."

Shari klopfte leise an den Türrahmen. Marcus war erleichtert, sie zu sehen. Er hielt ihr die Hand hin. Sie legte die ihre hinein und er zog sie zu sich heran.

„Ich werde dem Arzt sagen, dass er die Operation vorbereiten soll."

Marcus drückte Sharis Hand. „Ja, mach das, Jen. Ich rufe ihn morgen früh an und rede mit ihm über den Termin."

„Tust du mir noch einen Gefallen – rufst du Rachel an?", fragte Jennifer. „Sie ist viel zu still in letzter Zeit."

„Das mache ich, Jen."

„Hier ist noch einmal Kate."

„Marcus."

Er musste sich räuspern. „Am Apparat."

„Rufst du mich nach zehn an?", fragte sie leise.

„Ich ruf dich an."

„Bis dann."

Marcus klappte das Telefon zu, starrte kurz darauf und holte tief Luft. Es tat ihm gut, vor Shari nicht so tun zu müssen, als mache ihm das alles nichts aus. Es stimmte zwar, dass das die erste Runde in einem langen Kampf war, aber trotzdem war es eine enorme Belastung. Er rieb sich die Augen. „Man wird Strahlungsimplantate in ihre Wirbelsäule einsetzen."

Shari drückte nochmals seine Hand. „Es wird gut gehen. Aber du wärst bestimmt gern dort."

Er schüttelte den Kopf. „Die anderen O'Malleys sind bei ihr. Ich werde hier gebraucht."

Sie wollte zuerst widersprechen, aber sie hielt sich zurück und nickte nur. „Schick ihr ein paar Orchideen. Du hast mir letzte Woche welche besorgt und die waren wunderschön."

Er streichelte ihre Hand und dann griff er zum Telefon. „Das Wichtigste zuerst. Sie wollen Pizza nach Chicagoer Art und einen Käsekuchen zum Abendessen."

„Wirklich?"

„Ja." Er amüsierte sich über Kates Bitte. „Ich glaube, sie haben mich zu ihrem Lieferanten gemacht."

„Sie wollen nur, dass du dich nicht ausgeschlossen fühlst."

„Ja, das spielt vielleicht auch eine Rolle." Er rief die Auskunft an und bat um die Telefonnummer von der Pizzeria in der Nähe von Kates Wohnung und dann bestellte er die Pizzas. Es war für ihn immer wieder verblüffend, welche Wirkung es hatte, wenn er Kates Namen nannte. Carla, die Chefin, ging an den Apparat, um die Bestellung persönlich aufzunehmen. Sie bot ihm an, sich selbst um den Versand zu kümmern. Ein weiterer Anruf genügte und der Käsekuchen war bestellt.

„Wenn Quinn dich nicht braucht, kannst du mir gerne Gesellschaft leisten", schlug Shari ihm vor und zupfte an seiner Hand.

„Wobei?"

„Ich möchte ein paar von diesen Plätzchen mit Zuckerguss verzieren. Du kannst dabei zusehen oder mithelfen, wenn du möchtest. Während ich mich an die Arbeit mache, kannst du mir erzählen, was heute früh los war."

Er wollte nicht so gerne allein bleiben und so ließ er zu, dass sie ihn hochzog. „Also gut. Aber nur, wenn du mir versprichst, dass du diesmal keinen blauen Zuckerguss machst."

„Aber das ist doch eine Farbe für Jungs."

„Bei blauen Lebensmitteln ist meine Grenze erreicht."

* * *

Marcus rief Kate spätabends an, nachdem er seine Runden gedreht hatte. Er sprach mit ihr eine Stunde lang über die bevorstehende Operation von Jennifer, die Einzelheiten der Sicherheitsmaßnahmen, die er zusammen mit Dave für die Zeugenaussage vor dem Geschworenengericht plante, über familiäre Termine für die nächsten beiden Wochen. Nachdem er aufgelegt hatte, ging er zum Fenster seines Zimmers. Abgekämpft und müde sah er hinaus in die Dunkelheit.

Um diese Zeit in zwei Tagen würde seine Schwester auf dem Operationstisch liegen. Er wusste, dass die Implantate den Krebs zerstören konnten, aber die damit verbundenen Risiken waren groß, und das machte ihm sehr zu schaffen.

„Jesus will, dass du dich wieder entscheidest, ihm zu vertrauen. Er nimmt dieses Vertrauen nicht auf die leichte Schulter."

Er dachte wieder an Sharis Worte, und er wollte endlich genug Vertrauen haben, um beten zu können, aber je näher er dieser Entscheidung kam, desto schwerer fiel es ihm, die richtigen Worte zu finden. Er hatte Gott vertraut und für seine Mutter gebetet, aber sie hatte trotzdem sterben müssen. Es war zwar unlogisch, aber der Gedanke an ein Gebet für Jennifer weckte in ihm eine unbestimmte Furcht, dass er sie auch verlieren würde, wenn er für sie betete. Dieses Angstgefühl war irrational, aber es war sehr stark. Er hatte immer geglaubt, dass die unterschiedlichen Erfahrungen, die jeder O'Malley aus dem Waisenhaus mitbrachte, jeden von ihnen geprägt hatten. Kate hatte die schlimmsten Erinnerungen an ihre Kindheit, während Rachel noch immer den größten Schmerz spürte, wenn sie an die Vergangenheit dachte. Ihm war noch nie bewusst gewesen, wie stark seine eigenen Erinnerungen noch waren.

„Du fehlst mir, Mama", flüsterte er und fuhr mit der Hand über die Fensterbank. Jennifer musste die Operation einfach überstehen und die Therapie musste ihr helfen. Shari betete für sie. Das musste doch etwas bewirken.

Warum fiel es ihm so schwer, Gott zu vertrauen? Weil er mit Gott um das Leben seiner Mutter gerungen hatte und sie trotzdem gestorben war. Tief in seinem Inneren war er noch immer der zornige kleine Junge von damals. Mit einem Seufzer knipste Marcus das Licht aus. Er legte sich ins Bett und versuchte zu schlafen, aber er lag noch lange wach.

19

„Ist die Operation schon vorbei?“

„Sie ist schon in der Aufwachstation“, antwortete Kate. „Die Ärzte haben ihr ein Beruhigungsmittel gegeben und mit örtlicher Betäubung operiert, damit sie nicht mit den Nebenwirkungen einer Vollnarkose zu kämpfen hat. Marcus, sie reagiert momentan, als hätte sie zu viel getrunken. Sie brummt Kinderlieder. Die Krankenschwestern meinen, das ginge vorbei, aber das ist irgendwie schade. Ich würde wer weiß was drum geben, wenn ich einen Kassettenrekorder hätte. Sie glaubt mir bestimmt nicht, wenn ich ihr das erzähle.“

„Wie ist die Operation verlaufen?“

„Besser als vermutet. Sogar Tom hat gelächelt, als er die Röntgenaufnahmen mit den Implantaten gesehen hat.“

Marcus spürte, wie erleichtert er war. „Und die Risiken? Kann sie die Zehen bewegen?“

„Das größte Problem ist momentan, dass sie unbedingt aufstehen und einen Spaziergang machen will. Die örtliche Betäubung wirkt noch und durch das Beruhigungsmittel kann sie sich nicht daran erinnern, dass sie gerade operiert worden ist. Sie ist jetzt am Bett festgeschnallt, damit sie ihren Rücken nicht bewegt.“

„Danke, dass du mich gleich angerufen hast.“

„Kein Problem. Ich rufe auch noch Lisa und Dave an. Sobald sie in ihr Zimmer verlegt wird, informiere ich dich wieder.“

Marcus legte den Hörer auf. Shari wartete schon ungeduldig. Sie war nervös auf und ab gegangen, seitdem sie gehört hatten, dass Jennifer operiert wurde. „Sie hat alles gut überstanden“, sagte Marcus. „Sie kann die Füße bewegen, die Implantate sehen gut aus und sie ist in der Aufwachstation.“

„Ich bin so froh“, sagte Shari nur, aber mit ihrem Lächeln zeigte sie die Gefühle, die sie nur schwer in Worte fassen konnte.

Marcus ging zu ihr hin, beugte sich hinunter und gab ihr einen zärtlichen Kuss. „Danke für deine Gebete“, sagte er leise, aber dieser Dank kam aus der Tiefe seines Herzens. Jennifer ging es besser, als er zu hoffen gewagt hatte. Sharis Gebete hatten tatsächlich etwas bewirkt.

„Marcus.“ Sie sah ihn fragend an, dann hob sie die Hände und umfasste sanft sein Gesicht. „Das habe ich doch gern gemacht.“

Sie hörten, wie Quinn den Flur entlangging. Der kurze Moment der Zweisamkeit war vorbei. Shari drückte Marcus beide Hände, als sie sich von ihm losmachte. Dann drehte sie sich um. „Quinn, Jennifer geht es gut.“

* * *

Marcus las noch einmal die Aussagen von den Zeugen, die Connor im Hotel gesehen hatten. Er musste sich geschlagen geben. Er hatte die Vernehmungsprotokolle schon so oft gelesen, dass er sie fast auswendig kannte, aber er konnte nichts finden, was die Ermittler vielleicht übersehen haben könnten. Er schlug den Ordner zu und ließ ihn auf den Boden fallen.

„Keinen Erfolg gehabt?“, fragte Shari abwesend. Sie sah nicht auf von dem Buch, das sie gerade las.

„Nein.“

Er musste lächeln, als er sie beobachtete. Sie hatte die Beine über die Seite des großen Ledersessels gelegt. Das Licht auf dem Beistelltischchen brannte. Er griff nach seinem Skizzenblock und holte seinen dünnen Bleistift heraus. Sie sah heute Abend schön aus, weil sie so entspannt wirkte.

Er nahm sich Zeit für seine Skizze. Sie inspirierte ihn, seine Zeichenkunst zu verfeinern, damit seine Porträts ihr wirklich gerecht wurden.

Eine Stunde verging, während er zeichnete und sie die Seiten ihres Buches umblätterte.

„Darf ich mal sehen?“

Er sah auf. Sie hatte ihr Buch weggelegt. Er wollte ihr die Skizze nicht zeigen, weil er dann zugeben müsste, dass er sie schon mehr als einmal gezeichnet hatte. Trotzdem schlug er seinen Skizzenblock zu und gab ihn ihr.

Weil er sie genau beobachtete, um zu sehen, wie sie reagierte, wusste er, wann sie beim Durchblättern auf das erste Porträt stieß. Danach blätterte sie langsamer weiter.

Sie sah zu ihm hoch. Diesmal wollte er wissen, was sie dachte, aber sie zeigte es ihm nicht. Ein Lächeln umspielte ihre Lippen. „Ich fühle mich geschmeichelt, Marcus. Unter der Dienstmarke und dem Revolver verbirgt sich ein Künstler."

Komm schon, Shari ... was denkst du wirklich? In diese Skizzen habe ich mein ganzes Herz gelegt. Es liegt vor dir wie ein offenes Buch.

„Meine Mutter hat gerne gezeichnet." Das hatte er außer seinen Geschwistern noch nie jemandem erzählt.

Sie klappte den Block um, sodass sie eine leere Seite vor sich hatte. „Darf ich?"

Er wusste zwar nicht, was sie vorhatte, aber er nickte. Sie griff nach ihrem Bleistift. Mit ihrer Skizze war sie schnell fertig. Sie zeichnete rasch, ohne abzusetzen. Wie raffiniert – sie hatte ihm nichts gesagt von ihrem Zeichentalent.

„Das ist mein bescheidener Beitrag zu deiner künstlerischen Größe." Sie gab ihm den Skizzenblock mit einer kleinen Verbeugung zurück. Es war eine Karikatur. Ein kleiner Pandabär neigte sich neugierig über eine Malerpalette. Auf seinen Pfoten waren Farbflecke zu sehen. „Du bist gut."

„Du auch. Aber ich bin nicht so hübsch, wie du mich gezeichnet hast."

„Du bist schön."

„Du hast dich zu oft mit meiner Mutter unterhalten. Was hat sie dir denn heute Abend über London erzählt?"

Das war ein gelungener Themenwechsel, aber er ließ ihr diesen kleinen Erfolg. „Sie ist sehr beeindruckt vom Fünf-Uhr-Tee."

„Sie hat mir Rezepte für Scones – diese kleinen runden Teekuchen – gegeben."

„Willst du sie mal backen?"

„Nur wenn du dich bereit erklärst, das Chaos, das ich hinterlasse, aufzuräumen. Ich habe nach meiner Plätzchenaktion zwei Stunden lang saubermachen müssen. Die Plätzchen waren gut, aber so gut nun auch wieder nicht. Ich lasse jetzt erst mal einen Monat vergehen, bis ich wieder eine Küche betrete. Leider bin ich nicht sehr häuslich."

„Shari, zu den Leuten, die ich am liebsten mag, gehören Quinn, Lisa und Kate. Sagt dir das was?"

„Ja, du musst eine hohe Toleranzschwelle für Unordnung haben."

„Lieber kläre ich einen Fall auf, bringe einen Verbrecher hinter Gitter, beende eine aussichtslose Lage ohne Gewalt. Wenn die Unordnung mir auf die Nerven geht, bevor die anderen sich unwohl fühlen, räume ich eben auf. Außerdem hast du Köpfchen und bist lernfähig."

„Gilt das auch für meinen Orientierungssinn?"

„Na ja, diese Sache braucht vielleicht ein bisschen mehr Zeit."

„Du bist wirklich tolerant. Ich finde, ich bin in dieser Hinsicht ein hoffnungsloser Fall."

„Wie geht es mit der Rede voran, an der du den ganzen Nachmittag gearbeitet hast?"

Sie zuckte zusammen. „Diese Rede ist mein Alptraum des Monats. Ich dachte, ich sei durch mit der Steuerpolitik, und jetzt plagt sie mich schon wieder."

„Wo liegt das Problem?"

„Mit seinem Gesetzesvorschlag ist John gegen eine Betonwand gerannt. Er ist am Finanzausschuss des Senats gescheitert. Deshalb fängt jetzt das ganze Spiel wieder von vorne an." Sie schüttelte den Kopf. „Es hilft mir nicht weiter, dass ich nicht verstehe, warum John auf seinen Positionen besteht. Ich persönlich würde die Gesetze ändern. Hier bietet sich eine Kompromisslösung an, aber keine der beiden Seiten will diesen Schritt als Erste wagen."

„Warum schreibst du nicht einfach die Rede so, wie du sie selbst halten würdest, und wartest ab, wie John darauf reagiert? Du kannst sehr überzeugend sein, wenn es darauf ankommt."

„Ich arbeite für ihn. Er erwartet von mir, dass ich seine Rede schreibe, nicht meine eigene."

„Dann schreib sie doch als Vorschlag", entgegnete Marcus. „Sie wird ihm gefallen, wenn er sie liest."

„Du hast einen größeren Glauben als ich."

„Na ja, nenn es lieber Vertrauen."

„Au, das tut weh. Ich lasse mir nicht gern nachsagen, dass ich mich vor einer Herausforderung drücke."

* * *

Shari zerknüllte die fünfte Seite der Rede. Das Geräusch klang laut in der stillen Küche. Das Papier gab dem Druck ihrer Hand nach, als sie die Seite zu einer kleinen Kugel zerdrückte. Ihre Wortwahl war zu gewagt. Sie schrieb auf der nächsten Seite des Schreibblocks weiter.

„Woran arbeitest du gerade?"

„Am Vorschlag für John, zu dem du mich so nett überredet hast." Sie sah nicht von ihrer Arbeit auf, denn wenn sie das tat, konnte sie sich nicht mehr konzentrieren. Es war ein Uhr nachts und es lagen noch einige Stunden Arbeit vor ihr.

„Läuft es nicht gut?"

Sie zog eine Grimasse. „Es läuft gut. Ich kann mir nur nicht vorstellen, dass John von seiner jetzigen Position so stark abweicht."

Er zog sich einen Küchenstuhl heran. „Darf ich?"

Er hatte ihr seine Skizze gezeigt, also blieb ihr keine andere Wahl. Sie gab ihm den Text. „Es ist ein Rohentwurf", warnte sie ihn. Sie wurde plötzlich nervös.

„Nur die Ruhe. Das, was ich bisher von dir gelesen habe, ist sehr gut."

Er setzte sich. Sein Anblick verwirrte sie. Er trug Jeans, ein altes Sweatshirt und er war barfuß. Sie musste sich zwingen, ihn nicht anzustarren.

„Darf ich Anmerkungen machen?"

Sie nickte und er griff nach einem Bleistift.

Er machte ein paar Randbemerkungen.

Als er fertig war, stand er auf und legte ihr die Hand auf die Schulter. „Eine gute Arbeit. Ich komme wieder, wenn ich meine Runde gedreht habe."

Sie nickte und nahm ihm die Blätter ab.

Sie las seine Kommentare. Die Frage, die er auf den unteren Seitenrand geschrieben hatte, verblüffte sie: *Warum kandidierst du nicht selbst für ein Amt?*

Sie drehte sich rasch um, aber leider war er schon weg.

Für ein Amt kandidieren. Das war ihr Lebenstraum. Auch ihr Vater hatte sie darin bestärkt. Es kam ihr vor, als ob jemand plötzlich einen Scheinwerfer auf eine schon lange begrabene Hoffnung gerichtet hätte.

Sie musste vierzig Minuten warten, bis er zurück war. Sie hörte, wie er im vorderen Flur mit Quinn sprach. Nachdem sie all ihren Mut zusammengenommen hatte, füllte sie zwei Kaffeebecher und ging zu ihm.

„Danke."

„Ist alles ruhig?"

„Alles ist ruhig", erwiderte er.

Er zeigte mit einem Kopfnicken zum Wohnzimmer. Dort wartete er, bis sie sich gesetzt hatte. Dann ließ er sich neben ihr nieder.

„Warum hast du geschrieben, ich solle für ein Amt kandidieren?"

„Du bist eine gute Redenschreiberin. Aber diese Arbeit wird dich nicht für immer ausfüllen. Du bist für Größeres geschaffen."

„Ich habe immer davon geträumt, einmal als Abgeordnete nach Washington zu gehen."

„Und warum machst du das nicht? Worauf wartest du noch?"

„Wenn man für den Kongress kandidiert, muss man verheiratet sein."

Er warf den Kopf zurück und lachte. „Shari, das ist ein Vorwand. Du wärst eine hervorragende Abgeordnete. Ich würde dir meine Stimme geben. Du solltest es wirklich versuchen."

„Man braucht Geld dafür."

„Nein. Man braucht die richtigen Freunde dafür und die hast du." Sein herzliches Lächeln traf sie wie eine warme Welle.

„Du meinst das ernst."

„Ja, Shari, ich meine das ernst. Es ist ein Traum von dir. Ich sehe es ungern, wenn Träume begraben werden."

„Du meinst wirklich, dass ich das kann?"

„Denk darüber nach. Du hast ein Arbeitspensum, das die meisten Leute schon nach einem Tag umwerfen würde. Du kennst den Staat Virginia und du kennst alle politischen Probleme bis ins Detail. Du hast die Fähigkeiten eines Politikers und die Kontakte, die man für eine politische Karriere braucht. Was brauchst du sonst noch?"

Sie wollte seine Anregung am liebsten aufgreifen, aber sie konnte kaum glauben, dass er diese Idee so sehr unterstützte. War er wirklich so anders als Sam? Oder konnte er sich keine gemeinsame Zukunft mit ihr vorstellen, sodass es für ihn nicht wichtig war, ob sie eine politische Karriere begann oder nicht? Sie war plötzlich stark verunsichert. „Ich werde darüber nachdenken."

„Mach das."

Sie stand auf. „Bist du noch eine Weile auf?"

„Ja."

„Ich habe die Kaffeemaschine angelassen, aber ich gehe jetzt doch ins Bett."

„Träum was Schönes."

Shari nickte und ging zu ihrem Zimmer.

Als sie im Bett lag, verschränkte sie die Arme unter dem Kopfkissen und sah zur Zimmerdecke. Marcus hatte sie so lange bearbeitet, bis er herausgefunden hatte, was wirklich hinter ihrem leidenschaftlichen Engagement für ihre Arbeit steckte. Die Arbeit, die sie für John leistete, ihre Träume von der Zukunft hatten nicht so viel mit ihrem Beruf zu tun, sondern mit der Hoffnung, die sie in ihrem Herzen trug. Marcus hatte geduldig gesucht, bis er diese Hoffnung fand. Dann hatte er sie mit einem einfachen Kommentar am Ende eines Redetextes zum Blühen gebracht.

Es fiel ihr jedoch schwer, herauszufinden, ob er das absichtlich gemacht hatte oder ob es einfach ein Teil seines Wesens war. Sie wollte unbedingt mehr dahinter sehen, weil sie hoffte, dass es wahr war. Schließlich ging es dabei um ihr Herz, und deshalb wollte sie, dass dieses Verhalten von Marcus mehr bedeutete.

Er hatte ihr das Herz gestohlen. Wusste er das überhaupt?

Sie liebte ihn.

Marcus glaubt, dass ich es schaffen kann. Er meinte es ernst. Diese Erkenntnis traf sie tief. Sie war verblüfft gewesen, dieses stille Vertrauen in seinem Gesicht zu sehen.

Kann es überhaupt eine gemeinsame Zukunft mit ihm geben, wenn ich meine Träume verwirkliche? Vielleicht will er gar nicht, dass seine Frau in die Politik geht. Außerdem muss ich mich darauf verlassen, dass er eines Tages seine Meinung ändert und an Gott glaubt. Er bedeutet mir mehr als mein Traum. Das war bei Sam nicht der Fall. Jesus, ich wünsche mir eine gemeinsame Zukunft mit Marcus und ich wünsche mir eine Karriere als Politikerin. Willst du mir etwa sagen, dass beides möglich ist?

* * *

Den Privatjet aufzuspüren war nur eine Frage der Zeit, des Geldes und des Charmes gewesen. Lucas war seit seinem siebzehnten Lebensjahr Pilot. Er mietete ein kleines Sportflugzeug und flog nach New York. Dort war er ein Pilot, der gerne eine Tasse Kaffee spendierte und dabei ins Gespräch kam. Die Piloten der privaten Chartergesellschaften waren gesprächig. Sie hatten ein gutes Gedächtnis für Flugzeuge, so wie andere Männer ein gutes Gedächtnis für Autos haben. Nur zwei Wochen nach der Verhaftung von Connor hatte Lucas den Privatjet ausfindig gemacht, mit dem der Marshal zurück nach Kentucky geflogen war und von dort aus nach Montana.

Die Jagd näherte sich ihrem Ende. Lucas nahm das Scharfschützengewehr, das nach seinen Wünschen umgearbeitet worden war, verbrachte einen Tag auf dem Land, um es zu testen, und dann flog er in den Westen.

Nachdem er das Flugzeug gefunden hatte, das sie benutzt hatten, ging es nur noch darum, im Gebiet des letzten Flugplans die Ranch zu finden, auf der sie sich aufhielten, und die richtige Maschine ausfindig zu machen. Die meisten großen Farmen hatten private Landebahnen, aber es war nur eine Frage der Zeit, bis er die richtige fand. Er fand sie am Mittwoch, dem 30. August.

Er hatte die Flugzeuge gewechselt und von einer Privatfirma dieselbe Maschine gemietet, die der Nationalparkservice für seine topografischen Karten verwendete. Hochleistungskameras an den Fahrgestellen hielten weit unten jede Einzelheit fest. Er flog am Morgen in großer Höhe auf geradem Kurs zur nächsten Stadt über der Landebahn und dem Haus und am selben Abend nahm er auf dem Rückweg die Straßen zur Ranch auf, die Scheunen und den Verlauf der Zäune.

Am nächsten Morgen war der Film schon entwickelt. Die Bilder hingen an der Wand des Büros, das er gemietet hatte. Der Hangar war für private, zweimotorige Cessnas gebaut worden, nicht für die größeren Firmenjets, und die Nummern der Maschinen waren durch die offenen Tore sichtbar.

Wegen des trockenen Sommers und Herbstes würde man das Gelände zu Fuß nur langsam erreichen können, aber es wäre nicht extrem schwierig. Der Sicherheitsbereich um das Haus herum war aus der Luft gut zu sehen. Das war interessant. Er sah sich die Bilder genau an und er war zufrieden. Es würde doch nicht so leicht werden, wie es zuerst ausgesehen hatte. Die Polizisten, die Shari beschützten, kannten sich aus. Er hatte einen guten Gegner immer zu schätzen gewusst.

Er nahm den Telefonhörer ab. „Ich habe sie gefunden."

„Die geheime Kommission des Geschworenengerichts tagt am Samstag. Töten Sie sie vor diesem Termin."

Mit einem Stirnrunzeln legte Lucas auf. Am Samstag. Er hatte sie eben erst gefunden. Sie würden diesen Ort verlassen und nach

Virginia zurückfliegen. Wie toll. Er hätte lieber mehr Zeit gehabt. Aber er würde es trotzdem schaffen.

Er sah sich die Landkarten an und sofort kamen ihm mehrere Möglichkeiten in den Sinn. Den Sicherheitsbereich um das Haus herum würde er lieber meiden. Wenn sie aber wegmussten, wäre die Landebahn der bessere Ort. Er würde sie dort umbringen, und zwar alle, damit er ungestört von dort wegkommen konnte. Er lächelte. Vielleicht könnte er sich sogar das Flugzeug ausleihen. Dann könnte er in Kanada sein, bevor man vom Tod der Augenzeugin wusste.

20

Es wurde langsam heller. Die Bäume um das Haus herum hoben sich dunkel gegen den blauen Himmel ab. Marcus lehnte seinen Skizzenblock gegen den Zaun der Koppel. Er zeichnete das kleine Eichenwäldchen mit Farbstiften.

„Ist dir nicht kalt? Es ist eisig hier draußen."

Er wandte sich nach rechts. Sharis Haar war zerzaust und ihre Augen blickten schläfrig. Sie war gekommen, um mit ihm gemeinsam einen Sonnenaufgang zu erleben. Marcus wusste, was das bedeutete. „Guten Morgen. Heißer Kaffee vertreibt die Müdigkeit."

Sie lehnte sich neben ihn an den Zaun. „Das ist ein schönes Bild."

Er zeichnete die Bäume detailgetreu, denn er wollte die Landschaft beobachten und merken, wenn da draußen etwas nicht stimmte. Aber das wollte er ihr natürlich nicht sagen. „Danke." Er beugte sich vor und gab ihr einen zärtlichen Kuss.

Sie lehnte sich an ihn und erwiderte seinen Kuss. „Wie schön."

„Mhm."

Sie schwieg und er arbeitete weiter an seiner Zeichnung. Sie wirkte ruhig, aber er merkte, wie ihre Hände den Zaun krampfhaft umfassten. „Hast du schlecht geträumt?"

„Teilweise."

„Möchtest du mit mir über morgen und die Aussage vor dem Geschworenengericht reden, über die Sicherheitsmaßnahmen, die wir geplant haben?"

„Nicht unbedingt."

Schon seit einer Woche mied sie dieses Thema. Dieses absolute Vertrauen, das sie in ihn setzte, machte ihn nervös.

„Ich glaube, ich muss meine Sachen packen."

Sie würden nicht mehr hierher zurückkehren und ihre Enttäuschung darüber zeigte sich in der Art, wie sie ihre Vorbereitungen traf.

„Ein Umzug ist wirklich nötig, Shari."

„Dann werden wir uns nicht mehr so oft sehen."

„Das stimmt", sagte er leise. Für die nächsten Wochen würde er sie nach Quantico bringen, dem Standort der FBI-Akademie. Sie sollte dort wohnen, zusammen mit den Studenten des nächsten Kurses. Das war eine ungewöhnliche Maßnahme, aber die Alternative wäre gewesen, sie auf einen Militärstützpunkt zu bringen. Lucas würde dort nur schwer an sie herankommen. Das war ein wichtiger Faktor für diese Entscheidung gewesen. Sie würden sie nach ihrer Aussage vor dem Geschworenengericht jeden Abend dort hinfahren und sie würde dort bleiben, bis sie Lucas aufgespürt hätten. Marcus wäre zwar noch in ihrer Nähe, aber es wäre nicht mehr dasselbe. Ihm gefiel das genauso wenig wie ihr.

Sie seufzte. „Wann kommen Dave, Kate und Lisa hier an?"

„Kurz nach vier. Wir fliegen dann gegen sieben." Er hatte diese frühe Ankunft bewusst so geplant.

„Gut. Ich gehe wieder rein."

Marcus sah ihr nach, als sie wieder zum Haus zurückging. In den nächsten vierundzwanzig Stunden würde ihr Leben so viel stärker gefährdet sein als bisher. Er war zwar erleichtert, dass Lucas in den letzten Wochen nicht hier erschienen war, aber jetzt befürchtete Marcus, der Killer könnte während der Gerichtsverhandlung zuschlagen.

Sein Blick fiel wieder auf das Eichenwäldchen und er schlug seinen Skizzenblock zu.

Jesus, gestern Abend ist mir etwas aufgegangen. Er hatte wieder angefangen zu beten, aber er wählte seine Worte sorgfältig, weil seine neu gefundene Beziehung zu Jesus wie ein zartes Pflänzchen war, das er nicht gefährden wollte. Für die Versöhnung mit ihm brauchte er Zeit. *Ich war zornig, weil ich mich als Kind von dir verlassen gefühlt habe – ich wusste nicht, wohin mit meinem Zorn. Dabei warst du immer da. Ich wusste, dass ich dich verletzt habe, und ich habe das einfach riskiert. Ich habe nicht gewollt, dass du mich tröstest. Aber du hast es trotzdem getan. Du hast mir die O'Malleys geschickt. Nur du konntest diese Familie gründen. Ich erkenne all-*

mählich, dass du mich nie verlassen hast. Aber ich habe mich so lange Zeit auf mich selbst verlassen ... Jetzt kommt es hart auf hart. Ich muss Lucas aufhalten. Aber ich kann das nicht allein machen. Ich vertraue dir, Jesus, nicht nur um meinetwillen, sondern auch um Sharis willen. Sag mir, was ich tun soll. Ich verlasse mich auf dich.

* * *

Marcus spürte den starken Wind, als er aus dem Lastwagen ausstieg und zusah, wie das Flugzeug auf die Piste zuflog und sich zur Landung bereit machte. Die Meteorologen hatten sich getäuscht. Das Sturmtief, das sie erst für den Abend vorhergesagt hatten, kam jetzt schon. Am Horizont war der Himmel fast schwarz.

Dave kam als Erster die Stufen herunter, als das Flugzeug anhielt. „Wir haben das Sturmtief mit dem Bordradar verfolgt. Wir können jetzt noch starten, wenn das Flugzeug schnell wendet und sich für einen Start vorbereitet. Hol Shari und Quinn und wir kommen sofort weg von hier. Wenn wir noch warten, sitzen wir vielleicht bis heute Abend hier fest, falls wir überhaupt noch wegkönnen."

Marcus drehte sich um und warf noch einen Blick auf den Himmel. Ein Sturmtief. War es nur Einbildung oder zeigte sich bei dieser Wetteränderung die Hand Gottes? Wollte Gott sie zum vorzeitigen Aufbruch bewegen oder wollte er ihnen damit sagen, dass sie warten sollten?

* * *

Lucas sah, wie das Flugzeug landete. Er war nachts in das Gelände eingedrungen. Vor Tagesanbruch hatte er sein Versteck erreicht. Es war besser, als er gedacht hatte. Von hier aus hatte er einen guten Blick auf die Landebahn. Er holte sein Zielfernrohr heraus und beobachtete die Landung des Flugzeugs. Er sah, wie die Männer miteinander redeten. Im Fadenkreuz schien ihm jeder der Männer zum Greifen nah. Er erkannte Marcus O'Malley aus den Bildern in den Zeitungsberichten. Der Wetterumschwung hatte sie wohl überrascht.

Er spürte eine gewisse Vorfreude. Sie mussten weg von hier, bevor das Unwetter begann. Es war so weit. Er richtete das Gewehr aus und berücksichtigte dabei den Wind und die Entfernung. Der erste Schuss sollte den Polizisten neben Shari treffen und damit den einzigen Menschen beseitigen, der ihr helfen könnte. Shari Hanford würde erledigt sein, bevor sie den zweiten Schuss hören könnten.

* * *

Marcus beobachtete, wie im Süden die ersten Blitze aufleuchteten. Dave hatte recht. Sie mussten sofort losfliegen. Wenn das Unwetter erst einmal da war, konnte man nicht abschätzen, wie lange es regnen würde. Danach müssten sie die Landebahn nach heruntergefallenen Ästen und anderen Gegenständen absuchen. Dadurch könnte sich ihr Abflug bis zum späten Abend verzögern. Wenn sie dann immer noch nicht fliegen könnten, wären die Straßen durch die Regenfälle vielleicht unpassierbar. Aber er hatte ein ungutes Gefühl. Er wollte Shari nicht früher als unbedingt erforderlich aus dem Sicherheitsbereich der Ranch herausbringen. Wenn sie zu früh in Virginia ankämen, wäre das einfach zu gefährlich. Lucas war irgendwo da draußen und er wartete nur auf seine Gelegenheit ...

Er schüttelte den Kopf. „Nein. Wir warten, bis das Unwetter vorbei ist."

„Bist du sicher?"

„Ja, ich bin mir sicher." Er spürte, dass das die richtige Entscheidung war. „Wir bringen jetzt Lisa und Kate zum Haus."

* * *

Lucas sah, wie die beiden Piloten ausstiegen und um das Flugzeug herumgingen. Zwei weitere Passagiere stiegen aus. Der Marshal sprach kurz mit allen. Lucas war überrascht, als sie ihr Gepäck nahmen und zu den wartenden Autos gingen. Sie wollten offenbar zum Haus.

Warum flogen sie nicht sofort los? Sie könnten noch vor dem Unwetter weg sein. Er warf einen Blick auf den dunkler werdenden Himmel, dann sah er zurück auf das Flugzeug. Die Besatzung bereitete sich darauf vor, die Maschine in den Hangar zu bringen.

Na großartig. Er musste sich also vom Regen durchweichen lassen.

Lucas nahm einen Kaugummi aus seiner Tasche und wickelte ihn aus. Er konnte den Regen ertragen, auch wenn er ihn nicht mochte. Er hatte schon unter schlechteren Bedingungen gearbeitet und er könnte das Wetter zu seinen Gunsten nutzen. Eine Kugel ließe sich dadurch nicht aufhalten. Noch ein paar Stunden und seine Arbeit wäre erledigt.

Er würde Shari töten. Hoffentlich genoss sie ihre letzte Mahlzeit.

* * *

Marcus war erleichtert, als er Kate sah. Jetzt konnte er endlich aus erster Hand hören, dass Jennifer auf die Behandlungen gut reagierte. Er konnte auch Lisa für die Arbeit der letzten Wochen danken. Sie gingen zusammen ins Haus.

Kate und Shari umarmten sich lange. Dann drehte sich Kate um. Sie hatte den Arm noch immer um Shari gelegt. „Ich weiß nicht, wie es euch geht, aber ich habe Hunger. Wir sollten erst einmal etwas zu essen machen und dann reden."

„Was wollt ihr denn essen?", fragte Marcus.

Kate schmunzelte. „Pizza. Wir Mädels machen sie und ihr drei Jungs redet miteinander."

Marcus warf einen Blick auf seine beiden Schwestern, dann auf Shari. Er merkte, dass die drei etwas im Schilde führten. „Ich weiß nicht so recht ..."

Lisa führte ihn mit sanfter Gewalt zur Tür. „Geh schon."

Marcus ließ sich das nicht zweimal sagen. Er traf sich mit Dave und Quinn in der Bibliothek. Eine Stunde besprachen sie die Sicherheitsmaßnahmen für die Zeugenaussage von Shari.

„Wir sorgen für ihre Sicherheit, Marcus“, sagte Dave beschwichtigend.

„Lucas ist irgendwo da draußen. Er hat bestimmt schon herausgefunden, wann und wo das Geschworenengericht tagen wird. Haben wir vielleicht etwas übersehen?“

„Wir sind auf alles vorbereitet, Marcus“, entgegnete Quinn. Er warf einen Blick auf seine Uhr und stand auf. „Ich bin draußen im Sicherheitsbereich.“

Marcus wollte nachsehen, wie weit das Essen war. Er ging zur Küche. Von dort war lautes Gelächter zu hören. Er blieb in der Tür stehen, weil er plötzlich schmunzeln musste. Susan hatte den Frauen die Küche überlassen. Dort herrschte das Chaos. Kate und Shari hatten genauso viel Tomatensauce abbekommen wie die Pizzas.

„Ich dachte, ihr wolltet Pizzas machen? Hier sieht es ja aus wie auf einem Schlachtfeld.“

„Wir sind eben ... kreativ“, antwortete Shari.

Diese Antwort genügte, um Kate wieder zum Lachen zu bringen. Die beiden Frauen waren an einem Punkt angelangt, an dem sie alles lustig fanden. Marcus lächelte, denn das Lachen war ansteckend. Shari brauchte diese Zerstreuung. Das Lachen tat ihr wirklich gut. Er blieb neben ihr an der Arbeitsplatte stehen und stiebitzte sich etwas von dem geriebenen Käse. „Ich hätte auf meiner Hälfte gern Peperoni.“

„Was, auf deiner Hälfte?“

„Ich habe Hunger.“

Vor ihr lagen vier Pizzas. Sie warf einen Blick darauf. „Mit oder ohne Champignons?“

„Ohne.“ Er zeigte auf die mit Peperoni belegte Pizza. „Die hier.“

„Kate, hast du bei einer Pizza die Zwiebeln weggelassen?“ Dave steckte seinen Kopf zur Tür herein, um diese Frage zu stellen. Sie runzelte die Stirn, weil sie das vergessen hatte, und dann nahm sie die Zwiebeln von einer Pizza, die sie gerade fertig belegt hatte. „Nur weil du mich nicht gerne küsst, wenn du nach Zwiebeln riechst ..."

„Nein, wenn du nach Zwiebeln riechst", korrigierte er sie mit einem breiten Grinsen.

„Ich hoffe, du weißt, welches Opfer ich für dich bringe. Rein zufällig esse ich gerne Zwiebeln."

Marcus beobachtete diesen Wortwechsel. Er wollte sich jedes Detail einprägen, weil er froh war, dass Kate so glücklich war.

„Welchen Käse willst du auf deiner Pizza, Marcus?"

Er sah wieder zu Shari hinüber. Sie hatte Provolone und Mozzarella gerieben. Er beugte sich vor und küsste sie. „Beide Sorten."

„Wofür war dieser Kuss?"

„Einfach so." Er hatte soeben Kate und Lisa sprachlos gemacht. Er wusste nicht, ob es Shari gefallen würde, wenn er das tat. „Ruft uns, wenn die Pizzas fertig sind."

Während des Essens wurde viel gelacht.

Als sie fertig waren, gingen sie in die Bibliothek. Dort schlug ihre Stimmung um und wurde gedämpfter. Marcus zog Shari neben sich auf das Sofa. Noch immer regnete es draußen und jetzt war es an der Zeit, über den Fall zu reden. „Lisa, du hast das Wort. Bring uns auf den neuesten Stand."

„Möchtest du, dass ich die Position der Anklage oder die der Verteidigung einnehme?"

Diese Bemerkung war aufschlussreich. „Ich möchte beide Seiten hören", antwortete Marcus.

Lisa lehnte sich in ihrem Sessel zurück, verschränkte die Hände und ordnete ihre Gedanken, bevor sie zu sprechen begann. „Am Mittwoch, dem 5. Juli, hat Connor im Jefferson Renaissance Hotel eingecheckt, um geheime Verhandlungen über eine Firmenfusion zu führen. Er tat so, als würde er an der Juristenkonferenz teilnehmen. Wir wissen, dass er für seine Teilnahme an der Konferenz dunklere Motive hatte. Am Freitagabend, als das Abendprogramm stattfand, versteckte er sich in Carl Whitmores Hotelzimmer. Er erschoss Richter Whitmore, als er um zweiundzwanzig Uhr zwanzig in sein Zimmer kam. Er versuchte, auf Shari zu schießen, traf aber Joshua und William. Dann floh er zu Fuß in den dreizehnten Stock und betrat das Zimmer Nummer 1323. Dort zog er die Perücke aus, die er getragen hatte, und wechselte den Anzug und die Schuhe. Wahrscheinlich wollte er den gelungenen Mord mit einem Drink feiern, aber er wurde wohl wütend und schleuderte das Glas – übrigens trank er Whisky – an die Wand. Danach musste er die Scherben beseitigen. Der Sicherheitsmann vor dem Telekommunikationszentrum im vierzehnten Stock sah Connor kurz nach dreiundzwanzig Uhr bei den Verhandlungen über die Firmenfusion. Am nächsten Tag checkte er um zehn Uhr vierzehn aus. Jetzt zu den Beweisen. In Carls Zimmer haben wir die Patronenhülsen, einen Faden aus dem Anzug des Mörders, blutige Fußspuren und die Tatsache, dass der Schütze Linkshänder ist. Aus Zimmer 1323 haben wir Blutspuren von Carl auf dem Teppichboden, Fasern, die zum Anzug passen, und Blut auf den Glassplittern."

Lisa seufzte, dann sprach sie weiter. „Wenn ich mich in die Verteidigung hineinversetze, kann ich alle unsere Beweise zunichte machen. Ohne die Waffe, die Perücke und die Schuhe gibt es keine direkten Beweise. Sogar die DNA kann angezweifelt werden, weil es erstens nicht genug Material gibt, um den Test von der Verteidigung wiederholen zu lassen, und zweitens aus dem Testergebnis nicht hervorgeht, ob es Frank oder Connor war. Die Tatsache, dass Connor eine weiße Weste hat und noch nicht einmal einen Strafzettel wegen Falschparkens bekommen hat, Frank dagegen für Titus gearbeitet hat und jetzt tot ist, erleichtert der Verteidigung die Arbeit. Sie kann den Mord Frank anhängen. Connor hat ein hieb- und stichfestes Alibi für den Zeitraum, als man bei der Kirche auf Shari geschossen hat. Das bedeutet, dass Frank und Titus allein gehandelt haben. Connor kann behaupten, er hätte sich schon vor langer Zeit von seiner Familie distanziert, und das stimmt sogar."

„Es gibt also keine Verbindung zwischen Frank und Connor?"

„Nein."

„Können wir beweisen, dass Titus hinter dem Mord an Carl steckt?“, fragte Quinn.

„Nicht ohne die Hilfe von Connor. Neben der Zeugenaussage von Shari haben wir nichts, was wir als Druckmittel verwenden können. Der Fall stützt sich auf Indizien.“

Shari richtete sich auf. Das war das erste Mal, dass sie sich an diesem Gespräch beteiligte. „Meine Aussage ist also entscheidend in diesem Fall.“

„Ja.“

„Kein Wunder, dass er meinen Tod will.“ Sie drückte Marcus die Hand. „Wann fliegen wir?“ Es regnete noch immer in Strömen.

„In zwei, vielleicht auch in drei Stunden.“

Sie stand auf. „Ich muss noch meine Sachen packen.“

* * *

Lucas hatte sich schon damit abgefunden, die Kälte und die Nässe ertragen zu müssen. Als die Zeit verstrich, dachte er gründlich darüber nach, welche Möglichkeiten sich ihm boten. Er hatte gehofft, dass der Regen noch vor Sonnenuntergang aufhörte, aber er schien nicht nachzulassen. Die Landebahn unter ihm wirkte verlassen. Die Polizisten im Sicherheitsbereich um das Haus herum trotzten mutig dem Regen. Aber während die Zeit für ihn arbeitete, konnten die anderen nicht warten. Shari musste morgen in Richmond sein.

Würden sie sich entschließen, mit dem Auto zum nächst gelegenen Flughafen zu fahren, und von dort aus einen Linienflug nehmen? Er musste sie töten, solange sie noch hier war. Langsam stand er auf. Sein dunkler Schatten erschien an einer Stelle, an der vorher nichts zu sehen gewesen war.

21

Marcus lehnte sich mit der Schulter an den Türrahmen des Gästezimmers und sah Shari zu, wie sie geistesabwesend ein Blütenblatt aus dem Rosenstrauß auf der Kommode zupfte. Er ließ ihr jede Woche Blumen schicken, weil er ihr zum einen gerne Grußkarten schrieb und sich zum anderen über das Strahlen in ihren Augen freute, wenn die Sträuße ankamen. „Du kannst die Blumen gerne mitnehmen, wenn du möchtest."

Sie drehte sich mit einem traurigen Lächeln zu ihm um. „Nein, das geht schon in Ordnung."

„Kann ich dir sonst noch helfen?"

Sie hob ihre Schultern. „Ich bin fertig mit Packen."

„Aber nicht bereit zu gehen."

„Nein."

„Vielleicht erfüllt sich dein Wunsch. Der Sturm scheint stärker zu werden." Plötzlich ertönte draußen ein lautes Krachen, als ob seine Worte von Blitz und Donner unterstrichen würden.

„Ich sehe, was du meinst."

„Wir müssen vielleicht um zwei Uhr morgens losfliegen. Das tut mir leid, denn das bedeutet eine sehr kurze Nacht."

„Mach dir deswegen keine Sorgen. Ich glaube nicht, dass ich gut schlafen kann. Der Flug ist eine gute Ablenkung."

„Das, was morgen geschieht, wird ein weiterer Schritt zur Gerechtigkeit sein. Hab keine Angst davor."

„Ich habe keine Angst. Ich weiß, dass du mich beschützt."

Er wusste, welche Worte sie am meisten beruhigen würden, und er meinte wirklich, was er sagte: „Ich vertraue Jesus, dass er dich auch beschützt."

Sie brauchte eine Weile, um diese Worte aufzunehmen, aber dann wurde ihr Lächeln breiter und strahlender.

„Das ist ein Fortschritt, Marcus."

„Ja, in gewisser Weise." Er lächelte zurück. „Frag mich noch mal in einem Monat. Dann bin ich mir vielleicht schon sicherer."

„Es muss ja kein großer Sprung zurück zu Jesus sein. Auch ein langsamer, aber stetiger Weg ist gut."

„Gib mir deine Tasche."

Als sie ihm ihre Reisetasche reichte, legte er seine Hand über die ihre und beugte sich hinunter, um ihr einen langen, zärtlichen Kuss zu geben. „Damit du etwas zum Nachdenken hast, wenn du in Quantico bist."

* * *

„Quinn müsste schon längst zurück sein." Dave kam mit raschen Schritten in das Wohnzimmer, wo Marcus und Kate sich den Wetterbericht ansahen. „Er ist rausgegangen, um den Sicherheitsbereich abzugehen, aber er ist noch nicht da."

Marcus war sofort angespannt. Er griff nach seinem Funkgerät. „Quinn, komm zurück." Statt einer Antwort hörte er nur das Geräusch des Sturms über den Funk. „Quinn."

Er sah aus dem Fenster. Die Dunkelheit wurde ständig von Blitzen erhellt.

Er hatte damals an der Kirche den gleichen Fehler gemacht. Heute war eine sehr gute Nacht für einen Heckenschützen. Das Haus war so hell beleuchtet wie ein Leuchtturm. „Kate, mach überall das Licht aus, nur nicht im Wohnzimmer. Dann nimm die anderen Frauen mit in den Keller."

Sie war schon auf den Beinen, mit der entsicherten Pistole in der Hand. „Wo ist der Keller?"

„Im überdachten Gang hinter der Küche. Wenn du die Pflanzenkübel beiseiterückst, siehst du die Holztüren des alten Sturmkellers. Dave, du kommst mit mir."

Marcus schnappte sich die dunkle Jacke und die Baseballkappe, die noch immer klitschnass waren vom letzten Rundgang um den Sicherheitsbereich vor vierzig Minuten. Im Sicherheitsbereich befanden sich achtzehn Männer. Wenn Quinn sein Funkgerät nicht eingeschaltet hatte, bedeutete das entweder, dass ihn jemand niedergeschossen hatte oder dass er auf der Jagd war. Marcus ging zur Seitentür des Hauses, seine Pistole im Anschlag, als er sah, wie Shari über den Flur auf ihn zukam. In ihrem Gesicht stand die Angst. „Was ist mit Kate?"

„Sie beschützt euch. Geh nur."

Marcus und Dave schlüpften aus dem Haus. Ein eiskalter Regenguss traf sie mitten ins Gesicht. Marcus blinzelte und wartete, bis sich seine Augen an die Dunkelheit gewöhnt hatten. In jeder anderen Nacht machten sie ihre Runden mit Nachtsichtbrillen, aber sie konnten sie nicht tragen, wenn es blitzte, weil ihre Augen dann bleibende Schäden davontragen würden. Sie hatten wegen der schlechten Sicht den Sicherheitsbereich verkleinert. War das ein guter oder ein schlechter Schachzug gewesen? Jetzt war es zu spät, diese Entscheidung rückgängig zu machen.

Dave zeigte nach Westen und Marcus nickte. Dann wandte er sich nach Osten zu dem Weidezaun, an dem er heute früh gezeichnet hatte, während Shari ihm dabei Gesellschaft geleistet hatte.

Jesus, bitte lass mich nicht im Stich. Irgendetwas stimmt hier nicht.

Er bückte sich unter dem Zaun durch.

Plötzlich tauchte Quinn neben ihm auf. „Er ist hier. Ich habe unten beim Hangar kurz seine Silhouette gesehen, mit einem Scharfschützengewehr in der Hand. Er schleicht sich um die Scheune, um in Sichtweite des Hauses zu kommen. Der Sicherheitsbereich zieht sich noch dichter um das Haus zusammen."

„Gut. Lasst ihn nicht durchkommen."

Quinn schlug ihm kurz auf die Schulter und verschwand wieder.

* * *

Shari empfand das durch die dicken Wände des Sturmkellers gedämpfte Donnergrollen als unheimlich. Marcus, Quinn und

Dave waren dort draußen, ebenso die anderen Männer des Polizeischutzes, die sie mittlerweile kannte und gern mochte.

„Wo zwei oder drei versammelt sind ... das gilt auch für uns", sagte Kate leise.

„Bitte beschütze sie", sagte Shari.

„Amen."

„Worüber redet ihr denn?", fragte Lisa neugierig.

„Das erklären wir dir später", erwiderte Kate und wechselte einen Blick mit Shari.

„Was war das?" Shari wollte unbedingt ruhig wirken, aber sie wurde jetzt doch nervös. Etwas hatte gerade ihren Fuß gestreift.

Lisa fand auf dem Regal neben der Kellertreppe eine Taschenlampe. Sie beleuchtete damit die dunkle, trockene Erde, die von der einzigen, nackten Glühbirne an der Decke nicht erreicht wurde.

Shari trat rasch ein paar Schritte zurück. „Das ist ein Schlangenloch."

„Nein, das ist viel zu groß", entgegnete Lisa, „aber nicht groß genug für ein Erdhörnchen. Außerdem ist die Erde viel zu trocken und fest. Das Loch ist verlassen."

Sie stöberte hinter den Regalen herum, in denen Kisten mit Einmachgläsern standen.

„Lisa, wenn wir hier tierischen Besuch haben, will ich das lieber gar nicht erst wissen", bemerkte Kate.

„Es ist vielleicht nur eine Maus", erwiderte Lisa und kippte die Kisten nach vorn, damit sie sehen konnte, was dahinter war. Shari war erleichtert, als Lisa nichts finden konnte.

Lisa leuchtete mit ihrer Taschenlampe in den Kriechgang unter dem überdachten Durchgang. „Nanu, was haben wir denn da?"

Sie fand ein paar dicke Arbeitshandschuhe und krabbelte ein Stück weit in den Kriechgang hinein. Kurze Zeit später schlängelte sie sich rückwärts wieder heraus. Sie hielt etwas in der Hand.

„Igitt", sagte Kate lakonisch.

Shari sah einen Maulwurf. Sein Anblick war abstoßend und faszinierend zugleich.

„Er ist nur hier reingekommen, weil er vor dem Regen geflohen ist. Seine Tunnel sind bestimmt voller Wasser", sagte Lisa. Sie warf einen Blick auf das etwa fünfzehn Zentimeter lange Tier mit dem dichten, glatten Fell und achtete darauf, es nicht loszulassen. „Habt ihr gewusst, dass eine Katze ihn zwar fangen kann, aber nicht auffressen würde? Sein Fleisch schmeckt zu bitter."

„Ich kann sehen, warum", entgegnete Kate.

„Ich habe noch nie einen Maulwurf gehabt."

„Du wirst ihn doch nicht etwa behalten?", fragte Kate und schüttelte den Kopf. „Warum frage ich eigentlich; natürlich wirst du ihn behalten."

Shari fand einen Schuhkarton, in dem Kerzen aufbewahrt wurden. Sie leerte ihn aus.

„Lisa, wird das hier gehen?"

Die Schwester von Marcus warf ihr einen dankbaren Blick zu. Dann setzte sie das Tier vorsichtig hinein. „Danke."

„Er ist irgendwie süß."

Lisa grinste breit. „Ich glaube, du gefällst mir, Shari Hanford. Ich werde ihn Charlie nennen."

Über ihnen krachte es laut. Es donnerte wieder. Der kurze Moment des Humors war vorbei. „Ich hoffe nur, dass dieser Keller wasserdicht ist. Es gießt wie aus Eimern."

„Der Keller ist trocken. Das erkennt man an den Spinnweben."

Shari drehte eine Holzkiste um, testete zuerst, ob sie ihrem Gewicht standhielt, und dann setzte sie sich. „Kate, soll ich dir ein Geheimnis verraten?" Sie hatte nur auf den richtigen Moment gewartet.

„Klar. Ich liebe Geheimnisse."

„Hast du gewusst, dass Marcus keinen Brokkoli mag?"

* * *

Das Wasser floss in Strömen über den von der Sonne ausgedörrten Boden. Marcus spürte, wie es ihm über die Stiefel rann, als er sich durch die Dunkelheit fortbewegte. Der plätschernde Regen dämpfte die Geräusche seiner Schritte, aber auch die seines Gegners. Er arbeitete sich vom Haus aus nach Osten vor und schlüpfte in die Deckung der Bäume, die er an diesem Morgen noch gezeichnet hatte. Die Zweige und Blätter hielten den Regen ein wenig ab, aber das Geräusch des Sturms war unter den Bäumen fast ohrenbetäubend laut. Dieser Ort war gefährlich – nicht nur wegen der Blitze. Lucas musste hier vorbeikommen, um das Wohnzimmer und damit die einzige Lichtquelle im Haus ins Visier zu bekommen. Marcus erreichte die älteste Eiche und lehnte sich mit dem Rücken dagegen, um sich unsichtbar zu machen. Alle seine Sinne waren aufs Äußerste angespannt. Bei diesem Wetter einen Mann aufzuspüren ...

Plötzlich hörte er einen Schuss.

* * *

Kate sprang auf und rannte auf die Kellertreppe zu. „Das war ein Schuss, kein Donner!"

Lisa packte sie von hinten. Kate unterdrückte ihre instinktive Reaktion, sich mit dem Ellbogen zu befreien, weil Lisa zur Familie gehörte. Trotzdem versuchte sie, sich dem Griff zu entwinden, aber Lisa hob sie buchstäblich in die Höhe. „Wir warten", sagte sie mit fester Stimme.

„Das war beim Haus. Lass mich gehen."

Lisa verstärkte stattdessen ihren Griff. „Nein. Ich kann Shari nicht so beschützen wie du. Ich bin kein so guter Schütze. Dave geht es gut, Kate, Dave geht es gut."

„Das weißt du nicht", flüsterte Kate. Sie atmete schwer, hörte aber auf, sich zu wehren.

„Er ist zu dickköpfig, um sich erschießen zu lassen."

Shari berührte schüchtern ihren Arm. „Marcus und Quinn ... zusammen mit Dave sind sie so etwas wie die drei Musketiere. Sie passen aufeinander auf."

„Das versuchen sie zumindest", brummte Kate erbittert. Lisa

ließ sie los und sie ging mit großen Schritten von der Kellertreppe weg. „Ich hasse diese Warterei.“

* * *

Lucas hatte die Wachen im Sicherheitsbereich im Visier und schoss auf sie. Diese Taktik verfehlte nicht ihre Wirkung. Das Herz klopfte Marcus bis zum Hals, als er den Funkverkehr in seinem Kopfhörer ignorierte. Andere halfen dem Verletzten. Ihm ging es jetzt nur darum, sich zwischen den Schützen und den Niedergeschossenen zu schieben. Dieser Schritt machte ihn zur Zielscheibe, aber das ließ sich nicht ändern.

Lucas war ganz in der Nähe. Er war schon südlich vom Haus.

Marcus erreichte den Rand der Baumgruppe. Wenn Lucas seine Männer treffen konnte, dann konnten sie ihn auch niederschießen. Dieser Plan ließ zwar vieles zu wünschen übrig, aber er würde funktionieren. Das war alles, worauf es jetzt ankam. Er brauchte ein Versteck, in dem er Lucas auflauern konnte. Diese Stelle war dafür nicht geeignet. Er wollte, dass Lucas buchstäblich über ihn hinwegsteigen musste, um das Haus zu erreichen.

Er trat aus dem Schatten der Bäume. Plötzlich schlug ein Blitz ein. Er traf einen Baum auf der Hügelkette. Marcus warf sich zu Boden, als ein zweiter Schuss knallte.

Diese Kugel war für ihn bestimmt gewesen.

Zumindest war er sich jetzt ziemlich sicher, dass auch Lucas wegen des Gewitters kein Nachtsichtgerät trug. Ein Mann war nur verletzt und nicht tot, den anderen hatte er überhaupt nicht getroffen ... Lucas nutzte das Licht der Blitze, um die Schüsse abzufeuern. Unter anderen Umständen hätte er nicht danebengeschossen. Marcus sprach ein Stoßgebet und dankte für diese kleinen Glücksfälle, als er Schlamm ausspuckte. Das war sehr knapp gewesen.

Er kroch weiter, um Deckung zu suchen. Lucas war genau südlich von ihm.

Sein Kopfhörer klickte. Jemand war neben ihm. Vorsichtig

drehte er sich um und suchte die Dunkelheit mit den Augen ab. Ein Schatten rechts hinter ihm hob eine Hand. Dave hatte sich ihm angeschlossen. Marcus deutete auf den vor ihnen liegenden flachen Hügel. Lucas hatte sich dorthin zurückgezogen. Dave nickte.

Achtzehn Minuten. Marcus zählte jede Sekunde. Er wusste, wo der Mann war. Er hatte sogar das Mündungsfeuer gesehen, als er den letzten Schuss abgefeuert hatte. Nur Geduld. Lucas musste entweder seinen Standort wechseln oder er würde wieder versuchen, zu schießen. Marcus lag ausgestreckt auf dem Boden, seine Waffe war auf den flachen Hügel gerichtet. Er wartete. Wasser lief ihm über das Hemd, sein Körper schmerzte, weil er sich anfühlte wie ein Damm, der den Regenfluten im Weg war. Der Wind ließ nach, das Sturmtief wanderte weiter nach Osten, aber es regnete stärker. Die Regentropfen prasselten wie Trommelfeuer auf seinen Rücken. Seine Jacke war bleischwer vor Nässe. Er war von Kopf bis Fuß durchgeweicht.

Die Männer bewegten sich in Dreiecksformation auf Lucas zu. Quinn war auf der linken Flanke, Dave auf der rechten. Wenn Marcus noch mehr Agenten eingesetzt hätte, wäre es ein Leichtes gewesen, Lucas aus seinem Versteck zu treiben, aber er wollte verhindern, dass es weitere Verletzte oder vielleicht sogar Tote gab.

Er wollte lieber warten, weil er diesen Kampf nicht verlieren würde.

Wenn er einen kleinen Fehler machte, wäre er tot.

Wenn man in Lebensgefahr ist, konzentriert man sich auf das Wesentliche, auf das, was wirklich wahr ist.

Jesus, bitte sei wieder mein Erlöser. Du hast lange auf mich warten müssen. Jetzt bin ich zurückgekommen und mein Leben gehört dir.

Er entspannte sich, weil er endlich Frieden gefunden hatte.

Über ihm zuckten Blitze durch die Wolken. Das kalte Licht erleuchtete die Gestalt eines Mannes, der sich gerade vom Boden erhob. Weil er dieses Gesicht so häufig skizziert hatte, brauchte Marcus nur Sekundenbruchteile, um es zu erkennen. Ihn lebend festzunehmen kam nicht in Betracht. Schließlich musste er eine Zeugin beschützen – einen Menschen, den er liebte. Marcus drückte auf den Abzug.

Der Aufprall der Kugel warf Lucas nach hinten. Er fiel zu Boden. Marcus stand langsam auf. Er zitterte leicht bei dem Gedanken, Lucas tatsächlich erwischt zu haben, und hielt seine Waffe fest in beiden Händen, als er sich vorsichtig nach vorne bewegte, weil er vielleicht schnell reagieren musste. Er war misstrauisch, weil es so still war.

Quinn trat zu ihm. Lucas lag zusammengekrümmt auf der Seite. Sie standen schweigend da, während der Regen auf sie niederprasselte. Dann kniete Quinn nieder und drückte dem Toten die Augen zu. „Es ist schade, dass er auf die schiefe Bahn geraten ist", sagte er traurig. „Wenn er auf der Seite des Gesetzes gearbeitet hätte, hätte er zu den Besten gehört."

„Er wäre beinahe durchgekommen." Marcus steckte seine Waffe wieder ins Schulterhalfter. Er beugte sich vor, um das Scharfschützengewehr aufzuheben. Sorgfältig leerte er das Magazin. Die Hohlspitzkugeln hätten eine tödliche Wirkung gehabt, wenn Lucas es geschafft hätte, sein Gewehr auf Shari zu richten.

Jesus, es war notwendig, den Mann zu töten. Trotzdem tut es mir leid.

Quinn nahm ihm das Gewehr ab. „Sag Lisa, sie soll mit ihren Kameras zu mir kommen. Dave und ich werden den Bericht schreiben und deine Aussage protokollieren. Du kannst hier nichts mehr tun und Shari muss das hier nicht sehen."

Marcus wusste, dass sein Partner recht hatte. „Ich hole die beiden. Was ist mit den Verletzten?"

„Brad hat eine Kugel in der Schulter, Gary im Arm. Sie werden durchkommen."

Lucas Saracelli war tot. Shari war zunächst in Sicherheit. Marcus wusste nicht so recht, was er ihr sagen sollte. Es war notwendig, den Killer zu töten, aber es tat trotzdem weh. Würde sie das verstehen?

* * *

Shari schrak zusammen, als sie von oben her ein Poltern hörte. Kate drückte sie gegen die Wand und die Regale und zielte mit ihrer Pistole nach oben. Plötzlich erklangen vier Klopfzeichen, nach einer kurzen Pause noch zwei und dann öffneten sich die beiden Holztüren. „Nicht schießen, Kate“, protestierte Dave. „Geht es euch gut da unten?“

„Hervorragend“, erwiderte Kate sarkastisch. Sie senkte die Waffe, die direkt auf Daves Gesicht gerichtet war. „Aber Lisa hat ein neues Haustier gefunden.“

Shari spürte ein leichtes Zittern, als ein Gefühl der Erleichterung sie durchfuhr. Diese Warterei war schrecklich gewesen. Sie traten aus dem Schatten ins Licht der nackten Glühbirne, als Dave die sechs Holzstufen herunterkam. Kate verhielt sich jetzt so, als ob ihr das alles gar nichts ausgemacht hätte. Auch wenn Shari das verstehen konnte, nahm sie das trotzdem kopfschüttelnd zur Kenntnis. Lisa hob den Deckel des Schuhkartons, damit Dave hineinsehen konnte. „Dieses Vieh kommt mir nicht ins Flugzeug.“

„Er hat doch nur Angst.“

„Natürlich.“

„Ich finde, er ist irgendwie süß“, bemerkte Kate zur Verteidigung ihrer Schwester.

„Süß“, entgegnete Dave misstrauisch.

Lisa ging zu den Stufen. „Was ist passiert? Wie geht es Quinn und Marcus?“

„Wir können oben alles besprechen“, antwortete Dave. Er trat zurück, um die Frauen vorzulassen.

Shari war froh, aus diesem engen Keller herauszukommen. Sie traf Marcus in der Küche. Er trocknete sich gerade das Gesicht ab. Sein Gesicht war düster. „Was ist passiert?“, flüsterte sie. „Wo ist Quinn?“

„Ihm geht es gut.“ Marcus hielt ihr den Arm hin und sie nahm die schweigende Einladung an. Es kümmerte sie nicht, dass er tropfnass war. Er legte beide Arme um sie und drückte sie fest an sich. „Lucas ist tot."

Sie erstarrte. „Er war hier?"

Marcus strich ihr über den Rücken. „Quinn hat ihn entdeckt, als er seine Runden drehte."

„Wer hat ihn umgebracht? Quinn?"

„Nein, ich war es."

Marcus hatte einen Mann erschossen, um sie zu beschützen. Sie rieb ihre Wange an seinem nassen Hemd, um ihm etwas Wärme und Trost zu geben, weil sie sich vorstellen konnte, wie schlimm eine solche Erfahrung für ihn sein musste. Gleichzeitig schämte sie sich ein wenig über die Erleichterung, die sie empfand. „Es tut mir leid, dass du diese Last tragen musst."

„Ich habe dir versprochen, dass niemand dir etwas antun wird."

„Ich bin dir wirklich sehr dankbar. Was ist mit den anderen? Wir haben Schüsse gehört."

„Zwei Männer sind verletzt, aber nicht schwer." Er lehnte sich zurück und sah ihr besorgtes Gesicht. „Es hätte viel schlimmer kommen können", sagte er leise. „Denk nicht mehr daran."

Lisa kam herein. Marcus drückte sanft ihre Schulter. „Quinn braucht deine Hilfe."

„Er hat tatsächlich darum gebeten, dass ich ihm helfen soll?"

„Ja, das hat er", bestätigte Marcus mit einem schwachen Lächeln. „Geh schon, und viel Spaß."

„Danke, den werde ich haben." Sie hob den Schuhkarton hoch. „Könntest du auf Charlie aufpassen?"

„Was hast du gefunden?"

„Einen neuen Freund. Dave ist sich aber nicht so sicher, ob er ihn mit uns nach Hause fliegen lassen will."

Marcus hob den Deckel, um in den Karton zu sehen. Dann hob er eine Augenbraue. „Hast du deinen Rucksack dabei?"

Sie nickte.

„Steck den Karton rein. Quinn schmuggelt ihn für dich zurück."

„Meinst du?"

„Oh ja, das meine ich."

Sie seufzte. „Wenn er so weitermacht, muss ich meine Meinung über ihn ändern. Dann wird das Leben langweilig werden."

Marcus nahm den Schuhkarton. „Ich glaube nicht, dass das geschehen wird."

„Ich muss an die Arbeit gehen." Sie küsste ihn auf die Wange. „Shari, bring ihm einen Kaffee zum Aufwärmen. Es sei denn, du hast eine bessere Methode."

Shari wurde rot.

Marcus lachte und gab Lisa einen Klaps auf den Arm. „Na los, geh schon. Und hör auf, meine Freundin in Verlegenheit zu bringen."

„Freundin?", flüsterte Shari, als sich die Küchentür hinter Lisa schloss.

Er stellte den Schuhkarton sorgfältig auf den Tisch. Sein erschrockenes Gesicht zeigte ihr, dass er es so nicht hatte sagen wollen. „Hast du ein Problem damit?"

„Na ja ..."

„Aha, jetzt kommt dieses Grinsen, das Gefahr bedeutet. Was denkst du jetzt wohl, du Frechdachs?" Er verschränkte seine Hände hinter ihrem Rücken und hielt sie sanft fest. Sein Blick war liebevoll und drückte Bewunderung aus.

„Haben Polizisten Politikerinnen als Freundinnen?"

„Einen kenne ich."

„Nein, wir müssen uns das gut überlegen."

„Liebling, ich habe es mir schon überlegt. Wenn du das noch nicht getan hast, müssen wir uns mal über deine mangelnde Weitsicht unterhalten. Ich habe gehört, dass diese Eigenschaft zu den größten Vorzügen eines Politikers gehören soll."

Sie legte ihren Kopf an seine Brust. „Hilf mir, diese Sache zu überstehen. Dann hast du eine Freundin."

Seine Hände strichen sanft über ihren Rücken und sie spürte einen zarten Kuss auf ihrem Haar. „Abgemacht."

22

Das Bundesgericht in Richmond war für die erste Sitzung des Geschworenengerichts so stark gesichert worden, dass das Gebäude einer Festung glich. Shari beobachtete Connor durch das nur von ihrer Seite aus durchsichtige Glas eines Vernehmungszimmers, als Dave und Quinn ihn ein weiteres Mal über den Mord befragten. Sie sollte ihre Aussage vor dem Geschworenengericht um 13 Uhr machen. Falls Connor sich nicht schuldig bekannte, musste sie mit mindestens einem Jahr Schutzhaft rechnen, bis das Gerichtsverfahren abgeschlossen war. Ein Jahr der Trennung von Marcus wäre nicht so schlimm, aber dieser Zeitraum barg Risiken, die Shari nicht auf sich nehmen wollte.

Jesus, bitte mach dem allen ein Ende. Lass Gerechtigkeit geschehen, und zwar jetzt und an jedem, der an diesem Verbrechen beteiligt war. Bitte.

Sie sah zu, wie eine ganze Reihe Fotos auf den Tisch gelegt wurden. Es waren Bilder von einem Tatort. Sie zeigten Frank, den Ort, an dem seine Leiche gefunden wurde, die Brutalität, mit der er umgebracht worden war.

„Erzählen Sie uns etwas über Ihren Vater", sagte Dave.

Connors Blick fiel noch einmal auf die Fotos, dann sah er wieder hoch. Sein Gesicht blieb unbewegt. „Warum?" Er lächelte. „Sie werden mich nie verurteilen."

Dieser kalte, selbstgefällige Tonfall gab Shari den Rest. Bevor Marcus sie am Arm packen und zurückhalten konnte, riss sie die Tür zum Vernehmungszimmer auf und ging hinein. Sie war so wütend, dass ihr Gesicht hochrot war und ihr Puls raste.

„Sie sind bestimmt überrascht, mich hier zu sehen", sagte sie, weil sie die erstaunten Gesichter von Connor, aber auch von Dave und Quinn sah. Sie stützte die Hände auf die Tischplatte und sah Connor direkt in die Augen. „Machen Sie sich keine Sorgen. Sie müssen dem Killer das Honorar nicht zahlen. Lucas ist tot. Und ich sage Ihnen jetzt auch noch, wohin man mich nach meiner Aussage bis zum Ende des Gerichtsverfahrens bringen wird. Nach Quantico."

Dave verzog das Gesicht und Marcus nahm ihren Arm. „Shari."

„Nein. Ich will, dass er es weiß. Ich will, dass er es noch einmal versucht, denn dann ist sicher, dass er ein Todesurteil bekommt, wenn der nächste Killer, der mich umbringen soll, lebend gefangen wird. Versuchen Sie es ruhig, Connor."

Marcus zog sie aus dem Zimmer.

Sie ging auf und ab. Ihre Wut ließ langsam nach. Sie konnte es noch immer nicht fassen, dem Mann, der Carl und ihren Vater getötet hatte, gegenübergestanden zu haben.

„Das hättest du nicht machen sollen."

Sie warf Marcus einen frustrierten Blick zu. „Er ist sich so sicher, dass er freigelassen wird."

„Das wird nicht passieren. Deine Zeugenaussage und die anderen Beweise werden ausreichen."

Marcus sah zurück in das Vernehmungszimmer, wo Quinn versuchte, aus dieser unerwarteten Entwicklung Kapital zu schlagen. Quinn legte Connor Fotos vor, auf denen sein Bruder Daniel nach der Hinrichtung zu sehen war. „Sie werden so sterben wie er, weil Sie einen Bundesrichter umgebracht haben. Sie haben nur eine Möglichkeit, ein Todesurteil abzuwenden: Bekennen Sie sich schuldig und reden Sie. Wir wollen Informationen über Ihren Vater, über seine Beteiligung am Mord, über seine dunklen Geschäfte."

Connor schob die Fotos auf dem Tisch hin und her und nahm schließlich eines in die Hand. „Er hatte es nicht verdient, so zu sterben."

„Aber Sie haben es verdient."

Connor legte das Foto wieder hin und dann warf er einen Blick auf die Glaswand. Er sah zu Quinn hinüber. „Titus hat den Mord an Frank befohlen."

* * *

Titus arbeitete zu Hause in seinem privaten Büro. Er wusste sehr genau, welcher Tag heute war, aber trotzdem zwang er sich mit eiserner Disziplin zum Arbeiten. Lucas würde zuschlagen, so schnell wie eine Kobra, und zuerst würden Gerüchte die Runde machen: „Die Zeugin ist tot, die Sitzung des Geschworenengerichts ist verschoben worden."

Der Anruf kam eine Stunde später als erwartet.

Titus hörte seinem Anwalt zu. Sein Gesicht blieb unbewegt, seine Augen blickten kalt. Krampfhaft hielt er den Kugelschreiber fest. Er sagte kein Wort, sondern legte einfach auf.

Anthony war an seinen Schreibtisch getreten.

„Connor redet. Ich werde nicht für seine Fehler bezahlen. Töte ihn."

* * *

Sie waren auf dem Weg nach Quantico. Shari sah zu, wie die Landschaft an ihr vorüberflog. Marcus nahm ihre Hand. „Sei ganz ruhig. Frank ist tot. Connor hat sich gegen seinen Vater gewendet. Wir haben genügend Beweise, um Titus zu verhaften. Wenn er erst mal im Gefängnis sitzt, bist du nicht mehr in so großer Gefahr."

„Ich weiß. Aber ich sitze immer noch in Quantico, bis Connor und Titus vor Gericht kommen. Connor hat nur gesagt, dass Titus befohlen hat, Frank umbringen zu lassen. Den Mord an Carl hat er nicht gestanden."

„Shari, wir machen jeden Schritt, wie er kommt."

Sie wusste nicht, was sie sagen sollte. Sie wollte nicht mehrere Monate lang von Marcus getrennt sein.

Sein Handy klingelte. Marcus nahm das Gespräch entgegen. „Ja?"

Shari sah zu ihm hinüber. Er schwieg. Es musste etwas passiert sein. In seinen Augen lag wieder dieser distanzierte Ausdruck. „Wie?"

Sie streckte die Hand aus und berührte sein Knie. Er nahm ihre Hand fest in die seine.

Er sagte nichts, nachdem er den Hörer wieder aufgelegt hatte.

„Marcus?“

„Connor ist im Gefängnis umgebracht worden, als er in eine Einzelzelle verlegt werden sollte.“

Sie zuckte zusammen. „Er ist tot?“

„Es sieht nach einem Auftragsmord aus. Titus hat seinen eigenen Sohn umbringen lassen.“ Marcus lehnte sich nach vorn, um mit dem Fahrer zu sprechen. „Sagen Sie den Begleitfahrzeugen, dass sie dicht aufschließen sollen. Und jeder Polizeiwagen im Umkreis soll sofort zu uns stoßen.“

* * *

Shari glaubte nicht, dass sie sich in Quantico einleben würde. Nach einer Fahrt, die zu einem spannenden Wettlauf gegen die Zeit geworden war, war sie endlich in Sicherheit, aber umringt von einer Gruppe finster aussehender Leibwächter. Die FBI-Akademie war einerseits ein faszinierender Ort, andererseits hatte das Gelände eine einschüchternde Wirkung auf sie. An ihrem vierten Tag dort kam sie von ihrem Zimmer in die Cafeteria zum Mittagessen. Marcus wartete dort auf sie. Ihr war es gleichgültig, wer sie beobachtete. Sie umarmte ihn und küsste ihn zärtlich.

Er hielt sie fest. „Ich glaube, ich fungiere wieder als Empfangskomitee.“

„Danke, dass du gekommen bist.“

„Wie gefällt dir der Gedanke, heute Abend in deinem eigenen Bett zu schlafen?“

Sie konnte die Gefühle gar nicht beschreiben – es war eine Mischung aus Erleichterung, Hoffnung und unbändiger Freude, dass dieser lange Alptraum endlich vorbei sein sollte. „Meinst du das ernst?“, flüsterte sie.

„Titus ist verhaftet worden. Das FBI hat seine Organisation zerschlagen. Die Leute, die unter ihm gearbeitet haben, sind schon umgefallen und sagen gegen ihn aus, um ein geringeres Strafmaß für sich selbst herauszuschlagen. Die Gerüchte mehren sich, dass man jetzt einen Killer auf *ihn* angesetzt hat. Es gibt in der Welt viele Leute, die befürchten, er könnte auspacken. Aber er wird schließlich aussagen, nur um vom Staat beschützt zu werden, damit seine Komplizen ihn nicht im Gefängnis umbringen lassen."

„Er erntet, was er gesät hat."

„Ja."

„Warte nur, wie schnell ich meine Sachen packen kann."

Sie nahmen ein Privatflugzeug, weil sie mit ihrer Mutter und ihrem Bruder zusammentreffen wollten, die eine Stunde später in New York ankommen sollten.

„Wer ist denn das?" Ein ziemlich abgewetzter Waschbär aus Plüsch saß in einem der Sitze. Er trug eine rote Schleife um den Hals.

„Das ist Rugsby. Seine Rückkehr steht bevor. Ich war bei Rachel zu Hause und habe ihn dort in Empfang genommen."

Shari nahm den Waschbären in den Arm. „Kein Lösegeld?"

„Es ist nächste Woche fällig. Wie du siehst, habe ich dich gerade aus Quantico entführt, um meinen Teil dazu beizutragen."

Sie musste grinsen. „Stimmt. Kate hat erwähnt, dass ein großes Essen mit allen O'Malleys geplant ist."

„Ich möchte dich gerne mitnehmen, wenn es so weit ist."

„Ja, ich freue mich schon darauf."

Sie machte es sich auf ihrem Sitz bequem und sah zu, wie unter ihnen die Landschaft immer kleiner wurde.

„Woran denkst du?", fragte Marcus.

Sie sah zu ihm herüber und riskierte es einfach: „An die Zukunft."

Er lehnte sich zurück, verschränkte die Arme vor der Brust und warf ihr einen scheinbar schläfrigen Blick zu. „Aha ... willst du Abgeordnete in einem Bundesstaat werden oder willst du gleich das machen, was du wirklich willst, nämlich für einen Sitz im Kongress kandidieren?"

„Du bist ja wild entschlossen, dass ich in die Politik gehe."

„Das ist doch der Traum deines Lebens."

„Wenn man Kongressabgeordneter werden will, muss man verheiratet sein", gab sie wieder zu bedenken.

Ein Lächeln umspielte seine Lippen. „Dann bedeutet das, dass du mich noch vor den Wahlen heiraten musst."

Sie sah ihn verblüfft an. *Er hat mir gerade einen Heiratsantrag gemacht.*

„Ich liebe dich, du Frechdachs, und zwar von ganzem Herzen."

„Ich liebe dich auch", flüsterte sie zurück.

„Ich weiß." Sein Lächeln ließ ihren Atem stocken. Sein Fuß berührte sanft den ihren. „Die Familie O'Malley meint, du solltest für den frei gewordenen Sitz im Kongress kandidieren. Lisa will deine Managerin sein. Sie will den Wahlkampf wie einen Feldzug planen. Kate will deine ehrenamtlichen Wahlkampfhelfer organisieren, damit sie Jack und Stephen herumkommandieren kann, und Dave will sich um die Transportmittel kümmern. Ach ja, Jennifer meint, wir sollten unsere Hochzeit zu dem gesellschaftlichen Ereignis in Virginia machen, damit alle Leute dich kennenlernen können. Dann werden sie dir ihre Stimme geben, weil sie für dich schwärmen werden."

Seine ganze Familie hieß sie auf diese Art willkommen. Sie liebte schon jetzt jeden einzelnen O'Malley. „Und was möchtest du machen?"

„Am liebsten würde ich mit dir durchbrennen und dich heimlich heiraten."

Shari musste lachen.

„Aber weil die O'Malleys so etwas nie zulassen würden, ist das gesellschaftliche Ereignis des Jahres eine gute Alternative."

„Meine Mutter wird das wunderbar finden."

„Ich weiß." Er wurde wieder ernst. „Shari, ich fühle mich nicht bedroht, weil ich eine kluge Frau mit hochfliegenden Plänen und einer leidenschaftlichen Liebe zu ihrem Beruf habe. Du musst besondere Träume haben, wenn du zu mir passen willst."

„Du meinst das wirklich ernst."

„Du gehörst jetzt zu uns. Deshalb musst du dir darüber klar

werden, welche Träume du verwirklichen willst. Wir helfen dir dabei. Ob du Kinder haben willst oder Karriere in der Politik machen willst – unsere Familie glaubt daran, dass man Träume wahr werden lassen kann. Und Shari ... wir glauben nicht an kleine, banale Träume."

Sie wusste, dass das stimmte, und sie sah ihn prüfend an. „Was ist dein größter Traum?"

„Das erzähle ich dir in den Flitterwochen."

Sie wurde rot, aber diesmal machte es ihr nichts aus. „Vielleicht kann ich dich überreden, morgens mal länger zu schlafen." Sie musste lachen über den Blick, den er ihr zuwarf. Die Ehe mit ihm würde bestimmt nicht langweilig werden. Allein die Tatsache, dass sie ihn liebevoll provozieren könnte, würde sie beide immer wieder zum Lachen bringen. Sie nahm den alten Waschbären wieder in den Arm. „Ich mag deine Familie sehr gern."

„Du willst ja nur ein Kompliment hören. Sie alle haben dich ins Herz geschlossen."

„Sie sollen spüren, dass ich auch zur Familie gehören und dich ihnen nicht wegnehmen will."

„Das wissen sie schon", sagte Marcus beruhigend. „Willst du sie beim Familienessen überraschen?"

„Wie soll ich das anstellen?"

Er deutete mit einem Kopfnicken auf Rugsby. „Während seiner Abwesenheit hat er eine Frau gefunden und jetzt haben sie Kinder."

Sie musste lachen. „Tatsächlich?"

„Du kannst dir schon die Namen ausdenken."

„Ich finde es gut, dass du diese dummen Späße förderst."

„Das bezeichne ich als familienpolitische Maßnahme. Wenn man die O'Malleys nicht ständig beschäftigt, geraten sie in Schwierigkeiten."

„Das ist ein gutes Argument, aber ich glaube, du bist im Herzen immer noch ein Kind."

„Das trifft vielleicht auch zu."

Sie setzte den Waschbären wieder an seinen Platz, sah mit einem Lächeln zu ihm hinüber und wechselte das Thema. „Mir ist neulich etwas aufgefallen, als ich meine Handtasche ausgeräumt habe."

„Was denn?"

„Ich habe immer noch das Stück Papier mit den Piepsernummern, die ich auswendig lernen sollte, aber ich habe meinen Privatcode nie verwenden müssen."

„Du wirst ihn in Zukunft oft brauchen", sagte Marcus und sah sie prüfend an.

„Ja, das glaube ich auch. Dieser Privatcode, den du mir gegeben hast, hat eine Besonderheit."

„Tatsächlich?"

„Ich hätte es schon eher merken müssen ..."

Ein Lächeln umspielte seine Lippen. „Ja, das stimmt."

„37324-32247 bedeutet in Buchstaben *Frechdachs.*"

„Was du nicht alles merkst ..." Er musste über ihren Gesichtsausdruck lachen.

„Ich habe es nur bemerkt, weil ich Langeweile hatte und ein bisschen herumgekritzelt habe. Du wolltest mir das nicht sagen, oder?"

„Nein."

„Du bist ein schrecklicher Mensch."

„Ich liebe dich auch."

Sie lächelten sich an. Shari legte den Kopf auf die Seite und sah ihn nachdenklich an. „Ich brauche für dich auch einen Privatcode, vor allem dann, wenn ich möchte, dass du mich sofort zurückrufst ..."

„Ich ahne schon, dass du dir einen ausgedacht hast."

Es fiel ihr schwer, ihre diebische Freude zu unterdrücken. „424-54323-3424."

Er holte sein Handy heraus, warf einen Blick auf die Tastatur und ordnete den Zahlen die entsprechenden Buchstaben zu. Als er es herausgefunden hatte, musste er leise lachen. „Du Frechdachs, mir gefällt deine Art zu denken."

„Ist das nicht zu subtil?"

„Es ist leicht zu merken“, versicherte ihr Marcus.

„Kannst du das Handy während des Flugs benutzen?“

„Ganz kurz.“

Sie löste ihren Piepser vom Hosenbund, damit sie das Display sehen konnte. „Piepse mich an.“

Er lächelte sie an, als er die Nummer wählte. „Warte nur, bis wir landen, Shari.“

Die Nummern erschienen auf dem Piepser.

Ich liebe dich.

Ein weiterer Thriller

Irene Hannon
Auf dass ihr nicht gerichtet werdet
ISBN 978-3-86827-370-0
384 Seiten, Paperback

Jake Taylor ist Marshal bei einer Spezialeinheit der amerikanischen Bundespolizei. An seinem neuesten Auftrag hat er wenig Interesse: Personenschutz für eine Bundesrichterin. Zu allem Überfluss handelt es sich um Richterin Liz Michaels, die Frau seines besten Freundes, die er insgeheim für dessen Selbstmord verantwortlich macht. Doch der Auftrag entwickelt sich für Jake schnell von einer lästigen Routine zu einer Aufgabe, die sein ganzes Können erfordert. Liz wird von einem Mörder verfolgt, der zu allem entschlossen scheint. Aber nicht nur das Leben der Richterin, sondern auch Jakes Herz gerät in Gefahr. Und die Uhr tickt ...